1984
George Orwell

TORDESILHAS

Tradução
Ronaldo Bressane

Sumário

Parte 1 **6**
Parte 2 **114**
Parte 3 **244**

Apêndice **322**
Notas na Sala 101, *por Ronaldo Bressane* **338**

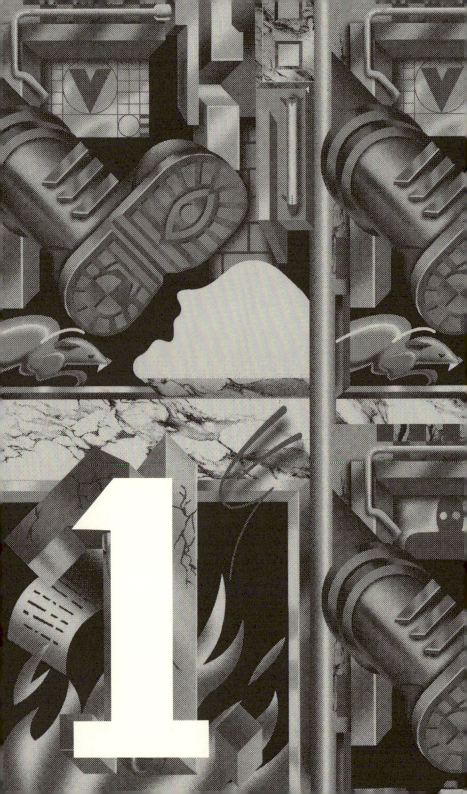

1

Era um dia frio e brilhante de abril, e os relógios davam treze horas. Winston Smith, o queixo aninhado no peito com o esforço de escapar do vento cruel, deslizou rápido pelas portas de vidro das Mansões Victory, mas não rápido o suficiente para evitar que entrasse com ele um redemoinho de poeira arenosa.

O corredor cheirava a repolho cozido e a capachos velhos. Ao fundo, um pôster colorido e grande demais para ser exibido em ambientes internos tinha sido pregado na parede. Retratava só um rosto enorme, de mais de um metro de largura: o rosto de um sujeito de uns quarenta e cinco, bigode preto pesado, um cara bonitão. Winston foi pela escada. Nem adiantava tentar o elevador. Mesmo nos melhores momentos era raro ele funcionar; hoje em dia, a corrente elétrica era cortada enquanto houvesse luz natural. Parte do esforço de economia em preparação para a Semana do Ódio. O apartamento ficava no sétimo andar, e Winston, que tinha trinta e nove anos e uma úlcera varicosa no tornozelo direito, subia sem pressa, descansando muitas vezes pelo caminho. A cada patamar, em frente ao poço do elevador, o pôster com o rosto enorme o encarava da parede. Era uma daquelas fotos que passam a impressão de que os olhos o seguem enquanto você se move. O IRMÃO MAIOR ESTÁ DE OLHO EM VOCÊ, dizia a legenda.

Dentro do apartamento, uma voz gostosa enumerava estatísticas que tinham algo a ver com a produção de ferro-gusa. A voz vinha de uma placa metálica oval e comprida, como um espelho embaçado, colada à superfície da parede direita. Winston virou um interruptor e a voz diminuiu um pouco, mas ainda dava para entender as palavras. O volume do aparelho – a teletela – podia ser abaixado, mas não desligado. Ele foi até a janela: uma figura pequena e frágil, a magreza do corpo enfatizada pelo macacão azul – o uniforme do Partido. Tinha o cabelo muito claro, o rosto bem avermelhado, a pele enrugada pelo uso de sabão áspero e navalhas cegas e pelo frio do inverno que terminava.

Lá fora, mesmo através da vidraça fechada, o mundo parecia gelado. Na rua, pequenos redemoinhos de vento faziam poeira e papel rasgado rodopiarem em espirais, e embora o sol seguisse brilhando no céu de um forte azul, nada parecia ter cor, tirando os cartazes colados em todo canto. De todo lugar de destaque, lá estava o rosto bigodudo olhando para baixo. Havia um na fachada da casa logo em frente. O IRMÃO MAIOR ESTÁ DE OLHO EM VOCÊ, era a legenda, e os olhos escuros se cravavam fundo em Winston. No nível da rua, outro pôster, rasgado num canto, tremulava ao vento, alternadamente cobrindo e descobrindo uma única palavra: SOCING. Ao longe, um helicóptero flanava baixo sobre os telhados, pairou um instante como uma mosca varejeira e então zarpou fazendo uma curva. Era a patrulha policial bisbilhotando as janelas das pessoas. Mas as patrulhas não eram um problema. O problema mesmo era a Milícia Mental.

Por trás de Winston, a voz da teletela continuava tagarelando sobre o ferro-gusa e o cumprimento do Nono Plano Trienal acima das expectativas. A teletela recebia e transmitia ao mesmo tempo. Qualquer som que Winston fazia, mesmo no volume de um sussurro, era captado por ela; além disso, se ele permanecesse dentro do campo de visão enquadrado pela placa de metal, podia ser visto também. Claro que não tinha como saber se você estava sendo observado em um momento específico. A frequência com que a Milícia Mental sintonizava num aparelho e como fazia isso, eram só suposições. Era até possível que eles observassem todo mundo o tempo todo. De todo modo, podiam sintonizar no aparelho que quisessem. Você tinha que viver – e vivia, pois o hábito virava instinto – supondo que todo som que fazia era ouvido e, exceto na escuridão, todo movimento era examinado.

Winston continuava de costas para a teletela. Era mais seguro; só que, como ele sabia bem, até as costas podiam ser reveladoras. A um quilômetro de distância, o Ministério da Verdade, seu local de trabalho, despontava vasto e branco acima da paisagem encardida. Isso, ele pensou, numa espécie de desgosto vago, isso era Londres, a principal cidade da Faixa Aérea Um, a terceira mais populosa das províncias da Oceânia. Tentou espremer alguma memória da infância para investigar se Londres sempre tinha sido assim. Será que sempre tinha existido essa paisagem de casas podres do século XIX, paredes laterais escoradas em vigas de madeira, janelas remendadas com papelão, telhados de ferro corrugado, divisórias aleatórias de jardim despencando pra todo lado? E os locais bombardeados onde o pó de gesso dançava no ar e a salgueirinha se espalhava pelas montanhas de entulho; e os lugares em que as bombas abriram grandes clareiras onde apareceram sórdidas colônias de barracões que pareciam galinheiros? Não adiantava, ele não conseguia lembrar: nada tinha restado da infância, a não ser uma série de quadros muito iluminados, sem perspectiva, ininteligíveis.

O Ministério da Verdade – Miniver, em falanova – era, para surpresa geral, bem diferente de qualquer outro objeto à vista. Uma enorme estrutura piramidal de concreto branco brilhante que se elevava, em uma série de varandas, a uma altura de trezentos metros. De onde Winston estava, só dava para ler na fachada branca, destacados em letras elegantes, os três slogans do Partido:

GUERRA É PAZ
LIBERDADE É ESCRAVIDÃO
IGNORÂNCIA É FORÇA

Dizia-se que o Ministério da Verdade continha três mil salas acima do nível do solo e ramificações correspondentes abaixo. Em Londres, só havia outros três edifícios de aparência e tamanho semelhantes. Dominavam tão completamente a arquitetura ao redor que, do telhado das Mansões Victory, dava para ver todos os quatro ao mesmo tempo. Eram os edifícios dos quatro ministérios em que se dividia todo o aparato do governo. O Ministério da Verdade controlava as notícias, o entretenimento, a educação e as artes. O Ministério da Paz se ocupava da guerra. O Ministério do Amor mantinha a lei e a ordem. E o Ministério da Grandeza era responsável pelos assuntos econômicos. Seus nomes, em falanova: Miniver, Minipaz, Minimor e Minigrande.

O Ministério do Amor era o mais assustador de todos. Não tinha janelas. Winston nunca tinha entrado no Ministério do Amor, nem se aproximado mais que uns quinhentos metros. Era um lugar impossível de entrar, exceto em negócios oficiais, e mesmo assim era necessário atravessar um labirinto de arame farpado emaranhado, portas de aço e ninhos camuflados de metralhadoras. Até as ruas que conduziam às barreiras exteriores eram ocupadas por guardas brutamontes em uniformes pretos, armados de cassetetes articulados.

Winston se virou de maneira abrupta. Compôs sua fisionomia com uma expressão de otimismo silencioso, a mais aconselhável quando de frente para a teletela. Cruzou a sala até a cozinha minúscula. Por ter saído do Ministério àquela hora, havia sacrificado o almoço na cantina e estava ciente de que não tinha comida em casa, a não ser um pedaço de pão preto que devia ser guardado para o café da manhã do dia seguinte. Tirou da prateleira um frasco de líquido incolor com um rótulo branco simples que dizia GIM VICTORY. Exalava um cheiro enjoativo e oleoso, como o de bebida de arroz chinesa. Winston encheu uma xícara de chá quase toda, respirou fundo e engoliu feito uma dose de remédio.

Na mesma hora seu rosto ficou vermelho, e lágrimas escorreram dos olhos. A coisa parecia ácido nítrico e, além disso, ao mandar para dentro, dava a sensação de tomar uma borrachada de cassetete na nuca. Porém, a queimação na barriga logo arrefecia e o mundo começava a parecer mais alegre. Puxou um cigarro de um maço amassado onde se lia CIGARROS VICTORY, mas, sem querer, segurou-o de ponta-cabeça, fazendo o tabaco se espalhar pelo chão. Com o cigarro seguinte teve mais sucesso. Voltou à sala de estar e sentou-se a uma pequena mesa do lado esquerdo da teletela. Da gaveta da mesa tirou uma caneta-tinteiro, um vidro de tinta e um grosso caderno em branco, de formato in-quarto, com lombada vermelha e capa marmorizada.

Por algum motivo, a teletela da sala ficava em uma posição incomum. Em vez de ter sido instalada, como de praxe, na parede ao fundo, de onde poderia dominar toda a sala, estava na parede mais comprida, frente à janela. Ao lado dela havia uma pequena cavidade onde Winston estava agora sentado; quando os apartamentos foram construídos, aquele nicho devia ter sido concebido para conter estantes. Sentado na cavidade e mantendo-se bem afastado, Winston conseguia se manter fora do alcance da teletela, ao menos no tocante à visão. Podia ser ouvido, claro, mas enquanto permanecesse naquela posição, não podia ser visto. Em parte, era a geografia incomum da sala que havia sugerido a ele o que estava prestes a fazer.

Mas aquilo também havia sido sugerido pelo caderno que tinha acabado de puxar da gaveta. Um caderno de beleza peculiar. Seu suave papel cor de creme, meio amarelado pelo tempo, era do tipo que não se fabricava havia uns quarenta anos. Poderia supor, no entanto, que o caderno era muito mais antigo do que isso. Tinha reparado nele jogado na vitrine de uma lojinha suja em um bairro pobre da cidade (não lembrava bem que bairro agora) e fora atingido de imediato pela vontade irresistível de possuí-lo. Não era visto com bons olhos que membros do Partido frequentassem lojas comuns ("mercado livre", dizia-se), mas a regra não era seguida estritamente, porque muitas coisas, como cadarços e lâminas de barbear, eram impossíveis de encontrar de outro jeito. Deu uma rápida olhada para cima e para baixo na rua e logo entrou e comprou o caderno por dois dólares e cinquenta, ainda sem saber para que função específica o desejava. Levou-o para casa dentro da pasta, sentindo-se culpado. Mesmo sem nada escrito nele, era uma posse comprometedora.

O que estava prestes a fazer era começar um diário. Não que fosse ilegal (nada era ilegal, já que leis não existiam mais), mas se fosse pego era quase certo que seria punido com a morte ou, pelo menos, com vinte e cinco anos em um campo de trabalhos forçados. Winston encaixou a ponta na caneta-tinteiro e a chupou para tirar a gordura. A caneta era um instrumento arcaico, raramente usada até mesmo para assinaturas, e ele tinha arranjado uma, de maneira furtiva e com muita dificuldade, só por sentir que o belo papel cor de creme merecia ser usado com uma caneta de verdade em vez de ser arranhado por um lápis de tinta. Na verdade, não estava acostumado a escrever à mão. Exceto por bilhetes muito curtos, era comum usar o ditafone, o que obviamente seria impossível para este propósito. Mergulhou a caneta na tinta e então hesitou um segundo. Um tremor percorreu suas entranhas. Marcar o papel era o ato decisivo. Escreveu em letras pequenas e desajeitadas:

4 de abril de 1984.

Recostou-se. Uma sensação de completo desamparo se abateu sobre ele. Para começar, não sabia com segurança se estava mesmo em 1984. Devia ser por volta dessa data, pois tinha quase certeza de que sua idade era trinta e nove, e acreditava ter nascido em 1944 ou 1945; mas hoje em dia era impossível identificar uma data com exatidão no espaço entre um e dois anos.

Para quem, de repente lhe ocorreu, escreveria este diário? Para o futuro, para os ainda não nascidos. Sua imaginação pairou por um momento em torno da data duvidosa na página e, em seguida, trombou com um termo em falanova: duplipensar. Pela primeira vez, a magnitude do que estava empreendendo se voltava contra ele. Como alguém poderia se comunicar com o futuro? Era algo impossível por natureza. Ou o futuro seria semelhante ao presente, e nesse caso não lhe daria ouvidos, ou seria tão diferente que sua situação não faria sentido.

Por algum tempo, ficou estupidificado olhando para o papel. A programação da teletela havia mudado para uma estridente música militar. Curioso que ele parecia não só ter perdido o poder de se expressar, mas até mesmo ter esquecido o que pretendia dizer. Havia se preparado para este momento durante semanas e nunca lhe passara pela cabeça que seria necessário algo além da coragem. A parte da escrita seria fácil. Precisava apenas transferir para o papel o monólogo interminável e inquieto que rolava dentro da cabeça, literalmente, fazia muitos anos. Neste momento, entretanto, até o monólogo tinha secado. Além disso, sua úlcera varicosa começou a coçar de maneira insuportável. Não ousou se arranhar porque, se o fizesse, acabaria com uma inflamação. Os segundos foram passando. Ele não tinha consciência de nada, exceto do vazio da página diante de si, da coceira no tornozelo, da estridência da música e de uma leve zonzeira causada pelo gim.

De repente começou a escrever em puro pânico, só mais ou menos consciente do que fazia. A caligrafia miúda e infantil se espalhou pela página de cima a baixo, primeiro abandonando as letras maiúsculas e, depois, até mesmo os pontos finais:

4 de abril de 1984.

Ontem à noite peguei um cinema. Só filme de guerra. Um belo de um navio cheio de refugiados sendo bombardeado em algum lugar do Mediterrâneo. O público se divertiu muito com as cenas de um homenzão gordo tentando nadar com um helicóptero atrás dele, no começo ele estava chafurdando na água feito um golfinho, depois você via o cara através das miras dos helicópteros, então ele apareceu cheio de buracos e o mar ao redor dele ficou rosa e ele afundou de repente como se os buracos fossem deixando a água entrar, a plateia gritando de tanto rir quando ele afundou. então se via um bote salva-vidas cheio de crianças com um helicóptero pairando sobre ele. tinha uma mulher de meia-idade que podia ser judia sentada na proa com um garotinho de uns três anos nos braços. o menino gritava de susto e escondia a cabeça entre os peitos dela como se estivesse tentando se enterrar dentro dela e a mulher colocando os braços em volta dele e confortando o menino embora ela mesma estivesse azul de medo, o tempo todo cobrindo o garotinho do jeito que dava como se pensasse que os braços fossem manter as balas longe dele. aí o helicóptero lançou uma bomba de 20 quilos entre eles um clarão terrível e o barco se partiu em mil pedacinhos. aí teve um quadro maravilhoso do braço de uma criança subindo subindo subindo até o ar um helicóptero com uma câmera no nariz deve ter seguido ele e teve muitos aplausos vindos dos assentos do partido mas uma mulher lá no meio dos proletas de repente começou a causar e gritar que não podiam mostrar isso na frente das crianças eles não podiam não tá certo não na frente das crianças não tá até que a polícia pegou a polícia pegou ela acho que não aconteceu nada com ela ninguém se importa com o que os proletas dizem reação típica de proletariado eles nunca...

Winston parou de escrever, um pouco porque sentiu cãibra. Não sabia o que o havia feito derramar essa torrente de lixo. Engraçado que, enquanto estava fazendo isso, uma outra memória se esclarecia em sua mente, a tal ponto que ele se sentiu quase a ponto de escrevê-la. Agora ele percebia que, por causa desse outro acontecimento, de repente tinha decidido voltar para casa e começar o diário naquele dia.

Tinha ocorrido aquela manhã no Ministério, se é que algo tão nebuloso poderia ser chamado de ocorrência.

Eram quase onze da manhã, e no Departamento de Registros, onde Winston trabalhava, estavam arrastando as cadeiras para fora dos cubículos e agrupando-as no centro do corredor, de frente para a grande teletela, em preparação para os Dois Minutos de Ódio. Winston tinha acabado de pegar um lugar numa das filas do meio quando duas pessoas que ele conhecia de vista, mas com quem nunca tinha falado, apareceram de surpresa na sala. Uma delas era uma garota que ele sempre via pelos corredores. Não sabia o nome dela, mas sabia que ela trabalhava no Departamento de Ficção. Ele supunha – já que às vezes a tinha visto com as mãos oleosas e carregando uma chave inglesa – que ela fazia algum trabalho braçal em uma das máquinas de escrever romances.

Era uma garota de aparência ousada, uns vinte e sete anos, cabelos escuros, rosto sardento e movimentos rápidos e atléticos. Uma faixa estreita e vermelha, emblema da Liga Mirim Antissexo, dava várias voltas na cintura de seu macacão, de maneira que evidenciava a forma de seus quadris. Desde o primeiro momento em que a viu, Winston não gostou dela. Sabia o motivo. Era por causa da atmosfera de campos de hóquei, de banhos frios e caminhadas comunitárias e de higiene mental que ela carregava. Ele não gostava de quase nenhuma mulher, em especial das jovens e bonitas. Eram sempre as mulheres, sobretudo as jovens, que eram adeptas mais fanáticas do Partido, repetidoras de slogans, espiãs amadoras e xeretas da heterodoxia. Mas esta garota em particular lhe dava a impressão de ser ainda mais perigosa que a maioria. Uma vez, quando se cruzaram pelo corredor, ela lançou um olhar rápido de soslaio que pareceu perfurá-lo e, por um momento, o encheu de terror. Passou-lhe pela cabeça que ela podia ser uma agente da Milícia Mental. Isso, na verdade, seria improvável. Mesmo assim, ele continuou a sentir um mal-estar peculiar, uma mistura de medo e hostilidade, sempre que ela estava por perto.

A outra pessoa era um homem chamado O'Brien, membro do Núcleo do Partido e detentor de algum cargo tão importante e remoto que Winston tinha só uma vaga ideia de sua natureza. Um silêncio momentâneo atravessou o grupo de pessoas sentadas assim que viram a aproximação do macacão preto de um membro do Núcleo do Partido. O'Brien era um homem grande e corpulento, com um pescoço grosso, um rosto brutal e um jeito rude e fanfarrão. Apesar da aparência impressionante, ele até que exalava certo charme. Tinha um trejeito de ajeitar os óculos no nariz que era desconcertante – de uma maneira indefinível, parecia curiosamente civilizado. Era um trejeito que, se alguém ainda pensasse em tais termos, poderia lembrar um nobre do século XVIII oferecendo sua caixinha de rapé. Winston tinha visto O'Brien talvez uma dúzia de vezes na mesma quantidade de anos. Sentia-se atraído por ele de um jeito profundo, e não apenas porque o contraste entre o estilo urbano de O'Brien e seu físico pujante o intrigava. Era mais porque tinha uma crença secreta – talvez nem tanto uma crença, só uma esperança – de que a ortodoxia política de O'Brien não era perfeita. Algo em seu rosto sugeria isso de modo irresistível. E, de novo, talvez não fosse bem *heterodoxia* que estivesse estampada em seu rosto, mas simplesmente inteligência. De qualquer maneira, parecia ser uma pessoa com quem você poderia conversar, se achasse um jeito de enganar a teletela e de pegá-lo num momento a sós. Winston nunca havia feito o menor esforço para confirmar essa impressão: na verdade, nem tinha como. O'Brien olhou para o relógio de pulso, viu que eram quase onze horas e, claro, decidiu permanecer no Departamento de Registros até o final dos Dois Minutos de Ódio. Sentou-se em uma cadeira na mesma fileira de Winston, a alguns lugares de distância. Estava entre eles uma mulher loura, de aparência frágil, que trabalhava num cubículo ao lado de Winston. A garota de cabelo escuro estava sentada logo atrás.

No momento seguinte, um guincho horrível e estridente, como de alguma máquina monstruosa funcionando sem óleo, explodiu da grande teletela no outro lado da sala. Era um barulho de fazer cerrar os dentes e arrepiar os cabelos da nuca de qualquer um. O Ódio tinha começado.

Como de costume, o rosto de Emmanuel Goldstein, o Inimigo do Povo, surgiu na tela. Houve assobios aqui e ali na audiência. A pequena mulher loura deu um guincho de medo e nojo misturados. Goldstein era o renegado e apóstata que, muito tempo atrás (há quanto tempo, ninguém lembrava), tinha sido uma das figuras de proa do Partido, quase no mesmo nível do próprio Irmão Maior, até se envolver em atividades contrarrevolucionárias, ser condenado à morte, mas escapar misteriosamente e desaparecer. Os programas Dois Minutos de Ódio variavam todo dia, mas não havia nenhum em que Goldstein não fosse o protagonista. Ele era o traidor original, o primeiro destruidor da pureza do Partido. Todos os crimes subsequentes contra o Partido, todos os desvios, atos de sabotagem, traições, heresias eram consequência direta de seus ensinamentos. Em algum lugar do planeta ele ainda estava vivo e criando conspirações: talvez além-mar, sob a proteção de seus financiadores estrangeiros, talvez até mesmo – rumores às vezes surgiam – em algum esconderijo na própria Oceânia.

O diafragma de Winston estava contraído. Ele sempre via o rosto de Goldstein com uma dolorosa mistura de emoções. Era um rosto magro de judeu, com uma grande auréola difusa de cabelos brancos e um pequeno cavanhaque – um rosto inteligente, mas de algum modo inerentemente desprezível, com uma espécie de tolice senil no nariz longo e fino sobre cuja ponta estava empoleirado um par de óculos. Parecia o rosto de uma ovelha, e a voz também tinha um quê de ovino.

Goldstein lançava seu costumeiro ataque venenoso contra as doutrinas do Partido – um ataque tão exagerado e perverso que nem mesmo uma criança se deixaria enganar, e ainda assim plausível o suficiente para dar ao espectador a sensação alarmante de que outras pessoas, não tão equilibradas, poderiam ser enganadas por ele. Goldstein atacava o Irmão Maior, denunciava a ditadura do Partido, exigia a conclusão imediata da paz com a Eurásia, defendia a liberdade de expressão, a liberdade de imprensa, a liberdade de reunião, a liberdade de pensamento, gritava histericamente que a revolução tinha sido traída – tudo isso em um discurso rápido e polissilábico que era uma espécie de paródia do estilo habitual dos oradores do Partido, e que ainda por cima continha palavras em falanova: na verdade, mais palavras em falanova do que qualquer membro do Partido usaria na vida real. E o tempo todo, para que não ficássemos em dúvida quanto à realidade que a ilusória armadilha de Goldstein encobria, por trás de sua cabeça, na teletela, marchavam colunas intermináveis do Exército da Eurásia – fileiras e mais fileiras de homens de aparência sólida e rostos asiáticos inexpressivos, que nadavam até a superfície da tela e desapareciam, até serem substituídos por outros idênticos. O som ritmado das botas dos soldados formava o pano de fundo para o balido que era a voz de Goldstein.

Antes que o Ódio atingisse trinta segundos, exclamações de raiva incontrolável escapavam de metade das pessoas no recinto. O rosto presunçoso e ovino na tela e o terrível poder do exército eurasiano por trás dele eram demais para serem suportados: além disso, a visão e mesmo o pensamento de Goldstein produziam medo e raiva automáticos. Ele era um objeto de ódio mais constante que a Eurásia ou a Lestásia, visto que, quando a Oceânia estava em guerra com uma dessas potências, em geral estava em paz com a outra. Mas o estranho era que, embora Goldstein fosse odiado e desprezado por todo mundo, embora todos os dias, e mil vezes por dia, em todas as plataformas, na teletela, nos jornais, nos livros, suas teorias fossem refutadas, esmagadas, ridicularizadas, expostas ao cancelamento geral pelo lamentável lixo que eram – apesar de tudo isso, a influência de Goldstein nunca parecia diminuir. Sempre havia novos idiotas esperando para serem seduzidos por ele. Não passava um dia sem que espiões e sabotadores agindo sob as instruções dele fossem desmascarados pela Milícia Mental. Goldstein comandava um vasto e sombrio exército, uma rede subterrânea de conspiradores dedicados à derrubada do Estado. A Irmandade, esse era seu suposto nome. Também corriam sussurros a respeito de um livro terrível, uma antologia de todas as heresias, de autoria de Goldstein, que estaria circulando de maneira clandestina por aí. Um livro sem título. As pessoas se referiam a ele, caso o fizessem, apenas como *o livro*. Mas só se sabia dessas coisas por rumores vagos. Nem a Irmandade nem *o livro* eram assuntos que qualquer membro comum do Partido mencionasse; era melhor evitá-los.

No segundo minuto, o Ódio atingiu o frenesi. Pessoas pulavam para cima e para baixo em seus lugares e gritavam histéricas no esforço de abafar o balido enlouquecedor que vinha da tela. A pequena mulher loura tinha ficado ruborizada, abrindo e fechando a boca como um peixe fora d'água. Até o rosto pesado de O'Brien ficou vermelho. Ele estava sentado muito ereto em sua cadeira, o peito poderoso inchando e tremendo como se estivesse enfrentando o ataque de uma onda. A garota de cabelos escuros atrás de Winston começou a gritar "Porco! Porco! Porco!" e de repente pegou um pesado dicionário de falanova e atirou na tela. O objeto atingiu o nariz de Goldstein e ricocheteou: a voz continuava de maneira inexorável. Em um momento de lucidez, Winston descobriu que ele também gritava junto com os outros e chutava o calcanhar violentamente contra a estrutura da própria cadeira. A coisa horrível sobre os Dois Minutos de Ódio não era que você fosse obrigado a desempenhar um papel, mas que fosse impossível evitar a adesão. Em trinta segundos, qualquer fingimento se tornava desnecessário. Um êxtase horrível de medo e vingança, um desejo de matar, torturar, esmagar rostos com uma marreta parecia fluir através de todo o grupo como uma corrente elétrica, transformando as pessoas, mesmo contra sua vontade, em seres lunáticos que gritavam e faziam caretas. Mesmo assim, a raiva era uma emoção abstrata, sem direção, que poderia ser transmitida de um objeto a outro como a chama de um maçarico. Por isso, em dado instante, o ódio de Winston não se dirigia a Goldstein, mas, ao contrário, contra o Irmão Maior, o Partido e a Milícia Mental; e em tais momentos seu coração se voltava para o solitário e ridicularizado herege na tela, o único guardião da verdade e da sanidade em um mundo de mentiras. No entanto, já no instante seguinte ele concordava com as pessoas que o cercavam, e tudo o que elas gritavam sobre Goldstein lhe parecia verdadeiro. Nesses momentos, a aversão secreta pelo Irmão Maior se transformava em adoração, e o Irmão Maior parecia se elevar, um protetor invencível e destemido erguendo-se como uma rocha contra as hordas da Ásia, e Goldstein, apesar do isolamento, do desamparo e da própria dúvida que pairava sobre sua existência, parecia um feiticeiro sinistro, capaz, pelo mero poder de sua voz, de destruir a estrutura da civilização.

Era até possível, em alguns momentos, mudar o alvo do próprio ódio por meio de um ato voluntário. De repente, no mesmo esforço violento com que se levanta a cabeça do travesseiro durante um pesadelo, Winston conseguiu transferir seu ódio do rosto na tela para a garota de cabelos escuros atrás dele. Alucinações belas e vívidas passaram por sua imaginação. Ele ia golpeá-la até a morte com um cassetete de borracha. Ia amarrá-la nua a uma estaca e enchê-la de flechas como São Sebastião. Ele ia estuprá-la e cortar sua garganta no momento do orgasmo. Além disso, muito mais claro do que antes, ele percebeu *por que* a odiava. Ele a odiava porque era jovem, bonita e assexuada, porque queria ir para a cama com ela e nunca conseguiria isso, porque em volta de sua cintura doce e flexível, que parecia pedir para ser envolvida com o braço, existia só aquela odiosa faixa escarlate, o agressivo símbolo de castidade.

O Ódio atingiu o clímax. A voz de Goldstein tornou-se um balido real, e por um instante o rosto dele se transmutou no de uma ovelha. Em seguida, o rosto de ovelha fundiu-se à figura de um soldado eurasiano que parecia avançar, enorme e terrível, sua metralhadora rugindo, e saltar para fora da superfície da tela, de modo que algumas pessoas na primeira fila de fato se jogaram para trás em seus assentos. Mas, ao mesmo tempo, trazendo um profundo suspiro de alívio a todos, a figura hostil fundiu-se ao rosto do Irmão Maior, cabelo preto, bigode preto, cheio de poder e de uma calma misteriosa, e tão imenso que quase enchia a tela. Ninguém ouviu o que o Irmão Maior falou. Foram apenas algumas palavras de encorajamento, do tipo que são proferidas no calor de uma batalha, não distinguíveis individualmente, mas que restauram a confiança só pelo fato de terem sido ditas. Em seguida, o rosto do Irmão Maior desapareceu e, no lugar dele, os três slogans do Partido permaneceram em negrito:

GUERRA É PAZ
LIBERDADE É ESCRAVIDÃO
IGNORÂNCIA É FORÇA

Mas o rosto do Irmão Maior pareceu persistir por muitos segundos na tela, como se o impacto que causasse em todos os olhos fosse vívido demais para ser diluído imediatamente. A pequena loura tinha se jogado sobre as costas da cadeira na frente dela. Com um murmúrio trêmulo que soou como "meu salvador!", ela estendeu os braços em direção à tela. Então enterrou o rosto nas mãos. Era evidente que ela proferia uma oração.

Nesse momento, todas as pessoas entoaram um canto profundo, lento e ritmado, "I...M! I...M! I...M!", de novo e de novo, bem devagar, com uma longa pausa entre o "I" e o "M", um som pesado e murmurante, selvagem, meio estranho, ao fundo do qual parecia haver uma batida de pés descalços e um latejar de tambores. Ficaram nisso por uns trinta segundos. Era um refrão muito ouvido em momentos de emoção avassaladora. Em parte, era uma espécie de hino para a sabedoria e majestade do Irmão Maior, mas antes de tudo funcionava como um ato de auto-hipnose, um afogamento deliberado da consciência por meio do ruído ritmado. As entranhas de Winston gelaram. Nos Dois Minutos de Ódio, ele não podia evitar a participação no delírio geral, mas este canto subumano de "I...M! I...M!" sempre o enchia de horror. Claro que cantava com a turba: era impossível portar-se de outra maneira. Dissimular suas emoções, controlar seu rosto, fazer o que todo mundo estava fazendo eram reações instintivas. Mas houve um espaço de uns dois segundos em que a expressão em seus olhos poderia tê-lo traído. E foi bem nesse momento que a coisa significativa aconteceu – se é que de fato aconteceu.

Por um instante, capturou a atenção de O'Brien, que tinha se levantado. O'Brien tirara os óculos e estava no ato de colocá-los de volta ao nariz em seu trejeito característico. Mas houve uma fração de segundo em que seus olhos se encontraram, e pelo tempo que isso durou, Winston soube – sim, ele soube! – que O'Brien pensava o mesmo que ele. Uma mensagem inconfundível havia sido transmitida. Era como se as duas cabeças tivessem se aberto e os pensamentos fluíssem de uma para a outra através dos olhos. "Estou com você", O'Brien parecia dizer a ele. "Sei exatamente o que você sente. Sei tudo sobre seu desprezo, seu ódio, sua repulsa. Mas não se preocupe, estou do seu lado!" E então o clarão de inteligência sumiu, e o rosto de O'Brien voltou a ser tão inescrutável quanto o de todos os outros.

O que aconteceu foi só isso, e ele já não tinha certeza de que havia mesmo acontecido. Esses incidentes nunca chegavam a ter qualquer sequência. Só serviam para manter viva nele a crença, ou a esperança, de que outros também fossem inimigos do Partido. Talvez os rumores das vastas conspirações clandestinas no fim fossem verdadeiros – talvez a Irmandade realmente existisse! Era impossível, apesar das intermináveis prisões e confissões e execuções, ter certeza de que a Irmandade não fosse apenas um mito. Em alguns dias ele acreditava nisso, em outros não. Não havia evidências, só vislumbres que poderiam significar qualquer coisa ou nada: fragmentos de conversa ouvidos aqui e ali, grafites ilegíveis nas paredes do banheiro – uma vez, até, quando presenciou o encontro de dois estranhos, pressentiu um pequeno movimento das mãos que parecia um sinal de reconhecimento. Eram só especulações: muito provavelmente ele tinha imaginado tudo. Voltara ao seu cubículo sem olhar de novo para O'Brien. A ideia de prosseguir aquele contato fugaz sequer tinha passado por sua cabeça. Teria sido perigoso em um nível inconcebível, mesmo se ele soubesse como começar a proceder. Por um ou dois segundos eles tiveram uma troca de olhares ambígua, fim da história. Mas até isso era um evento memorável, tamanha a solidão confinada em que era obrigado a viver.

Winston esticou as costas e se endireitou. Soltou um arroto. O gim subia pelo estômago.

Seus olhos voltaram a se concentrar na página. Descobriu que enquanto estivera ali meditando, desamparado, também havia escrito de modo quase automático. E não era mais a mesma caligrafia embolada e constrangedora de antes. A caneta deslizara voluptuosa em cima do papel macio, desenhando em grandes letras maiúsculas

FORA IRMÃO MAIOR FORA IRMÃO MAIOR FORA IRMÃO MAIOR FORA IRMÃO MAIOR FORA IRMÃO MAIOR

e de novo e de novo e de novo, enchendo meia página.

Não teve como evitar uma pontada de pânico. Era um absurdo, pois a mera escrita dessas palavras específicas não seria mais perigosa do que o ato inicial de começar o diário; mas por um instante ele sentiu-se tentado a arrancar as páginas estragadas e abandonar de uma vez aquele projeto.

Não o fez, porém, porque sabia que era inútil. Escrever FORA IRMÃO MAIOR ou abster-se de escrevê-lo não fazia diferença. Continuar ou não continuar o diário não fazia diferença. A Milícia Mental o pegaria do mesmo jeito. Ele tinha cometido – e teria cometido mesmo se nunca tivesse colocado a caneta no papel – o crime essencial que continha todos os outros. Crimepensar, como era chamado. O crimepensar não era uma coisa que se pudesse esconder para sempre. Você podia se esquivar com sucesso por um tempo, até por anos, mas mais cedo ou mais tarde estava fadado a ser pego.

Era sempre à noite – as prisões aconteciam sempre à noite. A sacudida repentina durante o sono, a mão violenta apertando seu ombro, as luzes cegando seus olhos, o círculo de rostos duros em volta da cama. Na grande maioria dos casos, não havia julgamento, nenhum boletim de detenção. As pessoas apenas sumiam, e era sempre durante a noite. Seu nome desapareceria dos arquivos, todos os registros de tudo o que você já tinha feito eram eliminados, sua existência inteira era negada e então esquecida. Você era cancelado, deletado: *vaporizado* era o termo usual.

Por um momento, Winston foi tomado por uma espécie de histeria. Desatou num rabisco apressado e desordenado:

vão atirar em mim não me importo vão atirar na minha nuca não me importo fora irmão maior eles sempre atiram em você pelas costas na nuca não me importo fora irmão maior

Ele se recostou na cadeira, ligeiramente envergonhado de si mesmo, e largou a caneta. No momento seguinte levou um susto violento. Alguém batia na porta.

Já? Ficou imóvel como um rato, na vã esperança de que a pessoa fosse embora após uma única tentativa. Mas não, as batidas continuavam. O pior de tudo seria procrastinar. O coração batia como um tambor, mas o rosto, por hábito, provavelmente estava sem expressão. Ele se levantou e foi com o passo pesado até a porta.

2

Ao colocar a mão na maçaneta, Winston viu que tinha deixado o diário aberto em cima da mesa. FORA IRMÃO MAIOR estava escrito por toda parte, em letras grandes o bastante para serem legíveis do outro lado da sala. Tinha feito uma coisa inconcebivelmente estúpida. Contudo, mesmo em pânico não deixou de notar que não queria borrar o papel cor de creme ao fechar o caderno com a tinta ainda molhada.

Prendeu a respiração e abriu a porta. De pronto, uma morna onda de alívio fluiu por ele. Uma mulher sem graça, de aparência arrasada, cabelos ralos e rosto cheio de rugas, estava parada do lado de fora.

"Oi, camarada", ela começou numa voz melancólica e chorosa, "achei mesmo que tinha ouvido você entrar. Será que você podia dar uma olhada na minha pia? Está entupida e..."

Era a sra. Parsons, esposa do vizinho de porta. ("Senhora" era uma palavra que pegava mal no Partido – você deveria chamar todo mundo de "camarada" –, mas com algumas mulheres o termo vinha por instinto.) Ela devia ter uns trinta anos, mas parecia muito mais velha. Dava até a impressão de que as rugas no rosto estavam empoeiradas. Winston a seguiu pelo corredor.

Esses trabalhos amadores de conserto eram uma irritação quase diária. As Mansões Victory eram um conjunto de apartamentos antigos, construídos lá pelos anos 1930, que estavam caindo aos pedaços. O gesso se soltava o tempo todo do teto e das paredes, os canos estouravam a cada nevasca forte, o telhado vazava sempre que chovia e o sistema de calefação, em geral, só funcionava na metade do tempo, isso quando não era totalmente desativado por motivos de economia. Reparos, exceto os que você pudesse fazer por conta própria, deveriam ser sancionados por comitês remotos que eram capazes de impedir o conserto até mesmo de uma vidraça por dois anos.

"Claro que só estou te pedindo porque o Tom não está em casa", disse a sra. Parsons de maneira vaga.

O apartamento dos Parsons era maior que o de Winston, e sombrio ao seu próprio estilo. Tudo tinha a aparência de ter sido maltratado e pisoteado, como se o lugar tivesse acabado de receber a visita de um animal enorme e violento. Equipamentos esportivos – tacos de hóquei, luvas de boxe, uma bola de futebol furada, um calção suado virado do avesso – estavam espalhados por todo o piso, e a mesa apresentava uma pilha de pratos sujos e livros didáticos amassados. Nas paredes, havia estandartes escarlates da Liga da Juventude e dos Espiões, e um pôster em tamanho real do Irmão Maior. O habitual cheiro de repolho cozido, comum no prédio todo, era atravessado por um fedor mais forte de suor, que – intuía-se já na primeira cheirada, embora fosse difícil dizer como – pertencia a alguma pessoa ausente no momento. Em outra sala, alguém com um pente e um pedaço de papel higiênico tentava marcar o ritmo da música militar que ainda saía da teletela.

"São as crianças", disse a sra. Parsons, lançando um olhar meio apreensivo para a porta. "Não saíram hoje. É claro que..." Ela tinha o hábito de quebrar as frases no meio. A pia da cozinha estava quase transbordando com uma água podre e esverdeada que cheirava a repolho mais do que nunca. Winston ajoelhou-se e examinou o sifão do cano. Odiava ter de usar as mãos, odiava ter de se curvar, o que sempre fazia com que ele começasse a tossir. A sra. Parsons espiava impotente.

"Claro, se Tom estivesse em casa, ajeitaria isso rapidinho", ela disse. "Ele adora esse tipo de coisa. O Tom é muito bom com as mãos."

Parsons era colega de trabalho de Winston no Ministério da Verdade. Era um homem gorducho, porém ativo, de estupidez paralisante, uma massa de entusiasmo imbecil – um daqueles cretinos fundamentalistas de quem a estabilidade do Partido dependia ainda mais do que da Milícia

Mental. Aos trinta e cinco, tinha acabado de ser jubilado involuntariamente da Liga da Juventude, e, antes de ingressar nela, havia conseguido permanecer nos Espiões por um ano após a idade permitida. No Ministério, trabalhava em algum posto subordinado para o qual não era necessária nenhuma inteligência, mas, por outro lado, era uma figura de liderança no Comitê de Esportes e em todos os outros comitês envolvidos na organização de caminhadas comunitárias, manifestações espontâneas, campanhas pró-economia e atividades voluntárias em geral. Gostava de dizer a qualquer um, com orgulho discreto e entre uma e outra baforada de seu cachimbo, que tinha comparecido ao Centro Comunitário todas as noites nos últimos quatro anos. A fedentina de cecê, espécie de testemunho inconsciente da vida cansativa que levava, o seguia aonde quer que fosse e permanecia no ambiente mesmo muito tempo depois de ele ter saído.

"Você tem uma chave inglesa?", perguntou Winston, mexendo com a porca no sifão.

"Uma chave inglesa", disse a sra. Parsons, tornando-se invertebrada na mesma hora. "Não sei, devo ter. Talvez as crianças..."

Houve uma balbúrdia de botas e outra explosão de som vinda do pente quando as crianças correram para a sala. A sra. Parsons trouxe a chave inglesa. Winston deixou a água escoar e removeu com nojo o bolo de cabelos que bloqueava o cano. Limpou os dedos o melhor que pôde na água fria da torneira e voltou para o outro cômodo.

"Mãos ao alto!", gritou uma voz selvagem.

Um menino bonito e com aparência durona, de uns nove anos, surgiu de trás da mesa e o ameaçou com uma pistola automática de brinquedo, enquanto a irmã, uns dois anos mais nova, fazia o mesmo gesto com um toco de madeira. Ambos estavam vestidos com o calção azul, a camisa cinza e o lenço vermelho que eram o uniforme dos Espiões.

Winston levantou as mãos acima da cabeça, mas com uma sensação desconfortável – o comportamento do menino era tão cruel que não parecia apenas um jogo.

"Você é um traidor!", gritou o menino. "Você é um criminoso da mente! Um espião da Eurásia! Vou atirar em você, vou te vaporizar, vou te mandar para as minas de sal!"

De repente, os dois estavam pulando em volta dele, gritando "traidor!" e "criminoso da mente", a menina imitando o irmão em cada movimento. Era meio assustador, como brincar com filhotinhos de tigre que logo se tornarão comedores de pessoas. Havia um tipo de ferocidade calculista nos olhos do menino, um desejo bastante evidente de acertar ou chutar Winston e a consciência de ser quase grande o suficiente para fazer isso. Ainda bem que ele não estava segurando uma pistola de verdade, Winston pensou.

Os olhos da sra. Parsons se moviam nervosamente entre Winston e as crianças. Na sala mais iluminada, ele percebeu, curioso, que de fato havia poeira nas rugas do rosto dela.

"Eles ficam muito barulhentos", disse ela. "Estão chateados porque não vão ver o enforcamento, é por isso. Estou ocupada demais para levá-los, e Tom não vai chegar do trabalho a tempo."

"Por que não podemos ver o enforcamento?", rugiu o menino bem alto.

"Quero ver o enforcamento! Quero ver o enforcamento!", gritava a menina, meio que dançando.

Alguns prisioneiros eurasianos, culpados de crimes de guerra, seriam enforcados no parque aquela noite, Winston lembrou. Isso acontecia quase uma vez por mês e era um espetáculo popular. As crianças adoravam. Ele se despediu da sra. Parsons e se dirigiu à porta. Não tinha descido nem seis degraus no corredor quando algo atingiu sua nuca de forma penetrante, um golpe doloroso. Foi como se um arame incandescente tivesse se cravado na pele. Virou-se bem a tempo de ver a sra. Parsons arrastando o filho de volta para a porta enquanto o menino escondia no bolso um estilingue. "Goldstein!", berrou o menino quando a porta se fechou. Mas o que deixou Winston mais impressionado foi o olhar de medo impotente no rosto cinzento da mulher.

De volta ao apartamento, ele passou rápido pela teletela e sentou-se de novo à mesa, ainda esfregando o pescoço. A música tinha parado. Em vez disso, uma voz militar cadenciada lia, com uma espécie de prazer brutal, uma descrição dos armamentos da nova Fortaleza Flutuante que acabava de ser ancorada entre a Islândia e as Ilhas Faroé.

Com filhos assim, ele pensou, aquela mulher miserável devia levar uma vida de terror. Mais um ano ou dois e eles já a estariam observando dia e noite, buscando sinais de heterodoxia. Hoje em dia, quase todas as crianças eram horríveis. O pior de tudo era que, por meio de organizações como os Espiões, as crianças iam se transformando sistematicamente em criaturas selvagens e ingovernáveis, e ainda assim, nenhuma tendência de se rebelar contra a disciplina do Partido era produzida nelas. Pelo contrário: adoravam o Partido e tudo que fosse relacionado a ele. As canções, as procissões, os estandartes, as caminhadas, as simulações com armas falsas, a gritaria de slogans, a adoração do Irmão Maior – era tudo uma espécie de jogo glorioso para elas. Toda a ferocidade que sentiam era voltada para fora, contra os inimigos do Estado, contra os estrangeiros, os traidores, os sabotadores, os criminosos da mente. Era quase normal pessoas de mais de trinta anos temerem os próprios filhos. E com razão: não se passava uma semana sem que o *Times* publicasse uma notícia de como algum espião sorrateiro – "pequeno herói" era a expressão usada – tinha escutado um comentário comprometedor e denunciado os próprios pais para a Milícia Mental.

A ardência da bala do estilingue tinha passado. Sem muito entusiasmo, ele pegou a caneta e se perguntou se teria mais alguma coisa para anotar no diário. De repente começou a pensar em O'Brien de novo.

Anos atrás – quanto tempo foi? Uns sete anos, talvez –, ele teve um sonho em que caminhava por uma sala totalmente escura. Quando passou, alguém sentado ao seu lado disse: "Vamos nos encontrar no lugar onde não existe escuridão". A frase foi dita em um tom muito baixo, quase casual – uma sugestão, não uma ordem. Ele continuou caminhando sem parar. O curioso era que, na época, naquele sonho, as palavras não o haviam impressionado muito. Só mais tarde, e aos poucos, pareceram assumir certo simbolismo. Agora não conseguia lembrar se havia sido antes ou depois do sonho que ele vira O'Brien pela primeira vez; nem conseguia mais se lembrar de quando identificara a voz pela primeira vez como sendo a de O'Brien. Mas, de qualquer modo, a identificação existia. Tinha sido O'Brien quem falara com ele no escuro.

Winston nunca foi capaz de ter certeza – mesmo depois da troca de olhares naquela manhã, ainda era impossível ter certeza – se O'Brien era amigo ou inimigo. Mas isso não parecia importar muito. Havia um elo de entendimento entre eles, mais importante do que afeto ou partidarismo. "Vamos nos encontrar no lugar onde não existe escuridão", ele dissera. Winston não sabia o que significava, só que, de uma forma ou de outra, acabaria se tornando realidade.

A voz da teletela pausou. Um toque de trombeta, claro e lindo, flutuou no ar estagnado. A voz continuou de modo áspero:

"Atenção! Sua atenção, por favor! Uma notícia urgente acaba de chegar da frente do Malabar. Nossas forças no sul da Índia conquistaram uma vitória gloriosa. Estou autorizado a afirmar que a ação noticiada a seguir tem grandes chances de nos aproximar do fim da guerra. E aqui vai a notícia urgente..."

Más notícias chegando, pensou Winston. E não deu outra: após a descrição sangrenta da aniquilação de um exército eurasiano, com cifras fantásticas de mortos e prisioneiros, veio o anúncio de que, a partir da semana seguinte, a ração de chocolate seria reduzida de trinta para vinte gramas.

Winston arrotou de novo. O efeito do gim estava passando, o que trazia uma sensação deprimente. A teletela – talvez para comemorar a vitória, talvez para afogar a memória do chocolate perdido – emendou com "Oceânia, glória a ti". O certo era ouvi-la em posição de sentido. No entanto, de onde ele estava, não podia ser visto.

"Oceânia, glória a ti" deu lugar a uma canção mais leve. Winston caminhou até a janela, de costas para a teletela. O dia ainda estava frio e claro. Em algum lugar distante, um míssil explodiu com um rugido surdo e reverberante. Cerca de vinte ou trinta deles caíam sobre Londres toda semana.

Na rua, o vento balançava o pôster rasgado para a frente e para trás, e, carregada de significado, a palavra SOCING aparecia e desaparecia. Socing. Os princípios sagrados do Socing. A falanova, o duplipensar, a mutabilidade do passado. Winston se sentia vagando nas florestas do fundo do mar, perdido em um mundo monstruoso onde ele próprio era o monstro. Estava sozinho. O passado estava morto, o futuro era inimaginável. Que certeza tinha de que um único ser humano vivo estivesse do mesmo lado que ele? E como saber que o domínio do Partido não duraria *para sempre*? Como se em resposta, os três slogans na fachada branca do Ministério da Verdade lhe surgiram de novo:

GUERRA É PAZ
LIBERDADE É ESCRAVIDÃO
IGNORÂNCIA É FORÇA

Tirou uma moeda de vinte e cinco centavos do bolso. Ali também, em letras minúsculas e claras, os mesmos slogans haviam sido inscritos, e, do outro lado da moeda, a face do Irmão Maior. Mesmo na moeda os olhos perseguiam você. Nas moedas, nos selos, nas capas de livros, em banners, pôsteres, na embalagem de um maço de cigarros – em toda parte. Sempre os olhos observando e a voz envolvendo você. Dormindo ou acordado, trabalhando ou comendo, dentro ou fora de casa, no banho ou na cama – não havia fuga. Nada lhe pertencia, exceto alguns centímetros cúbicos dentro do seu crânio.

O sol havia mudado, e as inúmeras janelas do Ministério da Verdade, com a luz não mais brilhando sobre elas, pareciam sombrias como as brechas de uma fortaleza. O coração de Winston fraquejava diante da enorme forma piramidal. Era forte demais, impenetrável. Mil mísseis não a derrubariam. Ele se perguntou de novo para quem estava escrevendo o diário. Para o futuro, para o passado – para uma época que podia ser imaginária. E diante de si não havia a morte, mas a aniquilação. O diário seria reduzido a cinzas e ele próprio, a vapor. Só a Milícia Mental leria o que ele havia escrito, antes de apagar as páginas da existência e da memória. Como apelar para o futuro quando nem um traço de você, nem mesmo uma palavra anônima rabiscada em um pedaço de papel, poderia sobreviver fisicamente?

A teletela marcou catorze horas. Ele precisava sair em dez minutos. Tinha que estar de volta ao trabalho às catorze e trinta. Curioso, o soar da hora parecia ter-lhe dado novo ânimo. Ele era um fantasma solitário proferindo uma verdade que ninguém jamais ouviria. Mas, enquanto a proferisse, de alguma forma obscura a continuidade não seria rompida. Não era se fazendo ouvir, mas mantendo a sanidade, que se podia carregar a herança humana. Voltou à mesa, recarregou a caneta-tinteiro e escreveu:

Para o futuro ou para o passado, para um tempo em que o pensamento é livre, em que os homens são diferentes uns dos outros e não vivem sozinhos – para um tempo em que a verdade existe e o que é feito não pode ser desfeito: da era da uniformidade, da era da solidão, da era do Irmão Maior, da era do duplipensar – saudações!

Ele já estava morto, refletiu. Parecia-lhe que só agora, quando começara a ser capaz de formular seus pensamentos, tinha dado o passo decisivo. As consequências de um ato estão incluídas no ato em si. Escreveu:

O crimepensar não acarreta a morte: o crimepensar É a morte.

Agora que ele se reconhecia como um homem morto, tornava-se importante permanecer vivo pelo máximo de tempo possível. Dois dedos da mão direita estavam manchados de tinta. Exatamente o tipo de detalhe que entregava uma pessoa. Algum fanático intrometido no Ministério (uma mulher, era provável: alguém como a pequena mulher loura ou a menina de cabelos escuros do Departamento de Ficção) podia começar a se perguntar por que ele teria escrito alguma coisa durante o intervalo do almoço, por que tinha usado uma caneta antiquada, *o que* estaria escrevendo – e, em seguida, soltaria alguma dica num lugar apropriado. Ele foi ao banheiro e, com cuidado, esfregou a tinta com o sabão castanho-escuro arenoso que raspava a pele como uma lixa e, portanto, era ideal para a função.

Guardou o diário na gaveta. Totalmente inútil pensar em escondê-lo, mas poderia ao menos ter certeza de se sua existência havia ou não sido descoberta. Um fio de cabelo na ponta das páginas seria óbvio demais. Com a ponta do dedo, catou um grão de poeira branca identificável e o depositou num canto da capa, de onde seria sacudido caso alguém mexesse no caderno.

3 Winston estava sonhando com a mãe.
Ele devia ter, pensava, uns dez ou onze anos quando a mãe sumiu. Ela era alta, escultural, bastante calada, uma mulher de movimentos lentos e um magnífico cabelo louro. O pai, ele lembrava de maneira vaga, era sombrio e magro, usava óculos e estava sempre vestido com roupas escuras e elegantes (Winston lembrava-se em especial das solas finas de seus sapatos). Ambos evidentemente tinham sido engolidos em um dos primeiros grandes expurgos dos anos 1950.

Naquele momento, a mãe estava sentada em algum lugar muito abaixo, com a irmã mais nova dele nos braços. Winston só conseguia se lembrar da irmã como um bebê pequeno e fraco, sempre quieto, olhos grandes e vigilantes. As duas estavam olhando para ele. Estavam em algum lugar subterrâneo – no fundo de um poço, talvez, ou numa sepultura muito profunda –, mas era um lugar que, mesmo muito abaixo dele, estava descendo cada vez mais. Estavam no salão de um navio que afundava, olhando para ele através da água que escurecia. Ainda havia ar no salão, as duas ainda podiam vê-lo, e ele a elas, mas estavam afundando mais e mais nas águas verdes, que logo as esconderiam de sua vista para sempre. Ele estava na luz e no ar enquanto elas estavam sendo sugadas até a morte, e as duas estavam lá porque ele estava aqui. Ele sabia disso e elas sabiam disso, Winston via no semblante delas que sabiam. Porém, não havia censura em seus rostos ou em seus corações, só o reconhecimento de que elas deveriam morrer para que ele pudesse permanecer vivo, e que isso fazia parte da ordem inevitável das coisas.

Ele não conseguia se lembrar do que tinha acontecido, mas sabia no sonho que de algum modo a vida da mãe e da irmã teve de ser sacrificada em troca da sua. Tratava-se de um daqueles sonhos que, embora mantivesse o característico cenário onírico, era uma sequência da vida intelectual da pessoa, que se tornava ciente de fatos e ideias que ainda pareciam novos e valiosos ao acordar. O ponto que de repente atingia Winston agora era que a morte da mãe, quase trinta anos antes, tinha sido trágica e dolorosa de um modo que não seria mais possível hoje. Tragédia, ele percebeu, pertencia aos tempos antigos, a uma época em que ainda havia privacidade, amor e amizade, quando os membros de uma família ficavam lado a lado sem precisar de um motivo. A memória da mãe rasgava seu coração porque ela morrera o amando, quando ele era jovem e egoísta demais para amá-la de volta, e porque, de alguma forma, embora ele não lembrasse como, ela se sacrificara por uma concepção de lealdade privada e inalterável. Essas coisas, ele compreendia, não podiam acontecer mais. Hoje havia o medo, o ódio e a dor, mas não emoções dignas nem tristezas profundas ou complexas. Tudo isso ele parecia ver nos grandes olhos da mãe e da irmã, olhando para ele através da água verde, centenas de metros abaixo dele e ainda afundando.

De repente, estava em uma grama curta e macia, numa tarde de verão em que os raios oblíquos do sol douravam o solo. A paisagem era tão recorrente em seus sonhos que ele nunca sabia ao certo se a vira ou não no mundo real. Em seus devaneios, ele a chamava de País Dourado. Era um gramado antigo marcado por mordidas de coelho, cortado por uma trilha ziguezagueante e um morrinho aqui ou acolá. Na sebe irregular do outro lado do campo, os ramos dos olmos balançavam muito de leve na brisa, as folhas se mexendo em massas densas como o cabelo de uma mulher. Em algum lugar próximo, embora fora de vista, havia um riacho claro e lento onde os robalinhos nadavam nos pequenos lagos que se formavam sob os salgueiros.

A garota de cabelos escuros vinha pelo campo em sua direção. Em um único movimento ela arrancava as roupas e as jogava de lado com desdém. Seu corpo era branco e liso, mas não despertava desejo, na verdade Winston mal prestava atenção nele. O que o dominava naquele instante era a admiração pelo gesto com que ela havia tirado as roupas. Com graça e descuido, parecia aniquilar toda uma cultura, todo um sistema de pensamento, como se o Irmão Maior e o Partido e a Milícia Mental pudessem ser varridos para o nada com um único e esplêndido movimento. Esse também era um gesto pertencente ao tempo antigo. Winston acordou com a palavra "Shakespeare" nos lábios.

A teletela emitiu um apito ensurdecedor que continuou na mesma nota por trinta segundos. Eram sete e quinze, hora de acordar para os funcionários dos escritórios. Winston torceu o corpo para fora da cama – nu, pois um membro do Partido Exterior só recebia três mil cupons de roupas por ano, sendo que um pijama custava seiscentos – e catou uma camiseta suja e um calção largados em uma cadeira. As Atividades Físicas começariam em três minutos. No instante seguinte, ele foi dobrado por uma tosse violenta que sempre o atacava assim que acordava. Seus pulmões ficavam tão esvaziados que ele só conseguia respirar de novo ao se deitar de costas e puxar uma série de suspiros profundos. As veias incharam com o esforço da tosse, e a úlcera varicosa começou a coçar.

"Grupo de trinta a quarenta!", gritou uma penetrante voz feminina. "Grupo de trinta a quarenta! Em seus lugares, por favor. Trinta a quarenta!"

Winston ficou em posição de sentido em frente à teletela, onde já havia aparecido a imagem de uma mulher jovem, magra porém musculosa, vestida com roupas de ginástica e tênis.

"Braços dobrados e esticados!", ela berrava marcando o ritmo. "Vamos lá, comigo! *Um*, dois, três, quatro! *Um*, dois, três, quatro! Bora, camaradas, foco, força e fé! *Um*, dois, três, quatro! *Um*, dois, três quatro!..."

A dor da tosse não tinha expulsado totalmente da cabeça de Winston o efeito causado pelo sonho, e o ritmo dos movimentos o trouxe de volta. Enquanto ele balançava os braços para a frente e para trás de forma mecânica, exibindo no rosto uma expressão sombria de gozo que era considerada adequada durante as Atividades Físicas, esforçava-se para voltar ao período obscuro de sua primeira infância. Era tão difícil. Até o fim dos anos 1950, tudo havia desbotado. Sem registros externos aos quais se referir, até mesmo o esboço de sua própria vida perdia nitidez. Você se lembrava de grandes eventos que provavelmente não tinham acontecido, de detalhes de incidentes, mas sem ser capaz de recapturar a atmosfera deles, e havia muitos períodos em branco aos quais você não conseguia atribuir memória alguma. Tudo costumava ser diferente. Até os países e suas formas no mapa eram diferentes. A Faixa Aérea Um, por exemplo, não tinha esse nome na época: era chamada de Inglaterra ou Grã-Bretanha, embora Londres, ele tinha quase certeza, sempre tivesse sido Londres.

Winston não conseguia se lembrar de um período específico em que o país não estivesse em guerra, mas era evidente que houvera um longo intervalo de paz durante sua infância, porque uma das primeiras memórias que tinha era a de um ataque aéreo que parecia ter pego todo mundo de surpresa. Talvez tivesse sido quando a bomba atômica caiu em Colchester. Ele não recordava o ataque em si, mas se lembrava da mão de seu pai segurando a sua enquanto eles desciam correndo, para baixo, cada vez mais para baixo em algum lugar profundo na terra, uma escada girando e girando em espiral que cansou tanto suas pernas que ele começou a choramingar e eles tiveram de parar e descansar. A mãe, com seu jeito lento e sonhador, seguia muito atrás deles. Ela carregava a irmãzinha – ou talvez fosse só um pacote de cobertores: não tinha certeza de que a irmã já havia nascido nessa ocasião. Afinal emergiram em um lugar barulhento e lotado, que ele percebera ser uma estação de metrô.

Havia pessoas sentadas por todo o piso de pedra, e outras aglomeradas em beliches de metal empilhados um sobre o outro. Winston e os pais encontraram um lugar no chão, perto de um velho e uma velha sentados lado a lado num beliche. O velho usava um terno escuro e decente e um boné preto de tecido empurrado para trás, revelando os cabelos brancos: seu rosto era vermelho, com olhos azuis e cheios de lágrimas. Ele fedia a gim. A bebida saía da pele como suor, e alguém poderia imaginar que as lágrimas brotando de seus olhos fossem gim puro. Embora meio bêbado, ele também sofria de alguma dor genuína e insuportável. De sua perspectiva infantil, Winston percebia que algo terrível, algo imperdoável e irremediável, tinha acabado de acontecer. Também parecia saber do que se tratava. Alguém que o velho amava, talvez uma netinha, havia morrido. A cada dois minutos o velho repetia:

"A gente não tinha que ter confiado neles. Eu te disse isso, mãe, não disse? É nisso que dá confiar neles. Eu disse desde o início. A gente não tinha que ter confiado nesses escrotos."

Mas que escrotos eram esses em quem não deveriam ter confiado Winston não conseguia se lembrar.

Desde então, a guerra tinha sido contínua, embora nem sempre fosse especificamente a mesma guerra. Durante a infância de Winston, por vários meses aconteceram confusas brigas de rua na própria Londres, algumas das quais ele recordava de modo vívido. Mas delinear a história de todo o período e afirmar quem estava lutando contra quem num dado momento seria impossível, uma vez que nenhum registro escrito e nenhuma palavra falada jamais fazia menção a qualquer outro alinhamento diferente do existente. Neste momento, por exemplo, em 1984 (se é que era mesmo 1984), a Oceânia estava em guerra com a Eurásia e em aliança com a Lestásia. Nenhuma declaração pública ou privada admitia que, em outro momento, os três poderes haviam se agrupado em alianças diferentes. Na verdade, como Winston bem sabia, fazia só quatro anos desde que a Oceânia estivera em guerra com a Lestásia e em aliança com a Eurásia.

Mas isso era apenas um conhecimento furtivo que ele por acaso detinha, porque sua memória não estava sob um nível satisfatório de controle. A mudança oficial de aliados nunca tinha acontecido. A Oceânia estava em guerra com a Eurásia: portanto, a Oceânia sempre estivera em guerra com a Eurásia. O inimigo do momento sempre representava o mal absoluto, o que tornava qualquer acordo passado ou futuro com ele impossível.

O mais assustador, ele refletia pela décima milésima vez enquanto forçava os ombros dolorosamente para trás (com as mãos nos quadris, devia girar a cintura, exercício que diziam ser bom para os músculos das costas) – o mais assustador era que talvez fosse tudo verdade. Se o Partido podia colocar as mãos no passado e afirmar que este ou aquele evento *nunca tinham acontecido* – isso, decerto, não seria bem mais assustador do que a tortura e a morte?

O Partido dizia que a Oceânia nunca fizera uma aliança com a Eurásia. Ele, Winston Smith, sabia que a Oceânia estava em plena aliança com a Eurásia não mais que quatro anos antes. Mas de onde vinha esse conhecimento? Apenas de sua própria consciência, que, em todo caso, logo seria aniquilada. E se todos os outros aceitavam a mentira que o Partido impunha – se todos os registros contavam a mesma história –, então a mentira passava para a história e se tornava a verdade. "Quem controla o passado controla o futuro; quem controla o presente controla o passado", rezava o slogan do Partido. E apesar de tudo isso, o passado, embora de natureza alterável, nunca tinha sido alterado. O que quer que fosse verdade agora era verdade desde sempre e para sempre. Era muito simples. Bastava criar uma série interminável de vitórias sobre a própria memória. "Controle de realidade", diziam. Em falanova: duplipensar.

"Parou!", gritou a instrutora, quase cordial.

Winston jogou os braços para os lados e, bem devagar, recarregou os pulmões. Sua mente deslizou para o mundo labiríntico do duplipensar. Saber e não saber, ter consciência de uma completa veracidade no momento em que se conta mentiras construídas com cuidado, sustentar ao mesmo tempo duas opiniões que se cancelam, sabendo que são contraditórias e acreditando em ambas; usar lógica contra lógica, repudiar a moralidade ao reivindicá-la; acreditar que a democracia era impossível e que só o Partido era o guardião de democracia; esquecer o que fosse necessário esquecer, e então trazer os fatos à memória outra vez no momento em que fosse necessário, e então de pronto esquecê-lo outra vez; e acima de tudo, aplicar o mesmo processo ao processo em si. Esta era a sutileza final: de maneira consciente, induzir a inconsciência, e então, mais uma vez, tornar-se inconsciente do próprio ato de hipnose que acabara de realizar. Até mesmo entender a palavra "duplipensar" envolvia o uso do duplipensar.

A instrutora chamou a atenção deles de novo.

"E agora vamos ver quem consegue tocar os dedos dos pés!", falou, entusiasmada. "Sem dobrar os joelhos, por favor, camaradas. *Um*, dois! *Um*, dois!..."

Winston detestava esse exercício, que disparava pontadas de dor desde os calcanhares até as nádegas e muitas vezes culminava em outra tosse. A sensação desagradável contaminou suas meditações. O passado, refletia, não tinha sido só alterado, mas de fato destruído. Como seria possível acreditar mesmo no fato mais óbvio se ele não possuía registro algum fora de sua memória? Tentou lembrar em que ano tinha escutado pela primeira vez uma menção ao Irmão Maior. Devia ter sido em algum momento dos anos 1960, mas era impossível ter certeza. No Partido, claro, havia histórias de como o Irmão Maior havia sido o líder e guardião da Revolução desde os primeiros dias. Suas façanhas eram gradualmente empurradas para trás no tempo a ponto de se estenderem até o fabuloso mundo dos anos 1940 e até 1930, quando os capitalistas, com suas estranhas cartolas, ainda andavam pelas ruas de Londres em enormes automóveis brilhantes ou carruagens com laterais de vidro puxadas por cavalos. Não havia como saber quanto dessa lenda era verdade e quanto era invenção. Winston não conseguia sequer lembrar em que data o próprio Partido passara a existir. Ele acreditava não ter escutado o termo Socing antes de 1960, mas era possível que em falavelha – ou seja, "Socialismo inglês" – seu significado já existisse antes. Tudo derretia na névoa. Às vezes, de fato, você conseguia identificar uma mentira deslavada. Não era verdade, por exemplo, como os livros de História do Partido afirmavam, que o Partido havia inventado os aviões. Ele se lembrava de ter visto aviões durante a primeira infância. Mas não dava para provar nada. Nunca havia evidência de nada. Só uma vez em toda a vida ele tivera nas mãos uma prova documental inconfundível da falsificação de um fato histórico. E naquela ocasião...

"Smith!", gritou a megera da teletela. "6079 W. Smith! Sim, *você mesmo*! Por favor, abaixe-se mais! Você consegue mais que isso. Não está se esforçando. Por favor, abaixe-se! Aí *sim*, melhorou, camarada. Agora, time, todo mundo em pé. Relaxando. Olhem pra mim."

Um súbito suor quente brotou por todo o corpo de Winston. Seu rosto permanecia completamente inescrutável. Nunca mostrar desânimo! Nunca mostrar ressentimento! Um único piscar de olhos poderia denunciá-lo. Ele ficou observando enquanto a instrutora erguia os braços acima da cabeça e – não se poderia dizer com graça, mas com notável precisão e eficiência – se curvava para encaixar as pontas dos dedos das mãos sob os dedos dos pés.

"*Assim*, camaradas! É *assim* que eu quero ver vocês fazendo. Olhem pra mim de novo. Tenho trinta e nove anos e quatro filhos. Agora olhem." Ela se curvou outra vez. "Vocês estão vendo que os *meus* joelhos não estão dobrados. Todos vocês também conseguem, é só querer", ela prosseguiu, se endireitando. "Qualquer um com menos de quarenta e cinco anos é perfeitamente capaz de tocar os dedos dos pés. Não temos o privilégio de lutar na linha de frente, mas pelo menos podemos nos manter em forma. Pensem em nossos meninos lá no front do Malabar! E nos marinheiros nas Fortalezas Flutuantes! Imaginem só o perrengue que *eles* têm que aguentar! Agora tentem de novo. Assim está melhor, camaradas, assim está *bem* melhor", ela acrescentou de maneira encorajadora quando Winston, num impulso violento, conseguiu tocar os dedos dos pés com os joelhos esticados pela primeira vez em muitos anos.

4

Com um suspiro profundo e inconsciente que nem mesmo a proximidade da teletela poderia impedi-lo de soltar quando seu dia de trabalho começava, Winston puxou o ditafone, soprou a poeira do bocal e colocou os óculos. Na sequência, desenrolou e prendeu quatro pequenos cilindros de papel que já tinham saído do tubo pneumático do lado direito de sua escrivaninha.

Nas paredes do cubículo havia três orifícios. À direita do ditafone, um pequeno tubo pneumático para as mensagens escritas; à esquerda, um maior para os jornais; na parede lateral, ao alcance da mão de Winston, uma grande fenda oval protegida por um gradeado de arame. Esta última servia para o descarte de resíduos de papel. Fendas semelhantes existiam aos milhares ou dezenas de milhares em todo o edifício, não apenas em todas as salas, mas também a intervalos curtos em todos os corredores. Por alguma razão, eram apelidados de buracos de memória. Quando alguém sabia que um documento tinha que ser destruído, ou mesmo quando alguém via um pedaço de papel usado perdido, era uma ação automática levantar a abertura do buraco de memória mais próximo e atirá-lo ali dentro, onde seria levado, em uma corrente de ar quente, para os gigantescos fornos escondidos em algum lugar nos recessos do edifício.

Winston examinou os quatro pedaços de papel que tinha desenrolado. Cada um continha uma mensagem de uma ou duas linhas, escritas no jargão abreviado – não propriamente falanova, mas consistindo de muitas palavras em falanova – que se usava no Ministério para assuntos internos. Diziam:

times 17.3.84 im discurso malreportado áfrica retificar
times 19.12.83 previsões 3 anos 4º trimestre 83 erros de impressão verificar problema atual
times 14.2.84 minigrande chocolate malcotado retificar
times 3.12.83 relatando im ordem do dia duplimaisdes-

bom ref despessoas reescrever cheiamente mostrarsup antearquivo

Com uma leve sensação de satisfação, Winston colocou a quarta mensagem à parte. Era um trabalho complexo que demandava responsabilidade, e seria melhor tratar dele por último. Os outros três eram assuntos de rotina, embora o segundo provavelmente fosse envolver o desbravamento de uma lista tediosa de números.

Winston digitou "números atrasados" na teletela e pediu as edições necessárias do *Times*, que deslizaram para fora do tubo pneumático depois de poucos minutos. As mensagens recebidas se referiam a artigos ou notícias que por uma razão ou outra deviam ser alterados, ou, como dizia o jargão, retificados. Por exemplo, apareceu no *Times* de dezessete de março que o Irmão Maior, em seu discurso do dia anterior, havia previsto que o front do sul da Índia permaneceria tranquilo, mas que uma ofensiva eurasiana seria lançada em breve no norte da África. Mas na verdade o Comando Superior da Eurásia tinha lançado uma ofensiva no sul da Índia e deixado o norte da África em paz. Portanto, foi preciso reescrever um parágrafo do discurso do Irmão Maior para que ele previsse o que de fato tinha acontecido.

Ou ainda, o *Times* de 19 de dezembro havia publicado previsões oficiais da produção de várias mercadorias no quarto trimestre de 1983, que também tinha sido o sexto trimestre do Nono Plano Trienal. A edição do dia de hoje continha uma declaração do verdadeiro volume de produção, a partir da qual percebia-se que as previsões estavam erradas em todos os casos. O trabalho de Winston era retificar os números anteriores, fazendo-os concordar com os atuais. Quanto à terceira mensagem, referia-se a um erro muito simples, que podia ser corrigido em alguns minutos. Pouco tempo atrás, em fevereiro, o Ministério da Grandeza havia emitido uma promessa ("garantia categórica" eram as palavras oficiais) de que não haveria redução da ração de chocolate durante 1984. Na verdade, como Winston estava ciente, a ração de chocolate seria reduzida de trinta gramas a vinte no final da semana. Era necessário substituir a promessa original por um aviso de que provavelmente a ração de chocolate seria reduzida em abril.

Assim que Winston acabou de lidar com cada mensagem, juntou as correções ditafonadas às respectivas edições do *Times* e empurrou-as para o tubo pneumático. Então, com um movimento tão inconsciente quanto possível, amassou a mensagem original e todas as notas que tinha tomado e jogou-as no buraco da memória para serem devoradas pelas chamas.

Ele não conhecia os detalhes do que acontecia no labirinto invisível para o qual os tubos pneumáticos eram conduzidos, mas tinha uma ideia por alto. Assim que todas as correções necessárias em uma edição específica do *Times* fossem reunidas, a edição seria reimpressa, a cópia original seria destruída e a cópia corrigida seria arquivada em seu lugar. Esse processo contínuo de alteração era aplicado não só a jornais como também a livros, revistas, panfletos, pôsteres, folhetos, filmes, trilhas sonoras, desenhos animados, fotografias – qualquer tipo de material de comunicação ou documento que pudesse conter algum significado político ou ideológico. Dia a dia, e quase minuto a minuto, o passado era atualizado. Dessa maneira, todas as previsões feitas pelo Partido poderiam ser confirmadas por uma evidência documental; qualquer notícia ou expressão de opinião que conflitassem com as necessidades do momento eram apagadas dos registros. Toda a história era um palimpsesto, limpo e reinscrito tantas vezes quantas fossem necessárias. Em nenhum desses casos seria possível, uma vez feita a revisão, provar que qualquer falsificação havia ocorrido. A maior seção do Departamento de Registros, muito maior do que aquela em que Winston trabalhava, consistia em pessoas cujo único dever era rastrear e coletar todas as cópias de livros, jornais e outros documentos que haviam sido substituídos, para que fossem destinados à destruição. Por causa de mudanças no alinhamento político, ou de profecias equivocadas proferidas pelo Irmão Maior, uma edição do *Times* poderia ser reescrita uma dúzia de vezes e ainda aparecer com sua data original, e nenhuma outra cópia existiria para contradizê-la.

Livros, também, eram recolhidos e reescritos várias vezes, e sempre republicados sem nenhuma informação de que haviam sido alterados. Mesmo as instruções escritas que Winston recebia, das quais ele se livrava assim que terminava o trabalho, jamais diziam ou sugeriam que um ato de falsificação estava sendo cometido: a referência sempre era a deslizes, gralhas, erros tipográficos ou citações equivocadas que precisavam ser corrigidos em defesa da precisão.

Mas, na verdade, ele pensava enquanto reajustava os números do Ministério da Grandeza, não se tratava de falsificação. Era apenas a substituição de uma idiotice por outra. A maior parte do material com que se lidava naquela função não tinha conexão alguma com o mundo real, nem mesmo o tipo de conexão contida em uma mentira. As estatísticas eram tão fantasiosas na versão original quanto na versão revisada. Uma grande parte do tempo, esperava-se que você tirasse os números da própria cabeça. Por exemplo, o Ministério da Grandeza havia estimado a produção de botas para o trimestre em cento e quarenta e cinco milhões de pares. A produção real anunciada foi de sessenta e dois milhões. Winston, no entanto, ao reescrever a previsão, abaixou o número para cinquenta e sete milhões, de modo a permitir a alegação usual de que a cota havia sido excedida. Em todo caso, sessenta e dois milhões não estavam mais perto da verdade do que cinquenta e sete milhões ou cento e quarenta e cinco milhões. Era muito provável que, no fim das contas, nenhuma bota tivesse sido produzida. Era mais provável ainda que ninguém soubesse quantas botas tinham sido produzidas, e ninguém ligava pra isso. Tudo o que se sabia era que a cada trimestre um número astronômico de botas era produzido no papel, enquanto talvez metade da população da Oceânia andava descalça. E isso acontecia com todo tipo de fato registrado, grande ou pequeno. Tudo desaparecia em um mundo de sombras onde, enfim, até mesmo a data do ano era incerta.

Winston deu uma espiada para o outro lado do corredor. No cubículo correspondente ao seu, mas do outro lado, um homem pequeno, cara de janota e cavanhaque escuro chamado Tillotson estava trabalhando sem parar, com um jornal dobrado no colo e a boca muito perto do bocal do ditafone. Parecia querer manter um ar sigiloso entre ele e a teletela. Olhou para cima, e seus óculos lançaram um brilho hostil na direção de Winston.

Winston mal conhecia Tillotson e não tinha ideia de que trabalho ele fazia. No Departamento de Registros, o pessoal não ficava falando sobre suas ocupações. No longo corredor sem janelas, com a fila dupla de cubículos e o interminável farfalhar de papéis e zumbido de vozes murmurando nos ditafones, havia uma dúzia de pessoas cujo nome Winston nem sequer sabia, embora as visse todos os dias correndo de um lado para o outro pelos corredores ou gesticulando nos Dois Minutos de Ódio. Ele sabia que no cubículo ao lado dele a pequena mulher loura labutava dia sim, dia não, apenas para rastrear e apagar da imprensa os nomes de pessoas que haviam sido vaporizadas e que, portanto, nunca tinham existido. Havia certa ironia nisso, já que o próprio marido da loura tinha sido vaporizado alguns anos antes. A alguns cubículos de distância, um sujeito ineficaz e sonhador chamado Ampleforth, com muito cabelo nos ouvidos e um talento surpreendente para fazer malabarismos com rimas e métricas, estava envolvido na produção de versões ilegíveis – textos definitivos, como eram chamados – de poemas que haviam sido considerados ideologicamente ofensivos, mas que por qualquer razão deveriam ser mantidos nas antologias. E aquele salão, com cerca de cinquenta trabalhadores, era só uma subseção, uma única célula, por assim dizer, na enorme complexidade do Departamento de Registros. Além, acima, abaixo, estavam outros enxames de trabalhadores envolvidos em uma infinidade de funções inimagináveis. Havia grandes gráficas com subeditores, especialistas em tipografia e estúdios superequipados para a falsificação de fotografias. Havia ainda a seção de teleprogramas com engenheiros, produtores e equipes de atores especialmente escolhidos por sua habilidade de imitar vozes. Havia os exércitos de escriturários cujo único trabalho era elaborar listas de livros e periódicos que deveriam ser recolhidos. Havia os vastos repositórios onde os documentos retificados eram armazenados, os fornos escondidos onde as cópias originais seriam destruídas. E em algum lugar, bastante anônimo, havia a cúpula dos cérebros que coordenavam todo o esforço e estabeleciam as linhas políticas que tornariam necessário preservar este fragmento do passado, falsificar aquele e eliminar totalmente aquele outro.

E o Departamento de Registros, afinal, era só um único ramo do Ministério da Verdade, cuja função principal não era reconstruir o passado, mas fornecer aos cidadãos de Oceânia jornais, filmes, livros didáticos, programas de teletela, peças de teatro, romances – todo tipo concebível de informação, instrução ou entretenimento, de uma estátua a um slogan, de um poema lírico a um tratado biológico, de um livro de gramática infantil a um dicionário de falanova. E o Ministério não supria apenas as múltiplas necessidades do Partido, mas também repetia a operação inteira em um nível menor para o proletariado. Havia toda uma cadeia de departamentos separados que lidavam com literatura prole, música, dramaturgia e entretenimento em geral. Ali eram produzidos tabloides sensacionalistas contendo nada além de esporte, crime e astrologia, filmes transbordando de sexo, romances água com açúcar de cinco centavos e canções cafonas compostas de modo inteiramente mecânico em um tipo especial de caleidoscópio conhecido como versificador. Existia até uma subseção inteira – Secporno, em falanova – empenhada em produzir o tipo mais baixo de pornografia, enviada em pacotes lacrados que nenhum membro do Partido tinha permissão de ver, exceto aqueles que trabalhavam nela.

Três mensagens haviam deslizado para fora do tubo pneumático enquanto Winston estava trabalhando; eram questões simples, e ele se livrou delas antes que os Dois Minutos de Ódio o interrompessem. Quando o Ódio acabou, ele voltou ao cubículo, pegou o *Dicionário de Falanova* da prateleira, empurrou o ditafone de lado, limpou os óculos e se acomodou para a tarefa principal da manhã.

O maior prazer da vida de Winston era o trabalho. Boa parte dele consistia em uma rotina tediosa, mas havia também tarefas tão difíceis e intrincadas que era possível se perder nelas como nas profundezas de um problema matemático – peças delicadas de falsificação em que não havia nada para guiá-lo, exceto o conhecimento dos princípios do Socing e uma percepção estimada do que o Partido queria que você dissesse. Winston era bom nesse tipo de coisa. Por vezes, tinha até sido encarregado de retificar os principais artigos do *Times*, que eram todos escritos em falanova. Desenrolou a mensagem que havia guardado para o fim. Dizia:

times 3.12.83 relatando im ordem do dia duplimaisdesbom ref despessoas reescrever cheiamente mostrarsup antearquivo

Em falavelha (ou inglês padrão), isso poderia ser lido como:

A reportagem sobre a Ordem do Dia do Irmão Maior no Times de 3 de dezembro de 1983 é extremamente insatis-

fatória e faz referências a pessoas inexistentes. Reescrever por completo e enviar seu projeto para uma autoridade superior antes de arquivar.

Winston leu o artigo em questão. A Ordem do Dia do Irmão Maior, ao que parecia, tinha sido dedicada a elogiar o trabalho de uma organização conhecida como FFCC, que fornecia cigarros e outras regalias para os marinheiros nas Fortalezas Flutuantes. Um certo camarada Withers, membro proeminente do Núcleo do Partido, tinha sido destacado para menção especial e premiado com uma condecoração, a Ordem do Mérito Conspícuo, Segunda Classe.

Três meses depois, o FFCC foi dissolvido sem nenhuma justificativa. Podia-se supor que Withers e seus colegas estivessem agora em desgraça, mas não houve relato do assunto na imprensa ou na teletela. Isso era de se esperar, uma vez que era incomum opositores políticos serem levados a julgamento ou mesmo denunciados abertamente. Os grandes expurgos envolvendo milhares de pessoas, com julgamentos públicos de traidores e criminosos da mente que faziam confissões abjetas de seus crimes e depois eram executados, serviam como punições raras e exemplares, que ocorriam em média a cada dois anos. O mais comum era pessoas que haviam incorrido no desprazer do Partido apenas desaparecerem, de modo que nunca mais se ouvia falar delas. Ninguém tinha a menor ideia do que acontecia com essas pessoas. E em alguns casos, podiam nem mesmo estar mortas. Talvez umas trinta pessoas que Winston tinha conhecido pessoalmente, sem contar seus pais, haviam sumido.

Winston coçou o nariz de leve com um clipe de papel. No cubículo do outro lado do corredor, o camarada Tillotson ainda estava agachado para se esconder, debruçado no ditafone. Ergueu a cabeça por um momento: de novo o olhar hostil. Winston se perguntou se o camarada Tillotson teria o mesmo trabalho que ele. Era bem possível. Um trabalho tão complicado nunca seria confiado a uma pessoa só: por outro lado, entregá-lo a um comitê seria admitir que um ato de falsificação estava ocorrendo. Era muito provável que até uma dúzia de pessoas estivessem trabalhando naquele momento em versões diversas do que o Irmão Maior de fato havia falado. E no fim, alguma das cabeças pensantes do Núcleo do Partido selecionaria esta versão ou aquela, a reeditaria e daria início aos complexos processos de referências cruzadas que seriam necessários, e então a mentira escolhida passaria para os registros permanentes e se tornaria a verdade.

Winston não sabia por que Withers havia caído em desgraça. Talvez por corrupção ou incompetência. Talvez o Irmão Maior estivesse apenas se livrando de um subordinado popular demais. Talvez Withers ou alguém próximo a ele fosse suspeito de tendências heréticas. Ou talvez – a hipótese mais provável de todas – a coisa simplesmente tivesse acontecido porque expurgos e vaporizações eram uma parte necessária da mecânica de governo. A única pista real estava nas palavras "ref despessoas", o que indicava que Withers já estava morto. Não se podia supor que esse fosse sempre o caso quando pessoas eram presas. Às vezes, elas eram soltas e autorizadas a permanecer em liberdade por até um ou dois anos antes de serem executadas. Às vezes, alguém que você acreditava estar morto havia muito tempo fazia uma reaparição fantasmagórica em algum julgamento público, em que implicava centenas de outras pessoas com seu testemunho antes de desaparecer, dessa vez para sempre. Withers, no entanto, já era uma *despessoa*. Ele não existia: nunca tinha existido. Winston decidiu que não seria suficiente apenas reverter a tendência do discurso do Irmão Maior. Era melhor alguma coisa cem por cento desconectada do assunto original.

Ele podia transformar o discurso na denúncia usual de traidores e criminosos da mente, mas isso era um pouco óbvio; por outro lado, inventar uma vitória no front, ou algum triunfo de superprodução no Nono Plano Trienal, poderia complicar demais os registros. Era preciso uma peça de fantasia pura. De repente, uma despontou em sua cabeça, pronta, por assim dizer, a imagem de certo camarada Ogilvy que havia morrido recentemente em batalha, em circunstâncias heroicas. Houve ocasiões em que o Irmão Maior dedicou sua Ordem do Dia a festejar alguns humildes e rudes membros do Partido cuja vida e morte eram citadas como exemplos dignos de serem seguidos. Hoje ele festejaria o camarada Ogilvy. Era verdade que não existia nenhum camarada Ogilvy, mas bastavam algumas linhas escritas e algumas fotos falsas para trazê-lo à existência.

Winston pensou um instante, então puxou o ditafone e começou a ditar no estilo familiar do Irmão Maior: um estilo ao mesmo tempo militar e pedante, e que, devido ao truque de fazer perguntas e logo em seguida respondê-las ("Que lições aprendemos com este fato, camaradas? A lição – que também é um dos princípios fundamentais do Socing – é que etc. etc."), era fácil de imitar.

Aos três anos, o camarada Ogilvy recusara todos os brinquedos, exceto uma bateria, uma submetralhadora e um helicóptero. Aos seis – um ano mais cedo, por um relaxamento especial das regras –, ele se juntara aos Espiões; aos nove, já era líder de tropa. Aos onze, denunciara o próprio tio à Milícia Mental depois de ouvir uma conversa que lhe parecia ter tendências criminosas. Aos dezessete, ele era organizador distrital da Liga Mirim Antissexo. Aos dezenove, havia projetado uma granada de mão que foi adotada pelo Ministério da Paz e que, em seu primeiro teste, matou trinta e um prisioneiros eurasianos de uma vez só. Aos vinte e três, ele morreu em ação. Perseguido por jatos inimigos enquanto voava sobre o Oceano Índico levando importantes despachos, ele amarrou a metralhadora ao corpo e saltou do helicóptero em águas profundas, com despachos e tudo – um fim, disse o Irmão Maior, impossível de contemplar sem sentir inveja. O Irmão Maior adicionou algumas observações sobre a pureza e a obstinação da vida do camarada Ogilvy. Tinha sido abstêmio e não fumante, nunca se divertia, a não ser por uma hora diária no ginásio, e fizera voto de celibato, acreditando que o casamento e o cuidado com uma família seriam incompatíveis com a devoção ao dever vinte e quatro horas por dia. Não tinha outros assuntos de conversa exceto os princípios do Socing, e nenhum objetivo na vida que não fosse derrotar o inimigo eurasiano e caçar espiões, sabotadores, criminosos da mente e traidores.

Winston debateu consigo mesmo se deveria premiar o camarada Ogilvy com a Ordem do Mérito Conspícuo: no fim, decidiu que seria melhor não, por causa da desnecessária referência cruzada que isso acarretaria.

Mais uma vez, olhou para seu rival no cubículo oposto. Pressentia que Tillotson estava ocupado fazendo o mesmíssimo trabalho que ele. Não tinha como saber que versão seria adotada ao final, mas sentia uma profunda convicção de que seria a sua. O camarada Ogilvy, não imaginado uma hora antes, era agora um fato. Parecia-lhe curioso poder criar homens mortos, mas não homens vivos. O camarada Ogilvy, que nunca existira no presente, agora existia no passado e, uma vez que o ato de falsificação fosse esquecido, ele existiria com a mesma autenticidade e com a mesma evidência que Carlos Magno ou Júlio César.

5

Na cantina de teto baixo, lá no subsolo, a fila do almoço o empurrava aos poucos para a frente. A sala já estava bem cheia e barulhenta, quase ensurdecedora. Da grade no balcão escapava o vapor de guisado, com um cheiro metálico azedo que não encobria de todo os vapores do gim Victory. Do outro lado da sala havia um pequeno bar, um mero buraco na parede, onde o gim podia ser comprado por dez centavos a dose grande.

"Exatamente o homem que eu procurava", disse uma voz atrás de Winston.

Ele se virou. Era seu amigo Syme, que trabalhava no Departamento de Pesquisa. Talvez "amigo" não fosse bem o termo correto. Ninguém tinha amigos hoje em dia, tinha camaradas: mas havia alguns camaradas cuja companhia era mais agradável que a de outros. Syme era filólogo, especialista em falanova. Inclusive, ele fazia parte da enorme equipe de especialistas engajada em compilar a décima primeira edição do *Dicionário de Falanova*. Era uma criatura minúscula, menor que Winston, com cabelos escuros e grandes olhos protuberantes, ao mesmo tempo tristes e zombeteiros, que pareciam examinar seu rosto de perto enquanto falava com você.

"Queria te perguntar se você não teria alguma lâmina de barbear", disse.

"Nenhuma!", respondeu Winston depressa, sentindo-se culpado. "Procurei em tudo que é lugar. Não existem mais."

Todo mundo vivia pedindo lâminas de barbear. Na verdade, ele tinha duas lâminas sem uso, que estava guardando. Fazia uns meses que elas estavam em falta. Sempre havia algum artigo essencial que as lojas do Partido não conseguiam fornecer. Às vezes eram botões, às vezes era lã para cerzir, às vezes eram cadarços; no momento, eram lâminas de barbear. Só era possível arranjá-las, se é que existiam, fuçando meio que às escondidas no "mercado livre".

"Estou usando a mesma lâmina já faz seis semanas", Winston acrescentou, mentindo.

A fila deu outro empurrão para a frente. Quando pararam, ele se virou e encarou Syme de novo. Cada um deles pegou uma bandeja de metal gordurosa de uma pilha na borda do balcão.

"Você foi ver os prisioneiros serem enforcados ontem?", perguntou Syme.

"Estava trabalhando", disse Winston, indiferente. "Acho que vão passar no noticiário."

"Um substituto pouco satisfatório", disse Syme.

Seus olhos zombeteiros percorreram o rosto de Winston. "Eu te conheço", seus olhos pareciam dizer. "Te conheço bastante. Sei muito bem por que você não foi ver aqueles prisioneiros serem enforcados." De uma forma intelectual, Syme era ortodoxo num estilo venenoso. Conversava com uma satisfação desagradável e malévola sobre os ataques de helicóptero às aldeias inimigas, os julgamentos e confissões de criminosos da mente, as execuções nos porões do Ministério do Amor. Falar com ele era basicamente uma questão de tentar desviá-lo de tais assuntos e envolvê-lo, se possível, nos tecnicismos da falanova, em que ele demonstrava autoridade e conhecimento. Winston virou a cabeça um pouco para o lado para evitar o exame minucioso dos grandes olhos escuros.

"Foi um bom enforcamento", disse Syme, reflexivo. "Acho que estraga quando amarram os pés juntos. Gosto de vê-los chutando. E mais que tudo, no fim, a língua para fora ficando azul – um azul bem brilhante. Esse é o detalhe que me chama atenção."

"Próximo, por favor!", gritou o proleta de avental branco com a concha.

Winston e Syme empurraram as bandejas por baixo da grade. Para cada um foi despejado sem demora o almoço regulamentar – uma vasilha de metal contendo um guisado rosa acinzentado, um pedaço de pão, um cubo de queijo, uma caneca de café Victory sem leite e um tablete de sacarina.

"Tem uma mesa ali, perto daquela teletela", disse Syme. "No caminho a gente pega um gim."

O gim foi servido a eles em canecas de porcelana sem alça. Abriram caminho pela sala lotada e colocaram as bandejas sobre uma mesa com tampo de metal onde, em um dos cantos, alguém tinha deixado uma poça de ensopado, uma nojeira líquida e fedorenta que parecia um jorro de vômito. Winston pegou a caneca de gim, parou por um instante para reunir coragem e engoliu o troço com gosto de óleo. Quando limpou as lágrimas dos olhos numa piscada, de repente descobriu estar com fome. Começou a abocanhar colheradas do ensopado que, em seu desleixo geral, incluía cubos de uma substância esponjosa rosada, provavelmente um preparado de carne. Nenhum deles falou de novo até esvaziarem as marmitas. Na mesa à esquerda de Winston, um pouco atrás de suas costas, alguém falava rápido e de maneira contínua, uma tagarelice áspera que parecia um pato grasnando, perfurando o tumulto geral da sala.

"Como vai o dicionário?", perguntou Winston, levantando a voz por cima do ruído.

"Devagar", disse Syme. "Estou nos adjetivos. É fascinante."

Ele se animou na mesma hora com a menção da falanova. Empurrou a marmita para o lado, pegou seu pedaço de pão com a mão delicada, o queijo com a outra, e se inclinou sobre a mesa para poder falar sem gritar.

"A décima primeira edição é a edição definitiva", ele disse. "Estamos colocando a linguagem em sua forma final – a forma que vai tomar quando ninguém mais falar outra coisa. Quando a gente acabar com isso, pessoas como você terão que aprender tudo de novo. Você pode pensar, eu ousaria dizer, que nossa principal tarefa é inventar palavras novas. Nada disso! Estamos é destruindo palavras – dezenas, centenas delas, todo dia. A gente está reduzindo a linguagem até o osso. A décima primeira edição não conterá uma única palavra que se tornará obsoleta antes do ano de 2050."

Ele mordeu o pão com vontade e engoliu alguns bocados, depois continuou a falar, naquela paixão pedante. Seu rosto magro e sombrio se animou, os olhos perderam a expressão zombeteira e ficaram quase sonhadores.

"É uma coisa linda a destruição de palavras. Claro que o maior desperdício está nos verbos e adjetivos, mas existem centenas de substantivos que também podem ser eliminados. Não só os sinônimos, mas também os antônimos. Afinal, qual é a justificativa para uma palavra que é apenas o oposto de outra? Uma palavra contém seu oposto em si mesma. Veja 'bom', por exemplo. Se você tem uma palavra como 'bom', que necessidade há de uma palavra como 'mau'? 'Desbom' também serve – melhor, porque é seu exato oposto, o que a outra não é. Ou ainda, se você quiser uma versão forte de 'bom', que sentido faz ter toda uma série de palavras vagas e inúteis como 'excelente' e 'esplêndido' e todo o resto? 'Maisbom' dá conta do significado; ou 'duplimaisbom', se você quiser algo mais forte ainda. Claro que já usamos essas fórmulas, mas na versão final da falanova não vai ter mais nada. No fim, toda a noção de bondade e maldade será coberta por apenas seis palavras – que na verdade são uma só. Você não vê a beleza disso, Winston? Foi uma ideia original do IM, claro", ele acrescentou como um detalhe extra.

Uma espécie de empenho insípido atravessou o rosto de Winston à menção do Irmão Maior. No entanto, Syme detectou imediatamente certa falta de entusiasmo.

"Você não gosta muito da falanova, Winston", ele disse, quase triste. "Mesmo quando escreve, você ainda está pensando em falavelha. Li alguns daqueles artigos que você escreve para o *Times* de vez em quando. Eles são bem bons, mas são traduções. No fundo, você preferia continuar na falavelha, com toda aquela imprecisão e sombras inúteis de significado. Você não entende a beleza da destruição de palavras. Sabia que a falanova é o único idioma do mundo cujo vocabulário fica menor a cada ano?"

Winston sabia disso, claro. Sorriu de modo que esperava ser simpático, não confiando em si mesmo para falar qualquer coisa. Syme mordeu outro fragmento do pão escuro, mastigou-o rápido e continuou:

"Você não percebe que todo o objetivo da falanova é estreitar a gama de pensamento? No final, a gente vai tornar o crimepensar literalmente impossível, porque não haverá palavras para expressá-lo. Cada conceito necessário será expresso com exatidão por uma palavra, com seu significado rigidamente definido e todos os significados sobressalentes das palavras apagados e esquecidos. Já na décima primeira edição, estamos chegando perto desse objetivo. Mas o processo ainda vai seguir por muito tempo depois que você e eu estivermos mortos. Menos e menos palavras a cada ano, e o alcance da consciência sempre um pouco menor. Mesmo agora, claro, não existe razão ou desculpa para cometer um crimepensar. É só questão de autodisciplina, controle da realidade. Mas no final não vai existir necessidade disso. A revolução vai estar completa quando a linguagem for perfeita. A falanova é o Socing, e o Socing é a falanova", acrescentou com uma espécie de satisfação mística. "Já te ocorreu, Winston, que lá pelo ano de 2050, o mais tardar, nem um único ser humano vivo vai entender a conversa que a gente está tendo agora?"

"A não ser..." começou Winston, em dúvida, e então parou.

Estava na ponta da língua dizer "a não ser pelos proletas", mas se conteve, porque não tinha tanta certeza de que essa observação não seria de alguma forma heterodoxa. Syme, no entanto, havia adivinhado o que ele estava prestes a dizer.

"Os proletas não são seres humanos", ele falou despreocupado. "Lá por 2050 – ou antes, provavelmente –, todo o conhecimento real da falavelha terá desaparecido. Toda a literatura do passado terá sido destruída. Chaucer, Shakespeare, Milton, Byron – vão existir só nas versões em falanova, vão ter virado não só algo diferente, mas algo que vai contradizer o que eles costumavam ser. Até a literatura do Partido vai mudar. Até os slogans vão mudar. Como se poderá ter um slogan como 'Liberdade é escravidão' quando o conceito de liberdade for abolido? Todo o clima do pensamento vai ser diferente. Na verdade, não vai existir pensamento como a gente entende hoje. Ortodoxia significa não pensar – não precisar pensar. Ortodoxia é inconsciência."

Qualquer dia desses, pensou Winston com súbita e profunda convicção, Syme será vaporizado. Ele é inteligente demais. Vê de maneira muito clara e fala de maneira muito direta. O Partido não gosta dessas pessoas. Um dia ele vai desaparecer. Está na cara.

Winston tinha terminado seu pão com queijo. Virou um pouco de lado na cadeira para beber o café. Na mesa à esquerda, o homem de voz estridente ainda tagarelava sem se incomodar. Uma jovem que talvez fosse sua secretária, e que estava sentada de costas para Winston, ouvia, parecendo concordar ansiosamente com tudo o que ele dizia. De tempos em tempos, Winston captava algumas observações como "acho que você está certo. Concordo muito com você", pronunciadas em um tom jovem e bem bobo de voz feminina. Mas a outra voz não dava um instante de trégua, mesmo quando a garota estava falando. Winston conhecia o homem de vista, embora soubesse apenas que ele ocupava algum cargo importante no Departamento de Ficção. Era um homem de uns trinta anos, com um pescoço musculoso e uma boca grande que não parava de se mexer. Estava com a cabeça um pouco inclinada para trás e, por causa do ângulo em que ele estava sentado, seus óculos refletiam a luz e mostravam a Winston dois discos virgens em vez de olhos. O horrível era que, do riacho de som que saía de sua boca, quase não se distinguia uma única palavra. Só uma vez Winston captou uma frase – "eliminação completa e final do Goldsteinismo" – cuspida muito rápido e parecendo uma única peça inteira, como uma linha de tipos que tivessem sido soldados. De resto, era só um barulho, um quaquaquá. E por mais que você não entendesse de fato o que o homem estava dizendo, não havia dúvida sobre a natureza geral do que dizia. Ele podia estar denunciando Goldstein e exigindo medidas mais severas contra criminosos da mente e sabotadores, poderia estar sendo fulminante contra as atrocidades do exército eurasiano, podia estar elogiando o Irmão Maior ou os heróis no front do Malabar – não fazia diferença. O que quer que fosse, dava para ter certeza de que cada palavra era ortodoxia pura, Socing puro. Enquanto observava o rosto sem olhos com o queixo se movendo rápido para cima e para baixo, Winston teve a curiosa sensação de que ele não era um ser humano, mas uma espécie de boneco. Não era o cérebro do homem que falava, era a laringe. A coisa que saía dele consistia de palavras, mas não era um discurso no real sentido: era um ruído emitido de forma inconsciente, como o grasnar de um pato.

Syme ficou em silêncio por um momento e, com o cabo da colher, traçava padrões na poça de ensopado. A voz da outra mesa continuava grasnando a toda velocidade, facilmente audível apesar de toda a algazarra em volta.

"Existe uma palavra em falanova", disse Syme, "não sei se você a conhece: *falapato*, grasnar feito pato. É uma daquelas palavras interessantes que têm dois significados contraditórios. Se aplicada a um oponente, é uma ofensa; se aplicada a alguém com quem você concorda, é um elogio."

Sem dúvidas Syme será vaporizado, Winston pensou de novo. E pensou com certa tristeza, mesmo sabendo muito bem que Syme o desprezava e nem sequer gostava dele, e que seria totalmente capaz de denunciá-lo como um criminoso da mente caso visse alguma razão para fazê-lo. Havia algo ligeiramente errado com Syme. Faltava-lhe algo: discrição, indiferença, uma espécie de estupidez redentora. Não se podia dizer que ele era heterodoxo. Syme acreditava nos princípios do Socing, venerava o Irmão Maior, se alegrava com as vitórias, odiava os hereges não só com sinceridade, mas com um zelo incansável, uma atualidade de informações da qual um membro comum do Partido não chegaria nem perto. No entanto, um leve ar suspeito se agarrava a ele. Dizia coisas que seria melhor não dizer, tinha lido muitos livros, frequentava o Café Castanheira, refúgio de pintores e músicos. Não havia lei, nem mesmo uma lei não escrita, que proibisse qualquer um de frequentar o Café Castanheira, mas ainda assim o lugar de algum modo tinha um mau agouro. Os velhos e desacreditados líderes do Partido costumavam se reunir lá antes de serem afinal expurgados. O próprio Goldstein, dizia-se, tinha sido visto algumas vezes lá, anos e décadas atrás. O destino de Syme não era difícil de prever. E, no entanto, o fato era que se Syme percebesse, mesmo que por três segundos, a natureza das opiniões secretas de Winston, iria traí-lo no mesmo instante para a Milícia Mental. Assim como qualquer outra pessoa faria, mas Syme mais do que a maioria. O zelo não era suficiente. Ortodoxia era inconsciência.

Syme ergueu os olhos.

"Lá vem o Parsons", disse. Algo no tom de sua voz parecia acrescentar: "aquele idiota do inferno". Parsons, vizinho de Winston nas Mansões Victory, estava de fato abrindo caminho pela sala – um homem atarracado e de estatura média com cabelos louros e cara de sapo. Aos trinta e cinco, já estava acumulando rolos de gordura no pescoço e na cintura, mas seus movimentos eram ágeis e infantis. Tinha a aparência de um menino que cresceu demais, tanto que, embora estivesse usando o macacão do uniforme, era quase impossível não pensar nele vestido com o calção azul, camisa cinza e lenço vermelho dos Espiões. Ao olhar para ele, sempre se via uma imagem de covinhas nos joelhos e mangas apertadas nos braços rechonchudos. Na verdade, Parsons aproveitava qualquer oportunidade, fosse uma caminhada comunitária ou uma atividade física, como pretexto para usar um calção. Ele cumprimentou os dois com um alegre "Opa, opa!" e se sentou à mesa, exalando um intenso fedor de suor. Gotas de transpiração destacavam-se do rosto rosado. O cecê dele tinha um poder extraordinário. No Centro Comunitário, você sempre sabia que ele tinha passado por lá para jogar pingue-pongue só pela umidade no cabo da raquete. Syme tinha tirado de algum lugar uma tira de papel onde havia uma longa coluna de palavras, a qual estudava com um lápis de tinta entre os dedos.

"Olha ele trabalhando na hora do almoço", disse Parsons, cutucando Winston. "Sagaz, hein? O que é isso que você tem aí, meu velho? Deve ser algo inteligente demais para mim, imagino. Smith, meu velho, vou dizer por que estou te perseguindo. É aquele dizo que você esqueceu de me dar."

"Que dizo foi esse?", disse Winston, já apalpando os próprios bolsos para ver se tinha algum dinheiro. Cerca de um quarto do salário tinha que ser reservado para dízimos voluntários, tão numerosos que era difícil controlá-los.

"Para a Semana do Ódio. Você sabe – coleta de porta em porta. Sou o tesoureiro do nosso bloco. Estamos fazendo um superesforço – vamos botar pra quebrar. Tô te falando, não vai ser culpa minha se as velhas Mansões Victory não tiverem a maior coleção de bandeiras de toda a rua. Você ficou de dar dois dólares."

Winston encontrou e entregou a ele duas notas amassadas e sujas, que Parsons anotou em um pequeno caderno, com a caligrafia elegante dos analfabetos.

"Aliás, meu velho", disse ele, "ouvi dizer que aquele safadinho que tenho lá em casa te machucou com o estilingue ontem. Dei uma bela bronca nele. Na real, disse pra ele que tiraria o estilingue se ele fizesse isso de novo."

"Acho que ele ficou um pouco chateado por não ir ver a execução", disse Winston.

"Ah, bom – o que eu posso dizer, ele tem razão, não é? São uns safadinhos sacanas, os dois, mas são sagazes! Só pensam nos Espiões e na guerra, é claro. Sabe o que aquela minha garotinha aprontou sábado passado, quando a tropa estava em uma caminhada pros lados de Berkhamsted? Ela catou duas outras meninas, escapuliu da caminhada e passou a tarde toda seguindo um cara esquisito. Ficaram na cola dele por umas duas horas, direto na floresta, daí, quando entraram em Amersham, elas entregaram o sujeito para as patrulhas."

"Por que fizeram isso?", disse Winston, um tanto surpreso. Parsons continuou triunfante:

"Minha filha tinha certeza de que era algum tipo de agente inimigo, com pinta de ter pulado ali de paraquedas, talvez. Mas veja só, meu velho. Por que você acha que ela desconfiou do cara? Ela viu que ele estava usando uns sapatos esquisitos – disse que nunca tinha visto alguém usando uns sapatos daqueles. Então eram grandes as chances de que fosse estrangeiro. Muito inteligente para uma menina de sete, hein?"

"O que aconteceu com o cara?", perguntou Winston.

"Ah, isso eu não vou saber dizer, claro. Mas não ficaria surpreso se...", e Parsons fez um gesto de apontar uma arma, estalando a língua para a explosão.

"Bom", disse Syme distraído, sem tirar os olhos da tira de papel.

"Claro que a gente não pode dar mole", concordou Winston, obediente.

"O que quero dizer é que tem uma guerra rolando", disse Parsons.

Como que confirmando a última fala, um toque de trombeta soou da teletela logo acima da cabeça deles. No entanto, não era a proclamação de uma vitória militar dessa vez, mas apenas um anúncio do Ministério da Grandeza.

"Camaradas!", gritou uma voz jovem e empolgada. "Atenção, camaradas! Temos notícias gloriosas para vocês.

Vencemos a batalha pela produção! Acabam de ser calculados os resultados de todas as categorias de bens de consumo, mostrando que o padrão de vida subiu nada menos que vinte por cento em relação ao ano passado. Nesta manhã, em toda a Oceânia houve manifestações espontâneas incontroláveis, quando os trabalhadores marcharam para fora de fábricas e escritórios e desfilaram pelas ruas com faixas expressando sua gratidão ao Irmão Maior pela vida nova e feliz que sua liderança sábia nos concedeu. Aqui vão alguns dos números totais. Gêneros alimentícios..."

A expressão "vida nova e feliz" se repetiu várias vezes. Ultimamente, era a expressão favorita no Ministério da Grandeza. Parsons, com a atenção capturada pelo toque da trombeta, sentou-se escutando com uma espécie de solenidade escancarada, uma espécie de tédio moralista. Não conseguia entender os números, mas estava ciente de que eram motivo de satisfação. Tinha puxado um cachimbo enorme e sujo, já meio cheio de tabaco carbonizado. Com a ração de tabaco em cem gramas por semana, era difícil encher o cachimbo por completo. Winston fumava um cigarro Victory que segurava de maneira curiosa na horizontal. A nova ração não começaria até o dia seguinte, e ele tinha só mais quatro cigarros. Naquele momento, havia fechado os ouvidos para os ruídos ao redor e escutava atento o material transmitido pela teletela. Parecia haver até manifestações de agradecimento ao Irmão Maior por aumentar a ração de chocolate para vinte gramas por semana. E ontem mesmo, ele refletia, tinham anunciado que a ração seria *reduzida* para vinte gramas por semana. Seria possível que todos engolissem essa, depois de apenas vinte e quatro horas? Sim, eles engoliam. Parsons engolia fácil, com a estupidez de um animal. A criatura sem olhos da outra mesa engolia de um jeito fanático, apaixonado, com um furioso desejo de seguir, denunciar e vaporizar quem sugerisse que na semana passada a ração tinha sido de trinta gramas. E Syme também – de uma forma mais complexa, envolvendo dupli- pensar –, Syme também engolia. Ele estava, então, *sozinho* na posse de uma memória?

As estatísticas fabulosas continuaram a jorrar da teletela. Em comparação com o ano passado, havia mais comida, mais roupas, mais casas, mais móveis, mais panelas, mais combustível, mais navios, mais helicópteros, mais livros, mais bebês – mais de tudo, exceto doença, crime e loucura. Ano a ano, minuto a minuto, tudo e todos estavam zunindo rapidamente para cima.

Como Syme havia feito antes, Winston pegou a colher e ficou mexendo no molho de cor clara que escorria pela mesa, desenhando uma longa padronagem. Ele meditava com ressentimento sobre a textura física da vida. Sempre tinha sido assim? A comida sempre tivera esse gosto? Olhou em volta da cantina. Uma sala de teto baixo lotada, paredes sujas com o contato de inúmeros corpos; mesas e cadeiras de metal surradas, tão aglomeradas que você se sentava tocando os cotovelos dos outros; colheres dobradas, bandejas amassadas, canecas brancas grosseiras; todas as superfícies gordurosas, sujeira por todo canto; e um cheiro azedo composto de gim e café ruins, ensopado metálico e roupas sujas. Havia sempre, em seu estômago e em sua pele, uma espécie de protesto, uma sensação de que você estava sendo roubado de algo a que tinha direito. Era verdade que ele não se lembrava de alguma coisa muito diferente. Em qualquer memória mais nítida, nunca havia o suficiente para comer, nunca havia meias ou roupas íntimas que não estivessem cheias de buracos, os móveis estavam sempre quebrados e frágeis, os quartos sem aquecimento, os trens lotados, as casas caindo aos pedaços, o pão sempre escuro, o chá uma raridade, o café com gosto de água suja, os cigarros insuficientes – nada era barato e abundante, exceto o gim sintético. E embora, é claro, as coisas piorassem conforme o corpo envelhecia, não seria isso um sinal de que aquela não era a ordem natural das coisas? Se o coração de alguém adoecia com o desconforto e a sujeira e a escassez, os invernos intermináveis, a fedentina nas meias, os elevadores que nunca funcionavam, a água gelada, o sabão áspero, os cigarros que se desfaziam sozinhos, a comida com o gosto estranho e ruim? Por que alguém teria a sensação de que a vida é intolerável a menos que existisse algum tipo de memória ancestral de como as coisas um dia haviam sido diferentes?

Ele olhou em volta da cantina outra vez. Quase todos eram feios, e continuariam sendo feios mesmo se não estivessem vestindo o macacão azul do uniforme. Do outro lado da sala, sentado sozinho a uma mesa, um homem pequeno, curiosamente parecido com uma barata, bebia uma xícara de café, os olhinhos lançando olhares suspeitos de um lado para o outro. Como era fácil, pensou Winston, se você não olhasse ao seu redor, acreditar que o tipo físico configurado pelo Partido como o ideal – jovens altos e musculosos e donzelas de seios volumosos, todos de cabelos louros, cheios de vida, queimados de sol, despreocupados – não só existisse, mas até predominasse. Na verdade, até onde ele via, quase todas as pessoas na Faixa Aérea Um eram pequenas, escuras e desfavorecidas. Era curioso como aquelas pessoas do tipo barata proliferavam nos Ministérios: homenzinhos atarracados que encorpavam muito cedo, com pernas curtas, movimentos rápidos de fuga e rostos gordos inescrutáveis com olhos minúsculos. Era o tipo que parecia florescer melhor sob o domínio do Partido.

O anúncio do Ministério da Grandeza terminou com outro toque de trompete e deu lugar à música estridente. Parsons, agitado pelo vago entusiasmo do bombardeio de números, tirou o cachimbo da boca.

"Com certeza o Ministério da Grandeza fez um belo trabalho esse ano", ele disse mexendo a cabeça. "Aliás, velho Smith, será que você não teria alguma lâmina de barbear pra me dar?"

"Nenhuma", disse Winston. "Estou usando a mesma lâmina já faz seis semanas."

"Ah, bom – não custava nada te perguntar, meu velho."

"Desculpe", disse Winston.

A voz grasnada da mesa ao lado, temporariamente silenciada durante o anúncio do Ministério, começou outra vez, tão alta como antes. Por algum motivo, de repente Winston se viu pensando da sra. Parsons, com seu cabelo ralo e a poeira nas rugas do rosto. Dentro de dois anos, essas crianças a estariam denunciando para a Milícia Mental. A sra. Parsons seria vaporizada. Syme seria vaporizado. Winston seria vaporizado. O'Brien seria vaporizado. Parsons, por outro lado, nunca seria vaporizado. A criatura sem olhos com a voz grasnadora nunca seria vaporizada. Os homenzinhos parecidos com baratas que corriam tão ágeis pelos corredores labirínticos dos Ministérios – eles, também, jamais seriam vaporizados. E a garota de cabelo escuro, a garota do Departamento de Ficção – ela também nunca seria vaporizada. Winston teve a sensação de saber instintivamente quem iria sobreviver e quem iria morrer: embora não fosse fácil especificar o que era necessário para sobreviver.

Nesse momento, ele foi arrancado de seu devaneio por um violento empurrão. A garota da mesa ao lado havia se virado um pouco e estava olhando para ele. Era a garota de cabelo escuro. Olhava para ele de soslaio, mas com uma intensidade curiosa. No instante em que cruzaram olhares, ela desviou de novo.

O suor começou a brotar nas costas de Winston. Uma horrível pontada de terror atravessou seu corpo. Passou quase na mesma hora, mas deixou uma inquietação persistente. Por que ela estava olhando para ele? Por que o seguia? Infelizmente, não conseguia lembrar se ela já estava naquela mesa assim que ele chegou ou se tinha se sentado depois. Mas ontem, de qualquer forma, durante os Dois Minutos de Ódio, ela havia se posicionado logo atrás dele quando não havia necessidade aparente de fazê-lo. Era provável que o real objetivo dela fosse ouvi-lo para ter certeza de que ele estava gritando alto o suficiente.

Seu pensamento anterior retornou: havia pouquíssimas chances de que ela fizesse parte da Milícia Mental, mas eram justamente os espiões amadores o maior perigo de todos. Ele não sabia por quanto tempo ela o estivera observando, mas talvez uns cinco minutos, e seria possível que suas feições não estivessem perfeitamente sob controle. Era muito perigoso deixar seus pensamentos vagarem quando você estava em qualquer lugar público ou ao alcance de uma teletela. O mínimo detalhe poderia denunciá-lo. Um tique nervoso, um olhar inconsciente de ansiedade, o hábito de murmurar para si mesmo – qualquer coisa que carregasse consigo a sugestão de anormalidade, de ter algo a esconder. Em todo caso, estampar uma expressão imprópria no rosto (parecer incrédulo quando uma vitória era anunciada, por exemplo) podia ser uma ofensa punível em si. Havia até mesmo uma expressão para isso em falanova: *crime facial*, diziam.

A garota virou as costas para ele de novo. Talvez ela não o estivesse seguindo no fim das contas; talvez tivesse sido apenas uma coincidência ela ter se sentado tão perto dele dois dias seguidos. O cigarro de Winston apagou, e ele o colocou com cuidado na beirada da mesa. Iria terminar de fumá-lo depois do trabalho, se conseguisse manter o fumo ali dentro. Havia grande probabilidade de que a pessoa na mesa ao lado fosse um espião da Milícia Mental e de que ele estaria nos porões do Ministério do Amor dentro de três dias, mas uma guimba de cigarro não devia ser desperdiçada. Syme dobrou a tira de papel e guardou-a no bolso. Parsons começou a falar de novo.

"Já te contei, meu velho", disse ele, mordendo a ponta do cachimbo, "da vez que aqueles meus dois safadinhos tacaram fogo na saia da velha do mercado porque viram ela embrulhando salsichas num pôster do IM? Eles foram atrás dela sem que ela percebesse e acenderam uma caixa de fósforos. Acho que ela ficou bem torrada. Que safadinhos, hein? Espertos feito uns vira-latas! Esse é o treinamento de primeira classe que dão pros Espiões hoje em dia – melhor do que na minha época, até. Adivinha o que deram pra eles outro dia? Cornetas de ouvido para escutar pelos buracos de fechadura! Minha garotinha apareceu em casa certa noite com esse treco – ela experimentou na porta da nossa sala de estar e achou que dá pra ouvir duas vezes melhor do que só com o ouvido. Claro que é um brinquedo, sabe. Mas mesmo assim, as crianças aprendem com isso, né?"

Nesse momento, a teletela soltou um assobio agudo. Era o sinal para voltar ao trabalho. Os três homens pularam de pé para se juntar à luta em torno dos elevadores, e com isso o tabaco que tinha sobrado caiu do cigarro de Winston.

Winston estava escrevendo no diário:

Isso foi há três anos. Era uma noite escura, em uma rua lateral estreita, perto de uma das grandes estações ferroviárias. Ela estava perto de uma porta, sob um poste de luz que mal iluminava. Tinha um rosto jovem, pesado de maquiagem. Foi realmente a tinta que me chamou a atenção, aquela brancura, feito uma máscara, e o vermelho brilhante dos lábios. As mulheres do Partido nunca pintam o rosto. Não havia mais ninguém na rua, nem havia teletelas. Ela disse dois dólares. Eu...

Aí ficou muito difícil continuar. Ele fechou os olhos e afundou os dedos neles, tentando espremer a visão que se repetia. Teve a tentação quase irresistível de gritar um monte de palavrões o mais alto que pudesse. Ou bater a cabeça na parede, pular em cima da mesa e arremessar o tinteiro pela janela – fazer qualquer coisa violenta, barulhenta ou dolorosa que pudesse apagar aquela memória que o atormentava.

O pior inimigo, ele refletiu, era seu próprio sistema nervoso. A qualquer momento, a tensão dentro de você podia se traduzir em algum sintoma visível. Ele se recordou de um sujeito que tinha visto na rua algumas semanas atrás: um homem de aparência bastante comum, membro do Partido, uns trinta e cinco a quarenta anos, alto e magro, carregando uma pasta. Estavam a poucos metros de distância quando o lado esquerdo do rosto do sujeito de repente foi contorcido por uma espécie de espasmo. E aconteceu de novo assim que se cruzaram: foi só uma contração, um tremor, rápido como o obturador de uma câmera, mas obviamente costumeiro. Ele se lembrou de ter pensado na época: o pobre diabo já era. O mais assustador era que seu gesto, ao que tudo indicava, tinha sido inconsciente. O perigo mais mortal de todos era falar durante o sono. E, até onde ele soubesse, não dava para se proteger contra isso.

Winston prendeu a respiração e continuou a escrever:

Segui-a pela porta e atravessei um quintal até chegar a uma cozinha no porão. Havia uma cama perto da parede e uma lâmpada acesa na mesinha, a luz muito fraca. Ela...

Seus dentes estavam cerrados. Teve vontade de escarrar. Ao mesmo tempo que se lembrava da mulher na cozinha do porão, pensou em Katharine, sua esposa. Winston era casado – tinha sido casado, ou algo assim. Provavelmente ainda era casado; até onde sabia, sua esposa não estava morta. Ele quase conseguia sentir o cheiro forte da cozinha abafada no porão, um odor de insetos e roupas sujas e um fedor nojento e ordinário, mas ainda assim o cheiro o excitava, porque nenhuma mulher do Partido jamais usava perfume, ninguém poderia imaginar isso. Só os proletas usavam perfume. Na cabeça dele, aquele cheiro estava inextricavelmente misturado com sacanagem.

Aquela mulher tinha sido seu primeiro lapso em mais de dois anos. Sair por aí com prostitutas era proibido, claro, mas essa era uma das regras que às vezes você reunia coragem e quebrava. Era perigoso, mas não questão de vida ou morte. Ser pego com uma prostituta poderia acarretar em cinco anos em um campo de trabalhos forçados, nada mais, desde que você não tivesse cometido nenhum outro delito. Tranquilo, era só evitar ser pego em flagrante. Os bairros mais pobres estavam cheios de mulheres dispostas a se vender. Algumas podiam ser compradas por uma mera garrafa de gim, bebida vedada aos proletas. Fazendo vista grossa, o Partido até incentivava a prostituição, como uma válvula de escape para os instintos que não podiam ser totalmente suprimidos. A devassidão em si não importava muito, desde que fosse praticada às escondidas e sem alegria, envolvendo apenas as mulheres da classe mais baixa e desprezada. Imperdoável mesmo era a promiscuidade entre os membros do Partido. Mas – embora esse fosse um dos crimes que os acusados nos grandes expurgos invariavelmente confessavam – era difícil imaginar tal coisa de fato acontecendo.

O objetivo do Partido não era só prevenir homens e mulheres de formar lealdades que talvez não pudessem ser controladas. O verdadeiro propósito não declarado era destituir o ato sexual de todo o prazer. O inimigo não era tanto o amor, mas o erotismo, dentro e fora do casamento. Todos os casamentos entre membros do Partido tinham que ser aprovados por um comitê especial, e – embora o princípio nunca fosse declarado de maneira aberta – a permissão sempre era recusada se o casal em questão desse a impressão de estar fisicamente atraído um pelo outro. O único propósito reconhecido do casamento era gerar filhos para o serviço do Partido. O intercurso sexual deveria ser visto como uma obrigação secundária e meio nojenta, como ter que fazer um enema. Isso também nunca era falado às claras, mas indicado de forma indireta a todos os membros do Partido, desde a infância. Havia até organizações, como a Liga Mirim Antissexo, que defendiam o completo celibato para ambos os sexos. A ideia era que todas as crianças fossem geradas por inseminação artificial (*insemart*, como dito em falanova) e criadas por instituições públicas. Isso, Winston estava ciente, não era para ser levado totalmente a sério, mas de algum modo se encaixava à ideologia geral do Partido. O Partido estava tentando matar o instinto sexual, ou, se não pudesse matá-lo, pervertê-lo e manchá-lo. Winston não sabia o motivo disso, mas lhe parecia natural que assim fosse. E, no que dizia respeito às mulheres, os esforços do Partido eram amplamente bem-sucedidos.

Pensou de novo em Katharine. Fazia nove, dez, quase onze anos desde que haviam se separado. Era curioso como ele quase nunca pensava nela. Por dias a fio, era capaz de esquecer que já tinha sido casado. Viveram juntos cerca de um ano e meio. O Partido não permitia o divórcio, mas encorajava a separação dos casais sem filhos.

Katharine era uma garota alta, loura, muito certinha, de movimentos esplêndidos. Tinha um rosto aquilino e ousado, um rosto que alguém poderia chamar de nobre antes de descobrir que não havia nada por trás da aparência. Muito cedo em sua vida de casado, Winston decidira – embora talvez fosse apenas porque ele a conhecesse de maneira mais íntima do que a maioria das pessoas – que Katharine tinha, sem nenhuma dúvida, a cabeça mais estúpida, vulgar e vazia que ele já havia encontrado. Não formava um único pensamento que não fosse um slogan, e não havia uma estupidez, absolutamente nenhuma, que ela não fosse capaz de engolir, caso lhe fosse oferecida pelo Partido. "A mulher trilha sonora", era como ele a havia apelidado em seu íntimo. Ainda assim ele teria suportado viver com ela, não fosse por um único motivo – sexo.

Assim que ele a tocava, ela parecia estremecer e ficar dura. Abraçá-la era como abraçar um boneco de madeira. O mais estranho era que mesmo quando ela o puxava para si, Winston tinha a sensação de que ela estava ao mesmo tempo empurrando-o com toda força para longe. A rigidez de seus músculos dava essa impressão. Ela ficava lá com os olhos fechados, sem resistir nem cooperar, mas *se submetendo*. Era extraordinariamente embaraçoso e, depois de um tempo, horrível. Mesmo assim, ele teria suportado viver com ela se tivessem entrado em um acordo de abstinência. Curiosamente, porém, foi Katharine quem recusou. Deviam, ela disse, gerar um filho se pudessem. Assim, a tarefa continuou com toda a regularidade, uma vez por semana, a menos que fosse impossível. Ela até costumava lembrá-lo da obrigação pela manhã, como algo a ser feito de noite que não poderia ser esquecido. Ela tinha dois eufemismos para isso. Um era "fazer nenê", e o outro era "nosso dever para com o Partido": sim, ela de fato usava essa expressão. Logo ele começou a ter um sentimento de completo pavor quando chegava o dia determinado. Por sorte, nenhuma criança apareceu, e no fim ela concordou em desistir de tentar; logo depois eles se separaram.

Winston suspirou quase sem fazer barulho. Pegou a caneta de novo e escreveu:

> *Ela se jogou na cama e, de uma vez só, sem qualquer preliminar, da maneira mais tosca e horrível que se possa imaginar, levantou a saia. Eu...*

Ele viu a si mesmo parado ali sob a luz fraca da lâmpada, com o cheiro de insetos e vapores baratos nas narinas e, no coração, um sentimento de derrota e ressentimento, que mesmo naquela hora se confundia com a lembrança do corpo branco de Katharine, congelado para sempre pelo poder hipnótico do Partido. Por que sempre tinha que ser assim? Por que ele não podia ter a própria mulher em vez daquelas trepadas sórdidas de vez em nunca? Mas um romance verdadeiro era um acontecimento quase impensável. As mulheres do Partido eram todas iguais. A castidade estava tão arraigada nelas quanto a lealdade ao Partido. Condicionadas desde muito cedo, através de joguinhos e água gelada, pelo lixo que era vomitado a elas na escola, nos Espiões e na Liga da Juventude, por meio de palestras, desfiles, canções, slogans e músicas militares, o sentimento natural tinha sido expurgado delas. A razão dele lhe dizia que devia haver exceções, mas o coração não acreditava nisso. Eram todas inexpugnáveis, como o Partido queria que fossem. E o que ele queria, mais do que ser amado, era destruir aquele muro de virtude, mesmo que uma única vez em toda a sua vida. O ato sexual, realizado com sucesso, seria uma rebelião. Desejo era crimepensar. Mesmo se tivesse conseguido despertar algo em Katharine, se tivesse alcançado isso, teria sido como uma sedução, mesmo ela sendo sua esposa.

Mas precisava escrever o resto da história. E ele escreveu:

Acendi a lâmpada. Quando eu a vi na luz...

Após a escuridão, a luz fraca da lamparina parecia muito mais brilhante. Pela primeira vez ele via claramente a mulher. Deu um passo em sua direção e então parou, cheio de desejo e medo. Estava dolorosamente consciente do risco que tinha corrido em ir até lá. Era muito possível que as patrulhas o flagrassem na saída: aliás, eles poderiam estar esperando do lado de fora naquele momento. Se fosse embora sem sequer fazer o que tinha ido fazer ali...!

Aquilo tinha que ser escrito, tinha que ser confessado. O que ele havia visto de repente à luz da lamparina era que a mulher era *velha*. A maquiagem era tão grossa que o rosto poderia rachar feito uma máscara de papelão. Havia mechas brancas em seu cabelo; mas o detalhe verdadeiramente terrível era que sua boca tinha ficado meio aberta, revelando nada mais que uma escuridão cavernosa. Ela não tinha nenhum dente.

Ele anotou com pressa, em garranchos:

Na luz, vi que era uma mulher muito velha, no mínimo uns cinquenta anos. Mas fui em frente e fiz mesmo assim.

Winston pressionou os dedos nas pálpebras de novo. Por fim tinha escrito aquilo, mas não fazia diferença. A terapia não tinha funcionado. O desejo de gritar palavrões o mais alto que pudesse continuava tão forte como antes.

7

Se existe esperança, escreveu Winston, *ela está nos proletas.*

Se havia esperança, *tinha* que estar nos proletas, porque só ali, naquelas massas aglomeradas a quem ninguém dava atenção, oitenta e cinco por cento da população de Oceânia, poderia ser gerada a força para destruir o Partido. O Partido não podia ser derrubado por dentro. Seus inimigos, se é que existiam quaisquer inimigos, não tinham como se unir ou mesmo identificar uns aos outros. Mesmo que a lendária Irmandade existisse, só como uma hipótese, era inconcebível que seus membros pudessem algum dia se reunir em números maiores que dois e três. Rebelião significava um olhar, um tom de voz; no máximo, uma ou outra palavra sussurrada. Mas os proletas, caso pudessem de alguma forma se tornar conscientes da própria força, não precisariam conspirar. Eles só precisariam se levantar e se sacudir, como um cavalo se sacode para afastar as moscas. Se escolhessem, poderiam explodir o Partido em pedaços amanhã de manhã. Decerto mais cedo ou mais tarde ocorreria a eles fazer isso, não? E mesmo assim...!

Ele se lembrou de uma vez, caminhando por uma rua lotada, quando um grito tremendo de centenas de vozes – vozes de mulheres – irrompeu de uma rua lateral um pouco adiante. Era um grito formidável de raiva e desespero, um alto e profundo "Oh-o-o-ooh!" que continuou a zumbir feito um sino reverberando. Seu coração deu um pulo. *Começou!*, ele pensou na ocasião. *Uma revolta! Os proletas estão finalmente se libertando!* Quando chegou ao local, viu uma multidão de duzentas ou trezentas mulheres aglomeradas em volta das barracas de um mercado de rua, rostos trágicos como os de passageiros em um navio naufragando. Porém, nessa hora, o desespero geral se transformou em uma infinidade de brigas individuais. Parecia que uma das barracas estava vendendo panelas de lata. Coisas miseráveis e frágeis, mas panelas de qualquer tipo eram sempre difíceis de arranjar. Agora o estoque havia acabado sem explicação. As mulheres que tinham conseguido comprar eram empurradas e golpeadas pelas outras; elas tentavam escapar com suas panelas enquanto dezenas de outras reclamavam em volta da barraca, acusando o dono de favoritismo e de ter mais panelas guardadas. Aconteceu uma nova explosão de gritos. Duas mulheres corpulentas, uma delas com o cabelo já se soltando, tinham agarrado a mesma panela e tentavam arrancá-la das mãos uma da outra. Ficaram puxando por um tempo até que o cabo se quebrou. Winston as observava com desânimo. E, no entanto, apenas por um momento, que poder assustador havia soado naquele grito de umas centenas de gargantas! Por que elas nunca gritavam daquele jeito sobre qualquer coisa que importasse?

Ele escreveu:

Até que se tornem conscientes, nunca se rebelarão, e, até que se rebelem, não podem se tornar conscientes.

Essa, refletia, quase poderia ter sido uma transcrição de um dos livros didáticos do Partido. O Partido afirmava, claro, ter libertado os proletas da escravidão. Antes da Revolução, eles tinham sido horrivelmente oprimidos pelos capitalistas, passavam fome e sofriam violências, as mulheres eram forçadas a trabalhar nas minas de carvão (aliás, as mulheres ainda trabalhavam nas minas de carvão), as crianças eram vendidas para as fábricas aos seis anos. Mas, ao mesmo tempo, fiel aos princípios do duplipensar, o Partido ensinava que os proletas eram pessoas naturalmente inferiores, que deveriam ser domados, como os animais, pela aplicação de algumas regras simples. Na realidade, muito pouco se sabia sobre os proletas. Nem era necessário saber muito. Contanto que continuassem a trabalhar e a se reproduzir, suas demais atividades não tinham importância. Largados à própria sorte, como o gado solto pelo pampa argentino, eles teriam retornado a um estilo de vida que lhes parecia natural, um tipo de padrão ancestral. Nasciam, cresciam nas sarjetas, começavam a trabalhar aos doze, passavam por um breve período de florescimento de beleza e desejo sexual, se casavam aos vinte, chegavam à meia-idade aos trinta e morriam, quase sempre, aos sessenta. Trabalho físico pesado, o cuidado da casa e dos filhos, brigas mesquinhas com os vizinhos, filmes, futebol, cerveja e, principalmente, jogos de azar, enchiam o horizonte de suas cabeças. Mantê-los sob controle não era difícil. Alguns agentes da Milícia Mental sempre zanzavam entre eles, espalhando boatos e farsas, vigiando e eliminando os raros indivíduos que pudessem ser capazes de causar algum perigo; mas nenhuma tentativa foi feita para doutriná-los com a ideologia do Partido. Não era desejável que os proletas tivessem sentimentos políticos muito fortes. Tudo que se exigia deles era um patriotismo primitivo que poderia ser convocado sempre que necessário para fazê-los aceitar mais horas de trabalho e menos comida no prato. E mesmo quando eles ficavam descontentes, como acontecia às vezes, o descontentamento não os levava a lugar nenhum, porque, desprovidos de um raciocínio geral, só conseguiam focar em queixas específicas e mesquinhas. Não captavam os males maiores. A grande maioria dos proletas nem tinha teletelas em casa. Mesmo a polícia civil pouco interferia. Havia muita criminalidade em Londres, todo um submundo dentro de um mundo de ladrões, bandidos, prostitutas, traficantes de drogas e infratores de todos os tipos; mas, como tudo acontecia só entre os proletas, não fazia diferença. Nas questões morais, pedia-se que seguissem o código ancestral. O puritanismo sexual do Partido não era imposto a eles. A promiscuidade ficava impune, o divórcio era permitido. Até mesmo o culto religioso teria sido permitido caso os proletas mostrassem algum sinal de interesse ou necessidade. Eles estavam fora de suspeita. Como o slogan do Partido indicava: "Proletas e animais são livres".

Winston se abaixou e coçou com cuidado a úlcera varicosa. Tinha começado a formigar de novo. Você sempre acabava voltando a um fato: a impossibilidade de saber o que era a vida antes da Revolução. Ele tirou da gaveta uma cópia de um livro de História infantil que tinha pegado emprestado da sra. Parsons, e começou a copiar uma passagem para o diário:

Nos velhos tempos [o livro dizia], *antes da gloriosa Revolução, Londres não era a bela cidade que conhecemos hoje. Era lugar escuro, sujo e miserável, onde quase ninguém tinha o que comer e onde centenas de milhares de pessoas pobres não tinham botas para calçar e nem mesmo um teto para se abrigar. Crianças da sua idade precisavam trabalhar doze horas por dia para patrões cruéis, que davam chicotadas nelas se trabalhassem muito devagar, e as alimentavam só com cascas de pão velho e água. Mas em meio a toda essa pobreza terrível havia algumas mansões lindas habitadas por homens ricos, que tinham até trinta empregados para cuidar deles. Esses ricos eram chamados de capitalistas. Eram homens gordos e feios com rostos perversos, como o da foto na página ao lado. Você pode ver que ele está vestido com um longo casaco preto, chamado sobrecasaca, e um chapéu esquisito e brilhante em forma de chaminé, chamado cartola. Esse era o uniforme dos capitalistas, e nenhuma outra pessoa tinha permissão para usá-lo. Os capitalistas possuíam tudo no mundo, e todas as pessoas eram suas escravas. Eles possuíam todas as terras, todas as casas, todas as fábricas e todo o dinheiro. Se alguém os desobedecesse, eles podiam mandar a pessoa para a prisão ou tirar o emprego dela e deixá-la morrer de fome. Quando uma pessoa simples falava com um capitalista, tinha que se encolher e se curvar a ele, tirar seu boné e chamá-lo de "senhor". O chefe de todos os capitalistas era chamado de Rei, e...*

Mas ele conhecia o resto da ladainha. Haveria menção aos bispos em suas camisas de cambraia, aos juízes em seus mantos de arminho, ao pelourinho, ao tronco, à esteira da tortura, ao chicote de nove varas, ao Banquete do Prefeito de Londres e à prática de beijar o dedo do pé do Papa. Também tinha um troço chamado de *jus primae noctis*, que provavelmente não seria mencionado em um livro didático para crianças. Era a lei que dava a todo capitalista o direito de dormir com qualquer mulher que trabalhasse em suas fábricas.

Como saber o quanto dessas histórias eram mentiras? *Podia* ser verdade que o ser humano médio estivesse melhor agora do que antes da Revolução. A única evidência em contrário era o protesto mudo de seus próprios ossos, a sensação instintiva de que as condições em que você vivia eram intoleráveis e que em algum outro momento deviam ter sido diferentes. Winston refletia que as verdadeiras características da vida moderna não eram a crueldade e a insegurança, mas apenas aquela vida vazia, suja, indiferente. A vida, se você olhasse ao redor, não tinha nada a ver com as mentiras que as teletelas emanavam, nem mesmo com os ideais que o Partido propunha alcançar. Mesmo para um membro do Partido, essas vidas eram, em sua maior parte, neutras e apolíticas, uma sucessão de tarefas chatíssimas, lutar por um lugar no metrô, cerzir uma meia velha, descolar um saquinho de sacarina, guardar uma bituca de cigarro. O ideal do Partido era algo enorme, terrível e brilhante – um mundo de aço e concreto, de máquinas monstruosas e armas aterrorizantes –, uma nação de guerreiros e fanáticos, marchando avante em perfeita unidade, todos pensando os mesmos pensamentos e gritando os mesmos slogans, perpetuamente trabalhando, lutando, triunfando, perseguindo – trezentos milhões de pessoas, todas com o mesmo rosto. A realidade era decadente, cidades sombrias onde pessoas esquálidas zanzavam de um lado para o outro com sapatos furados, em casas do século XIX que sempre cheiravam a repolho azedo e banheiros sujos. Ele teve uma visão de Londres, vasta e arruinada, a cidade de um milhão de latas de lixo, fundida a uma imagem da sra. Parsons, aquela mulher de rosto enrugado e cabelo ralo a lutar desamparada com um cano entupido.

Ele se abaixou e coçou o tornozelo de novo. Dia e noite as teletelas martelavam em seus ouvidos estatísticas demonstrando que as pessoas hoje tinham mais comida, mais roupas, melhores casas, melhores recreações – que viviam mais, trabalhavam menos, eram mais altas, mais saudáveis, mais fortes, mais felizes, mais inteligentes, mais educadas do que o povo de cinquenta anos atrás. Nem uma palavra disso poderia ser provada ou refutada. O Partido afirmava, por exemplo, que hoje quarenta por cento dos proletas eram alfabetizados: antes da Revolução, dizia-se que eram apenas quinze por cento. O Partido afirmava que agora a taxa de mortalidade infantil era de apenas cento e sessenta a cada mil, enquanto antes da Revolução eram trezentos – e assim por diante. Era como uma equação com dois fatores desconhecidos. Podia muito bem ser que cada palavra nos livros de História, mesmo as coisas mais inquestionáveis, fosse pura fantasia. Até onde ele sabia, podia nunca ter existido uma lei como a *jus primae noctis*, ou qualquer criatura como um capitalista, ou qualquer adereço como uma cartola.

Tudo se perdia na névoa. O passado era apagado, o apagamento era esquecido, a mentira se tornava verdade. Apenas uma vez na vida ele tivera a posse de uma evidência – *depois* do evento, e era isso que contava – concreta e inconfundível de um ato de falsificação. Ele tinha segurado a prova entre os dedos por alguns segundos. Devia ser o ano de 1973 – de todo modo, foi mais ou menos na época em que ele e Katharine se separaram. Mas a data de fato relevante era sete ou oito anos antes.

A história tinha começado no meio dos anos 1960, o período dos grandes expurgos em que os líderes originais da Revolução foram eliminados de uma vez por todas. Em 1970, nenhum deles tinha sobrado, exceto pelo próprio Irmão Maior. Todos os demais já haviam sido expostos como traidores e contrarrevolucionários. Goldstein tinha fugido e ninguém sabia onde estava escondido; quanto aos outros, alguns tinham sumido, enquanto a maioria havia sido executada após julgamentos públicos espetaculares e a confissão de seus crimes. Entre os últimos sobreviventes estavam três homens chamados Jones, Aaronson e Rutherford. Deve ter sido em 1965 que esses três foram presos. Como costumava acontecer, eles desapareceram por um ano ou mais, de modo que ninguém sabia se estavam vivos ou mortos, então de repente reapareceram para se incriminar de um jeito bem estranho. Tinham confessado espionagem para o inimigo (naquela época, o inimigo também era a Eurásia), apropriação indébita de dinheiro público, assassinato de vários membros de confiança do Partido, conspiração contra a liderança do Irmão Maior, que havia começado muito antes de a Revolução acontecer, e atos de sabotagem que haviam causado a morte de centenas de milhares de pessoas. Depois de confessar tudo isso, foram perdoados, readmitidos no Partido e receberam cargos de fachada que não passavam de mamatas, mas que pareciam importantes. Todos os três haviam escrito artigos longos e repulsivos no *Times*, justificando as razões de sua deserção e prometendo mudar sua conduta.

Algum tempo após a libertação, Winston tinha realmente visto os três no Café Castanheira. Ele se lembrava da sensação de fascínio apavorado com que os observava de canto de olho. Eram homens muito mais velhos do que ele, relíquias de um mundo antigo, quase as últimas grandes figuras que haviam sobrado dos heroicos dias iniciais do Partido. O glamour da guerrilha na clandestinidade e da guerra civil ainda se apegava a eles de maneira vaga. Ele teve a sensação, embora já naquela época os fatos e as datas estivessem ficando borrados, de que conhecia seus nomes muito tempo antes de saber quem era o Irmão Maior. Mas eles também eram fora da lei, inimigos, intocáveis, condenados com certeza absoluta à extinção dentro de um ano ou dois. Ninguém que tivesse caído nas mãos da Milícia Mental escapava no fim. Eles eram cadáveres esperando para ser enviados de volta ao túmulo.

Ninguém tinha sentado nas mesas perto deles. Não era prudente ser visto nem perto de tais pessoas. Eles olhavam em silêncio para seus copos de gim temperado com cravo, a especialidade do café. Dos três, Rutherford era o que tinha a aparência mais impressionante. Ele tinha sido um desenhista famoso, cujos cartuns brutais ajudaram a atiçar a opinião pública antes e durante a Revolução. Mesmo hoje, de vez em quando, seus cartuns ainda eram publicados no *Times*. Pareciam uma imitação banal do que tinham sido antes, curiosamente sem vida, e não convenciam. Havia sempre uma retomada de temas antigos – cortiços, crianças famintas, brigas de rua, capitalistas de cartola – mesmo nas barricadas, os capitalistas pareciam se agarrar às cartolas, num esforço infinito e sem esperança de voltar ao passado. Ele era um homem monstruoso, com uma cabeleira grisalha enorme e ensebada, o rosto gordo e marcado, os lábios grossos do biótipo negro. Nos bons tempos, devia ter sido gigante, monstruoso; agora, seu corpo imenso estava naufragando, vergando, despencando e se esparramando em todas as direções. Ele parecia estar se desfazendo diante dos olhos de Winston, como uma montanha que desmoronasse.

Era a hora solitária das quinze. Winston não se lembrava agora por que tinha chegado ao café nessa hora. O lugar estava quase vazio. Uma música estridente pingava das teletelas. Os três homens estavam sentados em seu cantinho quase imóveis, em silêncio. Sem precisar ser chamado, o garçom trouxe mais uma rodada de gim. Havia um tabuleiro de xadrez na mesa ao lado deles, com as peças arrumadas, mas nenhum jogo havia sido iniciado. E então, talvez por meio minuto, algo aconteceu às teletelas. A melodia mudou, e o tom da música também. Aí veio – mas era algo difícil de descrever. Era uma nota peculiar, rachada, zurrante, zombeteira: em sua cabeça, Winston a descreveu como uma nota amarela. E então uma voz cantou da teletela:

Sob os galhos da castanheira
Eu te vendi, vendeste a mim:
Eles vão lá, nós aqui enfim
Sob os galhos da castanheira.

Os três homens não se mexeram. Mas quando Winston olhou de novo para o rosto arruinado de Rutherford, viu que os olhos dele estavam cheios de lágrimas. E pela primeira vez percebeu, com uma espécie de arrepio interior, embora sem entender *o que* o arrepiava, que tanto Aaronson quanto Rutherford estavam com o nariz quebrado.

Pouco tempo depois os três foram presos outra vez. Parecia que tinham se metido em novas conspirações assim que saíram da cadeia. Nesse segundo julgamento, confessaram de novo todos os antigos crimes e mais uma série de novos. Foram executados, e seu destino foi inscrito nos registros do Partido como uma advertência à posteridade. Uns cinco anos depois disso, em 1973, Winston estava desenrolando um rolo de documentos que tinha acabado de despencar do tubo pneumático para sua mesa quando encontrou um fragmento de papel que evidentemente fora esquecido entre os outros. No instante em que o desamassou, percebeu seu significado. Era meia página rasgada do *Times* de uns dez anos antes – a metade superior da página, onde se lia a data –, que continha uma fotografia dos delegados em algum evento do Partido em Nova York. Destacavam-se no meio do grupo Jones, Aaronson e Rutherford. Não havia como confundi-los; em todo caso, seus nomes estavam na legenda logo abaixo.

O ponto era que, em ambos os julgamentos, os três homens tinham confessado estar em solo eurasiano naquela data. Teriam partido de um aeroporto secreto no Canadá para um encontro em algum lugar na Sibéria, onde haviam se reunido com membros do Estado-Maior da Eurásia, a quem haviam revelado segredos militares importantes. A data tinha ficado na memória de Winston porque coincidia com o solstício de verão; mas toda a história estava registrada também em inúmeros outros lugares. Só havia uma conclusão possível: as confissões eram falsas.

Claro, isso em si não era uma descoberta. Mesmo nessa época, Winston não imaginava que as pessoas dizimadas nos expurgos de fato haviam cometido os crimes de que eram acusadas. Mas aquela era uma evidência concreta; um fragmento do passado abolido, como um fóssil que é encontrado no estrato errado e destrói toda uma teoria geológica. Era o suficiente para explodir o Partido em átomos, se de alguma maneira pudesse ser publicado para que o mundo tomasse ciência de seu significado.

Winston continuou focado no trabalho. Assim que tinha visto do que se tratava a fotografia, e o que significava, ele a cobrira com outra folha de papel. Felizmente, quando ele a havia desenrolado, ela estava de cabeça para baixo em relação à teletela.

Colocou a prancheta no joelho e empurrou a cadeira para trás, de modo a se afastar o máximo possível da teletela. Manter o rosto sem expressão não era difícil, e até mesmo a respiração poderia ser controlada com algum esforço: mas não dava para controlar os batimentos do seu coração, e a teletela era sensível o bastante para captá-los. Ele deixou uns dez minutos se passarem, atormentado o tempo todo pelo medo de que algum acidente – uma repentina corrente de ar soprando em sua mesa, por exemplo – o trairia. Então, sem voltar a descobri-la, largou a fotografia no buraco da memória, junto com alguns outros papéis a serem descartados. Dentro de um minuto, talvez, ela se desintegraria em cinzas.

Isso já fazia dez ou onze anos. Hoje, era provável que ele tivesse guardado a fotografia. Era curioso que o fato de tê-la segurado nas mãos pudesse fazer tanta diferença mesmo agora, quando a fotografia em si, bem como o evento que ela registrava, existia apenas na memória. Será que o controle do Partido sobre o passado se tornava menos poderoso, ele se perguntava, só porque uma prova material que já não existia *tinha uma vez existido*?

Mas hoje, supondo que pudesse ser de alguma forma ressuscitada das cinzas, a fotografia talvez nem sequer constituísse uma prova. Já na época em que ele havia feito sua descoberta, a Oceânia não estava mais em guerra com a Eurásia, e teria que ter sido para os agentes da Lestásia que os três mortos haviam traído seu país. Desde então, houvera outras mudanças – duas, três, ele não conseguia lembrar quantas. Muito provavelmente, as confissões tinham sido escritas e reescritas tantas vezes que os fatos e as datas originais não tinham mais a menor relevância. O passado não só mudava, mas mudava de maneira contínua. O que mais lhe causava aquela sensação de pesadelo era o fato de nunca entender com clareza o *porquê* da enorme falsificação que era cometida. As vantagens imediatas de falsificar o passado eram óbvias, mas o motivo final era misterioso. Ele pegou a caneta de novo e escreveu:

Entendo COMO; *não entendo* POR QUÊ.

Ele se perguntava, como tinha feito muitas vezes antes, se ele mesmo não seria um lunático. Talvez um lunático fosse só uma minoria de um. Ao mesmo tempo, um dia fora sinal de loucura acreditar que a Terra girasse em torno do Sol: hoje, era acreditar que o passado fosse inalterável. Ele podia estar *sozinho* com essa crença, e, estando sozinho, seria um lunático. Mas a ideia de ser um lunático não o perturbava muito: o horror era pensar que ele também podia estar errado.

Winston pegou o livro de História infantil e olhou para o retrato do Irmão Maior estampado no frontispício. Aqueles olhos hipnóticos fixos nos seus. Era como se alguma força enorme o estivesse pressionando – algo que penetrasse dentro do seu crânio, batendo contra o cérebro, de forma tão assustadora que você abandonava suas crenças, quase o persuadindo a negar a evidência dos próprios sentidos. No fim, o Partido anunciaria que dois mais dois eram cinco, e você teria que acreditar. Era inevitável que eles fizessem essa afirmação mais cedo ou mais tarde: a lógica da posição o exigia. De maneira tácita, a filosofia deles negava não só a validade da experiência, mas a própria existência de realidade externa. A heresia das heresias era senso comum. E o mais aterrorizante não era que eles o matassem por pensar de outra forma, mas que eles pudessem estar certos. Afinal, como sabemos que dois mais dois são quatro? Ou que a força da gravidade existe? Ou que o passado é imutável? Se tanto o passado quanto o mundo externo existem apenas no mundo das ideias, e se as ideias podem ser controladas – o que isso significa?

Mas não! Sua coragem pareceu endurecer de repente por conta própria. O rosto de O'Brien, evocado por qualquer associação que não era óbvia, entrou levitando em sua cabeça. Ele soube, com mais certeza do que antes, que O'Brien estava do seu lado. Escrevia o diário por O'Brien, *para* O'Brien: era como uma carta interminável que ninguém leria, mas que tinha sido dirigida a determinada pessoa e se nutria desse fato.

O Partido dizia para você rejeitar a evidência de seus olhos e ouvidos. Esse era o comando final, o comando essencial. O coração de Winston afundava ao pensar no enorme poder contra ele, a facilidade com que qualquer intelectual do Partido o derrubaria em debate, os argumentos sutis que ele não seria capaz de entender, muito menos retrucar. E ainda assim ele estava certo! Eles estavam errados e ele estava certo. O óbvio, o tolo e o verdadeiro tinham que ser defendidos. Os truísmos são verdadeiros, mantenha-se firme nisso! O mundo sólido existe, suas leis não mudam. As pedras são duras, a água é úmida, os objetos em queda livre se dirigem ao centro da Terra. Com a sensação de estar falando com O'Brien, e também de estar apresentando um axioma importante, escreveu:

> *Liberdade é a liberdade de dizer que dois mais dois são quatro. Se isso for admitido, tudo o mais é consequência.*

De algum lugar no fundo de uma passagem, o cheiro de café bem tirado – café de verdade, não café Victory – veio flutuando até a rua. Winston fez uma pausa involuntária. Por uns dois segundos, voltou ao mundo meio esquecido de sua infância. Então uma porta bateu, parecendo cortar o cheiro de modo tão abrupto como se fosse um som.

Tinha caminhado vários quilômetros nas calçadas, e a úlcera varicosa latejava. Era a segunda vez em três semanas que ele havia perdido um encontro no Centro Comunitário: um ato temerário, pois com certeza suas presenças no Centro eram verificadas de maneira cuidadosa. Em princípio, um membro do Partido não tinha tempo livre e nunca estava sozinho, exceto na cama. Supunha-se que quando Winston não estava trabalhando, comendo ou dormindo deveria participar de algum tipo de recreação comunitária: qualquer atividade que sugerisse gosto pela solidão, até um passeio desacompanhado, sempre era meio perigosa. Havia uma palavra para isso em falanova: *propriavida*, dizia-se, significando individualismo e excentricidade. Mas naquela noite, ao sair do Ministério, o frescor do ar de abril o havia tentado. O céu mostrava o azul mais quente que ele tinha visto naquele ano, e de repente a noite tediosa e barulhenta no Centro, os jogos chatos e exaustivos, as palestras, a camaradagem falsa amaciada com gim pareciam intoleráveis. Num impulso, ele correu do ponto de ônibus e mergulhou no labirinto de Londres, primeiro para o sul, depois para o leste, depois para o norte outra vez, perdendo-se entre ruas desconhecidas, sem se preocupar com a direção que seguia.

"Se existe esperança", escrevera ele no diário, "está nos proletas".

As palavras continuavam retornando como a declaração de uma verdade mística e de um absurdo concreto. Ele estava em algum lugar nas bagunçadas favelas a nordeste do que um dia fora a Estação São Pancrácio. Subiu uma rua de paralelepípedos cheia de casinhas de dois andares, com portas quebradas que davam direto na calçada, curiosamente semelhantes a buracos de rato. Havia poças de água suja aqui e ali entre os paralelepípedos. Entrando e saindo de vielas escuras e descendo por becos estreitos que se ramificavam para ambos os lados, as pessoas enxameavam em números impressionantes – meninas adolescentes, as bocas pintadas de batons grosseiros, e jovens que perseguiam as meninas, e mulheres inchadas que rebolavam e indicavam como as meninas seriam dali a dez anos, e velhas criaturas curvadas andando com os pés abertos, e crianças descalças e esfarrapadas que brincavam nas poças e depois saíam correndo ao ouvir os gritos raivosos de suas mães. Cerca de um quarto das janelas da rua estavam quebradas e fechadas com tábuas. A maioria das pessoas não prestava atenção a Winston; algumas olharam para ele com uma espécie de curiosidade discreta. Duas mulheres monstruosas, com muques avermelhados cruzados sobre os aventais, papeavam em frente a uma porta. Winston captou pedaços de conversa enquanto se aproximava.

"'Sim', falei pr'ela, 'tá tudo na boa', falei. 'Mas se tu tivesse no meu lugar, tu ia fazer igual que eu fiz. Falar mal é fácil', eu falei pr'ela, 'mas tu não tem os problema que eu tenho'."

"Ah", disse a outra, "tá de brincadeira. Tá de brincadeira".

As vozes esganiçadas pararam de maneira abrupta. As mulheres estudaram Winston com um silêncio hostil enquanto ele passava. Mas não era hostilidade, exatamente; apenas uma espécie de cautela, um endurecimento momentâneo, como se um animal esquisito estivesse passando. O macacão azul do Partido não devia ser uma visão comum numa rua como aquela. Claro, não era sensato ser visto em tais lugares, a menos que você tivesse algum propósito definido. As patrulhas poderiam pará-lo se você por acaso topasse com elas. "Posso ver seus documentos, camarada? O que está fazendo aqui? A que horas saiu do trabalho? Este é o seu caminho normal para casa?" etc. Não que existisse qualquer regra contra voltar para casa por um caminho diferente: mas isso bastava para chamar a atenção para você caso a Milícia Mental ficasse sabendo.

De repente a rua toda entrou em pânico. Gritos de alerta se ouviam em toda parte. As pessoas fugiam para suas casas feito coelhos. Uma jovem saltou de uma viela um pouco à frente de Winston, agarrou uma criança pequena que brincava numa poça, embrulhou-a no avental e voltou para dentro, tudo em um movimento só. No mesmo instante um homem em um terno preto todo amarrotado, vindo de um beco lateral, correu em direção a Winston, apontando para o céu de modo histérico.

"Locomotiva!", gritou. "Cuidado, chefia! Tá vindo! Se joga no chão, corre!"

Locomotiva era o apelido que, por algum motivo, os proletas tinham dado para os mísseis. Num segundo, Winston se jogou no chão de barriga para baixo. Os proletas quase sempre estavam certos quando davam um aviso daquele tipo. Pareciam ter algum tipo de sexto sentido para predizer com segundos de antecedência quando um míssil chegaria, embora os mísseis supostamente viajassem mais rápido que o som. Winston protegeu a cabeça com os braços. Houve um rugido que pareceu fazer o chão tremer; uma chuva de pequenos objetos lhe caiu nas costas. Quando ele se levantou, descobriu que estava coberto com fragmentos de vidro da janela mais próxima.

Seguiu em frente. O míssil tinha demolido um conjunto de casas daquela rua, a uns duzentos metros. Uma nuvem negra de fumaça pairava no céu, e abaixo dela, uma nuvem de poeira branca onde uma multidão parecia se formar em volta das ruínas. Havia uma pequena pilha de gesso na calçada à frente, e no meio dela ele viu uma faixa vermelha brilhante. Quando se levantou, percebeu que era uma mão humana decepada no pulso. Tirando o coto ensanguentado, a mão estava tão embranquecida que parecia feita de gesso.

Chutou aquele troço para a sarjeta e, em seguida, para escapar da multidão, virou em uma rua lateral à direita. Em uns três ou quatro minutos, já estava longe da área atingida pelo míssil, e a vida sórdida e fervilhante das ruas continuava como se nada tivesse acontecido. Eram quase vinte horas, e os bares frequentados pelos proletas ("pubs", como os chamavam) estavam abarrotados de clientes. Pelas portas giratórias sujas, abrindo e fechando, vinha um cheiro de urina, serragem e cerveja azeda. Num canto formado pela fachada saliente de uma casa, três homens estavam parados muito próximos, o do meio segurando um jornal dobrado que os outros dois espiavam por sobre seus ombros. Mesmo antes de se aproximar o bastante para ver a expressão no rosto deles, Winston percebeu que seus corpos estavam rígidos de concentração. Estava claro que liam uma notícia muito séria. Já estava a poucos passos deles quando de repente o grupo se separou e dois dos homens começaram a discutir. Por um instante pareceu que eles começariam a trocar socos.

"Tu tá surdo, porra? Tô te dizendo que não saiu nenhum número terminado em sete no último ano!"

"Saiu, sim!"

"Não saiu, não! Tenho tudo anotado em casa. Faz mais de dois anos que anoto esses números num papel. Não perco um resultado. E tô te dizendo que nenhum número terminado em sete..."

"Saiu, sim, *saiu* um sete! Posso até te dizer a porra do número. Terminava em quatro zero sete. Foi em fevereiro, na segunda semana de fevereiro."

"Fevereiro, a tua avó! Eu tenho tudo anotado, preto no branco. E te digo, não saiu número..."

"Ah, dá um tempo!", disse o terceiro homem.

Estavam discutindo a Loteria. Winston olhou por cima do ombro depois de ter andado uns trinta metros. Ainda discutiam com paixão, os rostos afogueados. A Loteria, com o pagamento semanal de enormes prêmios, era o único evento público que os proletas levavam a sério. Provável que para milhões de proletas a Loteria fosse a principal, ou talvez a única, razão para permanecer vivo. Era seu prazer, sua loucura, seu analgésico, seu estimulante intelectual. Quando o assunto era a Loteria, mesmo analfabetos pareciam capazes de cálculos intrincados e façanhas desconcertantes de memória. Havia toda uma tribo de homens que ganhavam a vida apenas vendendo sistemas, previsões e amuletos da sorte. O trabalho de Winston não tinha nada a ver com o funcionamento da Loteria, que era administrada pelo Ministério da Grandeza, mas ele sabia (todos no Partido sabiam, na verdade) que os prêmios eram, na maior parte, fictícios. Só pequenas quantias eram de fato pagas, e os vencedores dos grandes prêmios eram pessoas inexistentes. Como não havia comunicação entre as várias regiões da Oceânia, não era algo difícil de manipular.

Mas, se havia esperança, estava nos proletas. Era preciso se agarrar a isso. De forma teórica, parecia razoável, mas era ao olhar para as pessoas caminhando nas calçadas que esse mandamento se tornava um ato de fé. A rua em que estava andando virou uma descida. Ele teve a sensação de já ter passado por aquele bairro antes e de não estar muito longe de uma via principal. Logo mais à frente ouvia-se uma balbúrdia de gritos. A rua fez uma curva fechada e terminou em um lance de escadas que descia para um beco onde alguns vendedores exibiam vegetais murchos. Foi aí que Winston lembrou onde estava. O beco dava para a rua principal e, na rua seguinte, a uns cinco minutos de distância, estava a lojinha onde ele tinha comprado o caderno que agora era seu diário. E em uma pequena papelaria ali perto, tinha comprado a caneta-tinteiro e o vidro de tinta.

Deu um tempo no topo da escada. Do outro lado do beco, havia um pequeno pub sujo cujas janelas pareciam cobertas de gelo, mas na realidade estavam só empoeiradas. Um homem muito velho, curvado, mas ágil, com bigodes brancos de pontas eriçadas para a frente como as de um camarão, empurrou a porta de vaivém e entrou. Enquanto Winston observava, ocorreu-lhe que o velho, que devia ter no mínimo uns oitenta anos, já devia estar na meia-idade quando a Revolução eclodira. Ele e uns poucos mais deviam ser os últimos elos ainda existentes com o mundo desaparecido do capitalismo. Mesmo no Partido não restavam muitas pessoas cujas ideias haviam sido formadas antes da Revolução. A geração mais velha tinha sido quase toda eliminada nos grandes expurgos dos anos 1950 e 1960, e os poucos sobreviventes já estavam reduzidos a um estado de completa rendição intelectual. Se ainda existisse alguém vivo que pudesse dar a Winston um relato verdadeiro sobre as condições do início do século, só poderia ser um proleta. De repente, a passagem do livro de História que tinha copiado no diário voltou à sua mente, e um impulso lunático tomou conta dele. Entraria no bar e arrancaria alguma informação daquele velho. Diria: "Me conte sobre sua vida quando você era um menino. Como era aquela época? As coisas eram melhores ou piores do que são hoje?".

Depressa, para não dar tempo de ficar com medo, ele desceu as escadas e atravessou a rua estreita. Seria uma loucura, claro. Como de costume, não havia regra definida contra falar com proletas e frequentar seus pubs, mas era muito incomum uma ação dessas passar despercebida. Se as patrulhas aparecessem, ele poderia tentar justificar dizendo que estava passando mal, porém seria improvável que caíssem nessa. Empurrou a porta e foi atingido bem na cara por um cheiro horrível de cerveja azeda, parecendo queijo rançoso. Assim que entrou, o volume das vozes caiu de forma considerável. Sentia nas costas os olhares para seu macacão azul. Um jogo de dardos que rolava no outro canto da sala parou por uns trinta segundos. O velho que ele havia seguido estava parado no bar, tendo algum tipo de discussão com o barman, um jovem grande e robusto, de nariz adunco e braços enormes. Um bolo de gente, todos parados segurando copos, observava a cena.

"Falei com educação, não?", o velho disse, dando de ombros de um jeito beligerante. "Tá me dizendo que não tem um *pint* de cerveja neste boteco infecto?"

"E que *diabos* é um *pint*?", o barman respondeu, inclinando-se para a frente com a ponta dos dedos no balcão.

"Olha esse cara! Acha que é barman e não sabe o que é um *pint*! Ora, um *pint* é metade de um quartilho, e quatro quartilhos fazem um galão. Eita, que eu tenho que te ensinar o bê-a-bá agora?"

"Nunca ouvi falar", o barman disse, seco. "Litro ou meio litro. É isso o que a gente serve. Os copos estão na prateleira aí na frente."

"Eu gosto de um *pint*", o velho insistiu. "Você poderia ter tirado fácil um *pint* pra mim. A gente não tinha essas porcarias de litros no meu tempo."

"No seu tempo, a gente vivia nas copas das árvores", o barman falou, olhando os outros clientes.

Houve um estouro de risadas, e a inquietação causada pela chegada de Winston pareceu sumir. A barba por fazer do velho ficou vermelha. Ele se virou, murmurando para si mesmo, e topou com Winston, que o segurou de leve pelo braço.

"Posso oferecer uma bebida ao senhor?", perguntou.

"Você é um cavalheiro", o outro disse, endireitando os ombros de novo. Aparentemente não tinha notado o macacão azul de Winston. "*Pint*!", mandou de novo para o barman, de um jeito agressivo. "Um *pint* da loura!"

O barman despejou dois meios-litros de cerveja marrom escura dentro de copos grossos que tinha enxaguado em um balde sob o balcão. Cerveja era a única bebida que se podia arranjar nos pubs dos proletas. Os proletas não deveriam beber gim, embora na prática conseguissem arrumar a bebida com facilidade. O jogo de dardos estava em pleno andamento de novo, e o bolo de homens no bar começou a falar sobre bilhetes da Loteria. A presença de Winston foi esquecida por um momento. Havia uma mesa de madeira vagabunda sob a janela onde ele e o velho poderiam conversar sem medo de serem ouvidos. Era terrivelmente perigoso, mas pelo menos não havia nenhuma teletela na sala, conforme ele havia se certificado assim que entrara.

"Ele podia ter me tirado um *pint*", resmungou o velho enquanto se acomodava com o copo. "Metade de um *pint* não é suficiente. Não satisfaz. Mas dois *pints* é demais. Mexe demais com a minha bexiga. Sem falar no preço."

"Você deve ter visto grandes mudanças desde jovem", Winston começou, tímido.

Os olhos azuis claros do velho passaram do tabuleiro de dardos para o bar, e do bar para a porta do banheiro dos homens, como se as mudanças tivessem acontecido bem naquele bar.

"A cerveja era bem melhor", ele disse por fim. "E mais barata! Quando eu era jovem, a cerveja mais leve – uma loura gelada, como a gente costuma dizer – custava quatro pence cada *pint*. Isso foi antes da guerra, é claro."

"Que guerra foi essa?", Winston disse.

"É tudo guerra", o velho disse, de maneira vaga. Pegou o copo e endireitou de novo os ombros. "Um brinde à sua saúde!"

Na garganta magra, o pomo de adão afiado fez um movimento surpreendentemente rápido para cima e para baixo, e a cerveja desapareceu. Winston foi ao bar e voltou com mais dois meio-litros. O velho parecia ter esquecido seu preconceito contra beber um litro inteiro.

"Você é muito mais velho do que eu", Winston disse. "Já era um homem adulto antes de eu nascer. Deve lembrar como eram os velhos tempos, antes da Revolução. Pessoas da minha idade realmente não sabem nada sobre aquela época. Só podemos ler sobre isso nos livros, e o que os livros dizem talvez não seja verdade. Queria sua opinião sobre isso. Os livros de História dizem que a vida antes da Revolução era completamente diferente do que é agora. Que existia a mais terrível opressão, injustiça, pobreza – pior do que qualquer coisa que a gente possa imaginar. Aqui em Londres, a maioria das pessoas nunca tinha o suficiente para comer, do berço ao túmulo. Metade do povo andava descalço. Trabalhavam doze horas por dia, abandonavam a escola com nove anos, dez pessoas dormiam no mesmo quarto. E ao mesmo tempo havia alguns poucos, talvez alguns milhares – os capitalistas, como diziam – que eram ricos e poderosos. Possuíam tudo o que havia para possuir. Viviam em mansões com trinta empregados, andavam com carrões e carruagens de quatro cavalos, bebiam champanhe, usavam cartolas..."

O velho se iluminou de repente.

"Cartolas!", disse. "Engraçado você falar nisso. Ontem mesmo essa imagem pintou na minha cabeça, não sei por quê. Estava até pensando em quanto tempo faz que não vejo uma cartola. Deram um fim nelas. A última vez que usei uma foi no funeral da minha cunhada. E isso foi – bom, não consigo te dar a data certa, mas deve ter sido coisa de cinquenta anos atrás. Claro que eu só tinha alugado para aquele dia, sabe como é."

"As cartolas são o de menos", disse Winston, com paciência. "O que quero dizer é que esses capitalistas – eles e alguns advogados e padres e tal – eram os senhores da terra. Tudo existia em benefício deles. Você e as pessoas comuns, os trabalhadores, eram escravos deles. Podiam fazer o que quisessem com você. Podiam te mandar para o Canadá feito gado. Podiam dormir com sua filha, se quisessem. Podiam te dar uma surra com um chicote de nove varas. Você tinha que abaixar a cabeça quando passava por eles. Todo capitalista andava com uma gangue de lacaios que..."

O velho se iluminou outra vez.

"Lacaios!", disse. "Taí outra palavra que não escuto faz tempo. Lacaios! Ah, isso me faz voltar pro passado. Eu lembro – ah, bota tempo nisso – que às vezes ia ao Hyde

Park domingo à tarde pra ouvir os caras fazendo discurso. Exército da Salvação, católicos romanos, judeus, hindus – todo tipo de gente. E tinha um cara – bom, não sei te dizer o nome, mas o sujeito falava duro, potente. 'Lacaios da burguesia! Lambe-botas da classe dominante! Parasitas!', falava isso. E 'hienas', é, com certeza chamava os caras de 'hienas'. Claro que ele tava falando do Partido Trabalhista, você tá me entendendo?"

Winston teve a sensação de que os dois estavam conversando em campos opostos.

"O que eu realmente queria saber era o seguinte", disse ele. "Você sente que hoje tem mais liberdade do que naquela época? Se sente mais bem tratado como um ser humano? Muito tempo atrás, os ricos, as pessoas na elite..."

"A Câmara dos Lordes", atalhou o velho, nostálgico.

"A Câmara dos Lordes, como quiser. O que estou perguntando é se essas pessoas eram capazes de tratá-lo como um ser inferior, só porque eram ricos e você, pobre? É verdade, por exemplo, que você tinha que chamá-los de 'senhor' e tirar o boné quando passava por eles?"

O velho pareceu refletir profundamente. Bebeu quase um quarto de sua cerveja antes de responder.

"Sim", ele disse. "Eles gostavam que a gente tirasse o boné pra eles. Mostrar respeito, né? Eu mesmo não concordava com isso, mas às vezes fazia. Tinha que fazer, era o jeito."

"E era normal – estou apenas citando o que li nos livros de História –, era comum que essas pessoas e os servos delas jogassem você na sarjeta?"

"Uma vez, um deles me empurrou", o velho disse. "Lembro como se fosse ontem. Era a noite da Corrida de Barcos – era uma bagunça em noite de corrida – e eu esbarro em um garotão na avenida Shaftesbury. Bem playboy, ele – camisa social, cartola, sobretudo preto. Ele tava meio que zigueagueando pela calçada e eu esbarrei nele sem querer. E ele diz: 'Olha por onde anda!'. Eu digo: 'Você acha que é dono da calçada?'. E ele: 'Vou torcer a sua maldita cabeça se você se meter a besta comigo'. E eu: 'Você tá bêbado. Eu quebro a sua cara em meio minuto'. E você não vai acreditar, mas o cara meteu a mão no meu peito e me deu um empurrão tão forte que quase caí debaixo de um ônibus. Bom, eu era jovem naquela época e tava indo dar um murro na cara dele, só que..."

Uma sensação de impotência tomou conta de Winston. A memória do velho não era mais do que um monte de detalhes perdidos. Podia passar o dia fazendo perguntas sem obter nenhuma informação real. As histórias do Partido até podiam ser verdadeiras, a seu modo: até podiam ser completamente verdadeiras. Fez uma última tentativa.

"Talvez eu não esteja sendo claro", disse. "O que estou tentando dizer é isto. Você está vivo há muito tempo; viveu metade da sua vida antes da Revolução. Em 1925, por exemplo, você já era adulto. Você diria, pelo que se lembra, que a vida em 1925 era melhor do que agora ou pior? Se você pudesse escolher, preferia viver antes ou agora?"

O velho olhou pensativo para o jogo de dardos. Terminou a cerveja mais devagar que antes. Quando falou, foi com um ar tolerante e filosófico, como se a cerveja o tivesse amaciado.

"Eu sei o que você quer que eu diga", disse. "Você quer que eu diga que eu preferia ser jovem de novo. A maioria das pessoas diz que preferia ser jovem de novo. Você tem saúde e força quando jovem. Quando chega no meu momento da vida, nunca fica bem. Tô com um problema nos pés, e a minha bexiga é terrível. Me tira da cama umas seis ou sete vezes por noite. Por outro lado, tem grandes vantagens em ser velho. Você não tem as mesmas preocupações. Nada com as mulheres, e isso já é ótimo. Não fico com uma mulher faz quase trinta anos, acredita? Nem queria ficar, sabe. É isso."

Winston se recostou no parapeito da janela. Não adiantava continuar. Ele estava prestes a comprar mais cerveja quando o velho de repente se levantou e marchou rápido até o mictório fedorento ao lado do balcão. O meio-litro extra já estava fazendo efeito nele. Winston ficou parado um ou dois minutos olhando o copo vazio e mal percebeu quando seus pés o levaram de volta para a rua. Dentro de vinte anos, no máximo, refletiu, a enorme e simples questão "a vida antes da Revolução era melhor do que é agora?" seria impossível de responder. Na verdade, já era irrespondível agora, uma vez que os poucos sobreviventes do mundo antigo eram incapazes de comparar uma época com a outra. Lembravam um milhão de coisas inúteis, uma briga com um colega de trabalho, a procura por uma bomba de bicicleta perdida, a expressão no rosto de uma irmã morta há muito tempo, os redemoinhos de poeira em uma manhã nublada setenta anos atrás: mas todos os fatos relevantes estavam fora do alcance de sua visão. Eles eram como a formiga, que pode ver objetos pequenos, mas não os grandes. E quando a memória falhava e os registros escritos eram falsificados – quando isso acontecia, as reivindicações do Partido de ter melhorado as condições de vida tinham que ser aceitas, porque não existia, nem nunca mais poderia existir, qualquer padrão contra o qual isso pudesse ser comparado.

Nesse instante, sua linha de pensamento foi interrompida de maneira abrupta. Ele estacou e olhou para cima. Estava em uma rua estreita que tinha algumas lojinhas intercaladas com prédios residenciais. Logo acima de sua cabeça estavam suspensas as três bolas de metal desbotado que davam a impressão de um dia terem sido douradas. Ele parecia conhecer o lugar. Claro! Tinha parado em frente à lojinha de velharias onde comprara o diário.

Uma pontada de medo o percorreu. Comprar o caderno já tinha sido um ato impulsivo demais por si só, e ele havia jurado nunca mais pisar naquele lugar de novo. E mesmo assim, havia bastado deixar os pensamentos flutuarem para seus pés o levarem de volta até ali por conta própria. Era precisamente contra impulsos suicidas desse tipo que ele esperava se proteger escrevendo no diário. Ao mesmo tempo percebia que, embora fossem quase vinte e uma horas, a loja ainda estava aberta. Com a sensação de que chamaria menos atenção lá dentro do que na calçada, cruzou a porta. Se alguém perguntasse, sempre poderia dizer de forma plausível que estava procurando por lâminas de barbear.

O proprietário tinha acabado de acender uma lamparina a óleo pendurada que trazia um cheiro sujo, mas familiar. Era um homem de uns sessenta anos, frágil e curvado, com um nariz longo e benevolente e olhos suaves distorcidos por óculos de lentes grossas. Seu cabelo era quase branco, mas as sobrancelhas eram espessas e ainda negras. Os óculos, os movimentos suaves e exigentes e o fato de que estava vestindo uma jaqueta velha de veludo preto, tudo isso lhe dava um vago ar de intelectual, como se tivesse sido um literato no passado, talvez um músico. A voz era suave, embora desbotada, e o sotaque era menos degradado que o da maioria dos proletas.

"Reconheci você na calçada", ele disse de bate-pronto. "Você é o cavalheiro que comprou aquele álbum de recordações para moças. Lindo papel. Creme, costumavam chamar de papel vergé cremc. Nenhum papel como aquele foi feito em – ah, atrevo-me a dizer, em cinquenta anos." Olhou para Winston por cima dos óculos. "Como posso ajudá-lo? Ou você só queria dar uma olhada?"

"Estava passando", disse Winston vagamente. "Estava só olhando. Não procuro nada em particular."

"Ótimo", o outro disse, "porque acho mesmo que não poderia te ajudar." Fez um gesto de desculpas com a palma da mão. "Veja: a loja está vazia. Cá pra nós, o comércio de antiguidades está quase falido. Já não existe procura, e nem estoque. Móveis, porcelana, vidro – tudo aos poucos foi se quebrando. E, claro, as coisas de metal foram derretidas. Não vejo um castiçal de latão faz muitos anos."

Na verdade, o minúsculo interior da loja estava desconfortavelmente atulhado, mas não havia quase nada que valesse a pena. Era difícil circular ali, porque em todas as paredes estavam empilhadas inúmeras molduras empoeiradas. Na janela havia bandejas com porcas e parafusos, cinzéis gastos, canivetes com lâminas quebradas, relógios manchados que sequer aparentavam estar funcionando e todo tipo de lixo. Somente em uma pequena mesa no canto havia um monte de bugigangas – caixas envernizadas, broches de ágata e similares – que pareciam incluir algo de interessante. Enquanto Winston vagava em direção à mesa, seu olhar foi atraído por uma coisa redonda e lisa que brilhava de maneira suave à luz da lamparina, e ele a pegou.

Era uma peça pesada de vidro, curva de um lado e chata do outro, na forma de um hemisfério. Havia uma suavidade peculiar tanto na cor quanto na textura do vidro, como se fosse água da chuva. Dentro dele, ampliado pela superfície curva, havia um estranho objeto rosa, uma coisa complicada que lembrava uma rosa ou uma anêmona-do-mar.

"Que é isto?", perguntou Winston, fascinado.

"É coral", disse o velho. "Deve ter vindo do oceano Índico. Costumavam embutir essas coisas no vidro. Esse aí tem pelo menos cem anos. Mais, até, pelo que parece."

"É uma coisa linda", disse Winston.

"É uma coisa linda", repetiu o outro, feliz. "Mas muita gente não diria isso, hoje em dia." Tossiu. "Agora, se por acaso você quiser comprá-lo, são quatro dólares. Lembro quando uma coisa dessas teria me rendido umas oito libras, e oito libras era – bem, não sei mais quanto era direito, só que era muito dinheiro. Mas quem se importa com antiguidades genuínas hoje em dia, mesmo as poucas que sobraram?"

Winston de pronto pagou os quatro dólares e deslizou a coisa cobiçada para o próprio bolso. O que o atraiu não foi tanto a beleza, mas a ideia de possuir algo pertencendo a uma época tão diferente da atual. O vidro macio, que parecia água de chuva, não se parecia com nenhum vidro que ele já tinha visto. O objeto era duas vezes mais atraente por sua aparente inutilidade, embora ele pudesse supor que tivesse sido concebido como um peso de papel. Pesava no bolso, mas por sorte não fez nenhuma protuberância. Era uma coisa esquisita, até comprometedora, para um membro do Partido ter em mãos. Qualquer coisa velha, aliás, qualquer coisa bonita, sempre era meio suspeita. O velho ficou visivelmente feliz com os quatro dólares. Winston percebeu que ele teria aceitado três ou até dois.

"Há um outro cômodo no andar de cima onde você pode dar uma olhada", ele falou. "Não há muito mais que isso. Só algumas peças. Vou acender uma luz quando a gente subir."

Acendeu outra lâmpada e, com as costas curvadas, mostrou o caminho, subindo devagar as escadas íngremes e gastas e atravessando um corredor estreito, até chegarem a um aposento que não dava para a rua, mas para um pátio de paralelepípedos e uma floresta de chaminés. Winston percebeu que a mobília estava arrumada como um quarto que fosse habitado. Havia um fino carpete no chão, uma ou duas pinturas nas paredes e uma poltrona funda e maltratada ao lado da lareira. Um antiquado relógio de vidro, com mostrador de doze horas, tiquetaqueava sobre a cornija da lareira. Debaixo da janela, ocupando quase um quarto do cômodo, havia uma cama enorme com o colchão ainda sobre ela.

"Moramos aqui até minha esposa morrer", disse o velho, meio se desculpando. "Estou vendendo os móveis aos poucos. Essa é uma linda cama de mogno, ou pelo menos seria, se desse para se livrar dos percevejos. Mas ouso dizer que você a acharia um pouco pesadona."

Ele segurava a luminária bem alto, de modo a iluminar todo o quarto, e na luz fraca e quente o lugar parecia curiosamente convidativo. Passou pela cabeça de Winston o pensamento de que seria fácil alugar o quarto por alguns dólares por semana, caso ele ousasse assumir o risco. Era uma ideia louca e impossível, a ser abandonada tão logo fosse concebida; mas a sala havia despertado nele uma espécie de nostalgia, de memória ancestral. Pareceu-lhe saber qual seria a sensação exata de se sentar em uma sala como aquela, em uma poltrona ao lado de uma lareira, com os pés no guarda-fogo e uma chaleira ao lado: totalmente sozinho, totalmente seguro, sem ninguém vigiando, nenhuma voz o perseguindo, nenhum som exceto o chiar da chaleira e o tique-taque amigável do relógio.

"Não tem teletela!", ele deixou escapar num murmúrio.

"Ah", disse o velho, "nunca tive uma dessas coisas. É muito caro. E nunca senti falta. Agora veja que bela mesa com abas dobráveis ali no canto. Claro que você teria que colocar novas dobradiças se quisesse usar as abas."

Havia uma pequena estante de livros no outro canto, e Winston já gravitava naquela direção. Não continha nada além de lixo. A caça e a destruição de livros tinham sido feitas nos bairros dos proletas com tanto rigor quanto nos outros lugares. Seria muito improvável existir em qualquer lugar da Oceânia uma cópia de um livro impresso antes de 1960. O velho, ainda carregando a lâmpada, estava em frente a um quadro com moldura de pau-rosa que pendia do outro lado da lareira, em frente à cama.

"Agora, se por acaso você estiver interessado em gravuras antigas", ele começou, de maneira delicada.

Winston atravessou o quarto para examinar o quadro. Era uma imagem gravada em metal que mostrava um edifício oval com janelas retangulares e uma pequena torre em frente. Via-se uma grade correndo ao redor do edifício, e na extremidade traseira havia algo que parecia uma estátua. Winston olhou para ela por alguns momentos. Era meio familiar, embora ele não se lembrasse da estátua.

"A moldura está fixada na parede", o velho disse, "mas eu posso desaparafusá-la para você se quiser."

"Conheço esse prédio", disse Winston, por fim. "É uma ruína agora. Está no meio da rua, em frente ao Palácio da Justiça."

"Isso mesmo. Em frente ao Tribunal de Justiça. Foi bombardeado em... ah, muitos anos atrás. Já foi uma igreja. São Clemente dos Dinamarqueses, era o nome dela." Ele sorriu como que se desculpando, consciente de que era algo meio ridículo cantarolar: *"'Limões e laranjas pra gente, dizem os sinos de São Clemente!'."*

"O que é isso?", disse Winston.

"Ah... *'Limões e laranjas pra gente, dizem os sinos de São Clemente'*... Era uma cantiga da minha infância. Não lembro bem como continuava, só que terminava assim: *'Lá vem o bicho-papão, pra comer teu cabeção'*." Era um tipo de ciranda. Eles estendiam os braços pra você passar por baixo, e quando chegavam na parte de *'Lá vem o bicho-papão, pra comer teu cabeção'* eles abaixavam os braços e pegavam você. Eram versos com nomes de igrejas. Todas as igrejas de Londres estavam nessa cantiga – quer dizer, todas as principais."

Winston se perguntou vagamente de que século seria a igreja. Sempre era difícil determinar a idade de um edifício em Londres. Qualquer coisa grande e impressionante, se aparentasse ser meio nova, era logo declarada como construída depois da Revolução, enquanto qualquer coisa obviamente mais antiga era atribuída a um período obscuro chamado Idade Média. Considerava-se que séculos de capitalismo não haviam produzido nada de qualquer valor. Não se aprendia mais história por meio da arquitetura do que se podia aprender dos livros. Estátuas, monumentos, nomes de ruas – qualquer coisa que pudesse lançar luz sobre o passado era alterada de maneira sistemática.

"Nunca soube que tinha sido uma igreja", Winston disse.

"Sobraram muitas delas, na verdade", o velho falou. "Mas hoje têm outros usos. Agora, como era mesmo essa cantiga? Ah! Lembrei!"

Limões e laranjas pra gente, dizem os sinos de São Clemente
Me dá um dindim, dizem os sinos de São Martim

"Ah, não consigo lembrar mais que isso. Um dindim era um dinheirinho qualquer. Podia ser como um centavo, que na época era uma pequena moeda de cobre."

"Onde ficava a igreja de São Martim?", Winston perguntou.

"São Martim? Essa ainda está de pé. Fica na praça Victory, ao lado da galeria de pinturas. Um edifício com uma espécie de pórtico triangular, colunas na frente e uma grande escadaria."

Era um lugar que Winston conhecia bem. Tinha virado um museu para exibições de propaganda de vários tipos – modelos em escala de mísseis e Fortalezas Flutuantes, quadros de cera ilustrando atrocidades do inimigo e coisas assim.

"Era chamada de São Martim dos Campos", complementou o velho, "embora eu não me lembre de nenhum campo naquela parte."

Winston não comprou a imagem. Teria sido algo ainda mais incongruente do que o peso de papel de vidro e impossível de levar para casa, a menos que fosse retirada da moldura. Mas ele demorou mais uns minutos conversando com o velho, cujo nome descobriu não ser Weeks – como se poderia supor pelo letreiro na fachada da loja – mas Charrington. O sr. Charrington, ao que parecia, era um viúvo de sessenta e três anos que morava naquela loja fazia trinta. Ao longo desse tempo, pensou em alterar o nome na fachada, mas nunca conseguiu fazê-lo. Enquanto conversavam, a rima lembrada pela metade continuou rodando na cabeça de Winston. *Limões e laranjas pra gente, dizem os sinos de São Clemente. Me dá um dindim, dizem os sinos de São Martim!* Era curioso, mas quando você cantava os versos para si, tinha a ilusão de escutar mesmo o barulho de sinos, os sinos de uma Londres perdida que ainda existia em algum lugar, disfarçado e esquecido. De uma torre fantasmagórica a outra, ele parecia ouvi-los repicando. No entanto, até onde se lembrava, na vida real nunca tinha escutado sinos de igreja.

Despediu-se do sr. Charrington e desceu as escadas sozinho, para não deixar que o velho o visse espiando a rua de maneira furtiva antes de sair pela porta. Já tinha decidido que, depois de um intervalo adequado – um mês, digamos –, ele assumiria o risco de visitar a loja outra vez. Talvez não fosse mais perigoso do que uma noite zanzando pelo Centro. A verdadeira loucura tinha sido voltar àquele lugar depois de comprar o diário, sem saber se poderia confiar no proprietário da loja. Agora, já era!

Sim, pensou de novo, voltaria. Compraria mais restos de belos badulaques. Compraria a gravura de São Clemente dos Dinamarqueses, a tiraria da moldura e a levaria para casa escondida sob a jaqueta do macacão. Arrancaria o resto da cantiga da memória do sr. Charrington. E até mesmo o projeto lunático de alugar o quarto de cima cruzou de novo seus pensamentos por um momento. Por uns cinco segundos de exaltação, descuidou-se e pulou para a calçada sem nem mesmo uma olhada preliminar através da janela. Até começou a cantarolar numa melodia improvisada...

Limões e laranjas pra gente, dizem os sinos de São Clemente. Me dá um dindim, dizem os...

De repente, sentiu o coração congelar e o estômago revirar. Uma figura de macacão azul descia pela calçada, a não mais que dez metros de distância. Era a garota do Departamento de Ficção, a garota de cabelos escuros. A luz estava falhando, mas não havia dificuldade em reconhecê-la. Ela o mirou direto nos olhos, então passou rápido por ele como se não o tivesse reconhecido.

Por alguns segundos, Winston ficou paralisado. Depois virou para a direita e se afastou rápido, sem reparar que estava indo na direção errada. De qualquer forma, uma questão tinha sido resolvida. Não havia mais dúvidas de que a garota o estava espionando. Ela devia tê-lo seguido até ali, porque era impossível que estivesse andando por puro acaso naquela mesma noite pela mesma rua obscura, a quilômetros de distância de qualquer bairro onde viviam os membros do Partido. Seria uma coincidência muito grande. Se ela era de fato uma agente da Milícia Mental, ou só uma espiã amadora movida pela paixão, tanto fazia. Já era ruim o suficiente ela estar de olho nele. Provavelmente ela o vira entrar no pub também.

Caminhar era difícil. A cada passo, a peça de vidro no bolso batia contra sua coxa, e por pouco ele não a tirou dali e a jogou fora. O pior era a dor de barriga. Por uns minutos, teve a sensação de que morreria se não chegasse logo a um banheiro. Mas não havia banheiros públicos num bairro daqueles. Então o espasmo passou, deixando apenas uma queimação no estômago.

A rua era um beco sem saída. Winston parou, ficou vários segundos se perguntando vagamente o que fazer, em seguida girou e começou a refazer seus passos. Enquanto voltava, ocorreu-lhe que a garota tinha passado por ele fazia uns três minutos e, se corresse, talvez a alcançasse. Poderia ficar na cola dela até chegarem a algum lugar silencioso, e então quebrar o crânio dela com um tijolo. Talvez a peça de vidro no bolso fosse pesada o bastante para dar conta do recado. Mas logo abandonou a ideia, até porque a mera ideia de fazer um esforço físico era insuportável. Não podia correr nem dar um soco. Além disso, ela era jovem e vigorosa, e se defenderia. Pensou também em correr para o Centro Comunitário e ficar lá até que o local fechasse, de modo a criar um álibi parcial para a noite. Mas isso também seria impossível. Um cansaço mortal se apossou dele. Tudo que ele queria era conseguir voltar para casa rápido e depois se sentar e ficar quietinho.

Já passava de vinte e duas horas quando ele chegou ao apartamento. As luzes seriam apagadas no prédio às vinte e três e trinta. Na cozinha, engoliu quase uma xícara de chá inteira de gim Victory. Então foi até a mesa no nicho da parede, sentou-se e puxou o diário da gaveta. Não o abriu logo. Da teletela, uma voz feminina violenta berrava uma canção patriótica. Ficou sentado olhando a capa marmorizada do caderno, tentando sem sucesso calar a voz de sua consciência.

Era à noite que eles vinham buscar você, sempre à noite. O melhor era se matar antes que eles o pegassem. Sem dúvida muita gente fazia isso. Muitos desaparecimentos na verdade eram suicídios. Mas seria necessária uma coragem desesperada para se matar em um mundo onde armas de fogo, ou qualquer veneno rápido e certeiro, eram impossíveis de conseguir. Ele pensou, com uma espécie de espanto, na inutilidade biológica da dor e do medo, na traição do corpo humano que sempre congela e fica inerte bem no momento em que você mais precisa dele. Poderia ter silenciado a garota morena se tivesse agido rápido: mas justo por causa do perigo extremo ele havia perdido a capacidade de agir. Ocorreu-lhe que em momentos de crise nunca se luta contra um inimigo externo, mas sempre contra o próprio corpo. Mesmo agora, apesar do gim, aquela queimação na barriga o impedia de encadear pensamentos lógicos. E acontecia o mesmo, ele notou, em todos os momentos aparentemente heroicos ou trágicos. No campo de batalha, na câmara de tortura, em um navio afundando, os obstáculos contra os quais se luta são sempre esquecidos, porque o corpo se amplifica até preencher o universo, e mesmo quando você não está paralisado de medo ou gritando de dor, a vida é a luta constante contra a fome, o frio ou a insônia, contra uma queimação no estômago ou um dente dolorido.

Abriu o diário. Era importante escrever alguma coisa. A mulher na teletela começou uma nova canção. Sua voz parecia grudar no cérebro como estilhaços de vidro. Ele tentou pensar em O'Brien, por quem, ou para quem, o diário estava sendo escrito, mas, em vez disso, começou a pensar no que lhe aconteceria depois que a Milícia Mental o levasse embora. Tanto fazia se eles o matassem de uma vez. Ser morto era o esperado. Mas antes da morte (ninguém falava sobre essas coisas, mas todo mundo sabia) havia os procedimentos de confissão que você precisava atravessar: rastejar no chão e gritar por misericórdia, o barulho dos ossos quebrados, os dentes esmagados, os coágulos de sangue no couro cabeludo.

Por que você tinha que aguentar, já que o fim era sempre o mesmo? Por que não era possível cortar alguns dias ou semanas da sua vida? Ninguém jamais escapava da prisão, e ninguém deixava de confessar. Uma vez que você sucumbia ao crimepensar, podia ter certeza de que a qualquer momento estaria morto. Por que então aquele horror, que nada alterava, tinha que estar atrelado ao tempo futuro?

Com um pouco mais de esforço que antes, conseguiu evocar a imagem de O'Brien. "Vamos nos encontrar no lugar onde não existe escuridão", O'Brien dissera para ele. Winston sabia o que significava, ou pensava saber. O lugar onde não existia escuridão era o futuro imaginado, que ninguém via, mas que, profeticamente, se podia compartilhar de um jeito místico. No entanto, com a voz da teletela perturbando os ouvidos, não conseguia seguir muito bem a linha de raciocínio. Colocou um cigarro na boca. Metade do tabaco caiu na língua, uma poeira amarga e difícil de ser cuspida. O rosto do Irmão Maior nadou em sua cabeça, deslocando o rosto de O'Brien. Assim como havia feito alguns dias antes, tirou uma moeda do bolso e olhou para ela. O rosto o encarou, pesado, calmo, protetor: mas que tipo de sorriso se escondia debaixo do bigode escuro? Como um sino de chumbo, as palavras voltaram:

GUERRA É PAZ
LIBERDADE É ESCRAVIDÃO
IGNORÂNCIA É FORÇA.

1

A manhã já ia avançada, e Winston saiu do cubículo em que trabalhava para ir ao banheiro.

Uma figura solitária vinha em sua direção do outro lado do corredor comprido e bem iluminado. Era a garota de cabelo escuro. Quatro dias haviam se passado desde a noite em que ele a encontrara perto da loja de antiguidades. Só ao se aproximar notou que o braço direito dela estava em uma tipoia, imperceptível a distância por ser da mesma cor do macacão. Era provável que tivesse machucado a mão enquanto girava em torno de um dos grandes caleidoscópios em que os enredos de romances eram "elaborados". Acidente comum no Departamento de Ficção.

Eles estavam talvez a quatro metros de distância quando a menina tropeçou e praticamente caiu de cara no chão. Soltou um grito agudo de dor. Parecia ter caído bem em cima do braço ferido. Winston estacou. A garota ficou de joelhos. Seu rosto estava de um amarelo leitoso, contra o qual a boca se destacava, mais vermelha do que nunca. Seus olhos se fixaram nos dele com uma expressão de apelo que parecia mais de medo que dor.

Uma emoção curiosa agitou o coração de Winston. Diante dele havia um inimigo que tentava matá-lo; na frente dele, também, havia uma criatura humana, que estava sofrendo e talvez tivesse um osso quebrado. Por instinto, ele avançou para ajudá-la. No momento em que a viu cair sobre o braço enfaixado, foi como se sentisse a dor no próprio corpo.

"Machucou?", perguntou.

"Não foi nada. Meu braço… Vai ficar bem em um segundo."

Ela falava como se seu coração estivesse pulando. Tinha ficado muito pálida.

"Não quebrou nada aí?"

"Não, estou bem. Doeu um pouco, só isso."

Ela estendeu a mão livre para ele, que a ajudou a se levantar. Ela estava começando a recuperar um pouco a cor e parecia melhor.

"Não foi nada não", ela repetiu. "Só torci o pulso. Obrigada, camarada!"

E, assim, ela continuou andando na direção em que estava indo, tão rápida como se não tivesse mesmo sido nada. Todo o incidente não durou meio minuto. Não deixar os sentimentos transparecerem no rosto era um hábito que se tornara instintivo e, além disso, eles estavam bem na frente de uma teletela quando a coisa aconteceu. No entanto, tinha sido muito difícil não trair uma surpresa momentânea, pois nos dois ou três segundos enquanto ele a ajudava, a garota havia colocado uma coisa em sua mão. Claro que fizera isso de modo intencional. Era uma coisa pequena e plana. Ao passar pela porta do banheiro, ele a transferiu para o bolso e a apalpou com as pontas dos dedos. Um pedaço de papel dobrado em um quadrado.

Enquanto urinava, com um pouco mais de jeito, conseguiu desdobrá-lo. Óbvio que devia haver alguma mensagem escrita ali. Por um instante ele ficou tentado a levar o papel para dentro de um dos reservados e lê-lo imediatamente. Mas isso seria uma burrice, como ele bem sabia. Em nenhum outro lugar se podia ter mais certeza de que as teletelas o observavam.

Voltou ao cubículo, sentou-se, jogou o fragmento de papel casualmente entre os outros papéis na mesa, colocou os óculos e puxou o ditafone. Cinco minutos, pensou, cinco minutos no mínimo! Seu coração batia forte no peito, com um barulho assustador. Felizmente, o trabalho que estava fazendo era mera rotina, a retificação de uma longa lista de cifras que não requeria muita atenção.

O que quer que estivesse escrito no papel devia ter algum significado político. Até onde podia imaginar, havia duas possibilidades. Uma, muito mais provável, era que a menina fosse uma agente da Milícia Mental, bem como ele temia. Não sabia por que a Milícia Mental escolheria entregar mensagens desse jeito, mas talvez tivesse seus motivos.

A coisa escrita no papel podia ser uma ameaça, uma convocação, uma ordem para cometer suicídio, uma armadilha de algum tipo. Mas havia uma outra possibilidade, mais louca, que continuava pulando em sua cabeça, embora tentasse em vão suprimi-la. Isto é: a mensagem não teria vindo da Milícia Mental, mas de algum tipo de organização clandestina. Talvez a Irmandade existisse, afinal! Talvez a garota fizesse parte dela! Sem dúvida, a ideia era absurda, mas tinha surgido em sua cabeça no mesmo instante em que sentira o pedaço de papel na mão. Apenas alguns minutos depois era que a segunda explicação, mais provável, havia lhe ocorrido. E mesmo agora, embora o intelecto dissesse que a mensagem provavelmente significaria sua morte – ainda assim, não era nisso que ele acreditava, e a esperança irracional persistia, e seu coração batia forte, e era com dificuldade que ele mantinha a voz trêmula enquanto murmurava números no ditafone.

Enrolou o pacote de trabalho completo e o deslizou para o tubo pneumático. Oito minutos haviam se passado. Reajustou os óculos no nariz, suspirou e puxou o próximo lote de trabalho, com o pedacinho de papel por cima. Ele o esticou. Nele, estava escrito com uma caligrafia disforme:

Eu te amo.

Por muitos segundos ele ficou atordoado demais até mesmo para lançar a prova incriminadora no buraco da memória. Quando o fez, embora soubesse do perigo em demonstrar interesse demais, não resistiu a lê-lo mais uma vez, só para ter a certeza de que aquelas palavras realmente estavam ali.

Durante o resto da manhã, foi bastante difícil trabalhar. Ainda pior do que focar a atenção em uma série de tarefas mesquinhas era a necessidade de esconder sua agitação da teletela. Sentia como se uma fogueira queimasse em seu estômago. O almoço na cantina quente, lotada e barulhenta foi um tormento. Estava torcendo para conseguir ficar sozinho por um tempo durante o almoço, mas, para seu azar, o imbecil do Parsons brotou bem ao seu lado, o fedor de cecê quase vencendo o cheiro metálico de guisado enquanto ele cuspia uma verborragia sobre os preparativos para a Semana do Ódio. Estava particularmente entusiasmado com um modelo de papel machê da cabeça do Irmão Maior, de dois metros de largura, que estava sendo feito para a ocasião pela tropa de Espiões da filha. O irritante era que, no meio da algazarra, Winston mal conseguia ouvir o que Parsons dizia, e precisava o tempo todo ter de pedir que ele repetisse alguma observação idiota. Só uma vez vislumbrou a garota, em uma mesa com outras duas moças do lado oposto da sala. Pareceu não tê-lo visto, e ele não olhou naquela direção de novo.

A tarde foi mais suportável. Imediatamente após o almoço, chegou um trabalho delicado e difícil, que levaria várias horas e precisava de atenção total. Consistia na falsificação de uma série de relatórios de produção de dois anos antes, com o objetivo de lançar descrédito sobre um membro proeminente do Núcleo do Partido que agora estava sob suspeita. Esse era o tipo de coisa em que Winston era bom, e por cerca de duas horas ele conseguiu tirar por completo a garota de sua cabeça. Então a lembrança do rosto dela voltou, e com ele o desejo furioso e irreprimível de ficar sozinho. Até que pudesse ficar sozinho seria impossível pensar na nova situação. Mais tarde teria uma noite daquelas no Centro Comunitário. Devorou mais uma refeição insípida na cantina, saiu correndo para o Centro, participou da idiotice solene de uma "discussão em grupo", jogou duas partidas de pingue-pongue, engoliu vários copos de gim e sentou-se por meia hora para assistir a uma palestra intitulada "A relação entre o Socing e o xadrez". Sua alma se contorcia de tédio, mas pela primeira vez ele não teve nenhum impulso de fugir da noite no Centro. Em vista das palavras *eu te amo*, o desejo de permanecer vivo brotava nele e assumir riscos menores de repente parecia estúpido. Só lá pelas vinte e três horas, quando já estava em casa e na cama – na escuridão, onde você estava seguro até mesmo da teletela, desde que ficasse em silêncio –, ele foi capaz de pensar sem ser interrompido.

Era um problema físico que precisava ser resolvido: como entrar em contato com a garota e marcar um encontro. Descartou a possibilidade de que ela pudesse estar preparando algum tipo de armadilha para ele. Sabia que não era assim por causa da inconfundível agitação quando lhe entregara o bilhete. Óbvio que ela estava tremendo de medo, exatamente como parecera estar. Tampouco a ideia de recusar os avanços lhe passou pela cabeça. Apenas cinco noites antes ele havia pensado em quebrar o crânio dela com um paralelepípedo; mas isso já não tinha mais importância. Ele pensava naquele corpo nu e jovem, como o vira no sonho. Ele a havia imaginado como uma idiota igual a todo o resto deles, com a cabeça cheia de mentiras e ódio, a barriga cheia de gelo. Uma espécie de febre se apoderou dele ao pensar que poderia perdê-la, que o corpo jovem e branco poderia escapar dele! O que ele temia mais do que qualquer outra coisa era que ela mudasse de ideia caso ele não se apressasse para contatá-la logo. Mas a dificuldade física em encontrá-la era enorme. Era como tentar fazer um movimento no xadrez quando você já estava sob xeque-mate. De todos os modos que a virasse, a teletela ficava sempre de frente para você. Na verdade, todas as formas possíveis de entrar em contato com ela lhe ocorreram cinco minutos depois de ler o bilhete; mas agora, com tempo para pensar, ele as examinava uma por uma, como se dispusesse uma fileira de instrumentos sobre uma mesa.

Lógico que o tipo de encontro daquela manhã não poderia se repetir. Se ela trabalhasse no Departamento de Registros, talvez fosse mais simples, mas ele tinha apenas uma vaga ideia de onde ficava o Departamento de Ficção e não tinha nenhum pretexto para ir até lá. Se soubesse onde ela vivia e a que horas saía do trabalho, poderia planejar encontrá-la em algum lugar no caminho de casa; mas tentar segui-la para casa não seria seguro, porque significaria ficar vagando do lado de fora do Ministério, o que daria muito na vista. E o envio de uma carta através dos malotes estava fora de questão. Em uma prática que nem era segredo, todas as cartas em trânsito eram abertas. Na verdade, poucas pessoas escreviam cartas. Para as mensagens que às vezes era necessário enviar, havia cartões-postais impressos com longas listas de frases prontas, bastando eliminar aquelas que não se adequavam. De todo modo, ele nem sabia o nome da garota, muito menos seu endereço. Afinal decidiu que o lugar mais seguro seria a cantina. Se pudesse pegá-la em uma mesa sozinha, em algum lugar no meio da sala, não muito perto das teletelas, e com barulho suficiente de conversa para abafar tudo – se essas condições durassem, digamos, uns trinta segundos, talvez fosse possível trocar algumas palavras.

Depois disso, por uma semana a vida foi um sonho inquieto. No dia seguinte, ela apareceu na cantina quando ele já estava saindo e o apito já havia tocado. Presumivelmente havia sido transferida para um turno mais tarde. Eles passaram um pelo outro sem se olhar. No outro dia ela estava na cantina no horário de costume, mas com três outras meninas e bem debaixo de uma teletela. Então, por três dias terríveis, ela sumiu. A cabeça e o corpo inteiro de Winston pareciam estar sofrendo de uma hipersensibilidade insuportável, uma espécie de transparência que fazia com que cada movimento, cada som, cada contato, cada palavra que ele tivesse de falar ou ouvir parecessem uma agonia. Mesmo dormindo, ele não conseguia escapar totalmente daquela imagem. Sequer tocou no diário naqueles dias. Se houve algum alívio, foi no trabalho, quando às vezes ele conseguia se esquecer de si mesmo por uns dez minutos. Não fazia ideia do que pudesse ter acontecido com ela. Não havia nenhuma investigação que pudesse realizar. Ela podia ter sido vaporizada, ter cometido suicídio, ter sido transferida para o outro extremo da Oceânia: e, pior e mais provável, podia apenas ter mudado de ideia e decidido evitá-lo.

No dia seguinte ela reapareceu. O braço estava fora da tipoia e ela ostentava uma faixa de esparadrapo em volta do pulso. O alívio de vê-la foi tão grande que ele não resistiu a olhar direto para ela por vários segundos. Um dia mais tarde, quase conseguiu falar com ela. Quando entrou na cantina, ela estava sentada a uma mesa bem afastada da parede, sozinha. Era cedo, e o lugar ainda não estava cheio. A fila avançava, e Winston estava quase no balcão, quando então o avanço parou por uns dois minutos porque alguém na frente estava reclamando de não ter recebido o tablete de sacarina. Mas a garota continuava sozinha quando Winston pegou sua bandeja e começou a se dirigir à mesa. Caminhava de um jeito casual naquela direção, os olhos procurando por um lugar em alguma mesa atrás dela. Estava a uns três metros de distância. Em dois segundos chegaria lá. Então uma voz atrás dele chamou: "Smith!". Ele fingiu não ouvir. "Smith!", repetiu a voz, mais alto. Não adiantava. Ele se virou. Um jovem louro com cara de bobo, chamado Wilsher, que ele mal conhecia, o convidou com um sorriso para um lugar vago em sua mesa. Não seria seguro recusar. Depois de ter sido reconhecido, não poderia se sentar à mesa com uma garota sozinha. Daria muito na cara. Winston se sentou com um sorriso amigável. O louro bobo sorriu para ele. Winston fantasiou descer uma picareta bem no meio da cara dele. Minutos depois, a mesa da garota se encheu.

Mas ela devia tê-lo visto andando em sua direção, e talvez tivesse entendido a dica. No dia seguinte ele tomou o cuidado de chegar mais cedo. Conforme previra, ela estava em uma mesa mais ou menos no mesmo lugar, e de novo sozinha. A pessoa imediatamente à sua frente na fila era um sujeitinho que se movia de forma ágil como um besouro, com um rosto pequeno e olhos desconfiados. Quando Winston se afastou do balcão com a bandeja, viu que o homenzinho ia direto para a mesa da garota. Suas esperanças afundaram de novo. Havia um lugar vago em uma mesa adiante, mas algo na aparência do sujeito sugeria que ele estava atento o bastante ao próprio conforto para escolher a mesa mais vazia. Winston o seguiu com o coração enregelado. Não adiantaria nada a menos que ele conseguisse ficar sozinho com a garota. Nesse momento aconteceu um tremendo acidente. O homenzinho caiu estatelado de quatro, a bandeja saiu voando, dois rios de sopa e café escorreram pelo chão. Ele começou a se levantar olhando com raiva para Winston, evidentemente suspeitando que ele o houvesse feito tropeçar. Mas deu tudo certo. Em cinco segundos, com o coração disparado, Winston estava sentado à mesa da garota.

Ele não olhou para ela. Pegou as comidas da bandeja e começou a comer de imediato. Era muito importante disparar a falar antes que alguém chegasse, mas agora um medo terrível se apoderava dele. Tinha se passado uma semana desde que ela se aproximara dele pela primeira vez. Ela devia ter mudado de ideia, devia ter mudado de ideia! Seria impossível que aquele caso seguisse com sucesso; essas coisas não aconteciam na vida real. Ele talvez tivesse desistido de falar se nesse momento não tivesse visto Ampleforth, o poeta de orelhas cabeludas, zanzando meio à toa pela sala com a bandeja, procurando um lugar para se sentar. De um jeito meio casual, Ampleforth era ligado a Winston, e decerto se sentaria à sua mesa se fizesse contato visual com ele. Precisaria agir em um minuto. Winston e a garota comiam sem parar. A gororoba que comiam era um ensopado ralo, na verdade uma sopa de feijão branco. Winston começou a falar num murmúrio. Nenhum dos dois ergueu os olhos; os dois continuavam despejando a comida aguada na boca e, entre colheradas, trocaram as poucas palavras necessárias em vozes baixas e inexpressivas.

"Que horas você sai do trabalho?"
"Seis e meia."
"Onde podemos nos encontrar?"
"Praça Victory, perto do monumento."
"Está cheio de teletelas."
"Não importa, se tiver bastante gente."
"Algum sinal?"
"Não. Só vá na minha direção se eu estiver cercada de muitas pessoas. E não olhe para mim. Mas fique em algum lugar próximo."
"Que horas?"
"Às sete."
"Tudo certo."

Ampleforth não viu Winston e se sentou a outra mesa. Eles não voltaram a conversar e, tanto quanto era possível para dois estranhos sentados em lados opostos da mesma mesa, não olharam um para o outro. A menina terminou rápido o almoço e saiu, enquanto Winston ficou para fumar um cigarro.

Winston chegou à praça Victory antes da hora marcada. Ficou rodeando a base do enorme obelisco em cujo topo a estátua do Irmão Maior olhava para o sul em direção aos céus, onde havia vencido os aviões eurasianos (na verdade, os aviões lestasianos alguns anos antes), na Batalha da Faixa Aérea Um. Na rua em frente havia a estátua de um homem a cavalo que supostamente representava Oliver Cromwell. Cinco minutos depois da hora, a garota ainda não havia aparecido. De novo um medo terrível se apoderou de Winston. Ela não viria, ela tinha mudado de ideia! Ele caminhou devagar até o lado norte da praça e teve uma espécie de prazer pálido ao identificar a igreja de São Martim, cujos sinos, quando ainda tinha sinos, haviam badalado "Me dá um dimdim". Então viu a garota parada na base do monumento, lendo ou fingindo ler um pôster que subia espiralado pela coluna. Não era seguro chegar perto dela até que mais pessoas se aglomerassem. Havia teletelas em todo o frontão. Mas, nesse momento, começou uma gritaria e um zum-zum-zum de veículos pesados em algum lugar à esquerda. De repente todos pareciam estar correndo pela praça. A garota passou com agilidade pelos leões na base do monumento e se juntou à multidão. Winston a seguiu. Enquanto corria, ele pescou de alguns passantes a informação de que um comboio de prisioneiros eurasianos estava passando.

Uma densa massa de pessoas já bloqueava todo o lado sul da praça. Winston, que normalmente era o tipo de pessoa que gravitava para longe de qualquer tipo de confusão, espremeu-se, contorceu-se e foi empurrado até chegar ao centro da multidão. Logo estava ao alcance do braço da garota, mas seu caminho foi bloqueado por um proleta enorme e uma mulher também enorme, presumivelmente sua esposa, que pareciam formar uma impenetrável parede de carne. Winston se contorceu de lado e, com uma estocada violenta, conseguiu colocar um ombro entre eles. Por um momento, pareceu que suas entranhas estivessem sendo reduzidas a polpa entre os dois quadris musculosos, então ele atravessou, suando. Estava colado à garota. Ombro a ombro, ambos olhando bem à frente.

Uma longa fila de caminhões, acompanhada por guardas inexpressivos armados com submetralhadoras espalhados por todos os cantos, descia devagar a rua. Nos caminhões, homenzinhos amarelos em uniformes maltrapilhos esverdeados estavam agachados, bem apertados. Os tristes rostos mongóis olhavam das laterais dos caminhões para fora, de modo totalmente desinteressado. De vez em quando, no que um caminhão sacudia, ouvia-se um clanque-clanque de metal: todos os prisioneiros estavam algemados nas pernas. Os rostos tristes iam passando, um caminhão lotado atrás do outro. Winston sabia que eles estavam lá, mas os via só de relance. O ombro da garota, e o braço até o cotovelo, estavam pressionados contra os dele. As bochechas estavam tão perto que ele quase sentia seu calor. Ela logo assumiu o controle da situação, assim como havia feito na cantina. Começou a falar com a mesma voz sem entusiasmo de antes, os lábios mal se movendo, um mero murmúrio facilmente abafado pela zoeira de vozes e o estrondo dos caminhões.

"Consegue me ouvir?"
"Sim."
"Você pode folgar no domingo à tarde?"
"Sim."
"Então escute com atenção. Você vai ter que se lembrar disso. Vá para a estação Paddington…"

Com uma espécie de precisão militar que o surpreendeu, ela delineou a rota que ele deveria seguir. Uma viagem ferroviária de meia hora; virar à esquerda fora da estação; dois quilômetros ao longo da estrada; um portão com a barra superior faltando; um caminho através de um campo; uma pista com grama; uma trilha entre arbustos; uma árvore morta coberta de musgo. Era como se ela tivesse um mapa dentro da cabeça.

"Consegue se lembrar disso tudo?", ela murmurou.
"Sim."
"Você vira à esquerda, depois à direita, depois à esquerda de novo. E o portão não tem a barra superior."
"Entendi. Que horas?"
"Umas quinze. Pode ser que você tenha que esperar. Vou chegar lá por outro caminho. Tem certeza de que se lembra de tudo?"
"Sim."
"Então afaste-se de mim o mais rápido que puder."

Ela nem precisava ter dito isso a ele. Só que naquele momento eles não podiam se desvencilhar da multidão. Os caminhões seguiam passando, as pessoas ainda boquiabertas. No início houvera umas poucas vaias e assobios, vindos apenas dos membros do Partido entre a multidão, mas isso logo parou. A emoção predominante era só curiosidade. Estrangeiros, fossem da Eurásia ou da Lestásia, eram como animais estranhos. Literalmente ninguém nunca os via, exceto no papel de prisioneiros, e mesmo como prisioneiros ninguém nunca tinha mais que um vislumbre rápido deles. Ninguém sabia também o que acontecia com eles, além dos poucos que eram enforcados como criminosos de guerra: os outros apenas desapareciam, provavelmente em campos de trabalhos forçados. Os rostos redondos mongóis deram lugar aos rostos de um tipo mais europeu, sujos, barbudos e exaustos. Por sobre as faces barbudas, os olhos encaravam Winston, às vezes com uma intensidade estranha, e desapareciam de novo. O comboio chegava ao fim. No último caminhão, ele conseguiu ver um homem idoso, seu rosto uma massa de pelos grisalhos, em pé com os punhos cruzados na frente do corpo, como se estivesse acostumado a ficar algemado. Estava quase na hora de Winston e a garota se separarem. Mas no instante final, enquanto a multidão ainda os cercava, ela apertou a mão dele com força.

Não foram dez segundos, e ainda assim pareceu que suas mãos ficaram entrelaçadas por muito tempo. Ele teve tempo para aprender cada detalhe. Explorou os dedos longos, as unhas bem torneadas, a palma endurecida pelo trabalho com uma fileira de calosidades, a pele lisa sob o pulso. Só de senti-la ele já a reconheceria. No mesmo instante, ocorreu-lhe que não sabia de que cor eram os olhos da garota. Provavelmente castanhos, mas pessoas de cabelos escuros às vezes tinham olhos azuis. Virar a cabeça e olhar direto para ela seria uma loucura inconcebível. Com as mãos firmemente apertadas, invisíveis entre a pressão de corpos, eles olhavam fixos à frente, e em vez dos olhos da garota, Winston mirou os tristes olhos do prisioneiro idoso que brilhavam entre os ninhos de seus cabelos.

2

Winston percorreu um caminho pela pista salpicada de luz e sombra, pisando em pequenas piscinas douradas onde os ramos abriam espaço. Sob as árvores à sua esquerda, o solo estava enevoado por campânulas. O ar parecia beijar a pele. Era o dia dois de maio. De algum lugar profundo no coração da floresta vinha o arrulho das pombas-de-colar.

Ele estava um pouco adiantado. Não houvera nenhuma dificuldade durante a jornada, e a garota era tão claramente experiente que ele estava menos assustado do que em geral estaria. Presumia ser possível confiar que ela encontrasse um lugar seguro. Nem sempre se podia supor estar muito mais seguro no campo do que em Londres. Não havia teletelas, óbvio, mas sempre havia o perigo de microfones ocultos pelos quais sua voz pudesse ser captada e reconhecida; além disso, não era fácil fazer uma viagem sozinho sem chamar a atenção. Para distâncias de menos de cem quilômetros, não era necessário carimbar o passaporte, mas às vezes havia patrulhas rondando as estações ferroviárias que examinavam os papéis de qualquer membro do Partido passando por ali e faziam perguntas embaraçosas. No entanto, nenhuma patrulha apareceu, e na caminhada pela estação ele se certificou, olhando para trás com cuidado, de que não fora seguido. O trem estava cheio de proletas em pique de feriado, por causa do clima de verão. O vagão com assentos de madeira onde ele viajara estava todo dominado por uma única família enorme, de uma bisavó desdentada até um bebê de um mês, saindo para passar uma tarde com os "sogros" no interior, e, como eles explicaram de modo espontâneo a Winston, para conseguir um pouco de manteiga do mercado paralelo.

A pista se alargou, e em um minuto ele chegou à trilha que ela havia indicado, uma mera trilha de gado que mergulhava entre os arbustos. Estava sem relógio, mas ainda não podiam ser quinze horas. Havia tantas campânulas, e tão densas sob os pés, que era impossível não pisar nelas. Ele se ajoelhou e começou a colher algumas, em parte para passar o tempo, mas também porque teve a vaga ideia de arranjar um buquê de flores azuis para oferecer à garota quando se encontrassem. Ele tinha conseguido juntar um enorme maço de flores e estava sentindo seu cheiro fraco e enjoativo quando um som às suas costas o congelou: o estalar inconfundível de um galho sob um pé. Continuou pegando as campânulas. Era a melhor coisa a fazer. Podia ser a garota ou ele podia estar sendo seguido, afinal. Olhar em volta denotaria culpa. Ele pegou mais uma e mais uma. Uma mão pousou de modo suave em seu ombro.

Olhou para cima. Era a garota. Ela meneou a cabeça, evidentemente como um aviso de que ele deveria manter o silêncio, e então cruzou os arbustos rápido, tomando a frente ao longo da trilha estreita para a floresta. Óbvio, ela já havia estado ali antes, pois se esquivava de poças d'água como por hábito. Winston a seguiu, ainda segurando o maço de flores. Seu primeiro sentimento foi de alívio, mas enquanto observava o corpo atlético e esguio se movendo à frente, a faixa vermelha apertada o suficiente para revelar a curva dos quadris, pesou sobre ele a sensação de sua própria inferioridade. Mesmo agora parecia bem provável que, se ela se virasse e desse uma boa olhada para ele, iria afinal dar no pé. A doçura do ar e as folhas verdejantes o assustavam. Já na caminhada da estação o sol de maio o fizera se sentir sujo e estropiado, uma criatura de escritório, a poeira fuliginosa de Londres grudada nos poros da pele. Ocorreu-lhe que até agora ela provavelmente nunca o tinha visto em plena luz do dia, ao ar livre. Eles se aproximaram da árvore morta que ela tinha mencionado. A garota pulou sobre ela e forçou passagem entre os arbustos, onde não parecia haver uma abertura. Quando Winston a seguiu, percebeu que eles formavam uma clareira natural, um pequeno outeiro gramado cercado por mudas altas que se fechavam por completo. A garota parou e se virou.

"Chegamos", ela disse.

Ele estava de frente para ela a vários passos de distância. Ele ainda não ousava chegar mais perto.

"Eu não queria falar nada na pista", ela continuou, "no caso de ter um microfone escondido lá. Não acho que tinha, mas poderia ter. Sempre tem a chance de um daqueles porcos reconhecerem a tua voz. Aqui a gente está bem."

Ele ainda não tinha coragem de se aproximar dela.

"Aqui a gente está bem?", ele repetiu, meio bobo.

"Sim. Olha as árvores." Eram pequenos troncos duros, que alguém havia cortado e que voltavam a brotar de novo, como uma floresta de postes, nenhum deles mais grosso do que um pulso. "Não há nada grande o suficiente para esconder um microfone. Além disso, eu já estive aqui antes."

Estavam só jogando conversa fora. Ele conseguiu chegar mais perto. Ela o encarava muito ereta, com um sorriso no rosto que parecia ligeiramente irônico, como se estivesse imaginando por que ele demorava tanto tempo para agir. As campânulas azuis caíram em cascata no chão. Pareciam ter caído por conta própria. Ele pegou a mão da garota.

"Você acredita", disse ele, "que até agora eu não sabia a cor dos teus olhos?" Eram castanhos, ele notava então, um tom de castanho claro, com cílios escuros. "Agora que você viu como de fato eu sou, ainda aguenta olhar para mim?"

"Sim, fácil."

"Eu tenho trinta e nove anos. Tenho uma esposa da qual não posso me livrar. Tenho veias varicosas. E cinco dentes falsos."

"Isso não faz a menor diferença pra mim", disse a garota.

No momento seguinte, era difícil dizer quem tinha tomado a iniciativa, ela já estava em seus braços. No início, ele não conseguia sentir nada além de pura incredulidade. Aquele corpo jovem pressionado contra o seu, a massa de cabelo escuro contra seu rosto, e sim!, ela tinha mesmo virado o rosto para beijá-lo com a grande boca vermelha. Ela o mantinha enlaçado com os braços em volta de seu pescoço, e o chamava de meu bem, querido, amado. Ele a puxou para o chão, ela estava totalmente sem resistência, ele poderia fazer o que quisesse com ela. Mas a verdade era que não tinha nenhuma sensação física, exceto a de mero contato. Tudo o que sentia era incredulidade e orgulho. Estava feliz que isso estivesse acontecendo, mas não tinha nenhum desejo físico. Era cedo demais, a juventude e a beleza dela o assustavam, ele já tinha se acostumado a viver sem mulheres – não saberia dizer o motivo. A garota se ajeitou e tirou uma campânula azul do cabelo. Sentou-se ao lado de Winston e colocou o braço em volta da cintura dele.

"Tudo bem, querido. Não tem pressa. A gente tem a tarde toda. Não é um ótimo esconderijo? Eu descobri este lugar quando me perdi uma vez numa caminhada comunitária. Se alguém estivesse chegando, daria para ouvir a cem metros de distância."

"Qual é o seu nome?", ele perguntou.

"Julia. O seu eu já sei. É Winston... Winston Smith."

"Como você descobriu?"

"Acho que sou melhor em descobrir coisas do que você, querido. Me diz, o que você achava de mim antes daquele dia em que te dei o bilhete?"

Ele não se sentiu tentado a contar mentiras para ela. Seria até uma espécie de oferta de amor começar contando o pior.

"Eu odiava você", disse. "Queria te estuprar e depois te matar. Duas semanas atrás eu pensei bem sério em esmagar tua cabeça com um paralelepípedo. Para falar a verdade, eu imaginava que você tinha alguma coisa a ver com a Milícia Mental."

A menina riu deliciada, deixando claro que considerava a declaração como um elogio à excelência de seu disfarce.

"Ah não, a Milícia Mental, não! Você não achou isso mesmo, achou?"

"Bom, talvez não bem isso. Mas pela sua aparência geral – só porque você é jovem, atlética e saudável, você sabe – pensei que provavelmente..."

"Você pensou que eu era uma boa integrante do Partido. Pura em palavras e ações. Faixas, passeatas, slogans, jogos, caminhadas comunitárias – o pacote completo. E você pensou que, se eu tivesse qualquer chance, poderia denunciar você como um criminoso da mente e causar a sua morte?"

"Sim, algo do tipo. Muitas meninas são assim, você sabe."

"É essa porcaria que faz isso com a gente", ela disse, arrancando a faixa escarlate da Liga Mirim Antissexo e pendurando-a em um galho. Então, como se tocar a própria cintura a tivesse lembrado de algo, ela apalpou o bolso do macacão e tirou dali uma pequena barra de chocolate. Quebrou-a ao meio e deu um dos pedaços para Winston. Mesmo antes de pegá-lo, ele soube pelo aroma que se tratava de um chocolate peculiar. Era escuro e brilhante, e estava embrulhado em papel prateado. Em geral os chocolates comuns eram de um marrom opaco, uma coisa quebradiça cujo gosto poderia ser descrito como o de fumaça de uma fogueira de lixo. Mas em algum momento ou outro ele havia provado um chocolate como o pedaço que ela oferecia. A primeira lufada daquele cheiro despertou alguma memória que ele não conseguia definir, mas que era poderosa e perturbadora.

"Onde você conseguiu isto?", ele perguntou.

"Mercado paralelo", ela disse, com indiferença. "Na verdade, eu sou esse tipo de garota, se você prestar atenção. Sou boa em jogos. Fui líder de tropa nos Espiões. Faço trabalho voluntário três noites por semana para a Liga Mirim Antissexo. Passei horas e mais horas colando aquela maldita podridão por todas as paredes de Londres. Sempre carrego uma das pontas da faixa nas passeatas. Sempre pareço alegre e nunca me esquivo de nada. Sempre grite junto com a multidão, é o que eu digo. É a única maneira de ficar seguro."

O primeiro pedaço de chocolate derreteu na língua de Winston. O sabor era delicioso. Mas ainda havia aquela memória se movimentando nas bordas de sua consciência, algo que ele sentia com força, mas que não era redutível a uma forma definida, como um objeto visto de canto de olho. Ele a empurrou para longe, ciente apenas de que era a memória de alguma ação que ele gostaria de desfazer, mas não conseguia.

"Você é tão nova", ele disse. "Tem uns dez ou quinze anos a menos do que eu. O que uma garota como você vê num cara como eu?"

"Alguma coisa no seu rosto. Pensei em arriscar. Sou boa em identificar pessoas que não se encaixam. Assim que te vi, senti que você era contra *eles*."

Eles, ao que parecia, significava o Partido e, acima de tudo, o Núcleo do Partido, sobre o qual ela falava com um ódio tão abertamente zombeteiro que fez Winston se sentir inquieto, embora soubesse que eles estariam mais seguros ali do que em qualquer lugar. Uma coisa que o surpreendeu nela foi a grosseria do linguajar. Os membros do Partido não deveriam falar palavrões, e o próprio Winston raramente xingava, pelo menos em voz alta. Julia, no entanto, parecia incapaz de mencionar o Partido, e em especial o Núcleo do Partido, sem usar o tipo de palavras que você ouvia nos becos mais abjetos. E ele não desgostou disso. Tratava-se apenas de um dos sintomas da revolta dela contra o Partido e tudo o que tivesse a ver com ele, e de alguma forma parecia natural e saudável, como um cavalo que espirra ao cheirar feno ruim. Eles haviam deixado a clareira e estavam vagando de novo através da sombra quadriculada, com os braços em volta da cintura um do outro sempre que o caminho era largo o suficiente para que os dois andassem lado a lado. Ele percebeu o quanto a cintura dela parecia estar mais macia agora que a faixa havia sumido. Não falavam mais alto que um sussurro. Fora da clareira, Julia disse, era melhor ficar em silêncio. Eles já estavam nos limites do pequeno bosque. Ela o deteve.

"Não saia para o campo aberto. Pode haver alguém observando. Estaremos seguros atrás dos galhos."

Eles estavam parados à sombra de arbustos de aveleira. A luz do sol, flutuando através de inúmeras folhas, ainda estava quente em seus rostos. Winston olhou para além do campo e sentiu um curioso e lento choque de reconhecimento. Conhecia de vista o lugar. Um pasto velho e mastigado, atravessado por uma trilha e com pequenos morros aqui e acolá. Na sebe irregular do lado oposto, os ramos dos olmos balançavam perceptivelmente com a brisa, e as folhas mexiam-se de leve em massas densas como cabelos de mulher. Por certo em algum lugar próximo, mas fora de vista, não deveria haver um riacho com piscinas verdes onde carpas estavam nadando?

"Não tem um riacho em algum lugar perto daqui?", ele sussurrou.

"Isso mesmo, tem um riacho. Está no limite do próximo campo, na realidade. Tem uns peixes bem grandes. Dá pra vê-los deitados nas piscinas debaixo dos salgueiros, agitando as caudas."

"É o País Dourado... ou quase", murmurou.

"O País Dourado?"

"Não é nada, na verdade. Uma paisagem que às vezes vejo em sonhos."

"Olha!", sussurrou Julia.

Um tordo havia pousado em um galho a menos de cinco metros de distância, quase no nível do rosto deles. Talvez não os tivesse visto. Estava no sol e eles, na sombra. Abriu as asas, recolheu-as cuidadosamente no lugar outra vez, abaixou a cabeça por um momento, como se estivesse fazendo um tipo de reverência ao Sol, e então começou a derramar uma torrente de música. No silêncio da tarde, o volume do som era surpreendente. Winston e Julia se abraçaram, fascinados. A música continuou, minuto após minuto, com variações surpreendentes, sem se repetir nenhuma vez, quase como se o pássaro estivesse mostrando o seu virtuosismo de modo deliberado. Às vezes, parava por alguns segundos, esticava e reassentava as asas, então inchava o peito salpicado e recomeçava a cantar. Winston assistia com uma vaga reverência. Para quem, para quê, aquele pássaro estava cantando? Nenhum companheiro ou rival estava assistindo. O que o fizera pousar à beira do solitário bosque e despejar sua música no nada? Ele imaginou se, afinal, haveria um microfone escondido em algum lugar próximo. Ele e Julia só tinham conversado em sussurros, e seria difícil captar o que diziam, mas o som do tordo seria captado. Quem sabe na outra extremidade do instrumento não houvesse algum homem pequeno e parecido com uma barata que estivesse ouvindo muito atento – ouvindo aquilo. Mas, aos poucos, o fluxo da música afastou todas as especulações de sua cabeça. Foi como se uma espécie de líquido se derramasse sobre ele e se misturasse com a luz do sol filtrada pelas folhas. Ele parou de pensar e apenas sentiu. A cintura da garota na dobra de seu braço era macia e quente. Ele a puxou para que aconchegasse os seios em seu pcito; o corpo dela parecia derreter no dele. Aonde fosse que suas mãos se movessem, tudo era tão maleável quanto a água. Suas bocas se juntaram; foi bem diferente dos beijos profundos que haviam trocado antes.

Quando separaram os rostos de novo, ambos suspiraram fundo. O pássaro se assustou e voou com um bater de asas.

Winston colou os lábios no ouvido dela.

"*Agora*", sussurrou.

"Aqui não", ela sussurrou de volta. "Vamos voltar pro esconderijo. É mais seguro."

Rápido, com um ocasional estalar de galhos, eles se embrenharam no caminho de volta para a clareira. Quando estavam dentro do círculo de pequenas árvores, ela se virou e o encarou. Ambos respiravam rápido, mas o sorriso dela reapareceu nos cantos da boca. Ela ficou olhando para ele por um instante, então puxou o zíper do macacão. E sim!, foi quase como no sonho. Quase tão rápido como ele havia imaginado, ela tirou a roupa, e quando as jogou de lado, foi com o mesmo gesto magnífico capaz de aniquilar toda uma civilização. O corpo dela brilhava branco ao sol. Mas por um momento ele não olhou para o corpo; seus olhos estavam ancorados naquele rosto sardento com um sorriso ousado e malandro. Ele se ajoelhou diante dela e segurou suas mãos.

"Você já fez isso antes?"

"Claro. Centenas de vezes. Bem, dezenas de vezes, acho."

"Com membros do Partido?"

"Sim, sempre com membros do Partido."

"Com membros do Núcleo do Partido?"

"Não, com aqueles suínos não. Mas muitos deles *fariam* se tivessem alguma chance. Não são tão sagrados quanto parecem."

O coração dele deu um salto. Ela tinha feito aquilo muitas vezes: ele gostaria que tivessem sido centenas, milhares. Qualquer coisa que sugerisse corrupção sempre o preenchia de uma esperança selvagem. Quem diria, talvez o Partido estivesse podre sob a superfície, talvez seu culto de estoicismo e abnegação fosse apenas um fingimento para ocultar a iniquidade. Se pudesse infectar todos eles com lepra ou sífilis, o faria de bom grado! Qualquer coisa para apodrecer, enfraquecer, minar! Ele puxou-a para baixo para que ficassem ajoelhados cara a cara.

"Escuta. Quanto mais homens você tiver tido, mais eu te amo. Você entende?"

"Sim, perfeitamente."

"Eu odeio a pureza, odeio a bondade! Não quero que exista nenhuma virtude em nenhum lugar. Quero que todos sejam corruptos até os ossos."

"Bem, então eu devo servir para você, querido. Estou corrompida até os ossos."

"Você gosta de fazer isso? Não me refiro apenas a mim, quero dizer a coisa em si."

"Eu adoro!"

Era tudo o que ele mais queria ouvir. Não só o amor de uma pessoa, mas o instinto animal, o simples e indiferenciado desejo: essa seria a força que faria o Partido em pedaços. Ele pressionou-a sobre a grama, entre as campânulas caídas. Dessa vez não foi difícil. A ascensão e queda dos seios dela diminuíram até a velocidade normal, e em uma espécie de agradável impotência eles se separaram. O sol parecia ter ficado mais quente. Estavam ambos com sono. Ele alcançou o macacão jogado no chão e o estendeu sobre ela. Quase imediatamente os dois caíram no sono, e dormiram por cerca de meia hora.

Winston acordou primeiro. Sentou-se e observou o rosto sardento, ainda dormindo de modo pacífico, apoiado na palma da mão. Exceto pela boca, não dava para chamá-la de linda. Havia uma ruga ou duas em volta dos olhos, olhando de perto. O cabelo escuro e curto era muito denso e macio. Ocorreu-lhe que ainda não sabia o sobrenome dela ou onde ela morava.

O corpo jovem e forte, agora indefeso no sono, despertou nele um sentimento de compaixão e proteção. Mas a ternura irracional que ele tinha sentido sob a aveleira, enquanto o tordo cantava, ainda não tinha retornado. Puxou o macacão de lado e estudou a pálida silhueta. Nos velhos tempos, ele pensou, um homem olharia para o corpo de uma garota e saberia que era desejável, fim de papo. Mas hoje em dia não se encontrava o amor puro ou a luxúria pura. Nenhuma emoção era pura, porque tudo se misturava com o medo e o ódio. O enlace deles tinha sido uma batalha, o clímax, uma vitória. Era um golpe desferido contra o Partido. Era um ato político.

3

"A gente pode voltar aqui", disse Julia. "Em geral é tranquilo usar um esconderijo duas vezes. Mas não antes de um mês ou dois, é claro."

Assim que ela acordou, seu comportamento mudou. Ela ficou alerta e profissional, vestiu a roupa, deu um nó na faixa escarlate sobre a cintura e começou a organizar os detalhes do retorno para casa. Parecia natural deixar isso a cargo dela. Era óbvio que ela tinha uma astúcia prática que faltava a Winston, e parecia também ter um conhecimento exaustivo da zona rural de Londres, armazenado a partir de inúmeras caminhadas comunitárias. A rota que ela lhe deu era bastante diferente daquela por onde ele tinha vindo e o levaria a uma outra estação ferroviária. "Nunca volte pra casa pelo mesmo caminho por onde saiu", ela dissera, enunciando um mandamento importante. Ela iria embora primeiro, e Winston esperaria meia hora antes de sair.

Ela havia indicado um lugar onde eles poderiam se encontrar depois do trabalho, dali a quatro noites. Uma rua de um dos bairros mais pobres, onde havia um mercado aberto, em geral lotado e barulhento. Ela estaria vagando entre as barracas, fingindo estar em busca de cadarços ou linha de costura. Se julgasse que o caminho estava livre, assoaria o nariz quando ele se aproximasse: caso contrário, ele deveria passar por ela sem chamar atenção. Mas, com sorte, no meio da multidão, seria seguro conversar por uns quinze minutos e marcar outra reunião.

"E agora preciso ir", ela disse assim que ele entendeu as instruções. "Preciso voltar às sete e meia. Tenho que estar de volta às sete e meia. Preciso dedicar duas horas à Liga Mirim Antissexo, distribuindo panfletos ou qualquer coisa assim. Não é uma merda? Me dá uma escovada na roupa, por favor. Tem algum graveto no meu cabelo? Tem certeza? Então adeus, meu amor, tchau!"

Ela se jogou em seus braços, beijou-o quase violentamente e, um momento depois, abriu caminho entre as pequenas mudas de árvores e desapareceu no bosque sem fazer barulho. Ele atinou que não sabia seu sobrenome nem endereço. O que, no entanto, não fazia diferença, pois era inconcebível que eles se encontrassem em casa ou trocassem qualquer tipo de comunicação escrita.

Acabou que eles nunca mais voltaram para a clareira na floresta. Durante o mês de maio, houve apenas mais uma ocasião em que de fato conseguiram transar. Foi em outro esconderijo que Julia conhecia, o campanário de uma igreja em ruínas em um trecho quase deserto do país onde uma bomba atômica tinha caído trinta anos antes. Era um bom esconderijo depois que se chegava, mas o trajeto até lá era muito perigoso. Fora isso, eles só podiam se encontrar nas ruas, em um lugar diferente a cada noite, e nunca mais de meia hora por vez. Na rua geralmente dava para falar, de um jeito bem cuidadoso. Enquanto caminhavam por calçadas lotadas, não bem lado a lado e nunca olhando um para o outro, eles mantinham uma conversa curiosa e intermitente que acendia e apagava como os raios de um farol, de repente reduzida ao silêncio pela aproximação de um uniforme do Partido ou pela proximidade de uma teletela e retomada minutos depois, no meio de uma frase, que era então interrompida de modo abrupto quando eles se separavam no local combinado, depois continuada quase sem quebras no dia seguinte. Julia parecia estar bastante acostumada a esse tipo de conversa que ela chamava de "falar em prestações". Ela também era surpreendentemente hábil em falar sem mexer os lábios. Só uma vez em quase um mês de encontros noturnos eles tinham conseguido trocar um beijo. Estavam passando em silêncio por uma rua secundária (Julia nunca falava quando eles estavam longe das ruas principais) quando houve um rugido ensurdecedor, a terra se levantou e o ar escureceu, e Winston percebeu-se deitado de lado, machucado e apavorado. Um míssil devia ter caído bem perto. De repente ele notou o rosto de Julia a poucos centímetros do seu, mortalmente branco, tão branco quanto giz. Até os lábios estavam brancos. Ela estava morta! Ele a agarrou e descobriu que estava beijando um rosto quente e vivo. Mas havia alguma coisa empoeirada em seus lábios. O rosto de ambos estava densamente revestido de gesso.

Havia noites em que chegavam ao ponto de encontro e tinham que passar um pelo outro sem sinalizar, porque uma patrulha tinha acabado de dobrar a esquina ou um helicóptero estava pairando sobre suas cabeças. Mesmo se não fosse tão perigoso, ainda seria difícil achar tempo para se encontrarem. A semana de trabalho de Winston tinha sessenta horas, a de Julia era ainda mais longa; os dias livres variavam de acordo com a pressão do trabalho de cada um, muitas vezes não coincidiam. Em todo caso, era raro que Julia tivesse uma noite cem por cento livre. Ela passava uma surpreendente quantidade de tempo assistindo a palestras e indo a manifestações, distribuindo panfletos da Liga Mirim Antissexo, preparando cartazes para a Semana do Ódio, arrecadando dízimos para a Campanha de Poupança e outras atividades do tipo. Valia a pena, ela dizia; funcionava como camuflagem. Se você cumprisse as pequenas regras, poderia quebrar as grandes. Ela até fez a cabeça de Winston para que ele dedicasse uma noite a um trabalho voluntário de meio período numa fábrica de munição, função realizada por zelosos membros do Partido. Assim, uma noite por semana, Winston passava quatro horas paralisado de tédio, aparafusando pequenos pedaços de metal que provavelmente eram peças de fusíveis de bombas, em uma oficina mal iluminada onde a batida dos martelos se misturava com a música triste das teletelas.

Quando eles se encontraram na torre da igreja, as lacunas na conversa fragmentada foram preenchidas. Era uma tarde escaldante. O ar na pequena câmara quadrada acima dos sinos estava quente e estagnado, e cheirava terrivelmente a esterco de pombo. Eles ficaram horas conversando no chão empoeirado e coberto de galhos, um ou outro se levantando de vez em quando para lançar um olhar através das fendas, onde no passado ficavam posicionados os arqueiros, e certificar-se de que ninguém estava vindo.

Julia tinha vinte e seis anos. Morava em um albergue com trinta outras meninas ("Um fedor constante de mulher! Como eu odeio mulher!", ela havia comentado), e trabalhava, como ele já havia adivinhado, nas máquinas de escrever romances no Departamento de Ficção. Ela gostava do trabalho, que consistia principalmente na execução e manutenção de um poderoso e complicado motor elétrico. Ela não era "inteligente", mas gostava de usar as mãos e se sentia em casa com as máquinas. Era capaz de descrever todo o processo de composição de um romance a partir da diretriz geral emitida pelo Comitê de Planejamento até o retoque final pelo Esquadrão da Reescrita. Mas não tinha interesse no produto final. "Não ligava muito para ler", ela dizia. Livros eram só uma mercadoria que precisava ser produzida, como geleia ou cadarços.

Ela não tinha lembranças de nada antes do início dos anos 1960, e a única pessoa conhecida que falava com frequência dos dias antes da Revolução era um avô desaparecido quando ela tinha oito anos. Na escola, havia sido capitã do time de hóquei e ganhado o troféu de ginástica dois anos consecutivos. Tinha sido líder de tropa dos Espiões e secretária na Liga da Juventude antes de entrar para a Liga Mirim Antissexo. Sempre sustentara um excelente caráter. Tinha até (uma marca infalível de boa reputação) sido escolhida para trabalhar na Secporno, a subseção do Departamento de Ficção que criava pornografia barata para distribuição entre os proletas. Segundo ela, o departamento era chamado pelos próprios funcionários de Casa Podre. Havia ficado lá por um ano, ajudando a produzir livretos em pacotes selados com títulos como *Histórias de espancamento* ou *Uma noite com as garotas da escola*, a serem comprados de um jeito furtivo por jovens proletas, que tinham a impressão de estar adquirindo algo ilegal.

"Como são esses livros?", Winston quis saber com curiosidade.

"Ah, um lixo horrível. São chatos, na verdade. Só têm uns seis enredos, daí variam um pouco. Claro que eu estava só trabalhando nos caleidoscópios. Nunca fiz parte do Esquadrão da Reescrita. Não sou uma literata, querido, longe disso."

Winston descobriu com espanto que todos os funcionários da Secporno, tirando o chefe do departamento, eram meninas. A teoria era de que os homens, cujos instintos sexuais seriam menos controláveis que os das mulheres, corriam mais risco de serem corrompidos pela manipulação da sujeira.

"Eles não gostam nem de ter mulheres casadas lá", ela acrescentou. "Esperam que as meninas sejam sempre tão puras. Bem, aqui está pelo menos uma que não é."

Seu primeiro caso havia sido aos dezesseis anos, com um membro do Partido que tinha sessenta e que acabou cometendo suicídio para escapar de ser preso.

"E fez bem", disse Julia, "senão ele acabaria confessando meu nome".

Desde então, tivera vários outros namorados. Ela enxergava a vida de uma forma muito simples. Você quer se divertir; "eles", ou seja, o Partido, querem impedir que você se divirta; você arruma um jeito de quebrar as regras. Ela parecia pensar que era natural tanto "eles" quererem roubar seus prazeres quanto você evitar ser pego. Odiava o Partido, e dizia isso do modo mais cru, mas não fazia nenhuma crítica geral. Exceto no tocante à própria vida, ela não tinha o menor interesse na doutrina do Partido. Winston percebeu que ela nunca usava palavras em falanova, a não ser aquelas que haviam passado para o uso diário. Nunca tinha ouvido falar na Irmandade e se recusava a acreditar em sua existência. Qualquer tipo de revolta organizada contra o

Partido, sempre destinada ao fracasso, lhe parecia algo estúpido. Bem mais sagaz seria quebrar as regras e continuar vivo. Ele se perguntou de modo vago quantos outros de sua geração poderiam existir – pessoas que haviam crescido no mundo da Revolução, sem conhecer nada mais, aceitavam o Partido como algo inalterável, como o céu, não se rebelando contra sua autoridade, mas só fugindo dela, como um coelho se esquiva de um cachorro.

Nunca discutiram a possibilidade de se casar. Também, era algo tão remoto que nem valeria a pena pensar nisso. Nenhum comitê imaginável jamais sancionaria tal casamento, mesmo que Katharine, esposa de Winston, pudesse de alguma forma ser eliminada. Era inútil até mesmo como um devaneio.

"Como era a sua esposa?", Julia perguntou.

"Ela era... sabe o que significa 'cidadão de bem', em falanova? Que quer dizer naturalmente ortodoxa, uma pessoa incapaz de ter um pensamento ruim?"

"Não, não conhecia a expressão, mas eu saco esse tipo de gente, bem careta."

Ele começou a contar a ela como tinha sido sua vida de casado, mas curiosamente ela parecia já saber de tudo em linhas gerais. Ela lhe descreveu, quase como se tivesse visto ou sentido, o endurecimento do corpo de Katharine assim que ele a tocava, a maneira como ela parecia estar empurrando-o com toda a força mesmo com os braços apertados bem firmes em volta dele. Com Julia, ele não sentia dificuldade em falar sobre essas coisas. Katharine, em todo caso, havia muito tinha deixado de ser uma memória dolorosa para se tornar algo meramente desagradável.

"Eu poderia ter aguentado, se não fosse por uma única coisa", ele disse. Contou a ela sobre o frígido ritual que Katharine o havia forçado a desempenhar uma noite por semana. "Ela odiava, mas nada a faria parar de fazer aquilo. Ela costumava chamar de... você nunca vai adivinhar..."

"Nosso dever para com o Partido", Julia disse de bate-pronto.

"Como você sabia?"

"Também frequentei a escola, querido. Conversas sobre sexo uma vez por mês para os adolescentes. E no Movimento Juvenil. Eles empurram isso goela abaixo por anos e anos. Acredito até que funciona, em muitos casos. Mas claro que você nunca vai ter certeza; as pessoas são tão hipócritas."

Ela começou a avançar no assunto. Com Julia, tudo sempre se resumia à sua própria sexualidade. Assim que o tema era trazido à tona de algum modo, ela era capaz de discuti-lo com grande acuidade. Ao contrário de Winston, ela havia compreendido o significado intrínseco do puritanismo sexual do Partido. Não era apenas o fato de que o instinto sexual criava um mundo próprio fora do controle do Partido e que, portanto, precisava ser destruído se possível. O importante era que a privação induzia à histeria, o que seria desejável, pois poderia ser transformada em febre belicista e adoração ao líder. Como ela colocava:

"Quando você transa, está gastando energia; depois você se sente feliz e não dá a mínima pra nada. Eles não podem suportar que alguém se sinta assim. Querem que você esteja explodindo de energia o tempo todo. Esse negócio de marchar para cima e para baixo, torcendo e agitando bandeiras nada mais é do que o sexo que azedou. Se você está feliz por dentro, por que deveria ficar animado com o Irmão Maior e os Planos Trienais e os Dois Minutos de Ódio e todo o resto dessa podridão maldita?"

Isso era verdade, ele pensou. Havia uma conexão direta e íntima entre castidade e ortodoxia política. Como poderiam sustentar a medida certa de medo, ódio e credulidade lunática que eram necessários aos membros do Partido se não barrando algum instinto poderoso para usá-lo como força motriz? O impulso sexual era perigoso para o Partido, e o Partido se aproveitava dele a seu favor. Tinham usado um truque semelhante com o instinto de paternidade. A família não podia de fato ser abolida, e, na verdade, as pessoas eram encorajadas a gostar de seus filhos quase à moda antiga. As crianças, por outro lado, sistematicamente se voltavam contra os pais, eram ensinadas a espioná-los e a relatar seus desvios. Na prática, a família se tornava uma extensão da Milícia Mental. Era um dispositivo por meio do qual todo mundo era vigiado noite e dia por informantes que o conheciam na intimidade.

De repente seu pensamento se voltou para Katharine. Ela inquestionavelmente o teria denunciado à Milícia Mental se não fosse burra demais para detectar a heterodoxia de suas opiniões. Mas o que mais despertava a memória dela naquele momento era o calor insuportável da tarde, que o fazia suar na testa. Começou a contar a Julia sobre algo que tinha acontecido, ou melhor, não tinha acontecido, em outra tarde de verão, onze anos antes.

Estavam casados fazia uns três ou quatro meses. Tinham se perdido durante uma caminhada comunitária em algum lugar de Kent. Ficaram para trás só por alguns minutos, mas viraram na curva errada e logo se viram à beira de uma velha pedreira. Era uma queda brusca de dez ou vinte metros, com pedregulhos lá embaixo. Não havia ninguém a quem pudessem perguntar o caminho. Assim que ela percebeu que estavam perdidos, Katharine ficou muito inquieta. Ficar longe da multidão barulhenta dos trilheiros, mesmo que por um momento, lhe dava a sensação de estar fazendo alguma coisa errada. Ela queria voltar correndo pelo caminho por onde eles tinham vindo e começar a procurar na outra direção. Mas nesse momento Winston notou alguns tufos de buganvílias crescendo nas fendas do penhasco abaixo deles. Um dos tufos era de duas cores, magenta e vermelho tijolo, aparentemente crescendo da mesma raiz. Ele nunca tinha visto nada do tipo antes, e chamou Katharine.

"Olha, Katharine! Olha essas flores. Aquele montão lá no fundo. Está vendo que são duas cores diferentes?"

Ela já tinha se virado para ir embora, mas voltou com certa preocupação. Até se inclinou para olhar na direção em que ele apontava. Ele estava parado um pouco atrás dela, e segurou sua cintura para firmá-la. Nesse momento, de repente ocorreu-lhe como estavam completamente sozinhos. Não havia uma única criatura humana por perto, nem uma folha se mexendo, nem mesmo um pássaro acordado. Em um lugar como aquele, o perigo de haver um microfone escondido era muito pequeno, e mesmo que houvesse um microfone, só iria captar sons. Era a hora mais quente e sonolenta da tarde. O sol brilhava sobre eles, o suor fazia cócegas em seu rosto. E o pensamento o atingiu...

"Por que você não deu um bom empurrão nela?", Julia disse. "Eu teria feito isso."

"Sim, querida, você teria feito. E eu também teria, se naquela época eu fosse a pessoa que sou agora. Ou talvez eu... não tenho certeza."

"Você se arrepende de não ter feito isso?"

"Sim. No geral, me arrependo de não ter feito isso."

Estavam sentados lado a lado no chão empoeirado. Ele a puxou para perto. Ela descansou a cabeça em seu ombro, o agradável cheiro do cabelo dela vencendo o fedor do esterco de pombo. Ela era muito jovem, ele pensou, ainda esperava algo da vida, não entendia que jogar uma pessoa inconveniente de um penhasco não resolvia nada.

"Na verdade, não teria feito diferença", ele disse.

"Então por que você se arrepende não ter feito isso?"

"Só porque prefiro um positivo a um negativo. Neste jogo que estamos jogando, não podemos vencer. Alguns tipos de fracassos são melhores que outros, só isso."

Sentiu os ombros dela se contorcerem em discordância. Ela sempre o contradizia quando ele falava algo daquele tipo. Ela não aceitava uma lei da natureza em que o indivíduo era sempre derrotado. De um lado, percebia que ela mesma estava condenada, que mais cedo ou mais tarde a

Milícia Mental iria pegá-la e matá-la; mas de outro lado ela acreditava que era de alguma forma possível construir um mundo secreto onde você poderia viver como quisesse. Só precisava de sorte, astúcia e ousadia. Ela não entendia que não existia felicidade, que a única a vitória estaria em um futuro distante, muito depois de você estar morto, que a partir do momento em que você declarasse guerra ao Partido, seria melhor pensar em si mesmo como um cadáver.

"Nós somos os mortos", ele disse.

"Ainda não morremos", refutou Julia.

"Não fisicamente. Seis meses, um ano... cinco anos, talvez. Tenho medo da morte. Você é jovem, então deve ter mais medo do que eu. Claro, devemos adiar o máximo que pudermos. Mas faz pouca diferença. Enquanto os seres humanos permanecerem humanos, morte e vida são a mesma coisa."

"Ah, que idiotice! Com quem você prefere transar, comigo ou com um esqueleto? Não gosta de estar vivo? Não gosta de sentir e poder dizer: esta é a minha mão, esta é a minha perna, eu sou real, eu sou sólido, estou vivo? Não gosta *disso*?"

Ela se contorceu e apertou o peito contra ele. Ele podia sentir os seios dela, maduros e firmes, através do macacão. O corpo dela parecia derramar um pouco de sua juventude e vigor no dele.

"Sim, gosto disso", ele disse.

"Então pare de falar sobre morrer. E agora me ouça, querido, a gente tem que ficar atento da próxima vez que se encontrar. Podemos muito bem voltar para aquela clareira na floresta. Já demos um bom e merecido descanso pra ela. Mas você precisa chegar lá por outro caminho. Já planejei tudo. Você pega o trem... olha, vou desenhar pra você."

E, no seu jeito prático de ser, ela riscou um pequeno quadrado na poeira e, com um galho de um ninho de pombo, começou a desenhar um mapa no chão.

4

Winston inspecionava o quartinho miserável acima da loja do sr. Charrington. Ao lado da janela, a enorme cama estava arrumada com cobertores esfarrapados e um travesseiro sem fronha. O relógio antigo com mostrador de doze horas tiquetaqueava sobre a cornija da lareira. No canto, em cima da mesinha dobrável, o peso de papel de vidro que ele tinha comprado em sua visita anterior brilhava de modo suave na penumbra.

No guarda-fogo havia um velho fogão a óleo, uma panela e duas xícaras, tudo cedido pelo sr. Charrington. Winston acendeu a chama e colocou uma panela de água para ferver. Tinha trazido um envelope cheio de café Victory e uns tabletes de sacarina. Os ponteiros do relógio marcavam dezessete e vinte, mas na realidade eram dezenove e vinte. Ela chegaria às dezenove e trinta.

Era loucura, seu coração dizia: uma loucura consciente, gratuita e suicida. De todos os crimes que um membro do Partido poderia cometer, aquele era o mais fácil de descobrir. Na verdade, a ideia tinha surgido em sua cabeça em uma visão: o peso de papel de vidro espelhado pela superfície da mesinha dobrável. Como havia previsto, o sr. Charrington não se opusera a liberar o quarto. Estava feliz com os poucos dólares que ganharia com o esquema. Também não pareceu chocado nem ofendido ao saber que obviamente Winston queria o quarto como uma *garçonnière*. Em vez disso, lançou o olhar ao longe e falou sobre amenidades, com um ar tão delicado que dava a impressão de ter se tornado invisível. A privacidade, disse ele, é algo muito valioso. Todo mundo quer um lugar onde se possa ficar sozinho de vez em quando. E quando alguém tem um lugar assim, o mínimo esperado de qualquer outra pessoa que saiba disso é que mantenha a informação para si. Ele ainda acrescentou, parecendo quase desaparecer da existência ao fazer isso, que havia duas entradas para a casa, sendo uma delas através do quintal, que dava para um beco.

Debaixo da janela, alguém cantava. Winston espiou, seguro atrás da cortina de musselina. O sol de junho ia alto no céu, e no pátio ensolarado abaixo, uma mulher monstruosa, sólida como um pilar de pedra normando, com fortes antebraços vermelhos e um avental de lona amarrado na cintura, cambaleava de um lado para o outro entre uma tina e um varal, estendendo para quarar uma série de quadrados brancos que Winston reconheceu como fraldas de bebê. Quando a boca não estava tampada pelos pregadores, ela cantava em poderoso contralto:

Foram fantasias vãs
agora tão distantes
mas seu olhar e sua voz
brilham feito diamantes

A música vinha assombrando Londres havia semanas. Era uma das incontáveis canções semelhantes que a subseção do Departamento de Música lançava para o deleite dos proletas. As letras dessas canções eram compostas sem qualquer intervenção humana, num instrumento chamado de versificador. Mas a mulher cantava tão afinada que transformava aquele lixo horrível num som quase agradável. Ele ouvia a mulher cantando e arrastando os sapatos nos paralelepípedos, e os gritos das crianças na rua, e em algum lugar ao longe um vago rugido de tráfego, e ainda assim o quarto parecia curiosamente silencioso, graças à ausência de uma teletela.

Loucura, que loucura!, ele pensou de novo. Era inconcebível que eles pudessem frequentar aquele lugar por mais de algumas semanas sem serem apanhados. Mas a tentação de ter um esconderijo que fosse verdadeiramente deles, dentro de uma casa e com fácil acesso, era demais para resistir. Por algum tempo depois da visita ao campanário da igreja, tinha sido impossível organizar encontros. O horário de trabalho aumentara de modo drástico antecedendo a Semana do Ódio. Ainda havia um mês pela frente, mas os enormes e complexos preparativos que a Semana implicava se traduziam em trabalho extra para todos. No fim das contas, os dois conseguiram garantir uma tarde livre no mesmo dia. Tinham concordado em voltar para a clareira na floresta. Antes disso, à tarde, se encontraram brevemente na rua. Como de costume, Winston mal olhava Julia enquanto se aproximavam na multidão, mas, pelo breve olhar que deu, ela pareceu-lhe mais pálida que o normal.

"Caiu", ela murmurou assim que julgou seguro. "Amanhã, quero dizer."

"Quê?"

"Amanhã à tarde. Não vai rolar."

"Por que não?"

"Ah, o de sempre. Começou mais cedo agora."

Por um momento, ele sentiu uma raiva violenta. Durante o mês que ele a conhecia, a natureza de seu desejo por ela tinha mudado. No começo, havia pouca sensualidade propriamente dita. Aquela primeira relação sexual tinha sido só um ato de vontade. Mas depois da segunda vez foi diferente. O cheiro do cabelo, o gosto da boca, a sensação da pele dela, tudo parecia entranhado nele, ou no ar em torno dele. Ela havia se tornado uma necessidade física, algo que ele não apenas queria, mas que sentia lhe pertencer por direito. Quando disse que não podia ir, Winston teve a sensação de que ela o estava traindo. Mas bem nesse momento a multidão os pressionou, e suas mãos se encontraram de modo acidental. Ela deu às pontas dos dedos um rápido aperto que não parecia convidar ao desejo, mas ao afeto. Ele percebeu que quando alguém vivia com uma mulher, essa decepção em particular era um acontecimento normal e recorrente; e uma ternura profunda, como ele nunca tinha sentido por ela antes, de repente o agarrou. Desejou que fossem um casal há dez anos. Desejou estar andando pelas ruas com ela assim como estavam fazendo agora, mas abertamente e sem medo, falando de trivialidades, de comprar coisas para a casa e a família. Desejou acima de tudo um lugar onde pudessem ficar sozinhos sem sentir a obrigação de fazer amor sempre que se encontrassem. Não foi bem naquele instante, mas em algum momento no dia seguinte, que a ideia de alugar o quarto do sr. Charrington lhe ocorreu.

Quando fez a sugestão a Julia, ela concordou com inesperada prontidão. Ambos sabiam que era loucura. Era como se estivessem intencionalmente se aproximando dos próprios túmulos. Enquanto ele se sentava na beira da cama para esperá-la, pensou outra vez nos porões do Ministério do Amor. Curioso como aquele horror predestinado se movia dentro e fora de sua consciência. Lá estava ele, fixado em um tempo futuro, precedendo a morte tão certamente quanto 99 precede 100. Não se podia evitá-la, talvez adiá-la: e ainda assim, de vez em quando, por um ato consciente e intencional, optava-se por encurtar o intervalo antes que ela acontecesse.

Nesse momento, passos rápidos soaram na escada. Julia irrompeu no quarto. Estava trazendo uma bolsa de ferramentas de lona marrom grossa, como ele às vezes a tinha visto carregando de um lado para outro no Ministério. Avançou para tomá-la nos braços, mas ela se desvencilhou com pressa, em parte porque ainda estava segurando a sacola de ferramentas.

"Me dá um segundo", ela disse. "Deixa eu te mostrar o que eu arrumei. Você trouxe um pouco daquele café Victory nojentão? Então pode jogar fora, porque não vamos precisar mais daquilo. Olha."

Ela ficou de joelhos, abriu a bolsa e tirou algumas ferramentas e uma chave de fenda que estavam na parte de cima. Por baixo havia uma série de belas embalagens de papel. O primeiro pacote que ela lhe passou provocou um sentimento estranho em Winston, mas vagamente familiar. A embalagem estava cheia de algum material pesado, semelhante a areia, e amassava onde você a tocasse.

"Jura que é açúcar?", ele disse.

"Açúcar de verdade. Não é sacarina. Açúcar! E aqui tem pão... um pão branco de verdade, não aquele nosso maldito pão... e um pequeno pote de geleia. E aqui tem uma lata de leite. Mas olha! Este é meu maior orgulho. Tive que enrolar um pouco de pano em volta, porque..."

Mas ela nem precisava contar a ele por que havia embrulhado tudo. O cheiro invadia a sala, um cheiro forte e quente que parecia uma emanação da infância, mas que vez por outra ainda se encontrava mesmo hoje em dia, soprando por uma passagem antes que uma porta batesse ou espalhado misteriosamente em algum ambiente aglomerado na rua, farejado por um instante e depois perdido.

"É café", murmurou ele, "café de verdade!".

"Café do Núcleo do Partido. Tem um quilo inteiro aqui", disse ela.

"Como você conseguiu pegar tudo isso?"

"Tudo coisa do Núcleo do Partido. Não existe nada que aqueles porcos não tenham, nada. Mas é claro que garçons, criados e outras pessoas beliscam coisas, e... olha, eu tenho um pacotinho de chá também."

Winston se agachou ao lado dela. Rasgou um canto do pacote.

"Chá de verdade... Não são folhas de amora."

"Tem rolado muito chá ultimamente. Acho que eles invadiram a Índia ou algo assim", ela disse de modo vago. "Mas escuta, querido. Quero que vire de costas para mim por três minutos. Vai lá, senta do outro lado da cama. Não fica muito perto da janela. E não vira até eu te chamar."

Winston olhou distraidamente através da cortina de musselina. No pátio lá embaixo, a mulher de braços vermelhos ainda marchava de um lado para o outro entre a tina e o varal. Tirou mais pregadores da boca e cantou com sentimento profundo:

Dizem que o tempo cura os danos
Dizem que você pode esquecer
Mas sorrisos e lágrimas pelos anos
Ainda fazem meu coração tremer!

Pelo visto, ela sabia de cor toda aquela música emocionante. A voz flutuava com o doce ar de verão, muito melodiosa, carregada com uma espécie de melancolia feliz. Seria possível dizer que ela teria ficado perfeitamente contente, caso a noite de junho fosse interminável e as roupas na tina fossem inesgotáveis, em permanecer lá por mil anos, pregando fraldas no varal e cantando aquele lixo. Aquilo o atingiu como um fato curioso: ele nunca tinha escutado um membro do Partido cantando sozinho, espontaneamente. Até pareceria meio heterodoxo, uma excentricidade perigosa, assim como falar sozinho. Talvez só quando as pessoas estavam perto da fome e da privação total é que tivessem vontade de cantar.

"Pode virar agora", disse Julia.

Ele se virou e, por um segundo, quase não conseguiu reconhecê-la. O que de fato esperava era vê-la nua. Mas ela não estava nua. A transformação era muito mais surpreendente que isso. Ela tinha pintado o rosto. Devia ter entrado em alguma loja no bairro dos proletas e comprado um estojo completo de maquiagem. Os lábios estavam de um vermelho profundo, as bochechas, rosadas, o nariz, empoado; até mesmo sob os olhos havia um toque que os deixava mais brilhantes. Não tinha sido feito com muita habilidade, mas os padrões de Winston para tais assuntos não eram elevados. Ele nunca tinha visto nem sequer imaginado uma mulher do Partido com maquiagem no rosto. A melhoria em sua aparência era surpreendente. Com apenas alguns toques de cor nos lugares certos ela havia se tornado não apenas muito mais bonita, mas, acima tudo, muito mais feminina. O cabelo curto e o macacão andrógino davam mais contraste ao efeito. Quando a tomou nos braços, uma lufada sintética e floral inundou suas narinas. Ele se lembrou da penumbra de uma cozinha no porão e da boca cavernosa de uma mulher. Era o mesmo perfume que a outra tinha usado; mas no momento isso não parecia importar.

"O perfume também!", ele disse.

"Sim, querido, o perfume também. E sabe o que vou fazer agora? Vou arranjar um vestido de verdade em algum lugar e usá-lo em vez da porra destas calças. Vou usar meias de seda e sapatos de salto alto! Neste quarto, vou ser uma mulher, não uma camarada do Partido."

Tiraram as roupas e subiram na enorme cama de mogno. Era a primeira vez que ele se despia na presença dela. Até então ele tinha muita vergonha da pele pálida e do corpo magro, com as veias varicosas destacando-se nas panturrilhas e a mancha descolorida no tornozelo. Não havia lençóis, mas o cobertor surrado em que se deitaram era macio, e o tamanho e a elasticidade da cama surpreenderam a ambos.

"Com certeza está cheio de percevejos, mas e daí?", Julia disse.

Era impossível ver uma cama de casal hoje em dia, a não ser nas casas dos proletas. Certa vez, quando era criança, Winston tinha dormido em uma delas; já Julia nunca tinha estado em uma antes, até onde lembrava.

Logo caíram no sono. Quando Winston acordou, os ponteiros do relógio já avançavam para as nove. Ele não se mexeu, porque Julia dormia com a cabeça apoiada sobre seu cotovelo. A maior parte da maquiagem havia se transferido para o rosto dele ou para o travesseiro, mas um leve rouge ainda realçava a beleza das bochechas. Um raio amarelo do sol poente caiu sobre o pé da cama e iluminou a lareira, onde a água na panela fervia rápido. Lá embaixo, no quintal, a mulher havia parado de cantar, mas os gritos fracos das crianças ainda vinham da rua. Ele imaginou se no passado abolido deitar-se numa cama assim teria sido uma experiência normal, no frescor da noite de verão, um homem e uma mulher sem roupas, fazendo amor na hora que queriam, falando do que queriam, não sentindo nenhuma vontade de se levantar, só deitados e ouvindo sons tranquilos do lado de fora de casa. Sério que nunca tinha existido um momento em que isso parecesse normal? Julia acordou, esfregou os olhos e se levantou um pouco, apoiada no cotovelo, para olhar o fogão a óleo.

"Metade daquela água evaporou", ela disse. "Vou levantar e fazer um café daqui a pouco. A gente tem uma hora. A que horas eles cortam as luzes no seu prédio?"

"Vinte e três e trinta."

"No albergue cortam às vinte e três. Mas você tem que entrar antes disso, porque... Ei! Sai daí, seu monstrinho!"

De repente ela se torceu na cama, apanhou um sapato do chão e o arremessou contra o canto com um movimento infantil do braço, bem como ele a vira atirar o dicionário em Goldstein, naquela manhã durante os Dois Minutos de Ódio.

"O que era?", ele perguntou surpreso.

"Um rato. Eu o vi enfiando o nariz sujo pra fora do lambril. Tem um buraco lá embaixo. Bom, pelo menos dei um bom susto nele!"

"Ratos!", murmurou Winston. "Neste quarto!"

"Estão em todo lugar", Julia disse, com indiferença, enquanto se deitava de novo. "Até na cozinha do albergue. Algumas partes de Londres estão fervilhando deles. Sabia que eles atacam crianças? Sim, fazem isso. Em algumas dessas ruas uma mulher não pode largar um bebê sozinho por dois minutos. São as ratazanas enormes e marrons que fazem isso. E o pior é que esses demônios sempre..."

"*Chega!*", pediu ele, os olhos bem fechados.

"Querido! Você ficou pálido. Qual é o problema? Ratos te deixam mal?"

"De todos os horrores do mundo... um rato!"

Ela pressionou o corpo contra o dele e enrolou braços e pernas em volta de Winston, como que para tranquilizá-lo com o seu calor. Ele demorou para abrir os olhos de novo. Por muito tempo teve a sensação de voltar a um pesadelo que se repetia ao longo do tempo, ao longo de sua vida. Era sempre muito parecido. Estava parado em frente a uma parede, no escuro, e do outro lado havia algo insuportável, algo horrível demais para ser enfrentado. No sonho, seu sentimento mais profundo sempre era de autoengano, porque ele de fato sabia o que estava por trás do muro de trevas. Fazendo um esforço mortal, como se arrancasse um pedaço de seu próprio cérebro, poderia até ter arrastado a coisa para fora. Sempre acordava sem ter descoberto o que era: mas de algum modo era algo relacionado com o que Julia estava prestes a dizer quando ele a interrompeu.

"Desculpa", ele disse, "não é nada. Não gosto de ratos, só isso".

"Sem problema, querido, não vamos deixar esses bichos imundos ficarem aqui. Vou tapar o buraco com um pouco de pano antes de a gente sair. E na próxima vez que viermos aqui, vou trazer um pouco de gesso e fechar do jeito certo."

Aquele obscuro instante de pânico já estava se diluindo. Sentindo-se um pouco envergonhado, ele se sentou contra a cabeceira da cama. Julia saiu da cama, vestiu o macacão e fez o café. O cheiro que emergiu da panela era tão poderoso e emocionante que eles até fecharam a janela para que ninguém de fora percebesse e ficasse curioso. Ainda melhor que o sabor do café era a textura sedosa dada pelo açúcar, uma coisa que Winston tinha quase esquecido depois de anos de sacarina. Com uma mão no bolso e um pedaço de pão com geleia na outra, Julia vagou pelo cômodo, olhando distraída para a estante, investigando a melhor maneira de consertar a mesa dobrável, se ajeitando na poltrona esfarrapada para sentir se era confortável, examinando o absurdo relógio de doze horas com um ar de condescendência bem-humorada. Trouxe o peso de papel de vidro para a cama para dar uma olhada nele sob uma luz melhor. Ele o tirou da mão dela, fascinado, como sempre, pelo aspecto suave do vidro, como água da chuva.

"O que você acha que é isso?", Julia perguntou.

"Não acho que seja nada específico... quer dizer, não acho que tenha tido algum uso. É por isso que eu gosto dele. É um pequeno pedaço da história que eles esqueceram de alterar. É uma mensagem de cem anos atrás, se alguém soubesse como ler."

"E aquele quadro ali", ela apontou com a cabeça para a gravura na parede oposta, "deve ter uns cem anos?"

"Mais. Duzentos, acho. Não dá para saber. Impossível descobrir a idade de qualquer coisa hoje em dia."

Ela foi dar uma olhada. "Aqui foi onde aquele escroto enfiou o nariz pra fora", disse, chutando o lambril bem abaixo da imagem. "O que será este lugar? Já vi isso antes em algum canto."

"É uma igreja, ou pelo menos costumava ser. Capela de São Clemente, era o nome." O fragmento de cantiga que o sr. Charrington lhe ensinara voltou à cabeça, e ele acrescentou, nostálgico: *"Limões e laranjas pra gente, dizem os sinos de São Clemente"*.

Para sua surpresa, ela continuou a canção:

Me dá um dindim, dizem os sinos de São Martim
Pague o que deve a ele, dizem os sinos de Old Bailey...

"Não consigo lembrar como continuava depois disso. Mas ainda assim eu lembro que terminava: *'Vai já pra cama e carrega o lampião. Lá vem o bicho-papão pra comer teu cabeção!'*"

Eram como as duas metades de um código. Mas devia haver outro verso após "os sinos de Old Bailey". Talvez pudesse ser extraído da memória do sr. Charrington, se fosse devidamente solicitado.

"Quem te ensinou isso?", ele perguntou.

"Meu avô. Ele costumava cantar isso pra mim quando eu era pequena. Ele foi vaporizado quando eu tinha oito anos. Quer dizer, desapareceu. Fico imaginando o que era um limão", ela adicionou, distraída. "Já vi laranja. É um tipo de fruta redonda com uma casca fina."

"Lembro dos limões", Winston disse. "Eram bem comuns nos anos 1950. Eram tão azedos que você ficava nervoso só de sentir o cheiro deles."

"Aposto que tem um ninho de percevejos atrás desse quadro", disse Julia. "Qualquer dia desses vou tirá-lo da parede e dar uma boa limpada nele. Acho que já está quase na hora de irmos. Preciso tirar esta maquiagem. Que chato! Depois vou tirar o batom do teu rosto."

Winston não se levantou por mais alguns minutos. O quarto estava ficando escuro. Ele se virou para a luz e ficou olhando para o peso de papel de vidro. A coisa inesgotavelmente interessante não era o fragmento de coral, mas o interior do próprio vidro. Havia tal profundidade nele, e ainda assim era quase tão transparente quanto o ar. Como se a superfície do vidro fosse o arco do céu, encerrando um minúsculo mundo com sua atmosfera completa. Ele sentia que poderia entrar nele, e que de fato já estava dentro dele, junto com a cama de mogno e a mesa dobrável, e o relógio e a gravura em metal e o próprio peso de papel. O peso de papel era a sala em que ele estava, e o coral era a vida de Julia e a dele, fixadas em uma espécie de eternidade no coração do cristal.

5

Syme havia desaparecido. Uma bela manhã ele não foi trabalhar: algumas pessoas insensatas até comentaram sobre a ausência dele. No dia seguinte já ninguém o mencionava. No terceiro dia Winston foi ao vestíbulo do Departamento de Registros para examinar o quadro de avisos. Um deles era uma lista impressa dos membros do Comitê de Xadrez, de que Syme fazia parte. Parecia quase igual – nada havia sido riscado –, mas tinha um nome a menos. Foi o suficiente. Syme havia deixado de existir: ele nunca tinha existido.

O tempo estava quente demais. Dentro do Ministério labiríntico, as salas sem janelas e com ar-condicionado mantinham a temperatura normal, mas fora, nas calçadas, os pés chegavam a queimar, e o fedor do metrô na hora do rush era um horror. Os preparativos para a Semana do Ódio estavam a pleno vapor, e as equipes de todos os Ministérios faziam hora extra. Passeatas, reuniões, paradas militares, palestras, bonecos de cera, filmes, programas de teletela, tudo tinha que ser organizado; estandes estavam sendo erguidos; efígies, construídas; slogans, lapidados; canções, escritas; boatos, espalhados; fotografias, falsificadas. A unidade de Julia no Departamento de Ficção havia sido retirada da produção de romances e passara a publicar uma série de panfletos com atrocidades. Winston, além do trabalho regular, passava longos períodos todo dia voltando a antigos arquivos do *Times*, alterando e embelezando notícias que seriam citadas em discursos. Tarde da noite, quando multidões barulhentas de proletas zanzavam pelas ruas, a cidade tinha um curioso ar febril. Os mísseis caíam com mais frequência do que nunca, e às vezes, ao longe, havia enormes explosões que ninguém poderia explicar e sobre as quais circulavam rumores.

A nova melodia que seria o tema da Semana do Ódio ("Canção do ódio" era o título) já havia sido composta e estava sendo transmitida incessantemente pelas teletelas.

Tinha um ritmo selvagem feito um latido, que não poderia bem ser chamado de música, mas lembrava a batida de um tambor. Era aterrorizante ouvi-la rugindo por centenas de vozes acompanhadas pela batida de pés marchando. Os proletas curtiam, e nas ruas o som competia madrugada adentro com a ainda popular "Fantasias vãs". Os filhos dos Parsons cantavam a música o tempo todo, noite e dia, de modo insuportável, acompanhando a melodia com um pente e um pedaço de papel higiênico. As noites de Winston estavam mais cheias do que nunca. Esquadrões de voluntários, organizados por Parsons, preparavam as ruas para a Semana do Ódio, costurando banners, pintando pôsteres, erguendo bandeiras nos telhados e pendurando cabos perigosos pelas ruas para a instalação de flâmulas. Parsons se gabava de que só nas Mansões Victory eram exibidos quatrocentos metros de bandeirolas. Ele estava em seu hábitat natural, feliz como uma cotovia. O calor e o trabalho manual até lhe deram pretextos para voltar a usar shorts e uma camisa aberta à noite. Estava em todos os lugares ao mesmo tempo, empurrando, puxando, serrando, martelando, improvisando, sacudindo a todos junto com exortações camaradas e distribuindo de cada dobra de seu corpo o que parecia um suprimento inesgotável daquele cecê repelente.

Um novo pôster apareceu de repente por toda Londres. Não tinha legenda e representava apenas a monstruosa figura de um soldado eurasiano, três ou quatro metros de altura, avançando com botas enormes e rosto inexpressivo com traços da Mongólia, levando uma submetralhadora em punho na altura na cintura. De qualquer ângulo que se olhasse para o pôster, a boca da arma, ampliada pela edição de imagem, parecia apontar direto para você. A coisa tinha sido colada em cada espaço vazio de cada parede, superando até mesmo os retratos do Irmão Maior. Os proletas, em geral apáticos em relação à guerra, estavam sendo açoitados em um de seus periódicos frenesis de patriotismo. Como que para harmonizar com o clima geral, os mísseis estavam matando um número maior de pessoas do que o normal. Um caiu em um cinema lotado em Stepney, enterrando centenas de vítimas entre os escombros. Toda a população do bairro se mobilizou para o longo funeral que se estendeu por horas e que era na verdade uma manifestação indignada. Outro míssil caiu em um terreno baldio usado como playground, e várias dezenas de crianças foram feitas em pedaços. Novas manifestações de revolta eclodiram, a efígie de Goldstein foi queimada, centenas de cópias do pôster do soldado eurasiano foram arrancadas e jogadas às chamas, e na turbulência uma série de lojas foi saqueada; surgiu um boato de que espiões estavam dirigindo os mísseis através de ondas sem fio, e um casal de idosos suspeitos de serem de ascendência estrangeira teve sua casa incendiada e morreu sufocado na fumaça.

No quarto acima da loja do sr. Charrington, quando podiam ir, Julia e Winston ficavam deitados lado a lado na cama despojada sob a janela, ambos nus para tentarem se refrescar. O rato nunca voltou, mas os insetos se multiplicaram terrivelmente com o calor. Isso não parecia importar a eles. Sujo ou limpo, o quarto era o paraíso. Tão logo chegavam, polvilhavam tudo com pimenta comprada no mercado paralelo, arrancavam as roupas e faziam amor com os corpos suados, depois adormeciam e acordavam para descobrir que os insetos tinham organizado um contra-ataque.

Quatro, cinco, seis... sete vezes eles se encontraram durante o mês de junho. Winston havia abandonado o hábito de beber gim o tempo todo. Parecia ter perdido a necessidade. Tinha engordado, a úlcera varicosa diminuíra, deixando só uma mancha marrom na pele acima do tornozelo, e os ataques de tosse no início da manhã tinham parado. A rotina deixou de ser insuportável, ele não tinha mais qualquer impulso de fazer caretas para a teletela ou gritar maldições até estourar as cordas vocais. Agora que tinham um esconderijo seguro, quase uma casa, nem parecia um problema que eles só pudessem se encontrar raras vezes, e só por algumas horas. O que importava era que o quarto sobre a loja de antiguidades deveria continuar preservado. Saber que o quarto existia, inviolado, era quase o mesmo que estar nele. O quarto era um mundo, um bolsão do passado onde animais extintos podiam viver. O sr. Charrington, Winston pensava, era outro animal extinto. Em geral ele parava para falar com o sr. Charrington por alguns minutos no caminho até o quarto. O velho parecia quase nunca sair à rua e, por outro lado, não recebia quase nenhum cliente. Levava uma vida fantasmagórica entre a loja pequena e escura e uma cozinha ainda mais minúscula, nos fundos, onde preparava suas refeições e que continha, entre outras coisas, um gramofone incrivelmente antigo com uma campana enorme. Parecia feliz sempre que tinha a chance de conversar. Vagando no meio do estoque inútil, com o nariz comprido, os óculos grossos e os ombros curvados na jaqueta de veludo, tinha mais um ar de colecionador que de comerciante. Com uma espécie de entusiasmo desbotado, segurava este ou aquele pedaço de lixo – uma rolha de garrafa de porcelana, a tampa pintada de uma caixinha de rapé quebrada, um camafeu rococó contendo uma mecha de cabelo de algum bebê morto havia muito tempo – e nunca pedia que Winston comprasse o item, apenas sugeria que o admirasse. Falar com ele era como ouvir o tilintar de uma caixinha de música velha. Ele havia extraído dos confins da memória mais alguns fragmentos de canções esquecidas. Tinha uma sobre vinte e quatro melros e outra sobre uma vaca com um chifre torto e outra sobre a morte do pobre passarinho do papo-roxo. "Me ocorreu que você poderia estar interessado nisso", ele dizia com uma risadinha depreciativa sempre que cantava um novo trecho. Mas nunca conseguia lembrar mais que alguns versos de qualquer canção.

Tanto Julia quanto Winston sabiam – de certa forma, isso nunca saía de seus pensamentos – que aquele período não poderia durar muito. Havia momentos em que a sensação de morte iminente parecia tão palpável quanto a cama em que se deitavam, e os dois se agarravam um ao outro com uma espécie de sensualidade desesperada, como uma alma amaldiçoada se prende ao último resquício de prazer quando o relógio está a cinco minutos de bater. No entanto, havia também momentos em que eles tinham a ilusão não só de segurança, mas de permanência. Enquanto estivessem naquele quarto, sentiam, nenhum mal lhes aconteceria. Chegar lá era difícil e perigoso, mas o quarto em si era um santuário. Era como olhar para o centro do peso de papel, quando Winston tinha a sensação de que seria possível entrar naquele mundo vítreo e de que, uma vez dentro dele, o tempo poderia ser detido. Muitas vezes alimentavam devaneios escapistas. A sorte deles perduraria indefinidamente, e continuariam com aquelas intrigas, assim, pelo resto de suas vidas naturais. Ou Katharine morreria, e, por manobras sutis, Winston e Julia conseguiriam se casar. Ou se suicidariam juntos. Ou desapareceriam, alterariam suas fisionomias para não serem reconhecidos, aprenderiam a falar no dialeto dos proletas, arranjariam empregos em uma fábrica e viveriam suas vidinhas clandestinas em uma rua perdida. Era tudo bobagem, ambos sabiam. Na realidade, não havia como escapar. Mesmo o único plano praticável, o suicídio, eles não tinham intenção de cometer. Pendurar um dia no próximo dia, de semana a semana, criando um presente sem futuro, parecia um instinto invencível, assim como os pulmões sempre vão respirar contanto que exista ar disponível.

Às vezes também falavam em se envolver numa rebelião ativa contra o Partido, mas não faziam ideia de como dar o primeiro passo. Mesmo que a fabulosa Irmandade fosse real, ainda restava a dificuldade de encontrar um caminho até ela. Winston confessou a Julia sobre a estranha intimidade que existia, ou parecia existir, entre ele e O'Brien, e o impulso que às vezes sentia de ir até ele, anunciar que era um inimigo do Partido e pedir sua ajuda. O mais curioso era que isso não pareceu a ela algo tão precipitado. Ela estava acostumada a julgar o caráter das pessoas pela fisionomia, e lhe parecia natural Winston acreditar que O'Brien fosse confiável só pela força de um único olhar. Além disso, Julia tinha como certo que todos, ou quase todos, odiavam o Partido em segredo e quebrariam as regras se descobrissem que seria seguro fazê-lo. Porém, ela se recusava a acreditar que uma oposição organizada existisse ou pudesse existir. Os contos sobre Goldstein e seu exército subterrâneo, ela disse, eram só lixo que o Partido inventava para seus próprios objetivos, um lixo no qual você tinha que fingir crer. Incontáveis vezes, em comícios partidários e manifestações espontâneas, ela gritava a plenos pulmões pela execução de pessoas em cujos nomes nunca tinha ouvido falar e em cujos supostos crimes não acreditava nem um pouco. Quando os julgamentos públicos aconteciam, ela ocupava seu lugar nos destacamentos da Liga Juvenil que cercavam as cortes de manhã à noite entoando "Morte aos traidores!". Durante os Dois Minutos de Ódio, ela sempre gritava insultos a Goldstein mais alto que todos os outros. No entanto, tinha apenas uma ideia vaga de quem era Goldstein e de quais doutrinas ele supostamente representava. Tinha crescido após a Revolução e era jovem demais para lembrar as batalhas ideológicas dos anos 1950 e 1960. Um movimento político independente estava além de sua imaginação, e, em todo caso, o Partido era invencível. Sempre tinha existido e sempre seria o mesmo. Só era possível se rebelar contra o Partido por desobediência secreta ou, no máximo, por um ato de violência isolado, como matar alguém ou explodir alguma coisa.

 Em alguns aspectos, ela era muito mais sagaz do que Winston, e muito menos suscetível à propaganda do Partido. Uma vez, durante uma conversa em que ele mencionou a guerra contra a Eurásia, ela o surpreendeu dizendo, com bastante calma, que em sua opinião a guerra não estava acontecendo. Os mísseis que caíam todos os dias em Londres provavelmente eram disparados pelo governo da própria Oceânia, "só para manter as pessoas com medo". Essa era uma ideia que nunca havia ocorrido a ele. Julia também suscitou uma espécie de inveja nele ao dizer que durante os Dois Minutos de Ódio sua grande dificuldade era não cair na gargalhada. Mas ela só questionava os ensinamentos do Partido quando de alguma forma afetavam sua própria vida. Muitas vezes, estava disposta a aceitar a mitologia oficial apenas porque a diferença entre verdade e falsidade não lhe parecia importante. Acreditava, por exemplo, no que tinha aprendido na escola: o Partido havia inventado os aviões. (Em seus próprios tempos de escola, Winston lembrava, no final dos anos 1950, o Partido alegava ter inventado apenas o helicóptero; mais de dez anos depois, quando Julia estudou, o Partido já reivindicava a invenção do avião; mais uma geração e estaria reivindicando a máquina a vapor.) E quando Winston disse a ela que os aviões já existiam antes de ele nascer, muito antes da Revolução, o fato pareceu cem por cento desinteressante para ela. Afinal, que importava quem tinha inventado os aviões? Foi ainda mais chocante para ele quando descobriu, por alguma observação casual, que ela não se lembrava de que a Oceânia, quatro anos antes, estava em guerra com a Lestásia e em paz com a Eurásia. Verdade que Julia considerava a guerra inteira uma farsa, mas aparentemente nem tinha notado que o nome do inimigo havia mudado. "Pensei que sempre estivéssemos em guerra com a Eurásia", ela disse, distraída. Isso o assustou um pouco. A invenção dos aviões datava de muito antes do nascimento dela, mas a mudança na guerra tinha acontecido apenas quatro anos antes, quando ela já era adulta. Ele discutiu com ela sobre esse assunto por uns quinze minutos. No fim, conseguiu forçar sua memória de volta até que ela meio que se lembrou de que antigamente era a Lestásia, e não a Eurásia, a nação inimiga. Mas o problema ainda lhe parecia algo sem importância. "E daí?", disse ela, impaciente. "É sempre uma porra de uma guerra atrás da outra, e a gente sabe que, de um jeito ou de outro, todas as notícias são mentiras."

Às vezes, ele conversava com ela sobre o Departamento de Registros e as falsificações vergonhosas que fazia lá. Essas coisas não pareciam horrorizá-la. Julia não sentia um abismo se abrindo sob os pés quando via mentiras se tornando verdades. Winston contou a ela a história de Jones, Aaronson e Rutherford e do importante pedaço de papel que uma vez havia segurado entre os dedos. Não causou muito efeito sobre ela. No início, aliás, ela sequer compreendeu o ponto da história.

"Eram amigos seus?", ela disse.

"Não, nunca os conheci. Eram membros do Núcleo do Partido. Além disso, eram muito mais velhos do que eu. Homens dos velhos tempos, antes da Revolução. Mal os conhecia de vista."

"Então pra que se preocupar? Pessoas estão sendo mortas o tempo todo, não?"

Ele tentou fazê-la entender.

"Esse foi um caso excepcional. Não era apenas uma questão de alguém ser morto. Você percebe que o passado, a partir de ontem, foi abolido? Se ainda sobrevive em algum lugar, é em certos objetos sólidos, sem palavras anexadas a eles, como aquele pedaço de vidro ali. O que sabemos sobre a Revolução e os anos anteriores à Revolução já é quase nada. Todos os registros foram destruídos ou falsificados, todos os livros foram reescritos, todas as imagens foram repintadas, todas as estátuas e todas as ruas e todos os prédios foram renomeados, todas as datas foram alteradas. E esse processo continua a cada dia e a cada minuto. A história parou.

Nada existe, exceto um presente infinito em que o Partido tem sempre razão. Eu sei, claro, que o passado é falsificado, mas nunca seria possível provar, ainda que eu mesmo tenha feito a falsificação. Depois que a coisa é feita, nenhuma evidência permanece. A única evidência está dentro da minha cabeça, e eu não tenho certeza de que qualquer outro ser humano compartilha das minhas memórias. Apenas naquele caso, em toda a minha vida, eu tive em mãos evidências concretas do evento – muitos anos depois de ter acontecido."

"E de que adiantou?"

"Não adiantou nada, porque joguei o papel fora logo em seguida. Mas se a mesma coisa acontecesse hoje, eu teria ficado com ele."

"Bom, eu não faria isso!", Julia disse. "Estou disposta a assumir riscos, mas só por algo que valha a pena, não por pedaços de jornais velhos. O que você poderia ter feito disso, mesmo que tivesse guardado o papel?"

"Não muito, talvez. Mas era uma prova. Poderia ter plantado um poucas dúvidas aqui e ali, supondo que eu ousasse mostrá-lo para alguém. Não imagino que possamos alterar qualquer coisa em nosso próprio tempo de vida. Mas se pode imaginar pequenas frentes de resistência surgindo aqui e ali – pequenos grupos de pessoas se juntando, crescendo pouco a pouco, e até deixando uns registros para trás, para que a próxima geração possa continuar de onde paramos."

"Não estou interessada na próxima geração, querido. Estou interessada em *nós*."

"Você só é rebelde da cintura para baixo", disse a ela.

Ela achou a frase brilhantemente espirituosa e passou os braços em volta dele com deleite.

Ela não tinha o menor interesse nas ramificações da doutrina do Partido. Sempre que ele começava a falar sobre os princípios do Socing, o duplipensar, a mutabilidade do passado e a negação da realidade objetiva, ou quando usava palavras em falanova, ela ficava entediada e confusa, e dizia que nunca prestava atenção a esse tipo de coisa. Já sabia que era tudo lixo, então por que se preocupar com isso? Ela sabia quando torcer a favor e quando vaiar, e isso era o bastante. Se ele insistisse em tais assuntos, ela tinha o hábito desconcertante de cair no sono. Era uma daquelas pessoas capazes de dormir a qualquer hora e em qualquer posição.

Falando com ela, Winston percebia como era fácil apresentar uma aparência de ortodoxia sem nenhuma compreensão do que fosse ortodoxia. De certa forma, a visão de mundo do Partido se impunha com mais sucesso sobre pessoas incapazes de compreendê-lo. Pessoas que poderiam ser levadas a aceitar as violações mais gritantes da realidade, porque nunca compreendiam por completo a enormidade do que era exigido delas, e que não se interessavam o suficiente em eventos públicos para perceber o que estava acontecendo. Por falta de compreensão, essas pessoas permaneciam sãs. Só engoliam tudo, e o que engoliam não lhes fazia mal, porque não deixava nenhum resíduo, assim como um grão de milho pode atravessar o corpo de um pássaro sem ser digerido.

E afinal aconteceu. A mensagem esperada chegou. Tinha passado toda a vida, lhe parecia, esperando que aquilo acontecesse.

Caminhava pelo longo corredor do Ministério, quase no local onde Julia colocara o bilhete em sua mão, quando percebeu que alguém maior que ele andava logo atrás. A pessoa, quem quer que fosse, pigarreou, evidentemente em um prelúdio para conversar. Winston parou de modo abrupto e se virou. Era O'Brien.

Por fim estavam cara a cara, e parecia que o único impulso de Winston era fugir. O coração batia de um jeito violento. Ele se sentia incapaz de falar. O'Brien, no entanto, continuou avançando no mesmo movimento, colocando uma mão amiga brevemente sobre o braço de Winston, de modo que os dois andassem lado a lado. Começou a falar do jeito peculiar, cortês e sóbrio, que o diferenciava da maioria dos membros do Núcleo do Partido.

"Eu estava esperando uma chance para falar com você", disse. "Outro dia estava lendo um de seus artigos sobre falanova no *Times*. Acredito que você tenha um interesse acadêmico em falanova, estou certo?"

Winston recuperou parte de seu autocontrole.

"Não chamaria de acadêmico", ele respondeu. "Sou apenas um amador. Não é a minha área. Nunca tive nada a ver com a construção real da linguagem."

"Mas você escreve de modo muito elegante", disse O'Brien. "Isso não é só minha opinião. Esses dias estava conversando com um amigo seu que é decerto um especialista. O nome dele me escapa da memória agora."

Outra vez o coração de Winston se agitou dolorosamente. Era inconcebível que não fosse uma referência a Syme. Mas Syme não estava apenas morto, tinha sido abolido, era uma despessoa. Qualquer referência identificável sobre ele teria sido mortalmente perigosa. A observação de O'Brien devia, óbvio, ser tomada como um sinal, um código. Compartilhando um pequeno ato de crimepensar, ele transformava os dois em cúmplices. Continuaram a caminhar lentamente pelo corredor, mas então O'Brien parou. Com a curiosa e desarmante simpatia que sempre conseguia colocar no gesto, reassentou os óculos no nariz. Continuou:

"O que eu de fato queria dizer era que em seu artigo notei que você usou duas palavras que se tornaram obsoletas. Mas elas só caíram em desuso recentemente. Você viu a décima edição do *Dicionário de Falanova*?"

"Não", Winston disse. "Não sabia que já tinha sido publicada. Ainda estamos usando a nona edição no Departamento de Registros."

"A décima edição só deve ser publicada dentro de alguns meses, acredito. Mas algumas cópias foram distribuídas antecipadamente. Também tenho uma. Talvez seja do seu interesse dar uma olhada nela."

"Muito", Winston disse, vendo logo aonde isso chegaria.

"Algumas das atualizações são muito engenhosas. A redução no número de verbos – esse é o ponto que vai atrair você, imagino. Deixe-me ver, poderia enviar um mensageiro para você com o dicionário? Mas sempre acabo esquecendo coisas desse tipo. Talvez você possa pegá-lo no meu apartamento em algum momento que seja adequado a você? Espere. Deixe-me dar meu endereço."

Estavam bem em frente a uma teletela. Um tanto distraído, O'Brien apalpou dois de seus bolsos e, em seguida, puxou um pequeno caderno com capa de couro e um lápis de tinta dourado. Imediatamente abaixo da teletela, em tal posição que qualquer pessoa assistindo na outra extremidade do instrumento pudesse ler o que escrevia, ele rabiscou um endereço, rasgou a página e a entregou para Winston.

"Em geral estou em casa à noite", ele disse. "Se não estiver, meu criado pode lhe dar o dicionário."

Ele se foi, deixando Winston segurando o pedaço de papel, que dessa vez não havia necessidade de esconder. No entanto, ele memorizou com cuidado o que estava escrito, e algumas horas depois o deixou cair no buraco da memória junto com uma massa de outros papéis.

Eles conversaram por no máximo alguns minutos. Só havia um significado possível para o episódio. Tinha sido planejado como uma forma de dar a Winston o endereço de O'Brien. Isso era necessário porque, exceto por meio de uma investigação direta, nunca se podia descobrir onde alguém morava. Não havia diretórios de qualquer tipo. "Se você quiser me ver, é aqui que posso ser encontrado", era o que O'Brien estava lhe dizendo. Talvez até houvesse uma mensagem escondida em algum lugar no dicionário. Mas, de todo modo, uma coisa era certa: a conspiração com a qual ele havia sonhado existia, e ele tinha alcançado as fronteiras externas.

Sabia que mais cedo ou mais tarde atenderia à convocação de O'Brien. Talvez amanhã, talvez depois de um longo intervalo – ele não tinha certeza. O que estava acontecendo nada mais era o desenvolvimento de um processo iniciado havia muito tempo. O primeiro passo secreto havia sido um pensamento involuntário, o segundo fora a abertura do diário. Ele tinha passado dos pensamentos às palavras e agora das palavras às ações. O último passo aconteceria no Ministério do Amor. Ele tinha aceitado. O fim estava contido no começo. Porém, era assustador: ou, mais exatamente, era como uma amostra da morte, como estar um pouco menos vivo. Mesmo enquanto estava falando com O'Brien, enquanto o significado das palavras era absorvido, um frio estremecimento tomava posse de seu corpo. Ele tinha a sensação de pisar na umidade de um túmulo, e não era muito reconfortante saber que o túmulo sempre estivera lá, esperando por ele.

7

Winston tinha acordado com os olhos cheios de lágrimas. Julia rolou ao seu encontro cheia de sono, murmurando algo como "Qual é o problema?".

"Sonhei...", começou ele, e parou, abrupto. Era complexo demais para ser colocado em palavras. Havia o sonho em si, e havia uma memória conectada a ele que ainda estava nadando em sua cabeça poucos segundos depois de acordar.

Ele ficou deitado com os olhos fechados, ainda encharcado da atmosfera do sonho. Era um sonho vasto e luminoso em que toda a sua vida parecia se estender diante dele como uma paisagem em uma tarde de verão depois da chuva. Tudo acontecia dentro do peso de papel de vidro, mas a superfície do vidro era a cúpula do céu, e dentro da cúpula tudo era banhado por uma luz suave e clara em que se podia ver a distâncias intermináveis. O sonho também compreendia – de fato, em certo sentido, consistia em – um gesto com o braço feito por sua mãe, e repetido trinta anos mais tarde pela mulher judia que ele havia visto no filme, tentando proteger o menino das balas, antes que o helicóptero explodisse os dois em pedaços.

"Você sabia", disse ele, "que até agora eu acreditava que tinha assassinado minha mãe?"

"Por que você matou a sua mãe?", Julia perguntou, quase dormindo.

"Eu não a matei. Não fisicamente."

No sonho, ele se lembrara de seu último vislumbre da mãe, e nos poucos instantes após o despertar o aglomerado de pequenos eventos em torno disso havia voltado. Era uma memória que ele devia ter deliberadamente removido de sua consciência ao longo de muitos anos. Não tinha certeza da data, mas não devia estar com menos de dez anos, talvez uns doze, quando tudo acontecera.

O pai havia desaparecido algum tempo antes; quanto tempo, ele não conseguia precisar. Lembrava-se melhor das agitadas e inquietas circunstâncias da época: os pânicos periódicos sobre ataques aéreos e o abrigo nas estações de metrô, as pilhas de entulho por toda parte, as proclamações ininteligíveis postadas nas esquinas, as gangues de jovens com camisas todas da mesma cor, as enormes filas do lado de fora das padarias, o fogo intermitente das metralhadoras a distância – e, acima de tudo, o fato de nunca haver comida suficiente. Ele se lembrou das longas tardes passadas com outros meninos revirando latas e montes de lixo, atrás de folhas de repolho, cascas de batata, às vezes até restos de crosta de pão velho do qual eles raspavam as cinzas de modo cuidadoso; e também esperando a passagem de caminhões que percorriam certa rota e eram conhecidos por transportar ração para gado, e que, quando sacudiam nos trechos ruins da estrada, às vezes derramavam alguns fragmentos da ração desidratada.

Quando o pai dele desapareceu, a mãe não demonstrou nenhuma surpresa nem qualquer dor violenta, mas foi acometida por uma mudança repentina. Ela parecia ter ficado completamente sem espírito. Era evidente, até mesmo para Winston, que ela estava esperando por algo que certamente aconteceria. Fazia tudo o que era necessário – cozinhava, lavava, consertava, arrumava a cama, varria o chão, espanava a larcira – sempre muito devagar e com uma curiosa economia de movimentos, como uma marionete movendo-se por conta própria. O corpo grande e bem torneado parecia recair naturalmente na imobilidade. Ela ficava imóvel na cama durante horas, amamentando a irmã caçula de Winston, uma criança pequena, doente e silenciosa de dois ou três anos, com um rosto que a magreza tornava simiesco. Muito raramente, a mãe pegava Winston nos braços e o apertava por um longo tempo sem dizer nada. Ele estava ciente, apesar de sua juventude e egoísmo, de que isso de alguma forma estava conectado com aquela coisa nunca mencionada que estava para acontecer.

Ele se lembrou do quarto onde moravam, um quarto escuro e abafado que parecia quase todo preenchido por uma cama com uma colcha branca. Havia um fogareiro a gás no guarda-fogo da lareira e uma prateleira onde os alimentos eram guardados, e no pátio externo havia uma pia de cerâmica marrom, comum a vários quartos. Ele se lembrou do corpo de estátua da mãe curvando-se sobre o fogareiro para mexer em algo numa panela. Acima de tudo, lembrou-se da fome contínua e das batalhas sórdidas na hora das refeições. Perguntava à mãe de maneira irritante, uma e outra vez, porque não havia mais comida; gritava com ela enraivecido (ele até se lembrava do tom da própria voz, que estava começando a desafinar prematuramente e às vezes explodia de uma maneira peculiar), ou então tentava um apelo patético e choroso para ganhar mais do que a parte que lhe cabia. A mãe estava disposta a dar mais a ele. Tinha certeza de que ele, "o menino", deveria ficar com a porção maior; porém, por mais que ela desse, ele sempre exigia mais. A cada refeição ela implorava que ele não fosse egoísta e lembrasse que a irmãzinha estava doente e também precisava de comida, mas não adiantava. Ele chorava de raiva quando ela parava de servir, tentava arrancar a panela e a colher de suas mãos, pegava pedaços da comida do prato da irmã. Sabia que estava matando as outras duas de fome, mas não podia evitar; chegava a sentir que tinha o direito de fazer isso. O clamor em seu estômago justificava tudo. Entre as refeições, se a mãe não ficasse esperta, ele estava sempre assaltando o miserável estoque de comida na prateleira.

Um dia, a ração de chocolate foi distribuída. Fazia semanas ou meses que isso não acontecia. Ele se lembrava claramente daquele precioso pedacinho de chocolate. Era uma barra de sessenta gramas, ou duas onças (ainda se usava onças na época), para repartir entre os três. Óbvio que deveria ser dividido em três partes iguais. De repente, como se estivesse escutando a voz de outra pessoa, Winston ouviu-se exigir em voz alta e estrondosa que a peça inteira deveria ser dada a ele. A mãe lhe disse para não ser ganancioso. Seguiu-se uma longa discussão que continuou com gritos, lamúrias, lágrimas, protestos, barganhas. A irmãzinha, agarrando-se à mãe com as duas mãos, igual a um macaquinho, olhava por cima do ombro para ele com os olhos grandes e tristes. No fim, a mãe partiu a barra em quatro fileiras e deu três para Winston, deixando uma para a irmã. A garotinha pegou o pedaço e ficou olhando para ele meio abobada, talvez sem saber o que era. Winston a mirou por um momento. Então, com um gesto repentino, arrancou o pedaço de chocolate da mão da irmã e voou pela porta.

"Winston, Winston!", a mãe gritava atrás dele. "Volta! Devolve o chocolate da tua irmã!"

Ele parou, mas não voltou. Os olhos ansiosos da mãe estavam fixos em seu rosto. Mesmo agora, pensando sobre a coisa, não sabia o que estava prestes a acontecer. A irmã, consciente de ter sido roubada de algo, começou um gemido fraquinho. A mãe passou o braço em volta da criança e pressionou o rosto dela contra seu peito. Algo naquele gesto disse a ele que a irmã estava morrendo. Ele se virou e desceu as escadas, com o chocolate começando a derreter na mão.

Nunca mais viu a mãe. Depois que devorou o chocolate, se sentiu um pouco envergonhado e ficou zanzando nas ruas por várias horas, até que a fome o levou de volta para casa. Mas a mãe tinha desaparecido. Isso já estava se tornando normal naquela época. Nada tinha sumido da sala, exceto a mãe e a irmã. Não tinham levado nenhuma roupa, nem mesmo o sobretudo da mãe. Até hoje ele não sabia com certeza se a mãe estava morta. Era perfeitamente possível que ela só tivesse sido enviada para um campo de trabalhos forçados. Quanto à irmã, podia ter sido removida, como o próprio Winston, para uma das colônias de crianças sem-teto (Centros de Recuperação, chamavam), que cresciam como resultado da guerra civil; ou podia ter sido enviada para o campo de trabalho forçado junto com a mãe, ou apenas largada em qualquer lugar para morrer.

O sonho ainda estava vívido em sua cabeça, em especial o gesto protetor e envolvente do braço da mãe, que continha todo o seu significado. A mente dele voltou para outro sonho de dois meses antes. Do mesmo modo como a mãe havia se sentado na cama coberta pela colcha branca, com a criança agarrada ao peito, ela estava sentada no navio afundado, longe, embaixo dele, se afogando mais e mais a cada minuto, mas ainda assim o procurando através da água escura.

Winston contou a Julia a história do desaparecimento de sua mãe. Sem abrir os olhos, ela rolou e se acomodou em uma posição confortável.

"Imagino que você deve ter sido um porquinho dos infernos na época", ela disse, indistintamente. "Todas as crianças são suínas."

"Sim. Mas o verdadeiro ponto da história..."

Pela respiração dela, era evidente que dormira de novo. Ele gostaria de continuar falando sobre a mãe. Não supunha, pelo que conseguia lembrar, que ela tivesse sido uma mulher especial, tampouco uma mulher inteligente; mas mesmo assim ela tinha uma espécie de nobreza, uma espécie de pureza, pelo fato de obedecer a padrões muito particulares. Tinha sentimentos próprios, que não eram alterados por alguém de fora. Ela não achava que uma ação perdia seu significado por ser ineficaz. Se você ama alguém, ama essa pessoa, e mesmo que você não tenha mais nada para dar, ainda assim dá o seu amor. Quando o último pedaço de chocolate tinha acabado, a mãe havia agarrado a criança em seus braços. Não adiantava, não mudava nada, não produzia mais chocolate, não evitava a morte da criança ou a sua própria; mas era natural fazer isso. A mulher refugiada no barco também tinha coberto o menino com o braço, mesmo que isso não o protegesse contra as balas mais do que uma folha de papel. A coisa terrível que o Partido fazia era persuadi-lo de que seus impulsos, seus sentimentos, não tinham importância, ao mesmo tempo em que lhe roubavam todo o poder sobre o mundo material. Quando você estava nas garras do Partido, o que sentia ou deixava de sentir, o que fazia ou deixava de fazer – nada disso importava. Independente do que acontecesse, você desaparecia, e tanto você quanto suas ações caíam no esquecimento. Você era retirado do fluxo da História. E mesmo para as pessoas de apenas duas gerações anteriores, isso não teria parecido muito importante, porque eles não estavam tentando alterar a História. Viviam segundo lealdades privadas que sequer questionavam. O que importavam eram os relacionamentos individuais, e um gesto tão impotente, como um abraço, uma lágrima, uma palavra dita a um moribundo, poderia ter valor em si mesmo. De repente lhe ocorreu que os proletas tinham permanecido naquela condição. Não eram leais a um partido, país ou ideia, eram leais uns aos outros. Pela primeira vez na vida, não desprezava os proletas nem pensava neles apenas como uma força inerte que um dia acordaria para a vida e regeneraria o mundo. Os proletas permaneciam humanos. Não tinham endurecido por dentro. Ainda se apegavam às emoções primitivas que o próprio Winston tinha de reaprender por meio de um esforço consciente. E pensando nisso, ele se lembrou, sem aparente relevância, de algumas semanas antes, quando tinha visto uma mão decepada caída na calçada e a chutado para a sarjeta como se fosse um resto de repolho.

"Os proletas são gente", disse ele em voz alta. "Nós não somos gente."

"Por que não?", Julia perguntou, logo depois de acordar de novo.

Ele pensou um pouco.

"Já ocorreu a você", ele disse, "que a melhor coisa a fazer seria só ir embora daqui antes que seja tarde demais e depois nunca mais nos vermos?"

"Sim, querido, me ocorreu, várias vezes. Mas não vou fazer isso."

"Tivemos sorte", disse ele, "mas não pode durar muito mais tempo. Você é jovem. Tem uma aparência normal e inocente. Se ficar longe de gente como eu, pode permanecer viva por mais uns cinquenta anos."

"Não. Eu pensei em tudo. O que você fizer, eu vou fazer. E não fique desanimado. Sou muito boa em me manter viva."

"Podemos ficar juntos por mais uns seis meses, um ano, não tem como saber. No fim, é certo que estaremos separados. Percebe como vamos estar completamente sozinhos? Quando eles pegarem a gente, não vai haver nada, nada mesmo, que a gente possa fazer um pelo outro. Se eu confessar, eles vão atirar em você, se eu me recusar a confessar, eles vão atirar em você do mesmo jeito. Nada que eu possa fazer ou dizer, ou deixar de dizer, pode adiar sua morte nem que seja por uns cinco minutos. Nenhum de nós vai saber se o outro está vivo ou morto. A gente vai estar totalmente destituído de qualquer tipo de poder. A única coisa que importa é a gente não trair um ao outro, embora nem isso faça a menor diferença."

"Se você está se referindo a confessar", ela disse, "vamos fazer isso, com certeza. Todo mundo confessa. É inevitável. Eles torturam a gente."

"Não quero dizer confessar. Confissão não é traição. Não importa o que você diz ou faz: só os sentimentos importam. Se eles pudessem me fazer parar de amar você – isso sim seria a verdadeira traição."

Ela pensou sobre o assunto.

"Não podem fazer isso", ela disse, afinal. "Essa é a única coisa que eles não podem fazer. Podem obrigar você a dizer qualquer coisa – *qualquer coisa* –, mas não podem te fazer acreditar. Eles não podem entrar em você."

"Não", ele disse, um pouco mais esperançoso, "não podem; isso é verdade. Eles não podem entrar em você. Se você ainda *sentir* que vale a pena permanecer humano, mesmo que isso não traga nenhum resultado, você ganha deles."

Ele pensou na teletela com a orelha que nunca dormia. Eles o espiavam noite e dia, mas se você mantivesse a cabeça intacta, ainda poderia enganá-los. Com toda a astúcia que tinham, nunca haviam decifrado o segredo de descobrir o que outro ser humano pensa. Talvez isso fosse menos verdadeiro quando você estava de fato nas mãos deles. Ninguém sabia o que acontecia dentro do Ministério do Amor, mas dava para adivinhar: torturas, drogas, delicados instrumentos que registram suas reações nervosas, desgaste gradual por insônia e solidão e interrogatórios infinitos.

Os fatos, de qualquer forma, não tinham como ser ocultados. Poderiam ser rastreados por uma investigação, poderiam ser arrancados de você por meio da tortura. Mas se o objetivo não era permanecer vivo, e sim permanecer humano, que diferença faria? Não poderiam alterar seus sentimentos: nesse caso, nem você seria capaz de alterá-los sozinho, mesmo se quisesse. Poderiam descobrir nos mínimos detalhes tudo que você fez, disse ou pensou; mas o fundo do seu coração, cujos funcionamentos eram misteriosos até para você mesmo, permaneceria inexpugnável.

Eles conseguiram, eles afinal conseguiram!

Estavam em uma sala comprida e com iluminação suave. A teletela tinha sido reduzida a um murmúrio baixo; a riqueza do tapete azul-escuro dava a impressão de que você pisava em veludo. Do outro lado da sala, O'Brien estava sentado a uma mesa sob uma luminária esverdeada, com uma pilha de papéis de cada lado. Ele nem se preocupou em olhar para cima quando o criado anunciou Julia e Winston.

O coração de Winston batia tão forte que ele duvidava ser capaz de falar. Eles tinham feito aquilo, eles finalmente tinham feito aquilo, era tudo em que ele conseguia pensar. Havia sido um ato precipitado ir até lá, e pura loucura chegarem juntos; embora fosse verdade que eles tivessem ido por rotas diferentes e só tivessem se encontrado na porta de O'Brien. Mas até entrar naquele lugar exigia coragem. Apenas em ocasiões muito raras alguém conhecia a casa de um membro do Núcleo do Partido ou mesmo entrava num quarteirão da cidade onde essas pessoas moravam. Toda a atmosfera do enorme bloco de apartamentos, a riqueza e a amplitude, o estranho odor de comida boa e tabaco bom, as escadas rolantes silenciosas e incrivelmente rápidas deslizando para cima e para baixo, os servos de uniforme branco indo e vindo com agilidade – tudo isso era muito intimidador. Apesar de ter um bom pretexto para estar ali, ficava assombrado a cada passo, com medo de que um guarda de uniforme preto aparecesse de modo repentino ao virar a esquina, pedisse seus papéis e o mandasse embora. O servo de O'Brien, no entanto, havia admitido os dois sem problemas. Era um homem pequeno usando um paletó branco, com cabelos escuros e um rosto em forma de diamante completamente sem expressão, talvez um rosto mongol ou chinês. A passagem pela qual ele os conduziu tinha um carpete suave, com papel de parede creme e lambris brancos, tudo primorosamente limpo. Isso também era intimidante. Winston não conseguia se lembrar de ter visto um corredor cujas paredes não estivessem maculadas pelo contato de corpos humanos.

O'Brien tinha um pedacinho de papel entre os dedos e o estudava, atento. Seu rosto pesado se curvava de tal modo que era possível notar a linha do nariz, e ele parecia formidável e inteligente. Por uns vinte segundos, ficou sentado sem se mexer. Então puxou o ditafone e enviou uma mensagem no híbrido jargão dos Ministérios:

> *Itens um vírgula cinco vírgula sete aprovados cheiamente ponto sugestão contida item seis duplimais ridícula beirando crimepensar cancelada ponto descontinuar construção anteverestimativa maischeia sobrecarga de maquinário ponto fim da mensagem.*

De repente ele se levantou da cadeira e veio em direção ao casal pisando o tapete silencioso. Um pouco da atmosfera oficial parecia ter se dissipado dele com as palavras em falanova, mas sua expressão estava mais sombria que o normal, como se não estivesse satisfeito com a interrupção. O terror que Winston já sentia foi atravessado por uma onda ordinária de vergonha. Parecia-lhe bem possível que ele simplesmente tivesse cometido um erro idiota. Na realidade, qual era a evidência de que O'Brien seria algum tipo de conspirador político? Nada além de um olhar de relance e uma única observação equivocada, fora isso, tinha apenas as próprias fantasias secretas, baseadas em um sonho. Não podia nem fingir que tinha ido pedir emprestado o dicionário, porque naquele caso a presença de Julia seria inexplicável. Quando O'Brien passou em frente à teletela, um pensamento pareceu atingi-lo. Ele parou, virou-se para o lado e apertou um botão na parede. Houve um estalo agudo: a voz parou.

Julia soltou um pequeno som, uma espécie de gritinho de surpresa. Mesmo em meio ao seu pânico, Winston ficou surpreso demais para segurar a língua.

"Você consegue desligar!", ele disse.

"Sim", disse O'Brien, "podemos desligar a teletela. Temos esse privilégio".

Ele estava em frente aos dois agora. Sua forma sólida elevava-se sobre o casal, e a expressão em seu rosto ainda era indecifrável. Estava esperando, com certa severidade, que Winston falasse, mas sobre o quê? Mesmo agora, era perfeitamente concebível que ele fosse só um homem ocupado se perguntando com irritação por que tinha sido interrompido. Ninguém falou. Após a interrupção da teletela, a sala parecia ter mergulhado em um silêncio mortal. Segundos se passaram, eternos. Com dificuldade, Winston mantinha os olhos fixos em O'Brien. Então, de repente, o rosto sombrio se quebrou no que parecia o início de um sorriso. Com seu gesto característico, O'Brien ajeitou os óculos no nariz.

"Falo eu ou você?", ele perguntou.

"Eu falo", Winston disse, de bate-pronto. "Essa coisa está mesmo desligada?"

"Sim, tudo desligado. Estamos sozinhos."

"Viemos aqui porque..."

Fez uma pausa, percebendo pela primeira vez a imprecisão de suas próprias motivações. Já que ele de fato não sabia que tipo de ajuda esperava de O'Brien, não era fácil dizer o que estava fazendo ali. Continuou, consciente de que soaria fraco e pretensioso:

"Acreditamos que exista algum tipo de conspiração, algum tipo de organização secreta trabalhando contra o Partido, e que você está envolvido nisso. Queremos nos juntar a essa organização e trabalhar para ela. Somos inimigos do Partido. Não acreditamos nos princípios do Socing. Somos criminosos da mente. Também somos adúlteros. Digo isso porque queremos nos colocar ao seu serviço. Se você quiser que nos incriminemos de qualquer outra forma, estamos prontos."

Parou e olhou por cima do ombro, com a sensação de que a porta havia se aberto. De fato, o pequeno servo de rosto amarelo tinha entrado sem bater. Winston viu que ele carregava uma bandeja com um decanter e taças.

"Martin é um de nós", disse O'Brien, impassível. "Traga as bebidas aqui, Martin. Pode colocar na mesa redonda. Temos cadeiras suficientes? Então podemos nos sentar e conversar mais confortáveis. Traga uma cadeira para você, Martin. Vamos falar de negócios. Pelos próximos dez minutos você pode deixar de ser um servo."

O homenzinho se sentou, bastante à vontade, mas ainda com ar de servo, de um criado desfrutando de um privilégio. Winston olhou para ele de canto de olho. Percebeu que o homem estivera a vida toda desempenhando um papel, e que sentia ser perigoso abandonar a personalidade assumida, mesmo que por um instante.

O'Brien pegou o decanter pelo gargalo e encheu os copos com um líquido vermelho-escuro. Despertou em Winston memórias obscuras de algo visto havia muito tempo em uma parede ou em um depósito – uma enorme garrafa composta de luzes elétricas que pareciam se mover para cima e para baixo e derramar seu conteúdo em um copo. Visto de cima, o material parecia quase preto, mas na garrafa brilhava como um rubi. Tinha um cheiro agridoce. Viu Julia pegar sua taça e cheirá-la com franca curiosidade.

"É chamado de vinho", disse O'Brien com um leve sorriso. "Sem dúvida, você já deve ter lido sobre ele em livros. Receio que esse tipo de coisa não chegue ao Partido Exterior." Seu rosto tornou-se solene de novo, e ele ergueu o copo: "Creio que seja apropriado começarmos com um brinde. Ao nosso líder: a Emmanuel Goldstein."

Winston pegou a taça com ansiedade. O vinho era uma coisa sobre a qual tinha lido e com a qual tinha sonhado. Como o peso de papel de vidro ou as canções lembradas pela metade do sr. Charrington, pertenciam ao passado romântico que havia desaparecido, aos velhos tempos, como gostava de chamar em seus pensamentos secretos. Por alguma razão, sempre pensara em vinho como tendo um sabor intensamente doce, como o de geleia de amora, e um efeito intoxicante imediato. Na verdade, quando o engoliu, o material foi muito decepcionante. A verdade era que, depois de anos bebendo gim, mal conseguia sentir o gosto. Pousou a taça vazia.

"Então existe essa pessoa Goldstein?", ele disse.

"Sim, existe tal pessoa e ela está viva. Onde, eu já não sei."

"E a conspiração – a organização? É real? Não é só uma invenção da Milícia Mental?"

"Não, é real. A Irmandade, é como a chamamos. Vocês nunca vão saber muito mais sobre a Irmandade além do fato de que ela existe e de que vocês pertencem a ela. Voltarei a isso em breve." Olhou para o relógio de pulso. "Nem mesmo para membros do Núcleo do Partido é aconselhável desligar a teletela por mais de meia hora. Vocês não deveriam ter vindo aqui juntos e terão que sair separadamente. Você, camarada", ele curvou a cabeça para Julia, "vai sair primeiro. Temos uns vinte minutos. Vocês entendem que eu preciso começar fazendo algumas perguntas. Em termos gerais, o que estão dispostos a fazer?"

"Tudo de que somos capazes", disse Winston.

O'Brien tinha se virado um pouco na cadeira para encarar Winston. Quase ignorou Julia, dando a entender que Winston poderia falar por ela. Por um momento, as pálpebras cobriram os olhos dele. Começou a fazer as perguntas em uma voz baixa e inexpressiva, como se fosse um procedimento de rotina, uma espécie de catecismo, cujas respostas já eram conhecidas por ele.

"Estão preparados para dar suas vidas?"

"Sim."

"Estão preparados para cometer assassinatos?"

"Sim."

"Cometer atos de sabotagem que podem causar a morte de centenas de pessoas inocentes?"

"Sim."
"Trair seu país para potências estrangeiras?"
"Sim."
"Estão dispostos a trapacear, forjar, chantagear, corromper mentes de crianças, distribuir drogas que viciam, encorajar a prostituição, disseminar doenças venéreas – a fazer qualquer coisa que cause a desmoralização e enfraqueça o poder do Partido?"
"Sim."
"Se, por exemplo, de alguma forma servir aos nossos interesses lançar ácido sulfúrico no rosto de uma criança – vocês estão dispostos a fazer isso?"
"Sim."
"Estão dispostos a perder suas identidades e passar o resto da vida como garçonete ou estivador?"
"Sim."
"Estão dispostos a cometer suicídio, se e quando ordenarmos que vocês façam isso?"
"Sim."
"Estão dispostos, vocês dois, a se separar e nunca mais se ver de novo?"
"Não!", interrompeu Julia.

Pareceu a Winston que um longo tempo se passou antes que ele respondesse. Por um momento, parecia que ele tinha sido privado do poder da fala. Sua língua trabalhava de modo silencioso, formando sílabas primeiro de uma palavra, depois da outra, repetidas vezes. Até responder, ainda não sabia que palavra iria dizer.

"Não", falou por fim.

"Vocês fizeram bem em me contar", disse O'Brien. "É necessário que saibamos de tudo."

Ele se virou para Julia e acrescentou em uma voz mais incisiva:

"Você entende que, mesmo que ele sobreviva, vai ser uma pessoa diferente? Podemos ser obrigados a lhe dar uma nova identidade. O rosto, os movimentos, a forma das mãos, a cor do cabelo... até a voz seria diferente. E mesmo você pode ter de se tornar uma pessoa diferente. Nossos cirurgiões são capazes de alterar as pessoas além do reconhecimento. Às vezes é necessário. Às vezes até amputamos um membro."

Winston não pôde evitar outro olhar de soslaio para o rosto mongol de Martin. Não havia cicatrizes visíveis. Julia tinha ficado pálida, de modo que suas sardas estavam aparecendo, mas ela enfrentou O'Brien corajosamente. Murmurou algo que parecia com um consentimento.

"Ótimo. Então está resolvido."

Havia uma caixa de cigarros prateada sobre a mesa. Com um ar meio distraído, O'Brien a empurrou para os outros, pegou um para si, então se levantou e começou a andar devagar, para a frente e para trás, como se pensasse melhor em pé. Eram cigarros muito bons, grossos e bem embalados, com um diferente toque sedoso no papel. O'Brien olhou o relógio de pulso outra vez.

"Melhor você voltar para a despensa, Martin", ele disse. "Devo ligar a teletela em quinze minutos. Dê uma boa olhada no rosto destes camaradas antes de ir. Você os verá de novo. Eu talvez não veja."

Exatamente como havia feito na entrada, o homenzinho pousou os olhos escuros sobre os dois. Não havia nenhum traço de simpatia em seu comportamento. Estava memorizando suas aparências, mas não sentia interesse por eles, ou ao menos não parecia sentir. Ocorreu a Winston que um rosto sintético talvez fosse incapaz de mudar de expressão. Sem falar ou dar qualquer tipo de saudação, Martin saiu, fechando a porta silenciosamente atrás de si. O'Brien andava para cima e para baixo, uma mão no bolso do macacão preto, a outra segurando o cigarro.

"Vocês entendem", ele disse, "que vão lutar no escuro. Vocês sempre estarão no escuro. Receberão ordens e deverão obedecê-las, sem saber por quê. Mais tarde enviarei um livro a partir do qual vocês aprenderão a verdadeira natureza da sociedade em que vivemos e a estratégia que usaremos para destruí-la. Quando lerem o livro, serão membros plenos da Irmandade. Mas exceto pelos objetivos gerais pelos quais estamos lutando e as tarefas imediatas a serem desempenhadas, vocês nunca saberão de nada. Eu garanto que a Irmandade existe, mas não posso dizer se ela tem cem membros ou dez milhões. Do seu conhecimento pessoal, vocês nunca serão capazes de dizer se ela tem mais que uma dúzia. Vocês terão três ou quatro contatos, que serão renovados de vez em quando, à medida que desaparecerem. Como este foi seu primeiro contato, será preservado. Quando vocês receberem ordens, elas virão através de mim. Se acharmos necessário nos comunicar com vocês, será através de Martin. Quando finalmente forem pegos, vocês vão confessar. Isso é inescapável. Mas terão muito pouco a confessar, a não ser suas próprias ações. Não serão capazes de trair mais do que um punhado de pessoas sem importância. É provável que não cheguem sequer a me trair. A essa altura, eu já posso estar morto ou ter me tornado uma pessoa diferente, com um rosto diferente."

Ele continuou a se mover para a frente e para trás sobre o tapete macio. Apesar do volume do corpo, havia uma graça notável em seus movimentos. Essa graça surgia até no gesto com que colocava a mão no bolso ou manipulava o cigarro. Muito mais do que força, ele dava uma impressão de confiança e de uma compreensão tingida de ironia. Por mais sério que fosse, não tinha nada da obstinação de um fanático. Quando falava em assassinato, suicídio, doenças venéreas, membros amputados e rostos alterados, era com um ar leve e charmoso. "Isso é inevitável", sua voz parecia dizer, "isso é o que temos que fazer, sem hesitar. Mas não é isso que faremos quando a vida valer a pena ser vivida de novo". Uma onda de admiração, quase de adoração, fluiu de Winston para O'Brien. Por um momento ele esqueceu a figura sombria de Goldstein. Quando se olhava os ombros poderosos de O'Brien e sua aparência robusta, tão rude e, ao mesmo tempo, tão civilizada, era impossível acreditar que ele pudesse ser derrotado. Não havia estratagema que ele não pudesse neutralizar, não havia perigo que ele não pudesse prever. Até Julia parecia estar impressionada; tinha soltado o cigarro e ouvia atenta. O'Brien continuou:

"Vocês devem ter ouvido rumores sobre a existência da Irmandade. Sem dúvida, formaram uma imagem pessoal sobre ela. Imaginaram, provavelmente, um enorme submundo de conspiradores se encontrando escondidos em porões, rabiscando mensagens nas paredes, reconhecendo um ao outro por palavras em código ou gestos especiais das mãos. Não existe nada desse tipo. Os membros da Irmandade não têm nenhuma maneira de serem reconhecidos, e é impossível para qualquer membro estar ciente da identidade de mais do que alguns outros. O próprio Goldstein, se caísse nas mãos dos integrantes da Milícia Mental, não poderia dar-lhes uma lista completa de membros, ou qualquer informação que os levasse a uma lista completa. Essa lista não existe. A Irmandade não pode ser eliminada porque não é uma organização, no sentido estrito. Nada a mantém sob controle, exceto uma ideia indestrutível. Vocês nunca terão nada para sustentá-los, exceto a ideia. Não encontrarão camaradagem nem encorajamento. Se no fim forem pegos, não terão ajuda. Nunca ajudamos nossos membros. No máximo, quando é absolutamente necessário que alguém seja silenciado, às vezes somos capazes de contrabandear uma lâmina de barbear para a cela de um prisioneiro. Vocês terão que se habituar a viver sem resultados nem esperança. Trabalharão por um tempo, serão pegos, confessarão e então morrerão. Esses são os únicos resultados que vocês vão ver. Não existe a possibilidade de qualquer mudança perceptível durante o nosso tempo de vida. Estamos mortos. Nossa única vida está no futuro. Participaremos dela como punhados de pó e lascas de ossos. Mas quão longe esse futuro está, não há como saber. Pode ser daqui a mil anos. No momento, nada é possível, exceto estender o alcance da sanidade aos poucos. Não podemos agir coletivamente. Nós só podemos espalhar nosso conhecimento de indivíduo para indivíduo, geração após geração. Frente à Milícia Mental, não há outra maneira."

Ele parou e olhou pela terceira vez para o relógio.

"Está quase na hora de você ir embora, camarada", ele disse a Julia. "Espere. A garrafa ainda está pela metade."

Ele encheu as taças e ergueu a sua pela haste.

"Que será desta vez?", ele disse, ainda com a mesma leve sugestão de ironia. "À confusão da Milícia Mental? À morte do Irmão Maior? À humanidade? Ao futuro?"

"Ao passado", disse Winston.

"O passado é mais importante", concordou O'Brien, soturno.

Esvaziaram os copos e, um momento depois, Julia se levantou para ir embora. O'Brien pegou uma pequena caixa do topo de um armário e entregou a ela um fino tablete branco dizendo-lhe que o colocasse na língua. Isso era importante, ele disse, não sair cheirando a vinho: os ascensoristas eram muito observadores. Assim que a porta se fechou atrás dela, ele pareceu se esquecer de sua existência. Deu mais um ou dois passos para cima e para baixo, então parou.

"Há detalhes a serem acertados", ele disse. "Presumo que você tenha um esconderijo de algum tipo?"

Winston falou sobre o quarto acima da loja do sr. Charrington.

"Por enquanto, serve. Mais tarde vamos providenciar outra coisa para você. É importante mudar seu esconderijo com frequência. Enquanto isso, vou enviar-lhe uma cópia do *livro*..." Até mesmo O'Brien, Winston notou, parecia pronunciar as palavras como se elas fossem escritas em itálico. "O livro de Goldstein, sabe, assim que possível. Talvez demore alguns dias até arranjar um. Não existem muitos, como você pode imaginar. A Milícia Mental os caça e os destrói quase tão rápido quanto conseguimos produzi-los. Faz muito pouca diferença. O livro é indestrutível. Se a última cópia tivesse sumido, poderíamos reproduzi-la quase palavra por palavra. Você carrega uma pasta para o trabalho?", adicionou.

"Em geral, sim."

"Como ela é?"

"Preta, bem surrada. Com duas alças."

"Preta, duas alças, bem surrada... ótimo. Um dia, em um futuro bem próximo – não posso dar uma data –, uma das mensagens no seu trabalho pela manhã conterá uma palavra incorreta, e você terá de pedir uma repetição. No dia seguinte você irá trabalhar sem sua pasta. Em algum momento do dia, na rua, um homem vai tocar em seu braço e dizer: 'Acho que você deixou cair sua pasta.' A pasta que ele der a você conterá uma cópia do livro de Goldstein. Você o devolverá em catorze dias."

Eles ficaram em silêncio por um momento.

"Faltam alguns minutos antes de você precisar ir", disse O'Brien. "Vamos nos encontrar novamente – se é que nos encontraremos novamente..."

Winston ergueu os olhos para ele.

"No lugar onde não existe escuridão?", completou, hesitante.

O'Brien acenou com a cabeça sem parecer surpreso.

"No lugar onde não existe escuridão", ele repetiu, como se tivesse reconhecido a alusão. "E até lá, tem algo que você deseje me dizer antes de ir? Alguma mensagem? Alguma pergunta?"

Winston pensou. Não parecia haver mais nenhuma pergunta que quisesse fazer: sentiu ainda menos impulso de proferir generalidades em voz alta. Em vez de dizer qualquer coisa diretamente conectada a O'Brien ou à Irmandade, veio-lhe à cabeça uma espécie de imagem composta: o quarto escuro onde a mãe havia passado seus últimos dias, o quartinho sobre a loja do sr. Charrington, o peso de papel de vidro e a gravação em metal na moldura de jacarandá. Quase ao acaso, ele disse:

"Você já ouviu uma velha canção que começa com 'Limões e laranjas pra gente, dizem os sinos de São Clemente'?"

Outra vez O'Brien assentiu. Com uma espécie de cortesia grave, completou a estrofe:

"Limões e laranjas pra gente, dizem os sinos de São Clemente,
Me dá um dindim, dizem os sinos de São Martim,
Pague o que deve a ele, dizem os sinos de Old Bailey,
Assim você fica quite, dizem os sinos de Shoreditch."

"Você sabe o último verso!", disse Winston.

"Sim, eu sei o último verso. E agora temo que seja hora de você ir. Mas espere. Melhor pegar um destes tabletes."

Quando Winston se levantou, O'Brien estendeu a mão. O aperto poderoso esmagou os ossos de sua palma. Na porta, Winston olhou de volta, mas O'Brien parecia já estar em processo de tirá-lo da cabeça. Estava esperando com a mão no interruptor que controlava a teletela. Atrás dele, Winston viu a escrivaninha com a luminária esverdeada e o ditafone e as cestas de arame carregadas de papéis. O evento tinha sido encerrado. Dentro de trinta segundos, ocorreu-lhe, O'Brien retomaria seu importante trabalho em benefício do Partido.

Winston estava gelatinoso de cansaço. Gelatinoso era a palavra certa. Tinha surgido na cabeça dele de modo espontâneo. Seu corpo parecia ter não apenas a fraqueza de uma geleia, mas a mesma translucidez. Sentia que se levantasse a mão poderia ver a luz através dela. Todo o sangue e os fluidos tinham sido drenados dele por uma fabulosa orgia de trabalho, deixando só uma frágil estrutura de nervos, ossos e pele. Todas as sensações pareciam amplificadas. O macacão atrapalhava os ombros, o piso fazia cócegas nos pés, e até abrir e fechar a mão era um esforço que fazia suas juntas rangerem.

Tinha trabalhado mais de noventa horas em cinco dias. Assim como todo mundo no Ministério. Agora estava tudo acabado, e ele não tinha literalmente nada para fazer, nenhum trabalho do Partido de qualquer natureza, até o dia seguinte de manhã. Podia passar seis horas no esconderijo e outras nove em sua própria cama. Devagar, em uma tarde amena e ensolarada, caminhou pelas ruas sujas na direção da loja do sr. Charrington, atento às patrulhas, mas com uma certeza irracional de que naquela tarde não havia perigo de qualquer um mexer com ele. A pasta pesada que carregava colidia com o joelho a cada passo, enviando uma sensação de formigamento na pele para cima e para baixo de sua perna. Dentro da pasta estava o livro, em sua posse já havia seis dias, e que ainda não tinha aberto nem para dar uma espiada.

No sexto dia da Semana do Ódio, após as manifestações, o discursos, os gritos, os cantos, as faixas, os cartazes, os filmes, os desfiles de personagens, o rufar dos tambores, o guinchar das trombetas, o pisar dos pés marchando, o triturar das lagartas dos tanques, o rugido de aviões em massa, o estrondo de armas – quando o grande orgasmo estava vibrando em seu clímax e o ódio geral da Eurásia havia fervido a tal ponto de delírio que, se a multidão pudesse colocar as mãos nos dois mil eurasianos criminosos de guerra que seriam enforcados publicamente no último dia do processo, sem dúvida os teria feito em pedacinhos – após seis dias disso, nesse exato momento, foi anunciado que a Oceânia não estava afinal em guerra com a Eurásia. A Oceânia estava em guerra com a Lestásia. A Eurásia era uma aliada.

Claro, ninguém admitia que qualquer mudança tinha ocorrido. Apenas ficara estabelecido, bem rápido e em todos os lugares ao mesmo tempo, que era a Lestásia, e não a Eurásia, a inimiga. Winston estava participando de uma manifestação em uma das praças centrais de Londres no momento em que isso aconteceu. Era noite, e os rostos brancos e os estandartes escarlates tinham uma iluminação lúgubre. O quarteirão estava lotado com milhares de pessoas, incluindo um grupo de mil crianças em idade escolar com o uniforme dos Espiões. Com uma plataforma ornada de escarlate, um orador do Núcleo do Partido, um sujeitinho de braços desproporcionalmente longos e enorme crânio careca com alguns tufos lisos espalhados, estava bradando frases para a multidão. Uma figurinha tipo o Anão Saltador dos contos de Grimm, contorcida de ódio, ele agarrou o microfone enquanto a outra mão, enorme ao fim de um braço ossudo, arranhava o ar de modo ameaçador acima da cabeça. Sua voz, tornada metálica pelos amplificadores, explodia em um interminável catálogo de atrocidades, massacres, deportações, saques, estupros, tortura de prisioneiros, bombardeio de civis, *fake news*, agressões injustas, acordos quebrados. Era quase impossível ouvi-lo sem ficar primeiro convencido pela fala e, em seguida, enlouquecido. Pouco a pouco, a fúria da multidão transbordava, e a voz do orador era afogada pelo rugido de uma fera indomável que se elevava incontrolavelmente de milhares de gargantas. Os gritos mais selvagens vinham dos alunos. O discurso prosseguiu por uns vinte minutos, quando então um mensageiro correu ao palanque e colocou um pedaço de papel na mão do palestrante. Ele o desenrolou e leu a mensagem sem interromper o discurso. Nada foi alterado em sua voz ou seu comportamento, tampouco no conteúdo do que ele dizia, mas de repente os nomes eram diferentes. Sem palavras ditas, uma onda de compreensão percorreu a multidão. A Oceânia estava em guerra com a Lestásia! No momento seguinte houve uma tremenda comoção. Os banners e pôsteres com os quais a praça tinha sido decorada estavam todos errados! Quase metade deles tinha os rostos errados. Era sabotagem! Os agentes de Goldstein estavam em ação!

Houve um intervalo tumultuoso enquanto pôsteres eram arrancados das paredes e estandartes, rasgados em pedaços e pisoteados. Os Espiões realizaram prodígios de atividade escalando telhados e cortando as fitas que saíam das chaminés. Em dois ou três minutos tudo estava acabado. O orador, ainda segurando o microfone, ombros curvados para a frente, mão cortando o ar, seguiu em frente com seu discurso. Mais um minuto e os rugidos ferozes de raiva novamente explodiam na multidão. O ódio continuou bem como antes, exceto pela alteração do alvo.

O que mais impressionava Winston, ao recordar o incidente, era que o orador mudara de uma linha para a outra no meio da frase, não só sem uma pausa, mas sem nem mesmo quebrar a sintaxe. Mas quando isso aconteceu ele tinha outras coisas com que se preocupar. Foi durante esse instante de caos, enquanto os cartazes estavam sendo destruídos, que um homem cujo rosto ele não viu tocou seu ombro e disse: "Com licença, acho que você deixou cair sua pasta". Winston pegou a pasta distraído, sem falar nada. Sabia que levaria uns dias até ter a chance de olhar lá dentro. Quando a manifestação acabou, foi direto para o Ministério da Verdade, apesar de serem quase vinte e três horas. Toda a equipe do Ministério fez o mesmo. As ordens já emitidas pelas teletelas, lembrando-lhes de voltar a seus postos, eram quase desnecessárias.

A Oceânia estava em guerra com a Lestásia: a Oceânia sempre estivera em guerra com a Lestásia. Grande parte da literatura política dos últimos cinco anos agora estava completamente obsoleta. Relatórios e registros de todos os tipos, jornais, livros, panfletos, filmes, trilhas sonoras, fotografias – tudo precisava ser retificado na velocidade da luz. Embora nenhuma instrução tivesse sido emitida, sabia-se que os chefes do Departamento pretendiam que dentro de uma semana nenhuma referência à guerra com a Eurásia, ou à aliança com a Lestásia, deveria existir em lugar nenhum. O trabalho era opressor, ainda mais porque os processos em que ele estava envolvido não podiam ser chamados por seus nomes verdadeiros. Todos no Departamento de Registros trabalharam em turnos de dezoito horas por dia, com dois intervalos de sono de três horas. Colchões foram trazidos dos porões e jogados em todos os corredores: as refeições consistiam de sanduíches e café Victory servidos em carrinhos pelos atendentes da cantina. Cada vez que Winston parava para um de seus períodos de sono, tentava deixar a mesa de trabalho limpa, e cada vez que rastejava de volta, dolorido e com os olhos pegajosos, descobria outra chuva de cilindros de papel cobrindo a mesa como um monte de neve, enterrando o ditafone e transbordando pelo chão, de modo que o primeiro trabalho era sempre empilhá-los e arranjar espaço para trabalhar. O pior de tudo era que o trabalho não era só mecânico. Quase sempre, bastava trocar um nome por outro, mas qualquer relato de eventos mais detalhado exigia cuidado e imaginação. Mesmo o conhecimento geográfico necessário para transferir a guerra de uma parte do mundo para outra era considerável.

No terceiro dia, a dor nos olhos era insuportável, e os óculos precisavam ser limpos a cada dez minutos. Era como uma tarefa física esmagadora, algo que qualquer um teria o direito de recusar, mas que, entretanto, ele estava ansioso e até neurótico para realizar. Até onde lembrava, não se preocupou com o fato de que cada palavra murmurada no ditafone, cada gesto no lápis de tinta, fosse uma mentira deliberada. Como todos no Departamento, estava ansioso para que a falsificação ficasse perfeita. Na manhã do sexto dia, o gotejar dos cilindros abrandou. Durante meia hora, nada saiu do tubo; então, só mais um cilindro e depois, mais nada. Em todos os lugares, quase ao mesmo tempo, o trabalho diminuía. Um suspiro profundo e, por assim dizer, secreto passou pelo Departamento. Um feito poderoso, que jamais poderia ser mencionado, tinha sido alcançado. Agora era impossível que qualquer ser humano provasse por evidências documentais que a guerra com a Eurásia tivesse acontecido. Ao meio-dia veio o anúncio inesperado: todos os trabalhadores do Ministério estariam livres até o dia seguinte pela manhã.

Winston, ainda carregando a pasta contendo o livro, que tinha permanecido entre seus pés enquanto trabalhava e sob seu corpo enquanto dormia, foi para casa, fez a barba e quase adormeceu durante o banho, embora a água nem estivesse morna.

Com uma espécie de rangido voluptuoso nas juntas, subiu a escada acima da loja do sr. Charrington. Estava cansado, mas já não sentia sono. Abriu a janela, acendeu o fogareiro a óleo sujo e ferveu uma panela com água para fazer café. Julia chegaria em breve: enquanto isso, lá estava o livro. Sentou-se na poltrona gasta e abriu a pasta.

Um pesado volume preto, encadernado de maneira rústica, sem nome nem título na capa. A impressão também parecia um tanto irregular. As páginas estavam desgastadas nas bordas e se desfaziam facilmente, como se o livro tivesse passado por muitas mãos. A inscrição na página de título dizia:

TEORIA E PRÁTICA DO COLETIVISMO OLIGÁRQUICO
por
Emmanuel Goldstein

Winston começou a ler:

Capítulo I
Ignorância é força.

Ao longo do registro histórico, provavelmente desde o final da Idade Neolítica, houve três tipos de humanos no mundo: o Alto, o Médio e o Baixo. Foram subdivididos de muitas maneiras, carregaram inúmeros nomes diferentes, e os números de suas populações, bem como sua atitude em relação aos outros grupos, variaram de uma época para outra: mas a estrutura essencial da sociedade nunca foi alterada. Mesmo após enormes convulsões e mudanças aparentemente irrevogáveis, o mesmo padrão sempre se reafirmou, assim como um giroscópio sempre retorna ao equilíbrio, por mais que ele seja empurrado para um lado ou para o outro.

Os objetivos desses três grupos são totalmente irreconciliáveis...

Winston parou de ler, principalmente para apreciar o fato de estar lendo, com conforto e segurança. Estava sozinho: sem teletela, sem ouvido na fechadura, nenhum impulso nervoso de olhar por cima do ombro ou cobrir a página com a mão. O doce ar de verão soprava contra seu rosto. De algum lugar distante, flutuavam os gritos fracos de crianças: no cômodo em si não havia nenhum som exceto o tique-taque do relógio. Ele se afundou na poltrona e jogou os pés sobre o guarda-fogo. Era uma bem-aventurança, era uma eternidade. De repente, como às vezes acontece com um livro do qual você sabe que acabará lendo e relendo cada palavra, ele o abriu em um lugar diferente e se viu no terceiro capítulo.

Continuou lendo:

Capítulo III
Guerra é paz.

A divisão do mundo em três grandes superestados foi um evento que poderia ser, e de fato foi, previsto antes de meados do século XX. Com a absorção da Europa pela Rússia e do Império Britânico pelos Estados Unidos, duas das três potências existentes, Eurásia e Oceânia, já estavam efetivamente formadas. A terceira, Lestásia, só emergiu como uma unidade distinta depois de outra década de lutas confusas. As fronteiras entre os três superestados são arbitrárias em alguns lugares, e em outros flutuam de acordo com as sortes da guerra, mas em geral seguem linhas geográficas.

A Eurásia compreende toda a parte norte da Europa e da massa de terra asiática, de Portugal ao Estreito de Bering. A Oceânia compreende as Américas, as ilhas atlânticas, incluindo as ilhas britânicas, a Australásia e a parte sul da África. A Lestásia, menor do que as outras e com uma fronteira oeste menos definida, compreende a China e os países ao sul dela, as ilhas japonesas e uma grande parte flutuante da Manchúria, da Mongólia e do Tibete.

Em uma combinação ou outra, esses três superestados estão em guerra permanente, e tem sido assim nos últimos vinte e cinco anos. A guerra, no entanto, não é mais a luta desesperada e aniquiladora das primeiras décadas do século XX. É uma guerra de objetivos limitados, entre combatentes incapazes de destruir um ao outro, que não têm nenhuma causa material pelo qual lutar e não estão separados por nenhuma diferença ideológica genuína. Isso não quer dizer que a conduta de guerra, ou a atitude prevalecente em relação a ela, tenha se tornado menos sanguinária ou mais cavalheiresca. Pelo contrário, a histeria de guerra é contínua e universal em todos os países, e atos como estupro, pilhagem, massacre de crianças, redução de populações à escravidão e represálias contra prisioneiros, até mesmo cozinhá-los e enterrá-los vivos, são considerados atos não apenas normais, mas também, quando cometidos pelo próprio lado e não pelo inimigo, cobertos de méritos. No sentido físico, porém, a guerra envolve um pequeno número de pessoas, principalmente especialistas supertreinados, causando, comparativamente, poucas vítimas. A luta, quando existe, acontece nas vagas fronteiras cuja localização o homem médio só pode adivinhar, ou ao redor das Fortalezas Flutuantes que protegem pontos estratégicos nas rotas marítimas. Nos centros civilizados, a guerra não significa mais do que uma escassez contínua de bens de consumo, e a queda eventual de um míssil que pode ocasionar algumas dezenas de mortes. De fato, o caráter da guerra mudou. Mais exatamente, mudou a ordem de importância das razões pelas quais a guerra é travada. Motivos que já estavam presentes em menor grau nas grandes guerras do início do século XX agora se tornam dominantes e são conscientemente reconhecidos e levados a cabo.

Para entender a natureza da guerra contemporânea – pois, apesar do reagrupamento que ocorre a cada poucos anos, é sempre a mesma guerra –, deve-se frisar em primeiro lugar a impossibilidade de que ela seja decisiva. Nenhum dos três superestados poderia ser definitivamente conquistado, nem mesmo pelos outros dois juntos. As forças são equiparadas com muito equilíbrio, e as defesas naturais de cada um são formidáveis. A Eurásia é protegida por seus vastos espaços terrestres, a Oceânia, pela largura do Atlântico e do Pacífico, a Lestásia, pela fecundidade e laboriosidade de seus habitantes. Em segundo lugar, não há mais, em um sentido material, qualquer coisa pela qual lutar. Com o estabelecimento das economias autocontidas, nas quais a produção e o consumo estão alinhados, a disputa por mercados, uma das principais causas das guerras anteriores, chegou ao fim, enquanto a competição pelas matérias-primas não é mais uma questão de vida ou morte. Em todo caso, cada um dos três superestados é tão vasto que pode obter quase todos os materiais de que necessita dentro das próprias fronteiras. Na medida em que a guerra tem um propósito econômico direto, é uma guerra por força de trabalho.

Entre as fronteiras dos superestados, e nunca sob a posse permanente de qualquer um deles, existe uma espécie de quadrilátero formado por Tânger, Brazzaville, Darwin e Hong Kong, no interior do qual está um quinto da população da Terra. É pela posse dessas regiões densamente povoadas, e da calota de gelo do norte, que as três potências lutam. Na prática, porém, nenhum poder jamais controla toda a área disputada. Porções dessa área estão constantemente mudando de mãos, e o que dita as mudanças infinitas de realinhamento é a tomada deste ou daquele trecho por meio de um golpe repentino, devido a alguma traição.

Todos os territórios em disputa contêm minerais valiosos, e alguns deles rendem produtos vegetais importantes, como a borracha, que em climas mais frios precisa ser sintetizada com métodos comparativamente mais caros. Mas, acima de tudo, contêm uma reserva infinita de mão de obra barata. Qualquer que seja a potência que controle a África equatorial, ou os países do Oriente Médio, ou o sul da Índia, ou o arquipélago indonésio, dispõe também dos corpos de dezenas ou centenas de milhões de trabalhadores dedicados e mal pagos. Os habitantes dessas áreas, reduzidos mais ou menos abertamente à condição de escravos, passam continuamente de conquistador a conquistador, e são explorados do mesmo modo como se usa carvão ou petróleo na corrida para produzir mais armamentos, capturar mais território, controlar mais força de trabalho, produzir mais armamentos, capturar mais território... e assim por diante, indefinidamente. Deve-se notar que a luta nunca ultrapassa as fronteiras das áreas disputadas. As fronteiras da Eurásia flutuam entre a bacia do Congo e a costa norte do Mediterrâneo; as ilhas do oceano Índico e do Pacífico são constantemente capturadas e recapturadas pela Oceânia ou pela Lestásia; na Mongólia, a linha divisória entre a Eurásia e a Lestásia nunca é estável; em volta do Polo Norte, todos os três poderes reivindicam enormes territórios que de fato são em grande parte desabitados e inexplorados: mas o equilíbrio de poder permanece quase uniforme, e o território que forma o coração de cada superestado permanece sempre inviolado. Além disso, o trabalho dos povos explorados ao redor do Equador não é realmente necessário para a economia mundial. Não adicionam nada à riqueza do mundo, uma vez que tudo o que produzem é usado para fins de guerra, e o objetivo de travar uma guerra é sempre estar em posição melhor para travar outra guerra. É por meio do trabalho das populações escravas que o ritmo da guerra contínua pode ser acelerado. Mas, se essas populações não existissem, a estrutura da sociedade mundial, e o processo pelo qual ela se mantém, não seriam essencialmente diferentes.

O objetivo principal da guerra moderna (de acordo com os princípios do duplipensar, esse objetivo é ao mesmo tempo reconhecido e não reconhecido pelos cérebros diretores do Núcleo do Partido) é usar os produtos da máquina sem elevar o padrão geral de vida. Desde o final do século XIX, o problema do excedente de bens de consumo tem estado latente na sociedade industrial. Hoje, quando poucos seres humanos têm o bastante para comer, claro que esse problema não é urgente, e poderia não ter se tornado urgente, mesmo que nenhum processo artificial de destruição estivesse em ação. O mundo atual é um lugar vazio, faminto e dilapidado em comparação com o mundo que havia antes de 1914, e mais ainda se comparado com o futuro imaginário que as pessoas desse período anteviam. No início do século XX, a visão de uma sociedade futura incrivelmente rica, ociosa, ordeira e eficiente – um mundo asséptico e cintilante de vidro, aço e concreto branco como a neve – fazia parte da consciência de quase toda pessoa alfabetizada. Ciência e tecnologia estavam se desenvolvendo a uma velocidade prodigiosa, e parecia natural supor que continuariam se desenvolvendo. Isso não aconteceu, em parte devido ao empobrecimento causado por uma longa série de guerras e revoluções, em parte porque o progresso científico e técnico depende do exercício do pensamento empírico, que não poderia sobreviver em uma sociedade organizada de forma tão estrita. Como um todo, o mundo hoje é mais primitivo do que há cinquenta anos. Certas áreas atrasadas avançaram, e vários dispositivos, sempre de alguma forma conectados com a guerra e a espionagem policial, foram desenvolvidos, mas a experimentação e a invenção foram em grande parte paralisadas, e as devastações da guerra atômica dos anos 1950 nunca foram totalmente reparadas. Mesmo assim, os perigos inerentes à máquina ainda estão lá. No momento em que a máquina apareceu pela primeira vez, ficou claro para todos os seres pensantes que a necessidade de trabalho humano penoso e, portanto, em grande medida, a desigualdade humana, tinha desaparecido. Se a máquina fosse usada deliberadamente para esse fim, a fome, o excesso de trabalho, a sujeira, o analfabetismo e as doenças poderiam ser eliminados em algumas gerações. E sem ser de fato usada para tal fim, mas por uma espécie de processo automático – ao produzir riqueza que às vezes era impossível não distribuir –, a tecnologia elevou substancialmente os padrões do ser humano médio durante um período de cinquenta anos, do final do século XIX ao início do século XX.

Mas também ficou claro que um aumento geral da riqueza ameaçava causar a destruição – e em certo sentido era a própria destruição de fato – de uma sociedade hierárquica. Em um mundo em que todos trabalhariam poucas horas e teriam o suficiente para comer, morariam em uma casa com um banheiro e uma geladeira e teriam um automóvel ou até mesmo um avião, a forma mais óbvia, e talvez a mais importante, da desigualdade já teria desaparecido. Tornada geral, a riqueza não conferiria distinção. Seria possível, sem dúvida, imaginar uma sociedade em que a riqueza, no sentido de posses e luxos, seria uniformemente distribuída, enquanto o poder permaneceria nas mãos de uma pequena casta privilegiada. Mas na prática tal sociedade não permaneceria estável por muito tempo. Se o lazer e a segurança fossem desfrutados por todos de forma igualitária, a grande massa de seres humanos normalmente idiotizada pela pobreza se tornaria alfabetizada e aprenderia a pensar por si própria, e assim perceberia, mais cedo ou mais tarde, que a minoria privilegiada não tinha nenhuma função e a eliminaria. A longo prazo, uma sociedade hierárquica só seria possível com base na pobreza e na ignorância. Voltar ao passado agrícola, como alguns pesquisadores do início do século XX sonhavam em fazer, não seria uma solução praticável. Conflitava com a tendência de mecanização que se tornou quase instintiva ao redor do mundo; além disso, qualquer país que permanecesse industrialmente atrasado estaria indefeso no sentido militar e, portanto, fadado a ser dominado, direta ou indiretamente, por rivais mais avançados.

Também não seria uma solução satisfatória manter as massas na pobreza só restringindo a produção de mercadorias. Isso aconteceu em larga escala durante a fase final do capitalismo, aproximadamente entre 1920 e 1940. A economia de muitos países estagnou, a terra parou de ser cultivada, o equipamento de capital não foi incrementado, grandes blocos da população foram impedidos de trabalhar, sendo mantidos vivos apenas pela caridade do Estado. Mas esse caminho também acarretava fraqueza militar e, uma vez que as privações infligidas eram obviamente desnecessárias, a oposição foi inevitável. O problema era manter as rodas da indústria girando sem aumentar a riqueza do mundo. Os bens deveriam ser produzidos, mas não distribuídos. Na prática, a única maneira de conseguir esse objetivo era pela guerra contínua.

O ato essencial da guerra é a destruição, não necessariamente de vidas humanas, mas dos produtos do trabalho humano. A guerra é uma forma de esmigalhar em pedaços, ou lançar na estratosfera, ou afundar nas profundezas do mar, materiais que poderiam ser usados para tornar as massas confortáveis demais e, portanto, a longo prazo, inteligentes demais. Mesmo quando as armas de guerra não são de fato destruídas, sua manufatura ainda é uma maneira conveniente de gastar energia humana sem produzir nada que possa ser consumido.

Uma Fortaleza Flutuante, por exemplo, encerra em si a mesma quantidade de trabalho capaz de construir várias centenas de navios de carga. A certa altura, acaba sendo descartada como obsoleta, nunca tendo trazido qualquer benefício material a ninguém, e, demandando mais uma série de esforços de trabalho, outra Fortaleza Flutuante é construída. Na teoria, o esforço de guerra é sempre planejado para devorar qualquer excedente que possa restar após as necessidades básicas da população terem sido atendidas. Na prática, as necessidades da população são sempre subestimadas, e como resultado há uma escassez crônica de metade dos itens essenciais à vida; mas isso é visto como uma vantagem. Trata-se de uma política deliberada para manter até mesmo os grupos favorecidos à beira da dificuldade, porque um estado geral de escassez aumenta a importância de pequenos privilégios e, portanto, a distinção entre um grupo e outro. Pelos padrões do início do século XX, mesmo um membro do Núcleo do Partido vive uma vida austera e trabalhosa. No entanto, os poucos luxos de que ele dispõe – um apartamento grande e bem equipado, roupas mais sofisticadas, comida, bebida e fumo de melhor qualidade, dois ou três servos, carro particular ou helicóptero – o colocam em um mundo muito diferente de um membro do Partido Exterior, e os membros do Partido Exterior têm uma vantagem semelhante em comparação às massas subalternas que chamamos de "proletas". A atmosfera social é a de uma cidade sitiada, onde a posse de um pedaço de carne de cavalo já faz a diferença entre a riqueza e a pobreza. Ao mesmo tempo, a consciência de estar em guerra e, portanto, em perigo, faz com que a transferência de todo o poder para uma pequena casta pareça a condição natural e inevitável para a sobrevivência.

A guerra, como se vê, não só promove a necessária destruição, mas a realiza de modo psicologicamente aceitável. Em princípio, seria muito simples desperdiçar o excedente de trabalho do mundo construindo templos e pirâmides, cavando buracos e enchendo-os novamente, ou mesmo produzindo vastas quantidades de mercadorias para, em seguida, incendiá-las. Mas isso seria fornecer apenas a base econômica, e não o suporte emocional, para uma sociedade hierárquica. O que está em jogo aqui não é o moral das massas, cuja atitude não importa, desde que sejam mantidas constantemente trabalhando, mas o moral do próprio Partido. Até o membro mais humilde do Partido deve ser competente, trabalhador e mesmo inteligente dentro de limites estreitos, mas também é necessário que ele seja um fanático crédulo e ignorante cujos humores mais constantes são o medo, o ódio, a adulação e o triunfo orgiástico. Em outras palavras, é preciso que ele tenha a mentalidade compatível com um estado de guerra. Não importa se a guerra realmente acontece, e, uma vez que nenhuma vitória decisiva é possível, não importa se a guerra está indo bem ou mal. Basta que exista um estado de guerra. A cisão da inteligência que o Partido exige de seus membros, e que é mais facilmente alcançada em uma atmosfera de guerra, agora é quase universal; mas quanto mais alto no escalão, mais marcado esse aspecto se torna. Ou seja, é justamente no Núcleo do Partido que a histeria de guerra e o ódio ao inimigo são reforçados. Em sua qualidade de administrador, é frequente que um membro do Núcleo do Partido precise saber que esta ou aquela notícia de guerra não é verdadeira, e ele pode estar ciente, também com frequência, de que a guerra inteira é espúria e que ou não está acontecendo, ou está sendo travada por propósitos diferentes dos declarados: mas tal conhecimento é facilmente neutralizado pela técnica do duplipensar. Entretanto, nenhum membro do Núcleo do Partido vacila por um instante em sua crença mística de que a guerra é real e está fadada a terminar vitoriosamente, com a Oceânia sendo a proprietária indiscutível do mundo inteiro.

Todos os membros do Núcleo do Partido acreditam nessa futura conquista como um artefato de fé. Ela deve ser alcançada pela anexação gradual de mais e mais territórios, levando, assim, a uma preponderância esmagadora de poder, ou pela descoberta de armas novas e invencíveis. A busca por novas armas continua de forma incessante, sendo uma das poucas atividades em que a mente inventiva ou especulativa ainda pode se desenvolver. Dentro da Oceânia, nos dias de hoje, a Ciência, no sentido antigo, quase deixou de existir. Em falanova não existe uma palavra para "Ciência". O método empírico de pensamento, em que todas as conquistas científicas do passado se basearam, opõe-se aos princípios mais fundamentais do Socing. E mesmo o progresso tecnológico só acontece quando seus produtos podem de alguma forma ser usados para a diminuição da liberdade humana. Em todas as artes úteis, o mundo parou ou foi forçado a andar para trás. Os campos são cultivados com arados a cavalo, enquanto os livros são escritos por máquinas. Mas nas questões de vital importância – ou seja, na prática, a guerra e a espionagem policial –, a abordagem empírica ainda é encorajada ou, pelo menos, tolerada. Os dois objetivos do Partido são conquistar toda a superfície da Terra e extinguir de uma vez por todas a possibilidade de independência de pensamento. Existem, portanto, dois grandes problemas que o Partido está ocupado em resolver. Um é saber, contra a vontade dele, o que outro ser humano está pensando, e o outro é descobrir como matar centenas de milhões de pessoas em poucos segundos e sem aviso prévio. Na medida em que a pesquisa científica ainda continua, esses são seus objetos de estudo. O cientista de hoje é uma mistura de psicólogo e inquisidor, estudando com extraordinária minúcia o significado de expressões faciais, gestos e tons de voz, testando os efeitos de drogas, terapias de choque, hipnose e torturas físicas para se extrair a verdade de alguém; ou então ele é um químico, físico ou biólogo que explora sua área de especialidade apenas no tocante a como tirar vidas. Nos vastos laboratórios do Ministério da Paz e nas estações experimentais escondidas nas florestas brasileiras, no deserto australiano ou em ilhas perdidas da Antártida, as equipes de especialistas trabalham incansavelmente. Alguns estão preocupados apenas com o planejamento da logística de guerras futuras; outros, em conceber mísseis cada vez maiores, explosivos cada vez mais poderosos e uma blindagem cada vez mais impenetrável; outros buscam gases novos e mais mortais ou venenos solúveis que possam ser produzidos em quantidades capazes de destruir a vegetação de continentes inteiros, ou raças de bactérias imunizadas contra todos os anticorpos possíveis; outros se esforçam para produzir um veículo que pode perfurar o solo como um submarino sob a água ou um avião tão independente de sua base quanto um veleiro; outros exploram possibilidades ainda mais remotas, como focalizar os raios do sol através de lentes suspensas a milhares de quilômetros de distância no espaço ou produzir terremotos e maremotos artificiais aproveitando o calor no centro da Terra.

Mas nenhum desses projetos chega nem perto de ser realizado, e nenhum dos três superestados jamais ganha uma vantagem significativa sobre os outros. O mais notável é que os três poderes já possuem, na bomba atômica, uma arma muito mais poderosa do que qualquer outra que as pesquisas atuais provavelmente descobrirão. Apesar do Partido, como sempre, reivindicar para si a invenção das bombas atômicas, elas apareceram pela primeira vez na década de 1940, e as primeiras foram usadas em larga escala cerca de dez anos depois. Naquela época, algumas centenas de bombas foram lançadas em centros industriais, principalmente na Rússia Europeia, na Europa Ocidental e na América do Norte. O objetivo era convencer os grupos governantes de todos os países de que mais algumas bombas atômicas significariam o fim da sociedade organizada e, portanto, o fim de seu próprio poder. Depois disso, embora não tenha sido firmado ou sugerido qualquer acordo formal, nenhuma bomba foi lançada. Os três poderes simplesmente continuam a produzir bombas atômicas e armazená-las, para a oportunidade decisiva que todos acreditavam que viria cedo ou tarde. E enquanto isso, a arte da guerra permaneceu quase estacionada por trinta ou quarenta anos. Helicópteros passaram a ser mais usados do que antigamente, aviões de bombardeio foram amplamente substituídos por projéteis autopropelidos, e o frágil navio de guerra deu lugar à Fortaleza Flutuante quase inafundável; mesmo assim, houve pouco desenvolvimento. O tanque, o submarino, o torpedo, a metralhadora, até mesmo o rifle e a granada de mão ainda são usados. E apesar dos massacres intermináveis relatados na imprensa e nas teletelas, as batalhas desesperadas das guerras anteriores, em que centenas de milhares ou mesmo milhões de homens com frequência eram mortos em poucas semanas, nunca mais se repetiram.

Nenhum dos três superestados jamais tenta manobras que envolvam o risco de uma derrota grave. Qualquer grande operação costuma ser um ataque surpresa contra um aliado. A estratégia que todos os três poderes seguem, ou fingem para si mesmos que estão seguindo, é a mesma. O plano é: por uma combinação de combates, negociações e golpes oportunistas de traição, formar um anel de bases circundando completamente algum dos Estados rivais, e então assinar um pacto de amizade com esse rival, de forma que permaneçam em termos pacíficos por alguns anos, a ponto de acalmar as suspeitas. Durante este tempo, mísseis carregados com bombas atômicas podem ser montados em pontos estratégicos; por fim, todas as bombas são detonadas simultaneamente, com efeitos tão devastadores que tornam qualquer retaliação impossível. Então será a hora de assinar um pacto de amizade com a potência mundial restante, em preparação para um próximo ataque. Esse esquema, nem é necessário dizer, é um mero devaneio, impossível de ser realizado. Além do mais, a guerra nunca ocorre, exceto nas áreas disputadas ao redor do

Equador e do Polo Norte: nenhuma invasão de território inimigo jamais é empreendida. Isso explica o fato de que em alguns lugares as fronteiras entre os superestados são arbitrárias. A Eurásia, por exemplo, poderia facilmente conquistar as ilhas britânicas, que geograficamente fazem parte da Europa, e a Oceânia poderia empurrar suas fronteiras até o Reno ou mesmo até o Vístula. Mas isso violaria o princípio, seguido por todos os lados, embora nunca formulados, de integridade cultural. Se a Oceânia conquistar as áreas que costumavam ser conhecidas como França e Alemanha, seria necessário exterminar seus habitantes, uma tarefa de grande dificuldade física, ou então assimilar uma população de cem milhões de pessoas, cujo desenvolvimento técnico, até onde se sabe, está mais ou menos no mesmo nível que o da Oceânia. O problema é o mesmo para os três superestados. É absolutamente necessário à manutenção dessa estrutura que não haja contato com estrangeiros, exceto, até certo ponto, com prisioneiros de guerra e escravos não brancos. Mesmo o aliado oficial do momento é sempre considerado sob a mais sombria suspeita. À parte os prisioneiros de guerra, o cidadão médio da Oceânia nunca pôs os olhos sobre qualquer cidadão da Eurásia ou da Lestásia, e é proibido o conhecimento de línguas estrangeiras. Se tivesse permissão para estabelecer contato com estrangeiros, descobriria que são criaturas semelhantes a ele, e que a maior parte do que foi dito sobre essas pessoas consiste em mentiras. O mundo selado em que vive seria rompido, e o medo, o ódio e o senso de justiça dos quais dependem sua moral poderiam evaporar. Isto foi percebido por todos os lados: embora frequentemente a Pérsia, o Egito, Java ou o Ceilão possam mudar de mãos, as principais fronteiras nunca devem ser atravessadas por qualquer outra coisa além de bombas.

Por baixo de tudo isso, há um fato nunca mencionado em voz alta, mas tacitamente compreendido e acordado: as condições de vida nos três superestados são praticamente as mesmas. Na Oceânia, a filosofia dominante é chamada de Socing, na Eurásia é chamada de Neobolchevismo, e na Lestásia é chamada por um nome chinês geralmente traduzido como Adoração à Morte, mas cuja tradução mais adequada talvez seja Obliteração do Eu. O cidadão da Oceânia não conhece nada sobre os princípios das outras duas filosofias, mas é ensinado a execrá-las como ultrajes bárbaros à moralidade e ao bom senso. Na verdade, as três filosofias mal são distinguíveis, e os sistemas sociais que apoiam não diferem em nenhum ponto. Em todos os lugares há a mesma estrutura piramidal, o mesmo culto a um líder semidivino, a mesma economia existente por e para uma guerra contínua. Em decorrência disso, os três superestados não apenas são incapazes de conquistar uns aos outros, mas não ganhariam nenhuma vantagem fazendo isso. Pelo contrário, enquanto permanecem em conflito, estimulam o desenvolvimento uns dos outros, como três espigas de milho. E, como de costume, os dirigentes de cada um dos três superestados estão simultaneamente cientes e inconscientes do que fazem. Dedicam suas vidas à conquista do mundo, mas também sabem que é necessária a eterna continuidade de uma guerra sem vitória. Enquanto isso, o fato de não haver nenhum risco de conquista torna possível a negação da realidade, que é a característica primordial do Socing e de seus sistemas de pensamento rivais. Aqui é necessário repetir o que foi dito antes: tornar a guerra contínua muda fundamentalmente o seu caráter.

 Em épocas passadas, uma guerra, quase por definição, era algo que mais cedo ou mais tarde chegaria ao fim, em geral com uma vitória, ou derrota, inconfundível. No passado, também, a guerra era um dos principais instrumentos pelos quais as sociedades humanas mantinham contato com a realidade física. Todos os governantes de todas as épocas tentaram impor falsas visões de mundo a seus seguidores, mas não podiam se dar ao luxo de encorajar qualquer ilusão que prejudicasse a eficiência militar. Enquanto a derrota significasse a perda de independência ou algum outro resultado indesejável, as precauções contra a derrota tinham que ser sérias. Os fatos físicos não poderiam ser ignorados. Na filosofia, na religião, na ética, na política, dois e dois podem ser cinco, mas, quando alguém está projetando uma arma ou um avião, dois e dois têm que ser quatro. Nações ineficientes sempre foram conquistadas mais cedo ou mais tarde, e a luta pela eficiência era inimiga das ilusões. Além disso, para ser eficiente era necessário aprender com o passado, o que significava ter uma ideia bastante precisa do que aconteceu nele. Jornais e livros de História eram sempre tendenciosos, claro, mas qualquer falsificação do tipo que é praticada hoje em dia teria sido impossível. A guerra era uma salvaguarda da sanidade e, ao menos no que dizia respeito às classes dominantes, a mais importante de todas. Embora as guerras fossem vencidas ou perdidas, nenhuma classe dominante poderia agir de forma completamente irresponsável.

Mas quando a guerra se torna contínua, também deixa de ser perigosa. Quando a guerra é contínua, não existe necessidade militar. O progresso técnico pode cessar, e o fatos mais palpáveis podem ser negados ou desconsiderados. Como vimos, as pesquisas que poderiam ser chamadas de científicas ainda são realizadas para fins de guerra, mas são essencialmente devaneios, e seu fracasso em obter resultados não é importante. A eficiência, até a eficiência militar, não é mais necessária. Nada é eficiente na Oceânia, exceto a Milícia Mental. Já que cada um dos três superestados é invencível, cada um está de fato em um universo isolado, e, no interior dele, qualquer perversão de pensamento pode ser praticada com segurança. A realidade só exerce pressão por meio das necessidades da vida cotidiana – a necessidade de comer e beber, de conseguir abrigo e roupas, de evitar engolir veneno ou pular de janelas no andar superior, e assim por diante. Entre a vida e a morte, entre o prazer físico e a dor física, ainda há uma distinção, mas é só. Ao cortar o contato com o mundo exterior, e também com o passado, o cidadão da Oceânia é como um homem no espaço interestelar, que não tem como saber qual direção é para cima e qual é para baixo. Os governantes de tal Estado são absolutistas de um jeito que nem os faraós ou os césares conseguiram. São obrigados a evitar que seus seguidores morram de fome em tal quantidade que se torne inconveniente, e são obrigados a permanecer no mesmo baixo nível de técnica militar que seus rivais; mas uma vez que esse mínimo é alcançado, eles podem distorcer a realidade do jeito que quiserem.

A guerra, portanto, a julgar pelos padrões das guerras anteriores, é só um embuste. É como as batalhas entre certos animais ruminantes, cujos chifres são colocados em um ângulo que impede um de ferir o outro. Contudo, embora não seja real, não é desprovida de significado. Consome o excedente de bens de consumo e ajuda a preservar a atmosfera mental específica que uma sociedade hierárquica exige. A guerra, como se verá, é agora um assunto puramente interno. No passado, os grupos governantes de todos os países, embora pudessem reconhecer seu interesse comum e, portanto, limitar a capacidade destrutiva da guerra, lutaram uns contra os outros, e o vencedor sempre saqueou os vencidos. Em nossos dias eles não lutam uns contra os outros. A guerra é travada pelos grupos dominantes contra seus próprios súditos, e o objetivo não é fazer ou evitar conquistas de território, mas manter a estrutura da sociedade intacta. A própria palavra "guerra", portanto, tornou-se enganosa. Seria mais correto dizer que, ao se tornar contínua, a guerra deixou de existir. A pressão peculiar que vinha sendo exercida sobre os seres humanos desde o Neolítico e o início do século XX desapareceu, sendo substituída por algo bastante diferente. O efeito seria o mesmo se os três superestados, em vez de brigarem entre si, concordassem em viver numa paz perpétua, cada um inviolado dentro dos próprios limites. Nesse caso, cada um ainda estaria em um universo autocontido, livre para sempre da influência reguladora que a ameaça externa exerce. Uma paz permanente de verdade seria o mesmo que uma guerra permanente. Este – embora a grande maioria dos membros do Partido o compreenda apenas em um sentido superficial – é o significado interno do slogan do Partido: *Guerra é paz*.

Winston fez uma pausa na leitura. Em algum lugar remoto à distância, um míssil trovejou. A feliz sensação de estar sozinho com o livro proibido, em uma sala sem teletela, não tinha se apagado. Solidão e segurança eram sensações físicas, misturadas de alguma forma ao cansaço do corpo, à maciez da cadeira, ao toque da leve brisa que entrava pela janela e roçava em suas bochechas. O livro o fascinava, ou melhor, o tranquilizava. Em certo sentido, não tinha nada de novo, mas isso era parte da atração. O livro dizia o que Winston teria dito, se lhe fosse possível ordenar os pensamentos dispersos. Era o produto de uma mente semelhante à sua, mas muitíssimo mais poderosa, mais sistemática, menos dominada pelo medo. Os melhores livros, percebeu, são aqueles que dizem o que já sabemos. Tinha acabado de retomar o Capítulo I quando ouviu os passos de Julia na escada e começou a se levantar da cadeira para recebê-la. Ela jogou a bolsa de ferramentas marrom no chão e se jogou nos braços dele. Já fazia mais de uma semana que não se viam.

"Peguei *o livro*", ele disse enquanto se desemaranhavam.

"Ah, você pegou? Que bom", respondeu ela sem muito interesse, e logo se ajoelhou ao lado do fogareiro para fazer o café.

Só voltaram ao assunto depois de passarem uma boa meia hora na cama. A noite tinha esfriado o bastante para que puxassem a colcha. Lá de baixo vinham os familiares sons de cantoria e de botas raspando no paralelepípedo. A mulher forte de braços vermelhos que Winston vira na primeira visita era quase parte do cenário no quintal. Enquanto houvesse luz do dia, ela parecia estar sempre marchando para lá e para cá entre a tina e o varal, alternadamente mordendo os prendedores de roupa e irrompendo em uma canção vigorosa. Julia tinha se acomodado para o lado e parecia já a ponto de adormecer. Winston estendeu a mão para o livro, que estava no chão, e recostou-se na cabeceira da cama.

"Precisamos ler", disse ele. "Você também. Todos os membros da Irmandade têm que ler."

"Você lê", ela disse, os olhos fechados. "Em voz alta. É o melhor jeito. Aí você vai me explicando."

O ponteiro do relógio marcava seis, ou seja, dezoito horas. Eles tinham três ou quatro horas pela frente. Winston apoiou o livro contra os joelhos e começou:

Capítulo I
Ignorância é força.

Ao longo do registro histórico, provavelmente desde o final da Idade Neolítica, houve três tipos de humanos no mundo: o Alto, o Médio e o Baixo. Foram subdivididos de muitas maneiras, carregaram inúmeros nomes diferentes, e os números de suas populações, bem como sua atitude em relação aos outros grupos, variaram de uma época para outra: mas a estrutura essencial da sociedade nunca foi alterada. Mesmo após enormes convulsões e mudanças aparentemente irrevogáveis, o mesmo padrão sempre se reafirmou, assim como um giroscópio sempre retorna ao equilíbrio, por mais que ele seja empurrado para um lado ou para o outro.

"Julia, você está acordada?", Winston perguntou.
"Sim, meu amor, estou ouvindo. Continua. É maravilhoso."
Ele prosseguiu:

Os objetivos desses três grupos são totalmente irreconciliáveis. O objetivo do Alto é permanecer onde está. O objetivo do Médio é trocar de lugar com o Alto. O objetivo do Baixo, quando tem um objetivo – pois é uma característica perene do Baixo ser tão esmagado pelo trabalho penoso que quase nunca tem consciência de qualquer coisa além do cotidiano – é abolir todas as distinções e criar uma sociedade em que todos os homens sejam iguais. Portanto, ao longo da história, uma luta que em essência é a mesma se repete de modo contínuo. Por longos períodos, o Alto parece estar seguro no poder, mas mais cedo ou mais tarde perde a fé em si mesmo ou em sua capacidade de governar com eficiência – por vezes ambos. São então derrubados pelo Médio, que alista o Baixo para o seu lado fingindo lutar por liberdade e justiça. Uma vez alcançado seu objetivo, o Médio empurra o Baixo de volta para a velha posição de servidão e se torna ele próprio o Alto. Então, um novo grupo se separa de um dos outros dois, ou de ambos, e forma um novo Médio, de modo que a luta recomeça. Dos três grupos, apenas o Baixo nunca tem sucesso, nem temporário, em seus objetivos. Seria um exagero dizer que ao longo da história não houve progresso material. Ainda hoje, em um período de declínio, o ser humano médio está fisicamente melhor do que há alguns séculos. Mas nenhum acúmulo de riqueza, nenhum progresso civilizatório, nenhuma reforma ou revolução jamais avançou um milímetro que fosse no que diz respeito à igualdade humana. Do ponto de vista do Baixo, nenhuma mudança histórica significou muito mais do que uma mudança no nome de seus mestres.

No final do século XIX, a recorrência desse padrão tinha se tornado óbvia a muitos observadores. Foi quando surgiram escolas de pensamento que interpretaram a história como um processo cíclico e afirmaram que a desigualdade era a lei inalterável da vida humana. Essa doutrina, é claro, sempre tivera adeptos, mas houve mudanças significativas na forma como foi apresentada. No passado, a necessidade de uma sociedade hierárquica era uma doutrina específica do Alto. Era pregada por reis e aristocratas, bem como por padres, advogados e demais indivíduos que parasitavam ao redor deles, e geralmente era suavizada por promessas de compensação em um mundo imaginário além-túmulo. O Médio, enquanto lutava pelo poder, sempre fez uso de termos como liberdade, justiça e fraternidade. Entretanto, o conceito de fraternidade humana começou a ser atacado por pessoas que ainda não estavam em posições de comando, mas que esperavam estar em pouco tempo. No passado, o Médio havia feito revoluções sob a bandeira da igualdade, estabelecendo uma nova tirania tão logo a antiga era derrubada. Já os novos grupos do Médio proclamavam sua tirania de antemão. O socialismo, uma teoria que apareceu no início do século XIX e foi o último elo em uma corrente de pensamento que remonta às rebeliões de escravos da Antiguidade, ainda estava profundamente infectado pelo utopismo de épocas passadas. Mas, em cada variante do socialismo que apareceu de 1900 em diante, o objetivo de estabelecer liberdade e igualdade era abandonado cada vez mais abertamente.

Os novos movimentos que surgiram em meados do século XX, o Socing na Oceânia, o Neobolchevismo na Eurásia, a Adoração à Morte, como é comumente chamada, na Lestásia, tinham o objetivo consciente de perpetuar a *des*liberdade e *des*igualdade. Esses novos movimentos, é claro, derivavam dos antigos e tendiam a manter seus nomes e a defender sua ideologia de forma vazia. Mas o propósito de todos eles era deter o progresso e congelar a história em um momento determinado. O familiar balanço do pêndulo aconteceria uma vez mais, e então pararia. Como de costume, o Alto deveria ser eliminado pelo Médio, que então se tornaria o Alto; mas dessa vez, por estratégia consciente, o Alto seria capaz de manter sua posição permanentemente.

As novas doutrinas surgiram, em parte, devido ao acúmulo de conhecimento histórico e ao crescimento do sentido histórico, que mal existia antes do século XIX. O movimento cíclico da história era agora inteligível, ou parecia ser; e, se podia ser compreendido, então podia ser alterado. Mas a principal causa subjacente era que, já no início do século XX, a igualdade humana tornara-se tecnicamente possível. Os homens ainda não eram iguais em seus talentos natos, e as funções ainda tinham que ser especializadas de forma a favorecer alguns indivíduos em detrimento de outros; mas não havia mais nenhuma necessidade real de se fazer distinções de classe ou de haver grandes diferenças de riqueza. Em épocas anteriores, as distinções de classe não eram apenas inevitáveis, mas desejáveis. A desigualdade era o preço da civilização. Com o desenvolvimento da produção tecnológica, no entanto, a situação mudou. Mesmo ainda sendo necessário que os seres humanos fizessem diferentes tipos de trabalho, não era mais necessário que vivessem em diferentes situações sociais ou níveis econômicos. Portanto, do ponto de vista desses novos grupos que estavam em vias de tomar o poder, a igualdade humana não era mais um ideal a ser perseguido, e sim um perigo a ser evitado. Em eras mais primitivas, quando a instauração de uma sociedade justa e pacífica não era possível, tinha sido bastante fácil defendê-la. A ideia de um paraíso terreno em que os homens vivessem juntos em um estado de fraternidade, sem leis nem trabalho bruto, havia assombrado a imaginação humana por milhares de anos. E essa visão teve certo apelo até mesmo entre os grupos que realmente lucraram com cada uma dessas mudanças históricas. Os herdeiros das revoluções francesa, inglesa e americana acreditaram parcialmente em suas próprias frases sobre os direitos do homem, liberdade de expressão, igualdade perante a lei e assim por diante, e até mesmo permitiram que sua conduta fosse influenciada por essas ideias em alguma extensão. Mas lá pela quarta década do século XX, todas as principais correntes de pensamento político eram autoritárias. O paraíso terrestre foi desacreditado exatamente no momento em que se tornou realizável. Cada nova teoria política, com qualquer nome que fosse, conduzia de volta à hierarquia e arregimentação. E no endurecimento geral da perspectiva que se estabeleceu por volta de 1930, práticas abandonadas há muito tempo, em alguns casos por centenas de anos – prisão sem julgamento, escravização de prisioneiros de guerra, execuções públicas, tortura para extrair confissões, uso de reféns e deportação de populações inteiras – não apenas se tornaram comuns outra vez como também foram toleradas e até mesmo incentivadas por pessoas que se consideravam iluminadas e progressistas.

    Só depois de uma década de guerras nacionais, guerras civis, revoluções e contrarrevoluções em todas as partes do mundo que o Socing e seus rivais surgiram como teorias políticas totalmente elaboradas. Mas eles já tinham sido prenunciados pelos vários sistemas, chamados de totalitários, surgidos no início do século, e os principais contornos do mundo que emergiria do caos dominante eram óbvios. Que tipo de gente controlaria esse mundo era igualmente óbvio. A nova aristocracia foi formada em sua maioria por burocratas, cientistas, técnicos, líderes sindicais, publicitários, sociólogos, professores, jornalistas e políticos de carreira. Essas pessoas, oriundas da classe média assalariada e dos patamares superiores da classe trabalhadora, tinham sido moldadas e reunidas pelo mundo árido do monopólio industrial e do governo centralizado. Em comparação com seus rivais de épocas passadas, eram menos avarentas, menos tentadas pelo luxo, mais sedentas pelo poder puro e, acima de tudo, mais conscientes do que estavam fazendo e mais empenhadas em esmagar a oposição. Essa última diferença foi fundamental. Em comparação com o que existe hoje, todas as tiranias do passado eram indiferentes e ineficientes. Os grupos governantes sempre foram infectados em alguma extensão por ideias liberais e se contentavam em deixar pontas soltas por toda parte; preocupavam-se apenas com ações explícitas, e não tinham interesse no que as pessoas estavam pensando. Para os padrões modernos, até mesmo a Igreja Católica da Idade Média foi mais tolerante. Em parte, porque no passado nenhum governo detinha o poder de manter seus cidadãos sob vigilância constante. A invenção da imprensa, no entanto, tornou mais fácil manipular a opinião pública; cinema e rádio levaram o processo adiante. Com o desenvolvimento da televisão, e depois com o avanço técnico que tornou possível receber e transmitir simultaneamente pelo mesmo aparelho, a vida privada chegou ao fim. Cada cidadão, ou pelo menos cada cidadão importante o suficiente para ser monitorado, poderia ser mantido vinte e quatro horas sob escrutínio da polícia e exposto à propaganda oficial, com todos os outros canais de comunicação fechados. Pela primeira vez, passou a existir não só a possibilidade de impor obediência completa à vontade do Estado, mas também uniformidade de opinião.

Após o período revolucionário dos anos 1950 e 1960, a sociedade se reagrupou, como sempre, em Alto, Médio e Baixo. Mas o novo grupo Alto, ao contrário de todos os seus precursores, não agia por instinto, mas sabia o que era necessário para salvaguardar sua posição. Percebera-se, havia muito tempo, que a única base segura para a oligarquia era o coletivismo. Riqueza e privilégio eram defendidos com mais facilidade quando possuídos em conjunto. A chamada "abolição da propriedade privada" ocorrida em meados do século XX significava, de fato, a concentração de propriedade em muito menos mãos do que antes: com a diferença de que os novos proprietários eram um grupo coeso, e não uma massa de indivíduos. Isoladamente, nenhum membro do Partido possui nada, exceto itens pessoais insignificantes. Coletivamente, o Partido possui tudo na Oceânia, porque controla e dispõe dos produtos como bem entende. Nos anos que se seguiram à Revolução, foi possível a ele assumir essa posição de comando quase sem oposição, porque todo o processo foi representado como um ato de coletivização. Sempre foi presumido que se a classe capitalista fosse expropriada, o socialismo deveria vir em seguida: sem dúvida, os capitalistas foram expropriados. Fábricas, minas, terrenos, casas, meios de transporte – tudo foi tirado deles: e visto que essas coisas não eram mais propriedade privada, deveriam ser propriedade pública. O Socing, que cresceu a partir do Movimento Socialista e herdou dele sua fraseologia, de fato levou adiante o principal item do programa socialista; como resultado, previsto e pretendido de antemão, a desigualdade econômica se tornou permanente.

Mas os problemas de se perpetuar uma sociedade hierárquica são mais profundos que isso. Existem só quatro maneiras pelas quais um grupo dominante sai do poder. Ou é conquistado por fora, ou governa de forma tão ineficiente que as massas são levadas a se revoltar, ou permite que um grupo Médio forte e descontente venha a existir, ou perde sua própria autoconfiança e disposição para governar. Essas causas não são operadas no âmbito individual e, como regra, as quatro estão presentes em algum grau. Uma classe dominante capaz de se proteger contra todas essas causas permaneceria no poder indefinidamente. Em última análise, o fator que determina o sucesso ou fracasso da classe dominante é sua própria atitude mental.

No meio deste século, o primeiro perigo acabou desaparecendo. Cada um dos três poderes que agora dividem o mundo é de fato invencível, e só poderia ser conquistado por meio de lentas mudanças demográficas que são facilmente evitáveis por um governo com amplos poderes. O segundo perigo também só existe na teoria. As massas nunca se revoltam por conta própria, e mesmo assim, nunca se revoltam apenas por serem oprimidas. Contanto que não tenham acesso a comparações, nem mesmo percebem a própria opressão. As crises econômicas recorrentes de tempos passados eram totalmente desnecessárias, e agora não se permite mais que ocorram, mas outros deslocamentos igualmente grandes podem acontecer, e acontecem sem nenhum resultado político, porque não há como o descontentamento se tornar articulado. Já o problema de superprodução, que tem estado latente em nossa sociedade desde o desenvolvimento de técnicas mecanizadas, foi resolvido pelo dispositivo de guerra contínua (ver Capítulo III), que também é útil para manter o moral do público no tom necessário. Do ponto de vista de nossos governantes atuais, portanto, os únicos perigos genuínos são a dissidência de um novo grupo de pessoas capazes, subempregadas e famintas de poder ou o crescimento do liberalismo e do ceticismo em suas próprias fileiras. O problema, por assim dizer, é educacional. É uma questão de moldar continuamente a consciência tanto do grupo dominante quanto do grupo executivo imediatamente abaixo dele. A consciência das massas precisa apenas ser influenciada de forma negativa.

A partir desse pano de fundo, seria possível inferir, se já não se conhecesse, a estrutura geral da sociedade oceânica. No ápice da pirâmide vem o Irmão Maior. O Irmão Maior é infalível e todo-poderoso. Cada sucesso, cada conquista, cada vitória, cada descoberta científica, todo o conhecimento, toda a sabedoria, toda a felicidade e toda a virtude são resultados diretos de sua liderança e inspiração. Ninguém nunca viu o Irmão Maior. Ele é um rosto nos *outdoors*, uma voz na teletela. É razoável dizer que ele nunca morrerá, e já existe uma incerteza considerável sobre quando nasceu. O Irmão Maior é o disfarce sob o qual o Partido se exibe para o mundo. Sua função é atuar como um ponto focal para o amor, o medo e a reverência, emoções mais facilmente sentidas em relação a um indivíduo do que a uma organização. Abaixo do Irmão Maior vem o Núcleo do Partido, com números limitados a seis milhões, ou pouco menos de dois por cento da população da Oceânia. Abaixo do Núcleo do Partido vem o Partido Exterior; se o Núcleo do Partido é descrito como o cérebro do Estado, o Exterior poderia ser comparado às mãos. Abaixo dele vêm as massas ignorantes, habitualmente chamadas de "proletas", que representam uns oitenta e cinco por cento da população. Nos termos da classificação anterior, os proletas são o Baixo, uma vez que as populações escravas das terras equatoriais, que passam constantemente de conquistador a conquistador, não são uma parte permanente nem necessária da estrutura.

Em princípio, a inserção nesses três grupos não se dá por via hereditária. Uma criança cujos pais são do Núcleo do Partido, em teoria, não nasceu dentro do Núcleo do Partido. A admissão a qualquer ramo do Partido acontece mediante uma prova realizada aos dezesseis anos. Também não há discriminação racial nem qualquer dominação marcada de uma província por outra. Judeus, negros e sul-americanos nativos podem ser encontrados nas mais altas patentes do Partido, e os administradores de determinada região são sempre habitantes locais. Em nenhuma parte da Oceânia os habitantes têm a sensação de ser uma população colonial governada por uma capital distante. A Oceânia não tem capital, e sua cabeça titular é uma pessoa cujo paradeiro ninguém sabe. Exceto o fato de o inglês ser a principal língua franca e a falanova ser a língua oficial, a Oceânia não é centralizada de forma alguma. Seus governantes não são unidos por laços de sangue, mas pela adesão a uma doutrina comum. É verdade que a sociedade é estratificada, e de maneira muito rígida, no que à primeira vista parecem ser linhagens hereditárias. Há muito menos gente indo e vindo entre os diferentes grupos do que acontecia sob o capitalismo ou mesmo na era pré-industrial. Entre os dois ramos do Partido há um certo intercâmbio, mas só o suficiente para garantir que os fracos sejam excluídos do Núcleo do Partido e que os membros ambiciosos do Partido Exterior sejam tornados inofensivos pela conquista de mais poder. Os proletas, na prática, não estão autorizados a integrar o Partido. Os mais talentosos entre eles, que poderiam liderar núcleos de descontentamento, são vigiados pela Milícia Mental e eliminados. Mas esse estado de coisas não é permanente, nem é uma questão de princípio. O Partido não é uma classe no antigo sentido da palavra. Não visa transmitir poder aos próprios filhos; se não houvesse outra maneira de manter as pessoas mais capazes no topo, estaria perfeitamente disposto a recrutar toda uma nova geração das fileiras do proletariado. Nos anos cruciais, o fato de o Partido não ser um corpo hereditário foi importante para neutralizar a oposição. O tipo mais antigo de socialista, treinado para combater algo chamado "privilégio de classe", partia do princípio de que nada que não fosse hereditário poderia ser permanente. Não percebia que a continuidade de uma oligarquia não precisa ser física, nem parou para refletir que as aristocracias hereditárias sempre tiveram vida curta, ao passo que organizações que funcionam por regime de adoção, como a Igreja Católica, às vezes duram centenas ou milhares de anos. A essência do poder oligárquico não é a herança de pai para filho, mas a persistência de certa visão de mundo e certo modo de vida, impostos pelos mortos sobre os vivos. Um grupo dominante mantém sua dominância enquanto puder nomear seus sucessores. O Partido não está preocupado em perpetuar seu sangue, mas em perpetuar a si mesmo. Não importa *quem* empunha o poder, desde que a estrutura hierárquica permaneça sempre a mesma.

Todos os hábitos, crenças, gostos, emoções e atitudes mentais que caracterizam nosso tempo são projetados para sustentar a mística do Partido e impedir que a verdadeira natureza da sociedade atual seja percebida. Rebelião física ou qualquer movimento preliminar para a rebelião, no momento, não é possível. Vindo dos proletas, não há nada a temer. Se deixados por conta própria, continuarão de geração a geração, e de século a século, trabalhando, procriando e morrendo, não apenas sem qualquer impulso de rebelião, mas sem compreender que o mundo poderia ser diferente. Só poderiam se tornar perigosos caso o avanço tecnológico exigisse a melhora de seu nível de instrução; mas visto que as rivalidades militar e comercial deixaram de ser importantes, o nível educacional dessa população está até em declínio. A opinião das massas pouco importa. Têm direito a essa liberdade intelectual porque não têm intelecto. A um membro do Partido, por outro lado, nem mesmo o menor desvio de opinião sobre o assunto menos importante pode ser tolerado.

Um membro do Partido vive desde o nascimento até a morte sob o escrutínio da Milícia Mental. Mesmo quando está sozinho, nunca pode ter a certeza de que está sozinho. Onde quer que esteja, dormindo ou acordado, trabalhando ou descansando, no banho ou na cama, pode ser inspecionado sem aviso e sem saber que isso está acontecendo. Nenhuma de suas ações é desprovida de importância. As amizades e diversões, o comportamento em relação à esposa e aos filhos, a expressão de seu rosto quando está sozinho, as palavras que murmura durante o sono, até mesmo os movimentos característicos de seu corpo – tudo é examinado no mínimo detalhe. Não apenas uma contravenção, mas qualquer excentricidade, por menor que seja, qualquer mudança de hábitos ou qualquer maneirismo nervoso que possa ser sintoma de um conflito interior certamente serão detectados. Ele não tem liberdade de escolha, em nenhuma direção. Por outro lado, suas ações não são regulamentadas por lei ou por qualquer código claramente formulado de comportamento. Na Oceânia não existe lei. Pensamentos e ações que, quando detectados, significam a morte não são formalmente proibidos, e os infinitos expurgos, prisões, torturas, prisões e vaporizações não são considerados punições por crimes que tenham sido cometidos, mas apenas a extinção de pessoas que talvez viessem a cometer um crime no futuro. De um membro do Partido exige-se não só a opinião certa como também os instintos certos. Muitas das crenças e atitudes esperadas dele nunca são declaradas diretamente e não poderiam ser declaradas sem revelar as contradições inerentes ao Socing. Se for uma pessoa naturalmente ortodoxa (em falanova, um *cidadão de bem*), tal membro do Partido saberá, em todas as circunstâncias, sem pensar, qual é a crença ou a emoção desejável. Mas, em todo caso, ele passa na infância por um elaborado treinamento mental, que envolve palavras em falanova como *crimeparar, pretobranco* e *duplipensar* e que o torna relutante e incapaz de pensar em grande profundidade sobre qualquer assunto.

Espera-se que um membro do Partido não tenha emoções pessoais e nem brechas em seu entusiasmo. Deve viver em um contínuo frenesi de ódio a inimigos estrangeiros e traidores internos, de triunfo sobre as vitórias e de auto-humilhação diante do poder e da sabedoria do Partido. O descontentamento produzido por sua vida vazia e insatisfatória é expurgado e dissipado por dispositivos como os Dois Minutos de Ódio, e especulações que pudessem induzir a uma atitude cética ou rebelde são sufocadas de antemão pela disciplina interna adquirida desde cedo. O primeiro e mais simples estágio da disciplina, que pode ser ensinado até mesmo a crianças pequenas, é chamado, em falanova, de *crimeparar. Crimeparar* significa a faculdade de estacar, como que por instinto, no limiar de qualquer pensamento perigoso. Isso inclui o poder de não captar analogias, de deixar de perceber erros lógicos, de interpretar errado os argumentos mais simples se parecerem hostis ao Socing e de se sentir entediado ou repelido por qualquer cadeia de pensamento capaz de conduzi-lo a uma direção herética. Resumindo, *crimeparar* significa estupidez de autopreservação. Mas a estupidez não é o suficiente. Pelo contrário: a ortodoxia em seu sentido mais pleno exige um controle sobre os próprios processos mentais tão completo quanto o que um contorcionista tem sobre o corpo. A sociedade oceânica baseia-se, em última análise, na crença de que o Irmão Maior é onipotente e o Partido é infalível. Mas como na realidade o Irmão Maior não é onipotente e o Partido não é infalível, é necessário ter uma flexibilidade incansável, momento a momento, na abordagem dos fatos. A palavra-chave aqui é *pretobranco*. Como tantas palavras em falanova, essa palavra tem dois significados contraditórios. Aplicada a um oponente, significa o hábito de alegar descaradamente que o preto é branco, em contradição a fatos simples. Aplicada a um membro do Partido, significa uma disposição leal de dizer que preto é branco quando a disciplina do Partido assim o exigir. No entanto, também significa a capacidade de acreditar que o preto é branco e, mais ainda, de saber que o preto é branco e esquecer que um dia já acreditou no contrário. Isso exige uma alteração contínua do passado, tornado possível pelo sistema de pensamento que engloba todos os outros, conhecido em falanova como *duplipensar*.

A alteração do passado é necessária por duas razões. Uma delas é secundária e, por assim dizer, preventiva: o membro do Partido, assim como o proleta, tolera as condições atuais em parte porque não tem padrões de comparação. Ele deve ser apartado do passado do mesmo modo que dos países estrangeiros, pois é necessário acreditar que é melhor do que seus ancestrais e que o nível médio do conforto material está constantemente aumentando. Mas a razão mais importante para o reajuste do passado é a necessidade de salvaguardar a infalibilidade do Partido. Não se trata apenas de fazer com que discursos, estatísticas e registros de todo tipo sejam constantemente atualizados para mostrar que as previsões do Partido estavam corretas. É preciso também garantir que não haja nenhuma mudança na doutrina ou no alinhamento político. Porque mudar de ideia, ou mesmo de política, é uma confissão de fraqueza. Se, por exemplo, a Eurásia ou a Lestásia (tanto faz) for o inimigo hoje, então esse país deve sempre ter sido o único inimigo. E se os fatos dizem o contrário, então os fatos devem ser alterados. Assim, a história é continuamente reescrita. Essa falsificação do passado, empreendida dia a dia pelo Ministério da Verdade, é tão necessária à estabilidade do regime quanto o trabalho de repressão e espionagem realizado pelo Ministério do Amor.

A mutabilidade do passado é o princípio central do Socing. Acontecimentos passados, argumenta-se, não têm existência objetiva, mas sobrevivem apenas em registros escritos e em memórias humanas. O passado é aquilo sobre o que registros e memórias estejam de acordo. E como o Partido detém pleno controle de todos os registros e das mentes de seus membros, o passado é, portanto, aquilo que o Partido decidir. Conclui-se também que, embora seja alterável, o passado nunca é alterado em qualquer instância. Pois uma vez recriado em qualquer que seja a forma necessária no momento, a nova versão *se torna* o passado oficial, sem que nenhum passado diferente jamais tenha existido. Isso se aplica até mesmo quando o mesmo evento tem de ser alterado várias vezes ao longo de um ano, como costuma acontecer. Em todos os momentos, o Partido está de posse da verdade absoluta, e claramente o absoluto nunca pode ter sido diferente do que é. O controle do passado, portanto, depende sobretudo do treino da memória. Certificar-se de que todos os registros escritos concordam com a ortodoxia do momento é apenas um ato mecânico. Mas também é necessário *lembrar* que os eventos aconteceram daquela maneira. E se for necessário reorganizar as memórias ou adulterar registros escritos, então é necessário *esquecer* que se fez isso. O truque para executar esse mecanismo pode ser aprendido como qualquer outra técnica. É aprendido pela maioria dos membros do Partido, e certamente por todos os que são não apenas inteligentes, mas também ortodoxos. Em falavelha isso se chama, de maneira um tanto franca, "controle da realidade". Em falanova é chamado de *duplipensar*, embora duplipensar também englobe muito mais.

Duplipensar significa o poder de sustentar duas crenças contraditórias em sua mente ao mesmo tempo, e aceitar as duas. O intelectual do Partido sabe em que direção suas memórias devem ser alteradas; portanto, ele sabe que está alterando a realidade; no entanto, pelo exercício do *duplipensar*, também se satisfaz com a ideia de que a realidade não foi violada. O processo tem que ser consciente ou não seria realizado com precisão o bastante, mas também tem que ser inconsciente ou traria consigo uma sensação de falsidade e, portanto, de culpa. O *duplipensar* está no cerne do Socing, uma vez que o ato essencial do Partido é usar o engano consciente enquanto retém a firmeza de propósito que acompanha a completa honestidade. Contar mentiras deliberadas acreditando genuinamente nelas; esquecer qualquer fato inconveniente e então, quando esse fato se tornar necessário outra vez, trazê-lo de volta do esquecimento apenas pelo tempo que for preciso; negar a existência da realidade objetiva e o ao mesmo tempo levar em consideração a realidade que se nega – tudo isso é indispensavelmente necessário. Mesmo para usar a palavra *duplipensar* é necessário exercitar o *duplipensar*. Pois com o uso da palavra se admite a adulteração da realidade; mas um novo ato de *duplipensar* apaga esse conhecimento; e assim por diante infinitas vezes, com a mentira sempre um passo à frente da verdade. Em última análise, é por meio do *duplipensar* que o Partido foi – e, até onde sabemos, continuará sendo por milhares de anos – capaz de interromper o curso da História.

Todas as oligarquias do passado caíram porque endureceram ou amoleceram demais. Algumas se tornaram estúpidas e arrogantes, não conseguiram se ajustar às novas circunstâncias e foram derrubadas; já outras se tornaram liberais e covardes, fizeram concessões quando deveriam ter usado a força e, da mesma forma, foram derrubadas. Seria possível dizer que fracassaram através da consciência ou da inconsciência. É uma conquista do Partido ter produzido um sistema de pensamento em que ambas as condições podem coexistir. E sobre nenhuma outra base intelectual o domínio do Partido poderia ser permanente. Para governar, e para continuar governando, é preciso deslocar o senso de realidade. Pois o segredo do governo é combinar a crença em sua própria infalibilidade com o poder de aprender com erros do passado.

Nem é preciso dizer que os praticantes mais sutis do *duplipensar* são aqueles que o inventaram e, por isso, sabem que é um vasto sistema de trapaça mental. Em nossa sociedade, os que têm o melhor conhecimento do que acontece também são aqueles que estão mais longe de ver o mundo como ele é. Em geral, quanto maior a compreensão, maior a ilusão; quanto mais inteligente, menos sensato. Uma ilustração clara disso é o fato de que a histeria de guerra aumenta em intensidade à medida que se sobe na escala social. Aqueles cuja atitude em relação à guerra é mais racional são os que vivem nos territórios disputados. Para essas pessoas, a guerra é simplesmente uma calamidade contínua que empurra seus corpos de um lado para o outro, como um maremoto.

Qual lado está ganhando é indiferente para eles. Estão cientes de que mudanças de soberania significam simplesmente que farão o mesmo trabalho de antes para novos mestres, que os tratarão da mesma maneira que os antigos. Os trabalhadores um pouco mais favorecidos, a quem chamamos de "proletas" são conscientes da guerra apenas de vez em quando. Quando necessário, podem ser estimulados a entrar no frenesi de medo e ódio, mas quando largados à própria sorte são capazes de esquecer por longos períodos que a guerra está acontecendo. É nas fileiras do Partido e, acima de tudo, do Núcleo do Partido, que se encontra o verdadeiro entusiasmo da guerra. A crença na conquista do mundo é mais firme entre aqueles que sabem que isso é impossível. Esta ligação peculiar entre opostos – conhecimento e ignorância, cinismo e fanatismo – é uma das principais marcas distintivas da sociedade oceânica. A ideologia oficial abunda em contradições, mesmo onde não existe razão prática para elas. Assim, o Partido rejeita e vilipendia todos os princípios que o movimento socialista originalmente defendeu, e faz isso justamente em nome do socialismo. Prega um desprezo pela classe trabalhadora sem precedentes nos últimos séculos, e veste seus membros em uniformes que já foram característicos de trabalhadores manuais, adotados por esse motivo. Mina a solidariedade familiar de forma sistemática, e ao mesmo tempo chama seu líder por um nome que é um apelo direto ao sentimento de lealdade familiar. Até mesmo os nomes dos quatro ministérios pelos quais somos governados exibem certo atrevimento em sua inversão proposital dos fatos. O Ministério da Paz se ocupa da guerra; o Ministério da Verdade, das mentiras; o Ministério do Amor, da tortura; e o Ministério da Grandeza, da fome. Essas contradições não são acidentais nem resultam da hipocrisia comum: são exercícios deliberados de *duplipensar*. Pois apenas conciliando as contradições o poder pode ser retido indefinidamente. De nenhuma outra forma o ciclo antigo poderia ser quebrado. Se a igualdade humana deve ser evitada para sempre – se o Alto, como o chamamos, deve manter sua posição de modo perene –, então a condição mental dominante deve ser a de insanidade controlada.

Mas uma questão até agora tem sido quase ignorada. Por que a igualdade humana deve ser evitada? Supondo que a mecânica do processo esteja corretamente descrita, qual é o motivo desse enorme esforço planejado com precisão para congelar a história em um determinado momento do tempo?

Aqui chegamos ao segredo central. Como vimos, a mística do Partido, e acima de tudo do Núcleo do Partido, depende do *duplipensar*. Mas mais profundo do que isso é o motivo original, o instinto nunca questionado que primeiro levou à tomada do poder e deu origem ao *duplipensar*, à Milícia Mental, à guerra contínua e a todas as outras parafernálias necessárias. Esse motivo consiste...

Winston percebeu o silêncio como alguém que percebe um novo som. Pareceu-lhe que Julia estava quieta já havia um tempo. Estava deitada de lado, nua da cintura para cima, com a bochecha apoiada na mão e uma massa de cabelos caindo sobre os olhos. Seu seio subia e descia lenta e regularmente.

"Julia."

Sem resposta.

"Julia, você está acordada?"

Sem resposta. Ela estava dormindo. Ele fechou o livro, colocou-o com cuidado no chão, deitou-se e puxou a colcha sobre os dois.

Ainda não havia aprendido o segredo final, refletiu ele. Tinha entendido *como*, mas não *por quê*. De fato, o Capítulo I, como o Capítulo III, só havia sistematizado o conhecimento que ele já detinha. Contudo, depois de lê-lo, sabia melhor do que antes que não estava louco. Estar em minoria, mesmo uma minoria de um, não o tornava louco. Havia a verdade e a inverdade, e, se você se apegasse à verdade, mesmo contra o mundo inteiro, não estava louco. Um feixe amarelo do sol poente entrou pela janela e caiu sobre o travesseiro. Ele fechou os olhos. O sol no rosto e o corpo magro da garota tocando o seu próprio provocavam uma forte sensação de sonolência e confiança. Ele estava seguro; tudo estava bem. Adormeceu murmurando "sanidade não é estatística", com a impressão de que aquela observação continha uma profunda sabedoria.

* * *

Quando acordou, teve a sensação de ter dormido muito, mas bastou uma olhada no velho relógio para ver que eram só oito e meia. Ficou cochilando um pouco; então ouviu o canto familiar que vinha do quintal abaixo:

Foram fantasias vãs
agora tão distantes
mas seu olhar e sua voz
brilham feito diamantes

Pelo visto, aquela canção tola continuava bastante popular. Ainda se ouvia em toda parte. Tinha sobrevivido por mais tempo que a "Canção do ódio". Julia acordou ao ouvir a cantoria, espreguiçou-se luxuriosamente e pulou da cama.
"Estou com fome", disse. "Vamos fazer mais café. Merda! O fogão apagou e a água está fria." Abriu o fogão e o sacudiu. "Não tem óleo."
"Acho que conseguimos descolar um pouco com o velho Charrington."
"Engraçado é que eu tinha certeza de que estava cheio. Vou me vestir", acrescentou. "Parece que deu uma esfriada."

Winston também se levantou e se vestiu. A voz infatigável continuava cantando:

Dizem que o tempo cura os danos
Dizem que você pode esquecer
Mas sorrisos e lágrimas pelos anos
Ainda fazem meu coração tremer!

Enquanto prendia o cinto do macacão, caminhou até a janela. O sol devia ter se posto atrás das casas; não brilhava mais no quintal. Os paralelepípedos estavam molhados como se tivessem acabado de ser lavados, e Winston teve a sensação de que o céu também tinha sido lavado, tão fresco e pálido era o azul entre as chaminés. A mulher marchava incansável de um lado para outro, tampando a boca com os pregadores e depois destampando, cantando e interrompendo o canto, estendendo mais e mais fraldas. Ele se perguntou se ela ganhava a vida lavando roupas ou se era apenas escrava de vinte ou trinta netos. Julia se aproximou dele; lado a lado, olharam para baixo, fascinados pela figura gordota. Enquanto ele espiava a mulher em sua atitude característica, aqueles braços grossos alcançando o varal, as nádegas poderosas como as ancas de uma égua, notou pela primeira vez o quanto era bonita. Nunca tinha lhe ocorrido que o corpo de uma mulher de cinquenta anos, explodido em dimensões monstruosas pela gravidez e depois enrijecido e engrossado pelo trabalho até ficar bojudo feito um belo nabo, poderia ser lindo. Mas ela era linda, e afinal, ele pensou, por que não? Um corpo sólido e sem contornos, como um bloco de granito, a pele áspera e vermelha, tinha a mesma relação com um corpo de menina quanto uma rosa-mosqueta tinha com uma rosa. Por que o fruto deveria ser considerado inferior à flor?

"Ela é linda", murmurou ele.

"Ela tem mais de um metro de largura nos quadris, fácil", disse Julia.

"É o estilo da beleza dela", disse Winston.

Apertou a cintura flexível de Julia, facilmente envolvida por seu braço. Do quadril até o joelho, o flanco dela estava colado no dele. Nenhuma criança seria gerada por seus corpos. Essa era a única coisa que nunca poderiam fazer. Apenas pelo boca a boca, de uma mente para a outra, poderiam transmitir o segredo. A mulher lá embaixo não tinha mente, apenas braços fortes, um coração quente e um ventre fértil. Ele se perguntou quantos filhos ela teria dado à luz. Fácil, uns quinze. Tivera seu florescimento momentâneo, um ano, talvez, da beleza selvagem da rosa, e então de repente inchara como uma fruta fertilizada e ficara dura, vermelha e áspera, e a partir daí sua vida tinha sido lavar, esfregar, cerzir, cozinhar, varrer, polir, remendar, esfregar, lavar, primeiro para os filhos, depois para os netos, durante mais de trinta anos ininterruptos. No fim, ela ainda cantava. A reverência mística que sentia por ela estava de alguma forma misturada ao aspecto do céu pálido e sem nuvens, estendendo-se atrás das chaminés por distâncias intermináveis. Curioso pensar que o céu era o mesmo para todos, fosse na Eurásia, na Lestásia ou ali. E que as pessoas sob aquele mesmo céu também fossem as mesmas – em todos os lugares, em todo o mundo, centenas de milhares de milhões de pessoas assim, ignorantes da existência das outras, mantidas separadas por paredes de ódio e mentiras, e ainda assim quase sempre as mesmas –, pessoas que nunca aprenderam a pensar, mas que armazenavam em seus corações, barrigas e músculos o poder que um dia viraria o mundo de ponta-cabeça. Se havia esperança, estava nos proletas! Sem ter chegado ao fim do livro, sabia que essa devia ser a mensagem final de Goldstein. O futuro pertencia aos proletas. E será que poderia ter certeza de que, quando a hora chegasse, o mundo que construiriam não seria tão estranho para ele, Winston Smith, quanto o mundo do Partido? Sim, podia ter certeza, porque pelo menos seria um mundo de sanidade.

Onde há igualdade, pode haver sanidade. Mais cedo ou mais tarde aconteceria, a força se transformaria em consciência. Os proletas eram imortais, não se podia duvidar disso ao olhar para aquela figura valente no quintal. No fim das contas, seu despertar viria. E até que isso acontecesse, embora pudesse demorar mil anos, permaneceriam vivos contra todas as probabilidades, como pássaros, passando de um corpo para o outro a vitalidade que o Partido não tinha eliminado nem podia eliminar.

"Você se lembra", disse ele, "daquele tordo que cantou pra gente, naquele primeiro dia, na orla da floresta?"

"Ele não estava cantando pra gente", disse Julia. "Estava cantando para si mesmo. Nem isso, aliás. Ele estava só cantando."

Os pássaros cantavam, os proletas cantavam, o Partido não cantava. Ao redor do mundo, de Londres a Nova York, da África ao Brasil e nas terras misteriosas e proibidas além das fronteiras, nas ruas de Paris e de Berlim, nas aldeias da interminável planície russa, nos bazares da China e do Japão – em todos os lugares, reinava sólida a mesma figura invencível, tornada monstruosa pelo trabalho e pela gravidez, labutando do nascimento à morte e ainda cantando. Daqueles lombos poderosos, uma raça de seres conscientes haveria de surgir um dia. Você já estava morto; o futuro seria deles. Mas você poderia compartilhar desse futuro se mantivesse viva a mente, como eles mantinham vivo o corpo, e transmitisse a doutrina secreta de que dois mais dois são quatro.

"Nós somos os mortos", ele disse.

"Nós somos os mortos", Julia repetiu, obediente.

"Vocês são os mortos", disse uma voz de ferro atrás deles.

Eles deram um salto. As entranhas de Winston pareciam ter se transformado em gelo. Ele via o branco em toda a íris dos olhos de Julia. Seu rosto ficou amarelo leitoso. A mancha de rouge ainda colada em cada maçã do rosto se destacava de modo nítido, como se desconectada da pele.

"Vocês são os mortos", repetiu a voz de ferro.
"Estava por trás do quadro", suspirou Julia.
"Estava por trás do quadro", disse a voz. "Permaneçam exatamente onde estão. Não façam nenhum movimento até receberem ordens."
Estava começando, estava começando afinal! Eles não podiam fazer nada além de olhar nos olhos um do outro. Correr para salvar suas vidas, fugir da casa antes que fosse tarde demais – tal pensamento não lhes ocorreu. Impensável desobedecer à voz de ferro da parede. De lá vinha um estalo, como se uma trava estivesse sendo virada para trás e um estrondo de vidro sendo quebrado. O quadro caiu no chão, revelando a teletela atrás dele.
"Agora eles podem nos ver", Julia disse.
"Agora podemos ver vocês", a voz disse. "Permaneçam no meio da sala. Fiquem um de costas para o outro. Juntem as mãos atrás da cabeça. Não se toquem."
Eles não estavam se tocando, mas ele podia sentir o corpo de Julia tremendo. Ou talvez fosse apenas o tremor do seu próprio corpo. Ele mal conseguia fazer os dentes pararem de bater, e seus joelhos estavam descontrolados. Um som de botas marchando surgiu lá de baixo, dentro e fora da casa. O quintal parecia estar cheio de homens. Algo estava sendo arrastado pelos paralelepípedos. A cantoria da mulher parou de modo abrupto. Houve um longo clangor contínuo, como se a tina tivesse sido arremessada para o outro lado do quintal, e então uma confusão de gritos raivosos que terminaram em gritos de dor.
"A casa está cercada", Winston disse.
"A casa está cercada", a voz disse.
Ele ouviu Julia apertar os dentes.
"Acho que podemos nos despedir", ela disse.
"Vocês podem se despedir", a voz disse. E depois outra voz bem diferente, uma mais voz fina e culta, que Winston tinha a impressão de já ter escutado antes, lançou: "Aliás,

por falar nisso, '*Vai já pra cama e carrega o lampião. Lá vem o bicho-papão pra comer teu cabeção!*'."

Algo caiu na cama atrás das costas de Winston. Uma escada foi empurrada pela janela e destruiu os batentes. Alguém estava subindo. Houve uma corrida de botas escada acima. A sala se encheu de homens sólidos em uniformes pretos, com botas de ferro nos pés e cassetetes nas mãos.

Winston não tremia mais. Mesmo seus olhos mal se moviam. Só uma coisa importava: ficar parado, ficar parado e não dar a eles uma desculpa para bater em você! Um homem com uma mandíbula de boxeador e uma boca que era apenas uma fenda parou em frente a ele, girando o cassetete entre os dedos. Winston o encarou nos olhos. A sensação de nudez, com as mãos atrás da cabeça e o rosto e o corpo expostos, era quase insuportável. O homem projetou a ponta de uma língua branca, lambeu o lugar onde seus lábios deveriam estar e então continuou andando. Mais um estrondo. Alguém tinha pegado o peso de papel de vidro que estava em cima da mesa e o quebrado em pedaços contra a lareira.

O fragmento de coral, enrugado e cor de rosa como uma flor de marzipã, rolava pelo tapcte. Como era pequeno, pensou Winston, sempre fora tão pequeno! Houve um suspiro e um baque atrás dele, e Winston levou um golpe no tornozelo que quase o derrubou. Um homem tinha batido no plexo solar de Julia, dobrando-a como um canivete. Ela estava se debatendo no chão, lutando para respirar. Winston não ousou virar a cabeça nem um milímetro, mas às vezes o rosto lívido e ofegante dela entrava em seu ângulo de visão. Mesmo em meio ao terror, era como se pudesse sentir a dor de Julia no próprio corpo, a dor mortal que, no entanto, era menos urgente do que a luta para respirar. Ele sabia como era: a terrível e agonizante dor que estava lá o tempo todo, mas não podia ser sentida ainda, porque antes de mais nada era preciso respirar. Então dois homens a levantaram pelos joelhos e ombros e a carregaram para fora do quarto feito um saco. Winston teve um vislumbre de seu rosto, de cabeça para baixo, amarelo e contorcido, os olhos fechados, e ainda a mancha de rouge nas bochechas; e essa foi a última parte que viu dela antes de a levarem embora.

Ficou imóvel. Ninguém havia batido nele ainda. Pensamentos automáticos e totalmente desinteressantes começaram a inundar sua cabeça. Ficou imaginando se eles tinham pegado o sr. Charrington. O que teriam feito com a mulher no quintal. Percebeu, com surpresa, que queria muito urinar, mas tinha feito isso só umas duas ou três horas atrás. Notou que o relógio na lareira marcava nove, significando vinte e uma horas. Mas a luz ainda parecia muito forte. A luz já não deveria ter desaparecido às vinte e uma horas de uma noite de agosto? Ele se perguntou se afinal ele e Julia tinham se enganado quanto à hora – em vez de terem acordado às vinte e trinta, tinham na verdade acordado às oito e meia da manhã seguinte. Mas não prolongou muito mais esse pensamento. Não lhe interessava.

Houve outro passo mais leve no corredor. O sr. Charrington entrou na sala. De repente o comportamento dos homens de uniforme preto pareceu mais rígido. Algo também havia mudado na aparência do sr. Charrington. Seus olhos pousaram sobre os cacos de vidro do peso de papel.

"Recolha esses pedaços", ele disse, brusco.

Um homem se abaixou para obedecer. O sotaque *cockney* havia desaparecido. Winston de repente percebeu de quem era a voz que tinha ouvido da teletela momentos antes. O sr. Charrington ainda estava vestindo a velha jaqueta de veludo, mas seu cabelo, que era quase branco, tinha se tornado preto. Além disso, não estava mais usando óculos. Lançou a Winston um único olhar penetrante, como se estivesse verificando a identidade dele, e então não lhe deu mais atenção. Ainda era reconhecível, mas não era mais a mesma pessoa. Seu corpo tinha se endireitado, e ele parecia maior. O rosto tinha sofrido apenas pequenas mudanças, no entanto parecia uma transformação completa. As sobrancelhas pretas eram menos espessas, as rugas haviam desaparecido, era como se todas as linhas do rosto tivessem se alterado; até o nariz parecia mais curto. Era o rosto alerta e frio de um homem de cerca de trinta e cinco anos. Ocorreu a Winston que pela primeira vez na vida ele tinha a certeza de estar olhando para um membro da Milícia Mental.

1

Smith não sabia onde estava. Presumiu que fosse no Minimor, mas não podia ter certeza. Era uma cela sem janelas, de teto alto, com paredes de azulejos brancos e brilhantes. Lâmpadas ocultas a banhavam com luz fria, e havia um zumbido baixo e constante que ele supôs ter algo a ver com o ar-condicionado. Um banco ou prateleira, cuja largura permitia que apenas uma pessoa se sentasse corria rente às paredes, interrompido pela porta e, na extremidade oposta, por uma privada sem assento. Havia quatro teletelas, uma em cada parede.

Ele sentia uma dor surda na barriga. A sensação estava lá desde que o tinham colocado na van fechada e o levado embora. Mas também devia ser fome, um tipo de fome corrosiva e doentia. Podiam ter se passado vinte e quatro horas desde a última vez que comera, podiam ter sido trinta e seis. Ele ainda não sabia, provavelmente nunca saberia, se a prisão ocorrera de manhã ou à noite. Não comia desde que tinha sido preso.

Estava sentado o mais quieto possível no banco estreito, as mãos cruzadas sobre os joelhos. Já havia aprendido a ficar quieto. Se você fazia movimentos inesperados, eles gritavam com você da teletela. Mas o desejo por comida crescia. Ansiava acima de tudo por um pedaço de pão. Fantasiou que houvesse algumas migalhas no bolso do macacão. Era até possível – pensou nisso porque de vez em quando algo parecia fazer-lhe cócegas na perna – que fosse um pedaço considerável de casca de pão. No fim, a tentação de descobrir venceu o medo: deslizou a mão pelo bolso.

"Smith!", gritou uma voz da teletela. "6079 Smith W! Mãos fora dos bolsos nas celas!"

Ficou quieto de novo, as mãos cruzadas sobre os joelhos. Antes de ser levado para aquela cela, fora levado para outro lugar, que devia ser uma prisão comum ou uma prisão temporária usada pelas patrulhas. Não sabia quanto tempo ficara ali; depois de um tempo sem relógios nem luz do dia, não tinha como avaliar a hora. Era em um lugar barulhento e malcheiroso. Haviam-no colocado em uma cela parecida com a que estava no momento, mas imunda e dividida com mais umas dez ou quinze pessoas. A maioria era de criminosos comuns, mas havia uns prisioneiros políticos entre eles. Sentara-se em silêncio contra a parede, empurrado pelos corpos sujos, preocupado demais com o medo e a dor na barriga para se interessar pelo que se passava ao redor, mas ainda notava a surpreendente diferença de comportamento entre os presos do Partido e os demais. Os do Partido estavam sempre calados e aterrorizados; já os criminosos comuns pareciam não estar nem aí. Xingavam os guardas, lutavam com violência quando seus pertences eram apreendidos, rabiscavam palavrões no chão, comiam a comida contrabandeada que tiravam de esconderijos misteriosos em suas roupas e até gritavam para a teletela quando ela tentava restaurar a ordem. Por outro lado, alguns deles pareciam ter uma boa relação com os guardas, tratavam-nos por apelidos e tentavam descolar cigarros pela pequena abertura da porta. Os guardas também tratavam os criminosos comuns com certa tolerância, mesmo quando tinham de lidar com eles de modo enérgico. Muito se falava sobre os campos de trabalho forçado para os quais a maioria dos prisioneiros esperava ser enviada. Ele concluiu que a vida era "tranquila" nos campos, desde que se tivesse contatos e conhecesse as regras. Havia subornos, privilégios e chantagens de todo tipo, havia homossexualidade e prostituição; havia até uma bebida clandestina destilada de batatas. Os cargos de confiança eram concedidos somente aos criminosos comuns, em especial gângsteres e assassinos, que formavam um tipo de aristocracia. Todo o trabalho sujo era feito pelos presos políticos.

    Havia um constante vaivém de todo tipo de prisioneiros: traficantes de drogas, ladrões, bandidos, corruptos, bêbados, prostitutas. Alguns dos bêbados eram tão violentos que outros prisioneiros tinham que se juntar para segurá-los. Uma mulher que mais parecia um navio naufragando, uns sessenta anos, com enormes seios caídos e tufos grossos de cabelo branco que tinham se soltado no embate, era carregada aos chutes e pontapés por quatro guardas, cada um segurando um de seus membros. Arrancaram as botas com que ela tentava chutá-los e a jogaram bem no colo de Winston, quase fraturando o fêmur dele. A mulher naufragada se endireitou e lançou um grito de "Vão se foder, seus merdas!". Então, percebendo que tinha se sentado em algo mole, escorregou pelos joelhos de Winston até o banco.

"Foi mal, fofo", ela disse. "Eu não ia sentar em você, foi só porque esses escrotos me jogaram. Não sabem como tratar uma diva, né?" Fez uma pausa, deu um tapinha no peito e arrotou. "Desculpa", ela disse, "normalmente não sou desse jeito".

Ela se inclinou à frente e vomitou copiosamente no chão.

"Assim é melhor", disse, se recostando e fechando os olhos. "Não pode segurar, é o que eu te digo. Bota pra fora enquanto ainda está fresco na tua pança, é bem melhor."

Ressuscitada, deu uma bela secada em Winston e pareceu gostar dele imediatamente. Colocou o braço em volta de seu pescoço e o puxou, bafejando cerveja e vômito na cara dele.

"Qual é o teu nome, fofo?"

"Smith", disse Winston.

"Smith?", perguntou a mulher. "Engraçado. Meu nome é Smith também. Ora essa", ela continuou, sentimental, "eu podia ser tua mãe!".

Podia mesmo, pensou Winston, ser sua mãe. Ela devia ter mais ou menos essa idade e esse corpo, e era provável que as pessoas mudassem um pouco depois de vinte anos em um campo de trabalhos forçados.

Ninguém mais falou com ele. Era impressionante como os criminosos comuns ignoravam os prisioneiros do Partido. "Os polits", eles os chamavam, com uma espécie de desprezo desinteressado. Os prisioneiros do Partido pareciam ter medo de falar com quem quer que fosse e, sobretudo, uns com os outros. Só uma vez, quando duas mulheres do Partido foram espremidas juntas no banco, ele ouviu em meio ao barulho de vozes algumas palavras sussurradas apressadamente; em particular, uma referência a algo chamado "sala um-zero-um", que ele não entendeu.

Podia fazer duas ou três horas que o tinham levado para lá. A dor surda na barriga não ia embora, às vezes melhorava e às vezes piorava; seus pensamentos se expandiam ou contraíam de acordo com ela. Quando piorava, ele pensava só na própria dor e na vontade de comer. Quando melhorava, o pânico o agarrava. Houve momentos em que previa as coisas que lhe aconteceriam com tal realidade que o coração galopava e a respiração parava. Sentia os cassetetes quebrarem seus cotovelos e as botinadas de ferro em suas canelas; via-se rastejando no chão, gritando por misericórdia com os dentes quebrados. Mal pensava em Julia. Não conseguia fixar sua mente nela. Ele a amava e não a trairia; mas isso era apenas um fato, que ele sabia do mesmo modo como sabia regras de aritmética. Não sentia amor por ela e mal se perguntava o que lhe estaria acontecendo. Pensava com mais frequência em O'Brien, com um lampejo de esperança. O'Brien devia saber que ele havia sido preso. A Irmandade, ele dissera, nunca tentava salvar seus membros. Mas havia a lâmina de barbear; eles enviariam a lâmina de barbear, se pudessem. Teria talvez cinco segundos antes de os guardas entrarem na cela. A lâmina o morderia com uma espécie de frio ardente, e mesmo os dedos que a seguravam seriam cortados até os ossos. Tudo se reduzia ao corpo doente, que se encolhia tremendo ao mínimo sinal de dor. Não tinha certeza de que usaria a lâmina de barbear mesmo se tivesse a chance. O mais natural era viver o momento, aceitar mais dez minutos de vida, mesmo com a certeza de que tudo acabaria em tortura.

Às vezes ele tentava calcular o número de azulejos nas paredes da cela. Devia ser fácil, mas sempre acabava perdendo a conta. Com frequência se perguntava onde estaria e que horas seriam. Em dado momento, tinha certeza de que lá fora o dia gozava a plena luz, no momento seguinte, tinha a mesma certeza de que a escuridão era total. Naquele lugar, ele percebia por instinto, as luzes nunca seriam apagadas. Era o lugar onde não havia escuridão: agora via por que O'Brien parecia reconhecer a alusão. O Minimor não tinha janelas. Sua cela podia estar no coração do edifício ou em uma parede externa; podia estar dez andares abaixo do solo ou trinta acima. Moveu-se mentalmente de um lugar para outro e tentou determinar, pelas sensações do próprio corpo, se estaria empoleirado no ar ou enterrado profundamente no subsolo.

Ouviu-se o som de botas marchando do lado de fora. A porta de aço se abriu com um estrondo. Um jovem oficial, uma figura elegante de uniforme preto que parecia brilhar todo no couro polido, cujo rosto pálido e de feições retas era como uma máscara de cera, ultrapassou a porta com agilidade. Acenou aos guardas do lado de fora para trazerem o prisioneiro que conduziam. O poeta Ampleforth tropeçou para dentro da cela. A porta se fechou novamente.

Ampleforth deu um ou dois passos incertos de um lado para o outro, como se achando que ali houvesse uma porta de saída, e então começou a vagar na cela para cima e para baixo. Ainda não tinha notado a presença de Winston. Seus olhos preocupados olhavam para a parede cerca de um metro acima do nível da cabeça de Winston. Estava descalço; dedos grandes e sujos escapavam dos buracos nas meias. Também parecia não ter se barbeado por vários dias. Uma barba rala cobria o rosto até as maçãs, dando-lhe um ar de cafetão que combinava estranhamente com o corpo comprido e magro e com os movimentos nervosos.

Winston despertou um pouco de sua letargia. Tinha que falar com Ampleforth, mesmo que a teletela gritasse.

Talvez Ampleforth inclusive fosse o portador da lâmina de barbear.

"Ampleforth", disse. Não saiu nenhum grito da teletela. O homem parou, meio assustado. Seus olhos focaram Winston devagar.

"Ah, Smith!", disse ele. "Você também!"

"Por que você caiu aqui?"

"Pra falar a verdade...", ele sentou-se desajeitado no banco oposto a Winston, "... só existe um crime, não é?", disse.

"E você o cometeu?"

"Aparentemente, sim."

Colocou a mão na testa e pressionou as têmporas por um instante, como se tentasse se lembrar de alguma coisa.

"Essas coisas acontecem", começou de modo vago. "Estou conseguindo me lembrar de uma possibilidade... uma ocorrência possível. Foi uma indiscrição, sem dúvida. Estávamos produzindo uma edição definitiva dos poemas de Kipling. Deixei que a palavra 'Cristo' ficasse no final de um verso. Não pude evitar!", acrescentou, quase indignado, erguendo o rosto para encarar Winston. "Era impossível mudar o verso. A rima era 'quisto'. Sabia que só existem dezessete rimas para 'isto' em todo o idioma? Fritei a cabeça por dias. Não *havia* outra rima."

A expressão em seu rosto mudou. O aborrecimento passou, e por um momento ele pareceu quase satisfeito. Uma espécie de calor intelectual – a alegria do pedante que descobre algum fato inútil – brilhava através da sujeira e do cabelo desgrenhado.

"Já te ocorreu", disse, "que toda a história da poesia inglesa foi determinada pelo fato de que faltam rimas em inglês?".

Não, aquele pensamento específico nunca tinha passado pela cabeça de Winston. E, naquelas circunstâncias, tampouco lhe parecia muito importante ou interessante.

"Você sabe que horas são?", disse.

Ampleforth pareceu assustado de novo. "Nossa, nem pensci nisso. Eles me prenderam... pode ter sido há uns dois dias... talvez três." Olhos fixos nas paredes, como se esperasse encontrar uma janela em algum lugar. "Não tem diferença entre dia e noite neste lugar. Nem sei como a gente poderia calcular o tempo."

Conversaram sobre assuntos aleatórios por um tempo, e então, sem razão aparente, um grito da teletela lhes ordenou que ficassem quietos. Winston se sentou em silêncio, as mãos cruzadas. Ampleforth, grande demais para se sentar com conforto no banco estreito, se mexeu de um lado para o outro, segurando o corpo com as mãos, primeiro em volta de um joelho, depois em volta do outro. A teletela latiu para ele ficar quieto. Mais tempo se passou. Vinte minutos, uma hora – difícil saber. Mais uma vez, surgiu um som de botas do lado de fora. As entranhas de Winston se contraíram. Em breve, muito breve, talvez dentro de cinco minutos, talvez agora, o barulho das botas significaria que sua vez havia chegado.

A porta se abriu. O jovem oficial de rosto frio entrou na cela. Com um breve movimento da mão, apontou para Ampleforth.

"Sala 101", disse.

Ampleforth marchou desajeitado por entre os guardas, o rosto meio perturbado, ainda sem entender.

Um longo tempo pareceu se passar. E a dor na barriga de Winston voltou. Sua mente girava e girava na mesma trilha, como uma bola caindo repetidamente na mesma série de fendas. Tinha um total de seis pensamentos. A dor na barriga; um pedaço de pão; o sangue e os gritos; O'Brien; Julia; a lâmina de barbear. Sentiu outro espasmo nas entranhas: as botas pesadas se aproximavam. Quando a porta se abriu, a onda de ar que ela criou trouxe uma fedentina forte de suor gelado. Parsons entrou na cela. Vestia os calções cáqui e uma camisa esportiva.

Dessa vez, Winston ficou tão surpreso que até se esqueceu de si mesmo.

"*Você* aqui!", disse.

Parsons deu a Winston um olhar em que não havia interesse nem surpresa, apenas tristeza. Começou a andar de modo rude para cima e para baixo, evidentemente incapaz de ficar parado. Cada vez que endireitava os joelhos rechonchudos ficava evidente que tremiam. Seus olhos tinham um olhar escancarado, arregalado, como se não conseguisse evitar mirar alguma coisa que estava a meia distância.

"No que você se meteu?", disse Winston.

"Crimepensar!", disse Parsons, quase chorando. Seu tom de voz implicava ao mesmo tempo uma admissão completa de culpa e uma espécie de horror incrédulo de que tal palavra pudesse ser aplicada a si mesmo. Fez uma pausa em frente a Winston e lançou-lhe um apelo ansioso: "Você não acha que vão atirar em mim, acha, mano velho? Eles atiram quando você não fez nada, só pensou coisas que não podia evitar? Sei que eles fazem um julgamento justo. Ah, eu confio neles! Devem conhecer meu histórico, não é? *Você* sabe que tipo de cara eu era. Tenho lá o meu jeitão, não sou dos piores. Sou meio burro, tudo bem, mas eu me esforço. Tentei fazer o melhor pelo Partido, não tentei? Vou sair com cinco anos, não acha? Ou quem sabe dez? Um cara como eu seria superútil em um campo de trabalho! Eles vão atirar em mim só porque mijei fora do penico uma vez?".

"Você é culpado?", disse Winston.

"Claro que sou culpado!", gritou Parsons com um olhar servil para a teletela. "Você acha que o Partido ia prender um cara inocente? E você?" Seu rosto de sapo se acalmou e até assumiu uma leve expressão hipócrita. "Crimepensar é um troço horrível, mano velho", disse ele cheio de moralidade. "Vai se infiltrando. Te pega sem você saber. Sabe como isso entrou em mim? Durante o sono! Sim, essa é a verdade verdadeira. Lá estava eu, trabalhando, tentando fazer minha parte – nunca imaginei que tinha alguma coisa ruim na minha cabeça. Daí comecei a falar dormindo. Sabe o que eles me ouviram dizendo?" Abaixou a voz, como se fosse obrigado por razões médicas a proferir uma obscenidade. "'Fora, Irmão Maior!' Sim, eu falei isso! Parece que falei várias vezes. Aqui entre nós, mano velho, estou até feliz por terem me pegado antes de ir mais longe. Sabe o que vou dizer pra eles no tribunal? 'Obrigado', vou falar, 'obrigado por me salvar antes que fosse tarde demais'."

"Quem denunciou você?", disse Winston.

"Foi a minha filha", disse Parsons com uma espécie de orgulho triste. "Ela ouviu pelo buraco da fechadura. Ouviu o que eu estava dizendo e correu para as patrulhas no dia seguinte. Muito esperta pra uma pirralha de sete anos, hein? Não guardo nenhum rancor dela por isso. Na verdade, tenho até orgulho. Isso mostra que, pelo menos, criei a garota com o espírito certo."

Ficou fazendo mais uns movimentos idiotas para cima e para baixo, várias vezes lançando um olhar ansioso para a bacia do lavatório. Então de repente abaixou o calção.

"Licença, mano velho", disse. "Não tô aguentando. É essa espera."

Enfiou a enorme bunda na privada. Winston cobriu o rosto com as mãos.

"Smith!", gritou a voz da teletela. "6079 Smith W! Descubra seu rosto. Nenhum rosto coberto nas celas."

Winston descobriu o rosto. Parsons usou o banheiro em alto e bom som. A seguir, descobriu que a descarga estava com defeito, e a cela ficou com um fedor abominável por horas.

Parsons foi levado. Mais prisioneiros chegaram e saíram, misteriosamente. Uma mulher também foi enviada para a "Sala 101"; Winston percebeu que ela pareceu murchar e adquirir uma cor cinza quando ouviu essas palavras. Em dado momento, ele pensou que, se tivesse sido levado até ali de manhã, agora seria de tarde; se tivesse sido de tarde, então agora seria meia-noite. Havia seis prisioneiros na cela, homens e mulheres. Todos sentados imóveis. Em frente a Winston, sentou-se um homem dentuço e sem queixo, igualzinho a uma capivara. As bochechas gordas e manchadas estavam tão infladas que era difícil não pensar que ele estivesse escondendo algum estoque de comida. Seus olhos cinza-claros pulavam nervosamente de um rosto para outro e se afastavam rápido quando alguém o encarava de volta.

A porta se abriu e outro prisioneiro chegou; sua aparência despertou um calafrio momentâneo em Winston. Era um homem comum e de aparência agressiva, que podia ter sido um engenheiro ou técnico de algum tipo. Mas o que surpreendia era a magreza do rosto. Parecia uma caveira. Por causa da esqualidez, a boca e os olhos eram desproporcionalmente grandes, e os olhos transbordavam um ódio assassino de alguém ou de alguma coisa.

O homem sentou-se no banco perto de Winston, que não o espiou de novo, mas o rosto atormentado semelhante a uma caveira estava tão vívido em sua mente que era como se ele estivesse bem diante de seus olhos. De repente, Winston percebeu o que estava acontecendo. O homem estava morrendo de inanição. O mesmo pensamento pareceu ocorrer quase simultaneamente a todos na cela. Um murmúrio suave correu ao redor do banco. Os olhos do homem-capivara encaravam o homem-caveira e, em seguida, viravam-se cheios de culpa, e então eram arrastados de volta por uma atração irresistível. O homem-capivara começou a se remexer no assento. Por fim se levantou, cambaleou desajeitado pela cela, enfiou a mão no bolso do macacão e, com um ar envergonhado, estendeu um pedaço de pão sujo para o homem-caveira.

Um rugido furioso e ensurdecedor partiu da teletela. O homem-capivara deu um pulo. O homem-caveira rapidamente colocou as mãos atrás das costas, como que demonstrando ao mundo que recusava o presente.

"Bumstead!", rugiu a voz. "2713 Bumstead J.! Solte esse pedaço de pão."

O homem-capivara deixou cair o pão no chão.

"Permaneça onde está", disse a voz. "Encare a porta. Não faça nenhum movimento."

O homem-capivara obedeceu. Suas grandes bochechas carnudas tremiam incontrolavelmente. A porta se abriu com um estrondo. Quando o jovem oficial entrou e deu um passo para o lado, surgiu atrás dele um guarda atarracado, com braços e ombros enormes. Ele se posicionou em frente ao homem-capivara e então, a um sinal do policial, usou todo o peso do corpo para desferir um golpe terrível em cheio na boca do homem-capivara. A força quase o levou a nocaute. Seu corpo voou pela cela e foi aparado pela base da privada. Ele ficou atordoado um tempo, sangue escuro escorrendo do nariz e da boca. Ele soltava uns choramingos ou guinchos muito fracos, que pareciam inconscientes. Então rolou e, bamboleando, ficou de quatro. Em meio a um fluxo de sangue e saliva, as duas metades de uma dentadura caíram de sua boca.

Os prisioneiros ficaram sentados quietinhos, as mãos cruzadas sobre os joelhos. O homem-capivara voltou ao seu lugar. Um lado de seu rosto estava ficando preto. A boca tinha inchado em uma massa disforme cor de cereja com um buraco escuro no meio. De vez em quando, um pouco de sangue pingava no peito do macacão. Os olhos cinzentos ainda se mexiam indo de um rosto para outro, mais culpados do que nunca, como se estivessem tentando descobrir o quanto os outros o desprezavam por aquela humilhação.

A porta se abriu. Com um pequeno gesto, o oficial apontou para o homem-caveira.

"Sala 101", disse.

Houve um suspiro e uma agitação ao lado de Winston. O homem tinha se jogado de joelhos no chão, as mãos entrelaçadas.

"Camarada! Oficial", gritou. "Você não precisa me levar para esse lugar! Eu já não disse tudo? O que mais você quer saber? Não tem mais nada pra confessar, nada! Só me diga o que você quer que eu fale que eu confesso agora. Escreva que eu assino... qualquer coisa! A Sala 101 não!"

"Sala 101", disse o oficial.

O rosto do homem, já muito pálido, ficou de uma cor que Winston não teria acreditado ser possível. Definitivamente, inconfundivelmente, tinha ficado verde.

"Pode fazer qualquer coisa comigo!", gritou. "Você me deixou sem comer faz semanas. Acabe logo com isso, me deixe morrer. Atire em mim. Me enforque. Me dê uma pena de vinte e cinco anos. Há mais alguém que você quer que eu entregue? É só dizer quem é e eu digo o que você quiser. Não me importa quem seja ou o que você vai fazer com a pessoa. Tenho uma esposa e três crianças. A maior delas não tem nem seis anos. Você pode pegar os quatro e cortar as gargantas deles na minha frente, e eu vou ficar parado olhando. Mas não a Sala 101!"

"Sala 101", disse o oficial.

O homem olhou em volta num frenesi, como se pensasse em um jeito de colocar outra vítima em seu lugar. Seus olhos pousaram no rosto esmagado do homem-capivara. Ele estendeu um braço magro.

"Esse é o homem que você deveria levar, não eu!", gritou. "Você não ouviu o que ele disse depois que bateram no rosto dele. Me dê uma chance e eu repito cada palavra. *Ele*, sim, está contra o Partido, não eu." Os guardas deram um passo à frente. A voz do homem subiu para um grito. "Você não ouviu o que ele disse!", repetiu. "Alguma coisa deu errado com a teletela. É *ele* quem você quer. Pegue aquele sujeito, não eu!"

Os dois guardas robustos tinham se aproximado para levá-lo pelos braços. Bem nesse momento, ele se atirou pelo chão da cela e agarrou uma das hastes de ferro que sustentavam o banco. Então soltou um uivo sem palavras, como o de um animal. Os guardas o puxaram para arrancá-lo dali, mas ele se agarrava com uma força surprecndente. Por uns vinte segundos continuaram puxando. Os prisioneiros permaneceram quietos e sentados, as mãos cruzadas sobre os joelhos, olhando diretamente à frente. O uivo parou; o homem não tinha fôlego para nada mais, exceto aguentar. Foi quando soltou um tipo diferente de choro. Uma botinada de um dos guardas acabara de quebrar todos os dedos de uma de suas mãos. Os guardas o colocaram de pé.

"Sala 101", disse o oficial.

O homem foi conduzido para fora, caminhando sem firmeza, a cabeça afundada, segurando a mão esmagada; toda a força havia se esvaído dele.

Muito tempo se passou. Se o homem-caveira tivesse sido levado embora à meia-noite, agora seria de manhã: se tivesse sido de manhã, agora seria de tarde. Winston estava sozinho já fazia horas. A dor de ficar sentado no banco estreito era tal que muitas vezes ele se levantava e caminhava, sem ser reprovado pela teletela. O pedaço de pão ainda estava no chão, no mesmo lugar onde o homem-capivara o havia deixado cair. No começo, precisava de um grande esforço para não olhar para ele, mas logo a fome cedeu lugar à sede. Sentia a boca pegajosa e com um gosto ruim. O zumbido e a luz branca sempre acesa o induziam a uma espécie de transe, um vazio dentro da cabeça. Ele se levantava porque a dor nos ossos era insuportável, e então voltava a se sentar logo em seguida porque estava muito tonto para ficar em pé. Sempre que as sensações físicas ficavam sob controle, o terror voltava. Às vezes, com uma esperança esmaecida, pensava em O'Brien e na lâmina de barbear. Era imaginável que a lâmina de barbear chegasse escondida em sua comida, caso ele fosse alimentado. De modo mais vago, pensou em Julia. Ela estaria sofrendo em algum lugar, talvez muito mais do que ele. Poderia estar gritando de dor naquele momento. Pensou: "Se eu pudesse salvar Julia duplicando a minha dor, faria isso? Sim, faria". Mas essa era uma decisão meramente intelectual, tomada porque ele sabia que deveria tomá-la. Não sentia isso de fato. Naquele lugar, não era possível sentir nada exceto a dor e a expectativa da dor. Além disso, seria possível uma pessoa que estivesse realmente sofrendo desejar, por qualquer motivo que fosse, o aumento da própria dor? Essa pergunta ainda não podia ser respondida.

As botas se aproximavam outra vez. A porta se abriu. O'Brien entrou. Winston pôs-se de pé. O choque da visão o fez abandonar a cautela. Pela primeira vez em muitos anos, ele se esqueceu da presença da teletela.

"Pegaram você também!", gritou.

"Eles me pegaram há muito tempo", disse O'Brien em um tom suave, quase um lamento irônico. Deu um passo para o lado. Atrás dele, surgiu um guarda de peito largo com um cassetete preto comprido na mão.

"Você sabia que seria assim, Winston", disse O'Brien. "Não se engane. Você sabia… você sempre soube."

Sim, ele via agora; sempre soubera. Mas não havia tempo para pensar no assunto. Só tinha olhos para o cassetete na mão do guarda. Poderia desabar em qualquer lugar: na cabeça, na orelha, no braço, no cotovelo...

O cotovelo! Ele caiu de joelhos, quase paralisado, segurando com a outra mão o cotovelo atingido. Tudo explodia em luz amarela. Inconcebível, inconcebível que aquele golpe pudesse causar tanta dor! A luz clareou e ele distinguiu os outros dois homens o observando. O guarda riu dele até se contorcer. Ao menos uma pergunta tinha sido respondida. Nunca, por qualquer razão que fosse, alguém desejaria que sua dor aumentasse. Quanto à dor, só se podia desejar uma coisa: que ela parasse. Nada no mundo era tão ruim quanto a dor física. Diante da dor não há heróis, não há heróis, ele pensava sem parar, enquanto se contorcia no chão, agarrando inutilmente o braço esquerdo quebrado.

2 Winston estava deitado em algo que parecia um saco de dormir, porém mais alto que o chão, e seu corpo havia sido fixado de um jeito que o imobilizava. Uma luz mais forte que o normal caía sobre seu rosto. O'Brien estava parado ao seu lado, olhando atentamente para ele, de cima para baixo. Do lado oposto, havia um homem em um jaleco branco, segurando uma seringa hipodérmica.

Mesmo com os olhos abertos, Winston só captava aos poucos o ambiente ao seu redor. Tinha a impressão de ter nadado para dentro daquela sala vindo de um mundo bem diferente, uma espécie de mundo subaquático distante, abaixo dela. Não saberia dizer quanto tempo teria passado lá no fundo. Desde o momento da prisão, não vira escuridão ou luz do dia. Além disso, suas memórias não eram contínuas. Havia momentos em que a consciência, mesmo aquele tipo de consciência que existia no sono, parava e começava de novo após um branco de intervalo. Mas se os intervalos eram de dias, semanas ou apenas segundos, não tinha como saber.

O pesadelo havia começado com aquele primeiro golpe no cotovelo. Mais tarde, ele perceberia que tudo o que acontecera tinha sido só um interrogatório preliminar de rotina, ao qual quase todos os prisioneiros eram submetidos. Havia uma grande variedade de crimes – espionagem, sabotagem e coisas do gênero – que todos tinham de confessar, de forma clara. A confissão era uma formalidade, embora a tortura fosse real. Quantas vezes ele tinha sido espancado, quanto tempo as surras tinham durado, ele não conseguia lembrar. Sempre havia cinco ou seis homens com ele ao mesmo tempo, em uniformes pretos. Às vezes eram murros, às vezes golpes de cassetete, às vezes hastes de aço, às vezes botas. Por vezes ele rolou no chão, tão desavergonhado quanto um animal, contorcendo o corpo em um esforço infinito e sem esperança de evitar os chutes, simplesmente os convidando para mais e mais pontapés, nas costelas, na barriga, nos cotovelos, nas canelas, na virilha, nos testículos, no osso da base da coluna. Em algumas ocasiões, isso continuava e continuava até que lhe parecia que a coisa mais cruel, perversa e imperdoável não era o fato de os guardas continuarem a bater nele, mas o fato de ele não conseguir se forçar a perder consciência. Havia momentos em que sua coragem o abandonava até que ele começasse a gritar por misericórdia antes mesmo da surra, quando a mera visão de um punho se fechando antes de um murro era o suficiente para fazê-lo despejar uma confissão de crimes reais e imaginários. Em outros momentos, ele começava resoluto a não confessar nada, e cada palavra tinha que ser forçada a sair dele entre suspiros de dor, e havia momentos em que ele tentava debilmente se comprometer, dizendo a si mesmo: "Vou confessar, mas não agora. Devo resistir até que a dor se torne insuportável. Mais três chutes, mais dois chutes, aí, sim, direi o que querem". Às vezes ele era espancado até que mal conseguisse ficar em pé, então era jogado feito um saco de batatas no chão de pedra de uma cela, deixado ali para se recuperar por algumas horas, e então era levado para ser espancado mais uma vez. Também havia períodos mais longos de recuperação. Ele se lembrava deles vagamente, porque tinham sido gastos em um mergulho no sono ou no torpor. Ele se lembrava de uma cela com uma cama de tábuas, uma espécie de prateleira saindo da parede e uma pia, e de refeições de sopa quente e pão, e às vezes café. Ele se lembrava de um barbeiro mal-humorado chegando para raspar seu queixo e cortar seu cabelo, e homens que pareciam executivos antipáticos em jalecos brancos sentindo seu pulso, testando seus reflexos, levantando suas pálpebras, percorrendo com força os dedos sobre ele em busca de ossos quebrados e enfiando agulhas em seu braço para fazê-lo dormir.

As surras tornaram-se menos frequentes e converteram-se mais em uma ameaça, um horror ao qual ele poderia ser enviado de volta a qualquer momento se as respostas fossem insatisfatórias. Seus inquisidores não eram mais trogloditas em uniformes pretos, mas intelectuais do Partido, homenzinhos gorduchos com movimentos rápidos e óculos brilhantes, que trabalhavam nele durante períodos que duravam – ele achava, mas não tinha certeza – umas dez ou doze horas seguidas. Esses outros inquisidores garantiam que ele sentisse uma dor mais leve, porém constante, embora a dor não fosse o principal recurso. Davam tabefes na cara, torciam as orelhas, puxavam o cabelo, mandavam Winston ficar em uma perna só, impediam que ele fosse ao banheiro, ligavam luzes fortes em seu rosto até os olhos lacrimejarem; o objetivo de tudo isso era humilhá-lo e destruir seu poder de argumentação e raciocínio. A verdadeira arma era o impiedoso interrogatório que se estendia hora após hora, fazendo-o tropeçar, preparando armadilhas para ele, distorcendo tudo o que ele dizia, fazendo com que ele caísse em mentiras e contradições a cada passo, até que desatasse a chorar, tanto de vergonha quanto de fadiga mental. Às vezes, chorava meia dúzia de vezes em uma única sessão. Na maior parte do tempo, gritavam insultos contra ele, e a cada hesitação ameaçavam entregá-lo aos guardas de novo; mas às vezes eles mudavam repentinamente de tom, o chamavam de camarada, apelavam para ele em nome do Socing e do Irmão Maior e perguntavam, com tristeza, se mesmo agora não lhe restava alguma lealdade para com o Partido que o levasse a desfazer o mal que havia feito. Depois de horas de interrogatório, quando seus nervos estavam em frangalhos, até mesmo esse apelo o reduzia a lágrimas abundantes. No final, as vozes incansáveis o derrubavam mais do que as botas e os murros dos guardas. Ele se tornou simplesmente uma boca que confessava, uma mão que assinava, um ser que fazia tudo o que era exigido dele. Sua única preocupação era descobrir o que queriam dele e confessar bem rápido, antes que a tortura começasse outra vez. Confessou assassinato de membros eminentes do Partido, distribuição de panfletos subversivos, desfalque de fundos públicos, venda de segredos militares, sabotagem de todo tipo. Confessou ter sido espião a serviço do governo da Lestásia desde 1968. Confessou ser um religioso devotado, admirador do capitalismo e pervertido sexual. Confessou ter assassinado a esposa, embora soubesse, e seus inquisidores deveriam saber também, que a esposa ainda estava viva. Confessou ter mantido contato pessoal com Goldstein durante anos e ter sido membro de uma organização clandestina que incluía praticamente todos os seres humanos com quem já havia tido contato. Era mais fácil confessar tudo e envolver todos. Além disso, em certo sentido, tudo era verdade. Era verdade que tinha sido um inimigo do Partido, e aos olhos do Partido não havia distinção entre o pensamento e a ação.

Também havia memórias de outro tipo. Destacavam-se em sua mente desconectada, como imagens borradas dentro da escuridão. Estava em uma cela que podia ser escura ou clara, pois não conseguia ver nada, exceto um par de olhos. Ao alcance da mão, algum tipo de instrumento tiquetaqueava lenta e regularmente. Os olhos ficavam maiores e mais luminosos. De repente, flutuava para fora de seu assento, mergulhava nos olhos e era engolido.

Winston tinha sido amarrado a uma cadeira e estava rodeado de painéis de instrumentos, sob luzes cegantes. Um homem de jaleco branco lia os mostradores. Botas pesadas marchavam lá fora. A porta se abriu com estrondo. O oficial com rosto de cera entrou marchando, seguido por dois guardas.

"Sala 101", disse o oficial.

O homem de jaleco branco não se virou. Também não olhou para Winston; olhava apenas para o painel.

Winston rolava por um corredor imponente, com um quilômetro de largura, banhado em uma gloriosa luz dourada, a voz rouca de tanto rir e de gritar confissões o mais alto que podia. Confessava tudo, até mesmo as coisas que tinha conseguido segurar sob tortura. Relatava toda a história de sua vida a um público que estava cansado de saber daquilo. Com ele, estavam os guardas, os outros inquisidores, os homens de jaleco branco, O'Brien, Julia, o sr. Charrington, todos rolando pelo corredor juntos e gritando de tanto rir. Alguma coisa terrível que espreitava no futuro tinha sido evitada de alguma forma, não acontecera. Tudo estava bem, não havia mais dor, o último detalhe de sua vida havia sido revelado, compreendido, perdoado.

Da sua cama de tábuas, ele começava a ter certeza de que tinha escutado a voz de O'Brien. Durante todo o interrogatório, embora nunca o tivesse visto, tivera a sensação de que O'Brien estava ao seu lado, mas fora de vista. Era O'Brien quem dirigia tudo. Era ele quem chamava os guardas contra Winston e era ele quem os impedia de matá-lo. Era ele quem decidia quando Winston deveria gritar de dor, quando deveria ter uma pausa, quando deveria ser alimentado, quando deveria dormir, quando as drogas deveriam ser injetadas em seu braço. Era ele quem fazia as perguntas e quem sugeria as respostas. Era ele o algoz, e o protetor, e o inquisidor, e o amigo. E uma vez – Winston não se lembrava se tinha sido no sono drogado ou no sono normal, ou mesmo em um momento de vigília –, uma voz havia murmurado em seu ouvido: "Não se preocupe, Winston; você está sob minha guarda. Por sete anos, eu cuidei de você. Agora chegou o ponto da virada. Vou salvá-lo, vou torná-lo perfeito". Não tinha certeza de que era a voz de O'Brien, mas era a mesma voz que lhe dissera: "Vamos nos encontrar no lugar onde não existe escuridão", naquele outro sonho sete anos antes.

Ele não se lembrava do fim do interrogatório. Havia um período de escuridão, e em seguida a cela ou sala em que ele agora se encontrava tinha gradualmente se materializado em torno dele. Estava deitado de costas e incapaz de se mover. Seu corpo estava fixo em cada ponto essencial. Até a parte de trás da cabeça parecia presa de algum modo. O'Brien o olhava com seriedade e bastante tristeza. O rosto dele, visto de baixo, era áspero e gasto, com bolsas sob os olhos e linhas cansadas do nariz ao queixo. Era mais velho do que Winston imaginava; tinha uns quarenta e oito ou cinquenta anos. A mão estava pousada em um instrumento que tinha uma alavanca no topo e números impressos em um círculo.

"Eu disse a você", falou O'Brien, "que, se nos encontrássemos novamente, seria aqui".

"Sim", disse Winston.

Sem qualquer aviso, exceto por um leve movimento da mão de O'Brien, uma onda de dor inundou seu corpo. Era uma dor assustadora, porque ele não conseguia ver o que estava acontecendo e tinha a sensação de que lhe causavam algum dano mortal. Não sabia se a coisa era real ou se o efeito era produzido eletricamente; mas seu corpo estava sendo retorcido de forma violenta, suas juntas sendo lentamente rasgadas. Embora a dor fizesse suor brotar-lhe na testa, o pior de tudo era o medo de que sua espinha dorsal explodisse. Cerrou os dentes e respirou fundo pelo nariz, tentando ficar em silêncio o máximo de tempo possível.

"Você está com medo", disse O'Brien, observando seu rosto, "de que, a qualquer momento, algo se quebre. Um temor específico de que sua espinha vá se romper. Tem uma imagem mental vívida das vértebras se partindo e do liquor pingando delas. É nisso que você está pensando, não é, Winston?".

Ele não respondeu. O'Brien puxou a alavanca do instrumento. A onda de dor diminuiu quase tão rápido quanto havia surgido.

"Isso foi quarenta", disse O'Brien. "Você pode ver que os números neste mostrador chegam a cem. Por favor, durante toda a nossa conversa, lembre-se de que tenho o poder de infligir dor em você a qualquer momento e em qualquer grau que eu escolher. Se você me contar alguma mentira, se tentar me enganar de alguma forma ou mesmo se cair abaixo do seu nível normal de inteligência, você gritará de dor instantaneamente. Entendido?"

"Sim", disse Winston.

Os modos de O'Brien tornaram-se menos severos. Ajeitou os óculos, pensativo, e deu um passo ou dois para cima e para baixo. Quando falou, sua voz era gentil e paciente. Tinha o ar de um médico, de um professor ou até de um padre, mais ansioso para explicar e persuadir do que para punir.

"Estou me dedicando a você, Winston", ele disse, "porque você vale a pena. Sabe perfeitamente o que está acontecendo com você. Sabe disso há anos, embora tenha lutado contra essa constatação. Você está mentalmente perturbado. Sofre de um defeito na memória. É incapaz de se lembrar de acontecimentos reais e engana a si mesmo se lembrando de outros que nunca aconteceram. Felizmente, essa condição é curável. Você nunca se curou dela porque não escolheu. Precisava de uma leve força de vontade que não estava disposto a fazer. Mesmo agora, estou bem ciente, você ainda se apega à sua doença sob a impressão de que é uma virtude. Vamos dar um exemplo. Neste momento, a Oceânia está em guerra com qual superpotência?".

"Quando fui preso, a Oceânia estava em guerra com a Lestásia."

"Com a Lestásia. Ótimo. E a Oceânia sempre esteve em guerra com Lestásia, não é?"

Winston prendeu a respiração. Abriu a boca para falar, mas não falou. Não conseguia tirar os olhos do mostrador do instrumento.

"A verdade, por favor, Winston. A *sua* verdade. Me diga o que você acha que lembra."

"Eu lembro que até uma semana antes de ser preso não estávamos em guerra com a Lestásia. Estávamos em aliança com eles. A guerra era contra a Eurásia. Isso durou quatro anos. Antes disso..."

O'Brien o interrompeu com um gesto da mão.

"Outro exemplo", disse. "Alguns anos atrás, você teve uma ilusão séria, de fato. Acreditava que três homens, três ex-membros do Partido chamados Jones, Aaronson e Rutherford – homens executados por traição e sabotagem após confessarem absolutamente tudo – não eram culpados dos crimes de que eram acusados. Acreditava ter visto evidências documentais inconfundíveis provando que suas confissões eram falsas. Havia uma certa fotografia sobre a qual você fantasiava. Acreditava que realmente a tinha segurado nas mãos. Uma fotografia mais ou menos assim."

Um recorte comprido de jornal apareceu entre os dedos de O'Brien. Por uns cinco segundos, ficou dentro do ângulo de visão de Winston. Era uma fotografia, e não havia sombra de dúvida. Era *a* fotografia. Outra cópia da foto de Jones, Aaronson e Rutherford numa reunião do Partido em Nova York, que ele tinha encontrado ao acaso onze anos antes e prontamente destruído. Por um instante, estava diante de seus olhos e, então, já estava fora de vista novamente. Mas ele tinha visto, sem dúvida ele tinha visto! Fez um esforço desesperado e agonizante para libertar a metade superior do corpo. Era impossível mover um centímetro em qualquer direção. Naquela hora, ele até esqueceu o instrumento. Tudo o que queria era segurar a foto de novo, ou pelo menos vê-la de novo.

"A foto existe!", gritou.

"Não", disse O'Brien. Ele cruzou a sala. Havia um buraco de memória na parede oposta. O'Brien ergueu a grade. Fora de vista, o frágil papel rodopiava na corrente de ar quente, desaparecendo em um relâmpago de fogo. O'Brien se afastou da parede.

"Cinzas", disse. "Nem mesmo cinzas identificáveis. Poeira. Não existe. Nunca existiu."

"Mas existia! Existe! Existe na memória. Eu me lembro. Você se lembra."

"Eu não me lembro de nada disso", disse O'Brien.

O coração de Winston afundou. Era o duplipensar. Teve uma sensação mortal de desamparo. Se pudesse se certificar de que O'Brien estava mentindo, não teria feito diferença. Mas era perfeitamente possível que O'Brien tivesse de fato esquecido a foto. Nesse caso, ele já teria esquecido sua negação de se lembrar e, portanto, esquecido o ato de esquecer. Como alguém poderia ter certeza de que não passava de um simples truque? Talvez aquele deslocamento lunático da mente fosse mesmo possível: era esse o pensamento que o derrotava. O'Brien olhava para ele de um jeito especulativo. Mais do que nunca, tinha o ar de um professor sofrendo com uma criança promissora, mas teimosa.

"Existe um slogan do Partido que trata do controle do passado", ele disse. "Recite-o, por favor."

"Quem controla o passado controla o futuro; quem controla o presente controla o passado", repetiu Winston, obediente.

"Quem controla o presente controla o passado", disse O'Brien, balançando a cabeça com lenta aprovação. "Na sua opinião, Winston, o passado tem existência real?". Mais uma vez, o sentimento de impotência se abateu sobre Winston. Seus olhos se voltavam para o mostrador. Ele não só não sabia se "sim" ou "não" seria a resposta que o salvaria da dor como nem sequer saberia dizer qual resposta acreditava ser de fato a verdadeira.

O'Brien deu um sorriso suave.

"Você não é um metafísico, Winston", disse. "Até este momento, nunca tinha considerado o que se entende por existência. Vou colocar de forma mais precisa. O passado existe concretamente, no espaço? Existe algum lugar, um mundo de objetos sólidos, onde o passado ainda esteja acontecendo?"

"Não."

"Então onde existe o passado, se é que existe?"

"Em registros. Está escrito."

"Em registros. E...?"

"Na mente. Nas memórias humanas."

"Na memória. Muito bem, então. Nós, o Partido, controlamos todos os registros e controlamos todas as memórias. Então, controlamos o passado, não é?"

"Mas como você pode impedir que as pessoas se lembrem das coisas?", exclamou Winston, voltando a se esquecer por um momento do mostrador. "É involuntário. Está além da pessoa. Como você pode controlar a memória? Você não controla a minha!"

Os modos de O'Brien tornaram-se severos novamente. Ele colocou a mão no instrumento.

"Pelo contrário", disse, "*você* não controlou sua memória. Foi isso que o trouxe aqui. Você está aqui porque falhou na humildade, na autodisciplina. Porque se recusou a praticar o ato de submissão que é o preço da sanidade. Preferiu ser um alucinado, a minoria de um. Só a mente disciplinada pode ver a realidade, Winston. Você acredita que a realidade é algo objetivo, externo, existente por si só. Também acredita que a natureza da realidade é evidente. Ao se iludir pensando que vê algo, supõe que todo mundo vê a mesma coisa que você. Mas eu te digo, Winston: a realidade não é externa. Ela existe na mente humana e em nenhum outro lugar. Não na mente individual, que pode cometer erros e, de qualquer forma, logo morre: a realidade só existe na mente do Partido, que é coletivo e imortal. O que quer que o Partido considere ser verdade é a verdade. É impossível ver a realidade, exceto olhando através dos olhos do Partido. Esse é o fato que você precisa reaprender, Winston. É necessário um ato de autodestruição, um esforço da vontade. Você deve se humilhar antes de se tornar são".

Parou por alguns momentos, como se para permitir que as palavras fossem absorvidas.

"Você se lembra", continuou, "de escrever em seu diário 'Liberdade é a liberdade de dizer que dois mais dois são quatro'?".

"Sim", disse Winston.

O'Brien ergueu as costas da mão esquerda para Winston, com o polegar escondido e os outros quatro dedos estendidos.

"Quantos dedos estou levantando, Winston?"

"Quatro."

"E se o Partido disser que não são quatro, mas cinco... então, quantos são?"

"Quatro."

A palavra terminou em um suspiro de dor. No mostrador, a agulha do instrumento tinha disparado até cinquenta e cinco. O suor escorria por todo o corpo de Winston. O ar invadiu seus pulmões e saiu novamente em profundos gemidos que, mesmo cerrando os dentes, ele não conseguia controlar. O'Brien o observava, os quatro dedos ainda estendidos. Puxou de novo a alavanca. Dessa vez, a dor diminuiu ligeiramente.

"Quantos dedos, Winston?"

"Quatro."

A agulha subiu para sessenta.

"Quantos dedos, Winston?"

"Quatro! Quatro! O que mais eu posso dizer? Quatro!"

A agulha deve ter subido de novo, mas ele não olhou para ela. O rosto pesado e severo e os quatro dedos preenchiam toda a sua visão. Os dedos assomavam diante de seus olhos como pilares, enormes, embaçados e parecendo vibrar, mas inconfundivelmente quatro.

"Quantos dedos, Winston?"

"Quatro! Pare, pare! Como você pode continuar? Quatro! Quatro!"

"Quantos dedos, Winston?

"Cinco! Cinco! Cinco!"

"Não, Winston, isso não adianta. Você está mentindo. Você ainda pensa que são quatro. Quantos dedos, por favor?"

"Quatro! Cinco! Quatro! Qualquer coisa que você queira que eu fale. Só pare com isso, pare com a dor!"

De repente, Winston estava sentado e com os ombros enlaçados pelo braço de O'Brien. Devia ter perdido a consciência por alguns segundos. As amarras que seguravam seu corpo tinham sido afrouxadas. Sentia muito frio, tremia de modo incontrolável, seus dentes batiam, as lágrimas rolavam por suas bochechas. Por um momento, se agarrou a O'Brien como um bebê, curiosamente consolado pelo braço pesado em seus ombros. Tinha a sensação de que O'Brien era seu protetor, de que a dor era algo que vinha de fora, de alguma outra fonte, e que era O'Brien quem o salvaria dela.

"Você aprende devagar, Winston", disse O'Brien com gentileza.

"Como posso evitar?", balbuciou. "Como posso parar de ver o que está na frente dos meus olhos? Dois e dois são quatro."

"Às vezes, Winston. Às vezes, dois e dois são cinco. Às vezes, dois e dois são três. Às vezes dois e dois são tudo isso ao mesmo tempo. Você precisa se esforçar mais. Não é fácil se tornar são."

Ele deitou Winston na cama. O aperto em seus membros aumentou de novo, mas a dor diminuiu e o tremor parou, deixando-o só fraco e frio. O'Brien acenou com a cabeça para o homem de jaleco branco, que ficara imóvel durante todo o procedimento. O homem de jaleco branco se abaixou e olhou bem nos olhos de Winston, sentiu seu pulso, encostou uma orelha em seu peito, deu tapinhas aqui e ali; então acenou com a cabeça para O'Brien.

"De novo", disse O'Brien.

A dor se alastrou pelo corpo de Winston. A agulha devia estar em setenta, setenta e cinco. Dessa vez, fechou os olhos. Sabia que os dedos ainda estavam lá e ainda eram quatro. Tudo o que importava era de alguma forma permanecer vivo até que o espasmo acabasse. Já não sabia mais se estava gritando ou não. A dor diminuiu novamente. Abriu os olhos. O'Brien havia puxado a alavanca.

"Quantos dedos, Winston?"

"Quatro. Suponho que sejam quatro. Eu veria cinco se pudesse. Estou tentando ver cinco."

"O que você deseja: me persuadir de que vê cinco ou realmente vê-los?"

"Realmente queria vê-los."

"De novo", disse O'Brien.

Talvez a agulha estivesse em oitenta ou noventa. Winston só de vez em quando se lembrava do real motivo da dor. Por detrás das pálpebras retorcidas, uma floresta de dedos que pareciam se mover em uma espécie de dança, entrelaçando-se e desaparecendo, sumindo um atrás do outro e reaparecendo outra vez. Tentava contá-los, mas não conseguia lembrar por qual motivo. Só sabia que era impossível contá-los e que isso de alguma forma acontecia devido à misteriosa identidade de cinco e quatro. A dor voltou a diminuir. Quando abriu os olhos, descobriu que ainda estava vendo a mesma coisa. Dedos incontáveis, como árvores em movimento, ainda corriam para todas as direções, cruzando-se e entrecruzando-se de novo. Fechou os olhos outra vez.

"Quantos dedos estou mostrando, Winston?"

"Não sei. Não sei. Você vai me matar se fizer isso de novo. Quatro, cinco, seis... sinceramente, eu não sei."

"Melhor", disse O'Brien.

Uma agulha deslizou pelo braço de Winston. Quase no mesmo instante, ele sentiu um calor feliz e apaziguador se espalhar por todo o corpo. A dor já tinha quase sido esquecida. Abriu os olhos e olhou para cima, para O'Brien, agradecido. Ao ver o rosto pesado e enrugado, tão feio e tão inteligente, seu coração parecia se entregar. Se ele conseguisse se mover teria estendido a mão e a colocado no braço de O'Brien. Nunca o amara tão profundamente como naquele momento, e não apenas porque ele tinha feito a dor parar. Havia retornado a velha sensação de que, no fundo, não importava se O'Brien era amigo ou inimigo. O'Brien era alguém com quem se podia conversar. Talvez uma pessoa não quisesse mais ser amada do que ser compreendida. O'Brien o torturava até a beira da loucura e, em pouco tempo, tinha certeza, o mandaria para a morte. Não faria diferença. Em algum sentido ainda mais profundo do que a amizade, eles eram íntimos: em algum lugar, embora as palavras reais pudessem nunca ter sido faladas, havia um espaço onde eles poderiam se encontrar e conversar. A expressão com que O'Brien olhava para ele sugeria que talvez estivesse pensando a mesma coisa. Quando falou, foi em um tom leve e coloquial.

"Sabe onde você está, Winston?", disse ele.

"Não sei. Vou tentar adivinhar. No Ministério do Amor."

"Sabe há quanto tempo está aqui?"

"Não sei. Dias, semanas, meses... acho que são meses."

"E por que você imagina que trazemos pessoas para este lugar?"

"Para fazê-las confessar."

"Não, não é esse o motivo. Tente de novo."

"Para puni-las."

"Não!", exclamou O'Brien. A voz mudou radicalmente, e rosto dele se tornou severo e agitado. "Não! Não só para extrair sua confissão, nem para puni-lo. Preciso dizer por que nós trouxemos você aqui? Para curá-lo! Para torná-lo são! Entenda, Winston, que ninguém que é trazido a este lugar jamais sai daqui sem ser curado. Não estamos interessados naqueles crimes idiotas que você cometeu. O Partido não está interessado na ação escancarada: só nos importa o pensamento. Não só destruímos nossos inimigos, nós os mudamos. Entende o que quero dizer com isso?"

Ele estava todo curvado sobre Winston. Seu rosto parecia enorme por causa da proximidade e horrivelmente feio visto de baixo. Além disso, estava envolto em uma espécie de exaltação, uma intensidade alucinante. O coração de Winston voltou a se encolher. Se fosse possível, ele próprio teria se encolhido ainda mais na cama. Tinha certeza de que O'Brien estava prestes a acionar o instrumento só por diversão. Nessa hora, entretanto, O'Brien se virou. Deu um ou dois passos para cima e para baixo. Então prosseguiu, com menos veemência:

"A primeira coisa que você precisa entender é que neste lugar não há martírios. Você leu sobre as perseguições religiosas do passado. Na Idade Média, houve a Inquisição. Foi um fracasso. Começou com o objetivo de erradicar a heresia e acabou por perpetuá-la. Para cada herege que queimava na fogueira, milhares de outros se levantavam. Por que isso acontecia? Porque a Inquisição matava seus inimigos abertamente e fazia isso enquanto eles ainda não tinham se arrependido: na verdade, matava-os justamente porque não se arrependiam. Homens morriam por não abandonarem suas verdadeiras crenças. A vítima, claro, ficava com toda a glória, enquanto toda a vergonha cabia ao inquisidor que a queimava. Mais tarde, no século XX, houve o chamado totalitarismo. Havia os nazistas alemães e os comunistas russos. Os russos perseguiram a heresia com mais crueldade do que a Inquisição havia feito. E imaginaram ter aprendido com os erros do passado; pelo menos sabiam que não se deve criar mártires. Antes de exporem suas vítimas a julgamento público, tinham o objetivo deliberado de destruir sua dignidade. Eles as desgastavam pela tortura e pela solidão até reduzi-las a seres desgraçados e desprezíveis, que acabavam confessando tudo o que era colocado em suas bocas, cobrindo-se de abusos, acusando-se e escondendo-se uns atrás dos outros, chorando por misericórdia. Mas apesar disso, depois de alguns anos, a mesma coisa acontecia outra vez. Mortos, os homens se tornavam mártires, e sua degradação era esquecida. E, de novo, por que isso acontecia? Em primeiro lugar, porque as confissões eram obviamente extorquidas e falsas. Não cometemos erros desse tipo. Todas as confissões aqui proferidas são verdadeiras. Nós as tornamos verdadeiras. Acima de tudo, não permitimos que os mortos se levantem contra nós. Você precisa parar de achar que a posteridade irá vingá-lo, Winston. A posteridade nunca vai ouvir falar de você. Você será atirado na lata de lixo da história. Vamos transformar você em gás e despejá-lo na estratosfera. Nada restará de você; nem um nome em um registro, nem uma memória em um cérebro vivo. Será aniquilado no passado e também no futuro. Nunca terá existido."

Então por que se dar ao trabalho de me torturar?, pensava Winston, com uma amargura momentânea. O'Brien parou de andar como se Winston tivesse expressado o pensamento em voz alta. Seu rosto grande e feio se aproximou, os olhos se estreitando um pouco.

"Você está pensando", disse, "que já que pretendemos destruí-lo totalmente, de modo que nada do que você diga ou faça tenha a menor relevância – nesse caso, por que nos damos ao trabalho de interrogar você antes? Era isso que você estava pensando, não era?"

"Sim", disse Winston.

O'Brien abriu um ligeiro sorriso.

"Você é só uma falha no sistema, Winston. Você é uma mancha que deve ser eliminada. Não te disse agora que somos diferentes dos perseguidores do passado? Não nos contentamos com a obediência negativa, nem mesmo com a mais abjeta submissão. Quando finalmente você se render a nós, deve ser por seu próprio livre arbítrio. Não destruímos o herege porque ele resiste a nós: então, enquanto ele resistir, jamais o destruiremos. Nós o convertemos, capturamos sua mente mais profunda, nós o remodelamos. Queimamos todo o mal e toda a ilusão que existem nele; nós o trazemos para o nosso lado, não em aparência, mas genuinamente, de coração e alma. Nós o tornamos um dos nós antes de matá-lo. É intolerável para nós que um pensamento enganoso exista em qualquer lugar do mundo, por mais secreto e impotente que seja. Mesmo no instante da morte, não podemos permitir qualquer desvio. Nos velhos tempos, o herege caminhava para a fogueira ainda herege, proclamando sua heresia, exultando com isso. Até mesmo a vítima dos expurgos russos poderia levar a rebelião trancada em seu crânio enquanto seguia pelo corredor da morte. Mas nós tornamos o cérebro perfeito antes de explodi-lo. O mandamento do velho despotismo era 'não farás'. O dos totalitários era 'deverás'. Nosso mandamento é 'tu serás'. Ninguém que trazemos a este lugar se levantará contra nós. Todos ficarão limpos. Mesmo aqueles três traidores miseráveis em cuja inocência você uma vez acreditou – Jones, Aaronson e Rutherford –, no final nós os quebramos. Eu mesmo participei do interrogatório deles. Eu os vi gradualmente se desgastarem, chorarmingarem, rastejarem, lamentarem... e no fim, não havia mais dor ou medo, apenas penitência. Porque depois que tínhamos acabado com eles, eram só cascas de homens. Não havia mais nada dentro deles, só a tristeza pelo que tinham feito e muito amor pelo Irmão Maior. Foi emocionante ver como eles o amavam. Eles imploraram para serem fuzilados rápido, para que pudessem morrer enquanto suas mentes ainda estavam limpas."

Sua voz tinha ficado quase sonhadora. A exaltação e o entusiasmo lunático ainda estavam presentes no rosto. Ele não está fingindo, pensou Winston; ele não é um hipócrita; ele acredita em cada palavra que fala. O que mais o oprimia era a consciência de sua própria inferioridade intelectual. Observava a forma pesada, embora graciosa, caminhando para dentro e para fora do seu campo de visão. O'Brien era um ser em tudo superior a ele. Não existia ideia dentro dele, passada ou futura, que O'Brien já não tivesse conhecido, examinado e rejeitado havia muito. Sua mente *continha* a mente de Winston. Nesse caso, como poderia ser verdade que O'Brien estava louco? Devia ser ele, Winston, quem estava louco. O'Brien parou e o encarou. Sua voz tinha ficado severa de novo.

"Não imagine que você vai se salvar, Winston, mesmo que se renda completamente a nós. Depois de se perder, ninguém é poupado, nunca. E mesmo se escolhêssemos deixá-lo viver o curso natural de sua vida, ainda assim você nunca escaparia de nós. O que acontece com você aqui é para sempre. Entenda isso desde já. Iremos esmagá-lo até o ponto de onde não haverá mais volta. Vão lhe acontecer coisas de que você não vai se recuperar, nem que viva mil anos. Você nunca mais será capaz de um sentimento humano comum. Tudo estará morto dentro de você. Nunca será capaz de amar de novo, de fazer amizade com alguém, de ter alegria de viver, de rir, de ter curiosidade, coragem, integridade. Você ficará vazio. Vamos espremê-lo até esvaziá-lo, e então vamos enchê-lo de nós mesmos."

Ele fez uma pausa e um sinal para o homem de jaleco branco. Winston estava ciente de que algum aparelho pesado era colocado atrás de sua cabeça. O'Brien sentou-se ao lado da cama, para que seu rosto ficasse quase no mesmo nível do de Winston.

"Três mil", disse, falando por cima da cabeça de Winston para o homem de jaleco branco. Duas almofadas pequenas e macias, úmidas ao toque, foram colocadas junto às têmporas de Winston. Ele se encolheu. Havia dor chegando, um novo tipo de dor. O'Brien colocou a mão de forma tranquilizadora, quase gentil, sobre a dele.

"Desta vez não vai doer", disse ele. "Mantenha seus olhos fixos nos meus."

Nesse momento, houve uma explosão devastadora, ou o que parecia uma explosão, embora talvez não tivesse havido barulho algum. Houve, sem dúvida, um flash de luz cegante. Winston não se sentiu ferido, apenas prostrado. Embora já estivesse deitado de costas quando a coisa aconteceu, teve uma curiosa sensação de que havia sido jogado naquele lugar. Um golpe terrível e indolor o deixara exausto. Algo também tinha acontecido dentro de sua cabeça. Quando os olhos recuperaram o foco, ele se lembrou de quem era, de onde estava, e reconheceu o rosto que olhava o seu; mas em algum lugar havia uma grande mancha de vazio, como se um pedaço de seu cérebro tivesse sido removido.

"Não vai durar muito", disse O'Brien. "Olhe nos meus olhos. Com que país a Oceânia está em guerra?"

Winston pensou. Sabia o que significava Oceânia e que ele próprio era cidadão da Oceânia. Também se lembrava da Eurásia e da Lestásia; mas quem estava em guerra com quem, ele já não sabia. De fato, mal sabia que havia uma guerra acontecendo.

"Não me lembro."

"A Oceânia está em guerra com a Lestásia. Você se lembra disso agora?"

"Sim."

"A Oceânia sempre esteve em guerra com a Lestásia. Desde o começo da sua vida, desde o início do Partido, desde o começo da história, a guerra continuou sem parar, sempre a mesma guerra. Você se lembra disso?"

"Sim."

"Onze anos atrás, você criou uma lenda sobre três homens que foram condenados à morte por traição. Você fantasiou ter visto um pedaço de papel que os inocentava. Esse pedaço de papel jamais existiu. Você o inventou e, mais tarde, passou a acreditar nele. Você se lembra agora do momento exato em que imaginou pela primeira vez essa foto. Se lembra disso?"

"Sim."

"Agora há pouco, levantei os dedos da minha mão diante dos seus olhos. Você viu cinco dedos. Se lembra disso?"

"Sim."

O'Brien ergueu os dedos da mão esquerda, com o polegar escondido.

"Tem cinco dedos aqui. Você vê cinco dedos?"

"Sim."

E ele os viu, por um instante, antes que o cenário de sua mente mudasse. Ele viu cinco dedos, e não havia deformidade. Então tudo voltou ao normal outra vez, e o antigo medo, o ódio e o espanto voltaram a se acumular novamente. Mas antes disso houve um momento – ele não sabia quanto tempo, trinta segundos, talvez – de certeza luminosa, quando cada nova sugestão de O'Brien preenchia um espaço vazio e se tornava a verdade absoluta, quando dois e dois poderiam ser três tão facilmente quanto cinco, se isso fosse necessário. O momento havia desaparecido antes que O'Brien deixasse a mão cair; mas, embora não pudesse recapturá-lo, podia se lembrar dele, como alguém se lembraria de uma experiência vívida em algum período remoto de sua vida em que havia sido, de fato, uma pessoa diferente.

"Você entende agora", disse O'Brien, "que é possível".

"Sim", confirmou Winston. O'Brien se levantou com ar satisfeito. À sua esquerda, Winston viu o homem de jaleco branco quebrar uma ampola e puxar o êmbolo de uma seringa. O'Brien se voltou para Winston com um sorriso. Quase com seu velho trejeito, ele ajeitou os óculos no nariz.

"Você se lembra de ter escrito em seu diário", disse, "que não importava se eu era amigo ou inimigo, já que eu era pelo menos uma pessoa que entendia você e com quem poderia conversar? Você estava certo. Eu gosto de falar com você. Sua mente me atrai. Ela me faz lembrar da minha própria mente, exceto pelo fato de que você é louco. Antes de encerrarmos a sessão, você pode me fazer algumas perguntas, se quiser."

"Qualquer pergunta que eu quiser?"

"Qualquer coisa."

Ele viu que os olhos de Winston estavam no mostrador.

"Está desligado. Qual é a sua primeira pergunta?"

"O que você fez com Julia?", disse Winston. O'Brien sorriu de novo.

"Ela traiu você, Winston. Na mesma hora e sem reservas. Poucas vezes vi alguém chegar até nós assim, tão fácil. Você dificilmente a reconheceria se a visse agora. Toda aquela rebeldia, aquele ar desafiador, aquela loucura, aquela mente suja – tudo isso foi queimado nela. Foi uma conversão perfeita, um caso de estudo."

"Você a torturou?"

O'Brien deixou essa sem resposta.

"Próxima pergunta", disse.

"O Irmão Maior existe?"

"Claro que ele existe. O Partido existe. O Irmão Maior é a personificação do Partido."

"Ele existe da mesma forma que eu existo?"

"Você não existe", falou O'Brien.

Outra vez, a sensação de impotência o assaltou. Ele conhecia, ou podia imaginar, os argumentos que provavam sua própria inexistência; mas eram um disparate, um mero jogo de palavras. A declaração "Você não existe" não conteria um absurdo lógico? Mas adiantaria dizer isso? Sua mente encolheu enquanto ele pensava nos argumentos loucos e irrespondíveis com os quais O'Brien o demoliria.

"Acho que existo", disse, cansado. "Tenho consciência da minha identidade. Nasci e vou morrer. Tenho braços e pernas. Ocupo um ponto particular no espaço. Nenhum outro objeto sólido pode ocupar o mesmo ponto simultaneamente. Nesse sentido, o Irmão Maior existe?"

"Isso não importa. Ele existe."

"O Irmão Maior algum dia morrerá?"

"Claro que não. Como ele poderia morrer? Próxima pergunta."

"A Irmandade existe?"

"Isso, Winston, você nunca saberá. Se escolhermos libertá-lo quando terminarmos com você, e se você chegar aos noventa anos, ainda assim nunca vai saber se a resposta para essa pergunta é sim ou não. Enquanto você viver, esse será um enigma não resolvido em sua mente."

Winston ficou em silêncio. Seu peito subia e descia um pouco mais rápido. Ainda não tinha feito a pergunta que lhe viera à mente primeiro. Tinha que perguntar, mas era como se a língua não conseguisse falar. Havia um ar de diversão no rosto de O'Brien. Até os óculos pareciam ter um brilho irônico. Ele sabe, pensou Winston de repente, ele sabe o que vou perguntar! Com o pensamento, as palavras explodiram:

"O que tem na Sala 101?"

A expressão no rosto de O'Brien não mudou. Ele respondeu secamente:

"Você sabe o que tem na Sala 101, Winston. Todo mundo sabe o que tem na Sala 101."

Ergueu um dedo para o homem de jaleco branco. Estava claro que a sessão chegara ao fim. Uma agulha perfurou o braço de Winston, que afundou quase instantaneamente em um sono profundo.

3

"Existem três estágios na sua reintegração", disse O'Brien. "Aprendizagem, compreensão e aceitação. Está na hora de você entrar no segundo estágio."

Como sempre, Winston estava deitado de costas. Mas pelo menos suas amarras estavam mais frouxas. Ainda o prendiam à cama, mas ele conseguia mexer um pouco os joelhos, virar a cabeça de um lado para o outro e dobrar os cotovelos para levantar os antebraços. O instrumento também tinha deixado de ser um terror tão grande. Ele podia evitá-lo se fosse perspicaz o suficiente: em geral, era quando ele demonstrava estupidez que O'Brien puxava a alavanca. Às vezes, eles passavam uma sessão inteira sem usá-lo. Ele não conseguia se lembrar de quantas sessões haviam ocorrido. Todo o processo parecia se estender por um longo tempo indefinido – semanas, provavelmente – e o intervalo entre uma sessão e outra podia às vezes ser de dias, às vezes só de uma ou duas horas.

"Nesse tempo que passa deitado aí", disse O'Brien, "você deve imaginar – chegou até a me perguntar – por que o Ministério do Amor dedica tanto tempo e esforço a você. E quando você estava livre, devia ficar intrigado com o que era essencialmente a mesma pergunta. Era capaz de entender a mecânica da sociedade em que vivia, mas não seus motivos subjacentes. Você se lembra de ter escrito em seu diário 'Eu entendo *como*; não entendo *por quê*'? Era quando pensava sobre 'por quê' que você duvidava da própria sanidade. Você leu o *livro*, o livro de Goldstein, ou partes dele, pelo menos. Descobriu algo nele que já não soubesse?"

"Você o leu?", disse Winston.

"Eu o escrevi. Quer dizer, colaborei na escrita dele. Nenhum livro é produzido individualmente, como você sabe."

"É verdade o que ele diz?"

"No âmbito descritivo, sim. O programa que ele apresenta é um absurdo. A acumulação secreta de conhecimento... uma disseminação gradual de iluminação... em última análise, uma rebelião proletária... e a derrubada do Partido. Você viu por si mesmo que era para lá que a coisa estava caminhando. É tudo um absurdo. Os proletas nunca se revoltarão, nem em mil, nem em um milhão de anos. Não podem. Não preciso dizer o motivo: você já sabe disso. Se já acalentou algum sonho de insurreição violenta, deve abandoná-lo. Não existe maneira de derrubar o Partido. O poder do Partido é para sempre. Faça disso o ponto de partida dos seus pensamentos.

Ele se aproximou da cama.

"Para sempre!", repetiu. "E agora voltemos à questão de 'como' e 'por quê'. Você entende muito bem *como* o Partido se mantém no poder. Agora me diga *por que* nos apegamos ao poder. Qual é a nossa justificativa? Por que deveríamos querer o poder? Vá em frente, fale", acrescentou quando Winston permaneceu em silêncio.

Mesmo assim, Winston não falou por mais um ou dois minutos. A sensação de cansaço o dominava. O brilho suave e maníaco de entusiasmo tinha voltado ao rosto de O'Brien. Winston sabia de antemão o que O'Brien diria. Que o Partido não buscava o poder como um fim em si mesmo, mas para o bem da maioria. Que desejava o poder porque os homens da massa eram criaturas frágeis e covardes que não conseguiam suportar a liberdade nem encarar a verdade e deveriam ser governados e sistematicamente enganados por outros mais fortes do que eles. Que a humanidade devia escolher entre liberdade e felicidade, e que, para a grande maioria, a felicidade seria a melhor opção. Que o Partido era o guardião eterno dos fracos, uma seita dedicada a fazer o mal para que sobreviesse o bem, sacrificando sua felicidade pela felicidade alheia. A coisa mais terrível, pensava Winston, a coisa mais terrível era que, quando O'Brien dizia coisas assim, ele de fato acreditava nelas. Estava estampado na cara dele. O'Brien sabia de tudo. Mil vezes melhor do que Winston, ele sabia como o mundo realmente era, em que degradação vivia a maioria dos seres humanos e por meio de que mentiras e barbaridades o Partido os mantinha dessa forma. Ele havia entendido tudo, havia pesado tudo, e não fazia diferença: tudo era justificado pelo propósito final. O que se poderia fazer, pensou Winston, contra o lunático que é mais inteligente do que você, que dá aos seus argumentos uma ponderação justa para em seguida simplesmente persistir em sua loucura?

"Vocês estão nos governando para o nosso próprio bem", disse ele, a voz fraca. "Acreditam que os seres humanos não devem governar a si próprios, e portanto..."

Ele levou um susto e quase gritou. Uma pontada de dor percorreu seu corpo. O'Brien havia empurrado a alavanca do instrumento para trinta e cinco.

"Isso foi burrice, Winston, burrice!", disse ele. "Você pode dizer algo melhor do que uma besteira dessas."

Ele puxou a alavanca para trás e continuou.

"Agora vou responder à minha pergunta. É assim: o Partido busca o poder para o seu próprio bem. Não estamos interessados em fazer o bem para os outros; só nos interessa o poder. Não a riqueza, o luxo, uma vida longa, felicidade: só o poder, poder puro. O que seria o poder puro é o que você vai entender agora. Somos diferentes de todas as oligarquias do passado porque sabemos o que estamos fazendo. Todas as outras, mesmo aquelas que se pareciam conosco, eram covardes e hipócritas. Os nazistas alemães e os comunistas russos chegaram muito perto de nós em seus métodos, mas nunca tiveram coragem de reconhecer os próprios motivos. Fingiam, talvez até acreditassem, que haviam tomado o poder sem a pretensão de tomá-lo e por tempo limitado, e que logo ali na esquina haveria um paraíso em que os seres humanos seriam livres e iguais. Nós não somos assim. Sabemos que ninguém jamais toma o poder com a intenção de renunciar a ele depois. O poder não é um meio, é um fim. Ninguém estabelece uma ditadura para salvaguardar uma revolução; faz-se a revolução para estabelecer a ditadura. O objetivo da perseguição é a perseguição. O objetivo da tortura é a tortura. O objetivo do poder é o poder. Está começando a me entender agora?"

Como já havia acontecido antes, Winston ficou impressionado com o cansaço no rosto de O'Brien. Era um rosto forte, massivo e brutal, cheio de inteligência e de uma espécie de paixão controlada, diante da qual ele se sentia indefeso; mas estava cansado. Havia bolsas sob os olhos, as maçãs do rosto tinham a pele flácida. O'Brien se inclinou sobre ele, aproximando deliberadamente o rosto desgastado.

"Você está pensando", disse, "que meu rosto está velho e cansado. Você pensa que eu falo de poder e mesmo assim não sou capaz de impedir a decadência do meu próprio corpo. Você não consegue entender, Winston, que o indivíduo é só uma célula? O cansaço da célula é o vigor do organismo. Você morre quando corta as unhas?".

Ele se afastou da cama e começou a andar para cima e para baixo novamente, com a mão no bolso.

"Nós somos os sacerdotes do poder", disse ele. "Deus é poder. Mas o poder ainda é apenas uma palavra para você. Está na hora de ter alguma ideia do que ela significa. A primeira coisa que você deve entender é que o poder é coletivo. O indivíduo só tem poder na medida em que deixa de ser um indivíduo. Você conhece o slogan do Partido: 'Liberdade é escravidão'. Já parou para pensar que o contrário também é verdadeiro? Escravidão é liberdade. Sozinho – livre – o ser humano é sempre derrotado. Isso acontece porque todo ser humano é fadado a morrer, o maior de todos os fracassos. Mas se puder demonstrar submissão completa e absoluta, se puder escapar de sua identidade, se puder se fundir ao Partido para *ser* o Partido, então ele é todo-poderoso e imortal. A segunda coisa que você deve entender é que o poder é poder sobre os seres humanos. Sobre o corpo – mas, acima tudo, sobre a mente. Ter poder sobre a matéria –

realidade externa, como você a chamaria – não é importante. Nosso controle sobre a matéria já é absoluto."

Por um instante, Winston ignorou o instrumento. Fez um esforço violento para se manter sentado, mas tudo que conseguiu foi torcer o corpo dolorosamente.

"Mas como você pode controlar a matéria?", explodiu. "Você não controla o clima nem a lei da gravidade. E existem doenças, dor, morte..."

O'Brien o silenciou com um gesto. "Controlamos a matéria porque controlamos a mente. A realidade está dentro do crânio. Aos poucos você aprenderá, Winston. Não há nada que não possamos fazer. Invisibilidade, levitação... qualquer coisa. Se eu quisesse, poderia flutuar agora como uma bolha de sabão. Eu não quero, porque o Partido não quer isso. Você precisa superar essas ideias do século XIX sobre as leis da natureza. Nós fazemos as leis da natureza."

"Não fazem, não! Não são nem mesmo mestres deste planeta. E a Eurásia e a Lestásia? Vocês ainda não conquistaram esses territórios."

"Não tem importância. Vamos conquistá-las quando for conveniente. E se não conquistarmos, que diferença faz? Podemos excluí-las de existência. A Oceânia é o mundo."

"Mas mesmo o próprio mundo é só um grão de poeira. E o homem é minúsculo... desamparado! Há quanto tempo ele existe? Por milhões de anos a Terra esteve desabitada."

"Absurdo. A Terra tem a nossa idade, não é mais velha. Como poderia ser mais velha? Nada existe exceto através da consciência humana."

"Mas as rochas estão cheias de ossos de animais extintos... mamutes e mastodontes e répteis enormes que viveram aqui muito antes do homem sequer pensar em existir."

"Você já viu esses ossos, Winston? Claro que não. Os biólogos do século XIX os inventaram. Antes do homem, não havia nada. Depois do homem, se ele pudesse um dia chegar ao fim, não haveria nada. Fora do homem, não há nada."

"Mas todo o universo está fora de nós. Olhe para as estrelas! Algumas estão a um milhão de anos-luz de distância. Estão fora do nosso alcance para sempre."

"O que são as estrelas?", disse O'Brien com indiferença. "Fagulhas a poucos quilômetros de distância. Poderíamos alcançá-las se quiséssemos. Ou poderíamos apagá-las. A Terra é o centro do universo. O Sol e as estrelas giram em torno dela."

Winston fez outro movimento convulsivo. Dessa vez, não disse nada. O'Brien continuou como se respondesse a uma objeção:

"Claro que, para certos fins, isso não é verdade. Quando navegamos no oceano ou prevemos um eclipse, muitas vezes achamos conveniente supor que a Terra gira em torno do Sol e que as estrelas estão a milhões e milhões de quilômetros de distância. Mas e daí? Você acha que não somos capazes de produzir um sistema duplo de astronomia? As estrelas podem estar próximas ou distantes, conforme a nossa necessidade. Você supõe que os nossos matemáticos pensam diferente disso? Já se esqueceu do duplipensar?"

Winston se encolheu na cama. O que quer que ele dissesse, uma resposta rápida o esmagaria como um porrete. E ainda assim ele sabia, ele *sabia*, que estava certo. A crença de que nada existe fora da mente – certamente tinha que haver alguma maneira de demonstrar que era falsa? Isso já não tinha sido exposto havia muito tempo como falácia? Havia até mesmo um nome para isso, que ele tinha esquecido. Um leve sorriso contraiu os cantos da boca de O'Brien enquanto ele olhava para Winston.

"Eu disse a você, Winston", ele falou, "que a metafísica não era o seu forte. A palavra que você está tentando pensar é solipsismo. Mas você está enganado. Isso não é solipsismo. Solipsismo coletivo, se quiser chamar assim. Mas isso é uma coisa diferente: na verdade, o oposto. Tudo isso é uma digressão", acrescentou, em um tom diferente. "O verdadeiro poder, o poder pelo qual temos de lutar noite e dia, não é o poder sobre as coisas, mas sobre os homens." Fez uma pausa e, por um momento, assumiu novamente seu ar de professor questionando um aluno cheio de potencial: "Como um homem afirma seu poder sobre outro, Winston?".

Winston pensou.

"Fazendo-o sofrer", disse.

"Exato. Fazendo-o sofrer. Obediência não é o suficiente. A menos que ele sofra, como você pode ter certeza de que está obedecendo à sua vontade e não à dele próprio? O poder está em causar dor e humilhação. O poder está em rasgar mentes humanas em pedaços e juntá-la outra vez em novas formas à sua disposição. Você começa a ver, então, que tipo de mundo estamos criando? É exatamente o oposto das utopias hedonistas imbecis que os antigos reformadores imaginavam. Um mundo de medo, traição e tormento, um mundo de pisotear e ser pisoteado, um mundo que ficará não menos, mas *mais* impiedoso à medida que se aprimora. O progresso em nosso mundo será o progresso na direção de mais sofrimento. As antigas civilizações afirmavam ter sido fundadas no amor ou na justiça. A nossa é baseada no ódio. Em nosso mundo não haverá emoções, exceto medo, raiva, triunfo e auto-humilhação. Vamos destruir todo o resto – tudo. Já estamos quebrando os hábitos de pensamento que sobreviveram de antes da Revolução. Cortamos os vínculos entre a criança e os pais, e entre o homem e o homem, e entre o homem e a mulher. Ninguém mais ousa confiar em uma esposa, em um filho ou em um amigo. Mas no futuro não haverá esposas e amigos. Crianças serão tiradas de suas mães ao nascer, como os ovos são tirados de uma galinha. O instinto sexual será erradicado. A procriação será uma formalidade anual como a renovação de um cartão de racionamento. Vamos abolir o orgasmo. Nossos neurologistas estão trabalhando nisso agora. Não haverá lealdade, exceto a lealdade ao Partido. Não haverá amor, exceto o amor ao

Irmão Maior. Não haverá risos, exceto a risada de triunfo sobre um inimigo derrotado. Não haverá arte, literatura, ciência. Quando formos onipotentes, não teremos mais necessidade da ciência. Não haverá distinção entre o belo e o feio. Não haverá curiosidade nem prazer no processo da vida. Todos os prazeres concorrentes serão destruídos. Mas sempre – não se esqueça disso, Winston –, sempre haverá a intoxicação de poder, aumentando constantemente e ficando cada vez mais sutil. Sempre, a cada momento, haverá a emoção da vitória, a sensação de atropelar um inimigo indefeso. Se você quer uma imagem do futuro, imagine uma bota cravada em um rosto humano... para sempre."

Fez uma pausa como se esperasse que Winston fosse falar. Winston tentava se encolher sobre a cama de novo. Não conseguia falar nada. Seu coração parecia estar congelado. O'Brien continuou:

"E lembre-se de que é para sempre. O rosto sempre estará lá para ser pisoteado. O herege, o inimigo da sociedade, sempre estará lá para que possa ser derrotado e humilhado outra vez. Tudo o que você passou desde que caiu em nossas mãos – tudo isso vai continuar, e pior. A espionagem, as traições, as prisões, as torturas, as execuções, os desaparecimentos nunca cessarão. Será um mundo de terror, tanto quanto um mundo de triunfo. Quanto mais o Partido for poderoso, menos será tolerante: quanto mais fraca a oposição, mais forte será o despotismo. Goldstein e suas heresias viverão para sempre. Todo dia, a cada momento, elas serão derrotadas, desacreditadas, ridicularizadas, escarraremos nelas – e ainda assim elas sempre sobreviverão. Esse drama que eu venho encenando com você durante sete anos será encenado de novo e de novo, geração após geração, sempre de formas mais sutis. Sempre teremos o herege aqui à nossa mercê, gritando de dor, fragmentado, desprezível – e no final totalmente penitente, salvo de si mesmo, rastejando aos nossos pés por conta própria. Este é o mundo que estamos preparando, Winston. Um mundo de vitória sobre vitória, triunfo sobre triunfo sobre triunfo: uma pressão sem fim, pressionando, pressionando o nervo do poder. Você está começando – eu vejo isso – a entender como será esse mundo. Mas no fim você vai fazer mais do que entender. Você vai aceitar, vai dar boas-vindas a ele, vai se tornar parte disso."

Winston havia se recuperado o suficiente para falar.

"Você não pode!", disse sem força.

"O que você quer dizer com essa observação, Winston?"

"Você não poderia criar um mundo como o que acabou de descrever. Isso é um sonho. É impossível."

"Por quê?"

"É impossível fundar uma civilização sobre o medo, o ódio e a crueldade. Nunca duraria."

"Por que não?"

"Não teria vitalidade. Ela se desintegraria. Cometeria suicídio."

"Absurdo. Você ainda acredita que o ódio é mais exaustivo do que o amor. Por que seria? E se fosse, que diferença faria? Suponha que escolhamos nos desgastar mais rápido. Suponha que aceleremos o ritmo da vida humana até os homens ficarem senis aos trinta. Ainda assim, que diferença isso faria? Você consegue entender que a morte do indivíduo não é a morte? O Partido é imortal."

Como sempre, a voz deixou Winston impotente. Além disso, ele estava com medo de que, se persistisse em sua discordância, O'Brien giraria a alavanca do instrumento de novo. Mesmo assim, não conseguia ficar quieto. Sem forças, sem argumentos, sem nada para apoiá-lo, exceto o horror inarticulado pelo que O'Brien havia dito, ele voltou ao ataque.

"Não sei – e não importa. De alguma forma, vocês vão fracassar. Alguma coisa vai derrotar vocês. A vida vai derrotar vocês."

"Nós controlamos a vida, Winston, em todos os seus níveis. Você imagina que há algo chamado natureza humana que ficará indignado com o que fazemos e se voltará contra nós. Mas nós criamos a natureza humana. Os homens são infinitamente maleáveis. Ou talvez você tenha retornado à sua velha ideia de que os proletas ou os escravos vão se insurgir e nos derrubar. Tire isso da cabeça. Eles estão desamparados, como os animais. A humanidade é o Partido. Os outros estão do lado de fora – são irrelevantes."

"Não importa. No fim, vão derrotar vocês. Mais cedo ou mais tarde, verão vocês pelo que são, e então os farão em pedaços."

"Você vê alguma evidência de que isso está acontecendo? Ou qualquer motivo para acreditar que aconteceria?"

"Não. Eu acredito nisso. Eu *sei* que vocês vão fracassar. Existe algo no universo – não sei, algum espírito, algum princípio –, que vocês nunca vão superar."

"Você acredita em Deus, Winston?"

"Não."

"Então o que é esse princípio que nos derrotará?"

"Não sei. O espírito humano."

"E você se considera um humano?"

"Sim."

"Se você é humano, Winston, é o último humano. Seu tipo está extinto; nós somos os herdeiros. Você entende que está *sozinho*? Está fora da história, você não existe." Suas maneiras mudaram, e ele disse mais duro: "E você se considera moralmente superior a nós, com nossas mentiras e nossa crueldade?".

"Sim, eu me considero superior."

O'Brien não falou. Duas outras vozes estavam falando. Após um instante, Winston reconheceu uma delas como sendo a sua própria voz. Era uma gravação da conversa que tivera com O'Brien, na noite em que se alistara na Irmandade. Ele ouviu a si mesmo prometendo mentir, roubar, forjar, assassinar, encorajar o consumo de drogas e prostituição, disseminar doenças venéreas, lançar ácido sulfúrico no rosto de uma criança. O'Brien fez um pequeno gesto impaciente, como se dissesse que aquela demonstração não valia a pena. Então girou um botão e fez as vozes pararem.

"Levante-se dessa cama", disse.

As amarras estavam mais frouxas. Winston escorregou para o chão e se levantou sem muita estabilidade.

"Você é o último humano", disse O'Brien. "Você é o guardião do espírito humano. Você devia se ver como é. Tire a roupa." Winston desfez o pedaço de barbante que prendia seu macacão. Fazia tempo que o zíper havia sido arrancado. Ele não lembrava se em algum momento desde sua prisão havia tirado todas as roupas de uma vez. Por baixo do macacão, seu corpo estava enrolado em trapos amarelados e sujos, que mal se reconheciam como restos de roupas íntimas. Ao colocá-los no chão, viu que havia um espelho de três lados na outra extremidade da sala. Ele se aproximou e então parou bruscamente. Um grito involuntário escapou dele.

"Vá em frente", disse O'Brien. "Fique diante das faces do espelho. Você vai precisar ter uma boa visão lateral também."

Ele tinha parado porque estava com medo. Uma figura cinzenta e envergada, parecida com um esqueleto, vinha em sua direção. A aparência era assustadora por si só, para além do fato de saber que era ele mesmo. Aproximou-se do espelho. O rosto da criatura parecia saliente por causa da postura curvada. O rosto desamparado de um encarcerado, com uma testa alta avançando até um crânio careca, um nariz torto e maçãs do rosto maltratadas, acima das quais os olhos pareciam agudos e vigilantes. As bochechas estavam vincadas, a boca tinha uma aparência contraída. Certamente era seu próprio rosto, mas parecia ter mudado mais do que ele tinha mudado por dentro. As emoções que registrava eram diferentes das que sentia. Ele estava meio calvo. Em um primeiro momento, pensou que também tinha ficado grisalho, mas era só o couro cabeludo que estava cinza. Exceto pelas mãos e por um círculo do rosto, seu corpo estava todo cinza, com uma sujeira antiga e arraigada. Aqui e ali, debaixo da sujeira, estavam as cicatrizes vermelhas das feridas, e perto do tornozelo a úlcera varicosa era uma massa inflamada com pedaços de pele descascando. Mas o realmente assustador era a magreza. O arco das costelas era tão estreito quanto o de um esqueleto: as pernas haviam encolhido tanto que os joelhos estavam mais grossos que as coxas. Ele agora entendia o que O'Brien queria dizer sobre a visão lateral. A curvatura da espinha era surpreendente. Os ombros magros se projetavam para a frente, fazendo uma concavidade no tórax, o pescoço magro parecia se dobrar sob o peso do crânio. Se tivesse que adivinhar, diria que era o corpo de um homem de sessenta anos sofrendo de alguma doença maligna.

"Por vezes você já pensou", disse O'Brien, "que meu rosto – o rosto de um membro do Núcleo do Partido – parece velho e gasto. E o que acha de seu próprio rosto?".

Agarrou Winston pelos ombros e o girou para que ficasse de frente para ele.

"Veja a condição em que você se encontra!", disse. "Olhe para essa sujeira em todo o seu corpo. Observe a sujeira entre os dedos dos pés. Veja essa ferida nojenta na perna. Sabia que você fede como uma cabra? Você já nem deve sentir mais. Olhe como está esquelético. Você vê? Consigo fazer meu polegar e dedo indicador se fecharem em torno do seu bíceps. Poderia quebrar seu pescoço como se fosse uma cenoura. Sabia que você perdeu vinte e cinco quilos desde que caiu em nossas mãos? Até seu cabelo está caindo aos tufos. Veja!" Puxou a cabeça de Winston e arrancou um punhado de cabelo. "Abra a boca. Restam nove, dez, onze dentes. Quantos você tinha quando veio para cá? E os poucos que sobraram estão caindo. Olhe aqui!" Agarrou um dos dentes da frente restantes entre o polegar e o indicador poderosos. Uma pontada de dor percorreu a mandíbula de Winston. O'Brien arrancou o dente solto da raiz. Jogou-o no chão da cela. "Você está apodrecendo", disse. "Está caindo aos pedaços. O que você é? Um saco de lixo. Agora vire-se e olhe para aquele espelho de novo. Vê aquela coisa à sua frente? Esse é o último humano. Se você é humano, essa é a humanidade. Agora vista suas roupas."

Winston começou a se vestir com movimentos lentos e rígidos. Até então, não parecera notar quão magro e fraco estava. Apenas um pensamento surgiu em sua mente: que ele devia estar naquele lugar havia mais tempo do que imaginara. Foi quando de repente, enquanto juntava os trapos miseráveis em torno de si, um sentimento de pena por seu corpo arruinado o tomou. Antes que soubesse o que estava fazendo, desabou em um banquinho ao lado da cama e começou a chorar. Estava ciente de sua feiura, de sua desgraça, do feixe de ossos em roupas de baixo nojentas chorando sob a forte luz branca; não conseguia se conter. O'Brien colocou a mão em seu ombro, quase com gentileza.

"Não vai durar para sempre", disse. "Você pode escapar disso, se quiser. Só depende de você."

"Você conseguiu!", soluçou Winston. "Você me reduziu a este estado."

"Não, Winston, você se reduziu a isso. Isso é o que você aceitou quando se posicionou contra o Partido. Tudo isso estava contido naquele primeiro ato. Nada aconteceu que você não pudesse prever."

Fez uma pausa e continuou:

"Nós vencemos você, Winston. Nós quebramos você. Você viu como está o seu corpo. Sua mente está no mesmo estado. Não acho que pode ter sobrado muito orgulho aí dentro. Você foi chutado, destroçado e insultado, você gritou de dor, rolou no chão com seu próprio sangue e vômito. Você choramingou por misericórdia, você traiu a tudo e a todos. Pode pensar em uma única degradação que não tenha acontecido com você?"

Winston tinha parado de chorar, embora as lágrimas ainda escorressem de seus olhos. Encarou O'Brien.

"Eu não traí a Julia", disse.

O'Brien o encarou, pensativo.

"Não", disse, "não; isso é verdade. Você não traiu Julia".

A reverência peculiar que sentia por O'Brien, que nada parecia capaz de destruir, inundou o coração de Winston novamente. Que inteligente, pensou, que inteligente! O'Brien nunca deixava de entender o que era dito a ele. Qualquer outra pessoa na Terra teria respondido prontamente que ele *havia* traído Julia. Pois o que não haviam espremido dele sob tortura? Ele contara tudo que sabia sobre ela, seus hábitos, seu caráter, sua vida passada; tinha confessado os detalhes mais triviais do que havia acontecido em seus encontros, tudo o que dissera a ela, e ela a ele, as comidas do mercado paralelo, os adultérios, as vagas tramas contra o Partido – tudo. E ainda assim, no sentido em que ele entendia a palavra, ele não a traíra. Não tinha deixado de amá-la; seus sentimentos em relação a ela permaneciam os mesmos. O'Brien tinha entendido o que ele quisera dizer sem a necessidade de explicação.

"Me diga", falou, "quando vão atirar em mim?"

"Pode levar muito tempo", disse O'Brien. "Você é um caso difícil. Mas não perca a esperança. Todo mundo se cura, mais cedo ou mais tarde. E no fim vamos atirar em você."

Ele estava muito melhor. Engordando e se fortalecendo a cada dia, se é que era apropriado falar de dias.

A luz branca e o zumbido continuavam os mesmos de sempre, mas a cela era um pouco mais confortável que as outras onde havia estado. Havia um travesseiro e um colchão na cama de tábua, e um banquinho para se sentar. Eles lhe deram um banho e permitiam que se lavasse com bastante frequência em uma bacia de alumínio. Até lhe deram água morna para a higiene. Deram-lhe roupas de baixo novas, um macacão limpo. Tinham tratado a úlcera varicosa com pomada calmante. Tinham arrancado seus dentes restantes e implantado uma dentadura novinha.

Semanas ou meses deviam ter se passado. Seria possível agora medir a passagem do tempo, se tivesse algum interesse nisso, uma vez que estava sendo alimentado no que pareciam ser intervalos normais. Supunha estar recebendo três refeições por dia; às vezes, se perguntava vagamente se estava comendo de noite ou de dia. A comida era surpreendentemente boa, com carne na terceira refeição. Uma vez até lhe deram um maço de cigarros. Não tinha fósforos, mas o guarda silencioso que trazia sua comida acendia para ele. Da primeira vez que tentou fumar, quase vomitou, mas insistiu e fez o pacote durar um bom tempo, fumando meio cigarro após cada refeição.

Deram-lhe uma lousa branca com um toco de lápis amarrado à quina. A princípio, não fez uso dela. Mesmo acordado, estava completamente entorpecido. Muitas vezes se deitava entre uma refeição e outra e ficava sem se mexer, às vezes dormindo, às vezes perdido em devaneios vagos nos quais era difícil abrir os olhos. Tinha se acostumado a dormir com uma luz forte na cara. Parecia não fazer diferença, exceto pelo fato de os sonhos serem mais coerentes. Sonhava bastante durante todo esse tempo, sempre sonhos felizes. Estava no País Dourado, ou sentado entre ruínas enormes e gloriosas iluminadas pelo sol, com a mãe, com Julia, O'Brien – sem fazer nada, só sentado ao sol, falando de assuntos pacíficos. Seus pensamentos quando acordado eram principalmente sobre esses sonhos. Parecia ter perdido o poder do esforço intelectual agora que o estímulo da dor havia sido removido. Não estava entediado, não tinha desejo de conversar ou se distrair. Poder ficar sozinho, não ser espancado nem interrogado, ter o suficiente para comer e estar limpo era completamente satisfatório.

Aos poucos, passou a dormir menos, mas ainda não sentia vontade de sair da cama. Tudo o que queria era ficar quieto e sentir a força reunida em seu corpo. Ele às vezes tocava em um ponto ou outro do corpo, tentando ter certeza de que não era uma ilusão os músculos se arredondando e a pele se esticando. Por fim confirmou, sem dúvida, que engordara; suas coxas estavam definitivamente mais grossas que os joelhos. Depois, embora a princípio meio relutante, começou a se exercitar com regularidade. Logo, já conseguia caminhar três quilômetros, medidos pelo espaço da cela, e seus ombros arqueados estavam mais retos. Tentou exercícios mais elaborados e ficou surpreso e humilhado ao descobrir coisas que não era capaz de fazer. Não conseguia acelerar o passo para além de uma caminhada, não conseguia levantar o banco com os braços estendidos, não conseguia se equilibrar em uma perna só sem cair. Ao agachar-se sobre os calcanhares, percebeu que, com dores agonizantes na coxa e na panturrilha, mal conseguia pôr-se novamente em pé. Deitou-se de bruços e tentou sustentar o próprio peso com as mãos: era inútil, não se levantava um centímetro sequer. Mas depois de alguns dias – algumas refeições – até mesmo essa façanha foi realizada. Chegou um momento em que conseguiu fazer isso seis vezes bem rápido. Começava a ficar realmente orgulhoso de seu corpo, a nutrir uma crença duradoura de que seu rosto também estava voltando ao normal. Só quando colocava a mão no crânio careca ele se lembrava do rosto enrugado e arruinado que o tinha encarado do espelho.

A mente ficava mais ativa. Sentado na cama dura, de costas contra a parede e com a lousa nos joelhos, começou a trabalhar deliberadamente na tarefa de se reeducar.

Havia capitulado, isso, Winston admitia. Na realidade, agora ele via, já estava pronto para capitular muito antes de tomar a decisão. A partir do momento em que entrara no Ministério do Amor – e sim, mesmo durante aqueles minutos em que ele e Julia permaneceram indefesos ouvindo a voz de ferro da teletela lhes dizendo o que fazer –, ele percebia a frivolidade, a superficialidade de sua tentativa de se colocar contra o poder do Partido. Sabia agora que já fazia sete anos que a Milícia Mental o observava feito um besouro debaixo da lupa. Não havia um ato físico seu, uma palavra dita em voz alta que tivesse passado em branco para eles; uma linha de raciocínio sequer que eles não tivessem conseguido inferir. Até mesmo aquela partícula de poeira esbranquiçada na capa do diário eles haviam substituído cuidadosamente. Tocaram gravações de áudio para ele, mostraram-lhe fotos. Algumas eram imagens de Julia e dele mesmo. Sim, até isso... Ele não poderia lutar contra o Partido por mais tempo. Além disso, o Partido estava certo. Era assim que tinha que ser: como o cérebro coletivo imortal poderia estar enganado? Com base em que padrão externo se poderia validar os julgamentos dele? Sanidade era estatística. Era só uma questão de aprender a pensar como eles pensavam. Só...!

O lápis parecia grosso e estranho em seus dedos. Começou a escrever os pensamentos à medida que lhe surgiam na cabeça. Primeiro, escreveu com uma letra meio tosca, em caixa alta:

LIBERDADE É ESCRAVIDÃO

Então, quase sem uma pausa, escreveu abaixo:

DOIS MAIS DOIS É IGUAL A CINCO

Mas aí veio uma espécie de impasse. Sua mente, como se estivesse tentando evitar alguma coisa, pareceu incapaz de se concentrar. Sabia o que viria a seguir, mas no momento não conseguia lembrar. Quando por fim lembrou, foi por meio do raciocínio consciente, não veio por conta própria. Escreveu:

DEUS É PODER

Winston aceitou tudo. O passado era alterável. O passado nunca tinha sido alterado. A Oceânia estava em guerra com a Lestásia. A Oceânia sempre estivera em guerra com a Lestásia. Jones, Aaronson e Rutherford eram culpados dos crimes de que foram acusados. Ele nunca tinha visto a fotografia que refutava a culpa dos três. Nunca tinha existido, ele a inventara. Lembrou que se lembrava de coisas contrárias, mas eram memórias falsas, produtos de autoengano. Era tudo tão fácil! Era só se render e o resto se encaixava. Como nadar contra uma corrente que o puxava para trás, como se você lutasse muito e, de repente, decidisse virar e seguir a corrente em vez de se opor a ela. Nada mudava, exceto sua própria atitude: uma coisa predestinada que aconteceria de qualquer jeito. Mal sabia por que havia se rebelado. Tudo tão fácil, exceto...!

Qualquer coisa poderia ser verdade. As chamadas leis da natureza eram absurdas. A lei da gravidade era um absurdo. "Se eu quisesse", O'Brien tinha falado: "... poderia flutuar agora como uma bolha de sabão". Winston trabalhou nisso. *Se ele* acha *que flutua, e se eu ao mesmo tempo* acho *que o vejo fazer isso, então a coisa acontece!* De repente, como pedaços de destroços submersos rompendo a superfície de água, o pensamento explodiu em sua mente: *isso não acontece de verdade. Somos nós que imaginamos tudo. É uma alucinação.* Ele empurrou o pensamento para baixo imediatamente. A falácia era óbvia. Pressupunha que, em algum outro lugar, fora de si mesmo, existiria um mundo "real" onde coisas "reais" aconteciam. Mas como poderia haver tal mundo? Que conhecimento se podia ter de alguma coisa, exceto através da própria mente? Todos os acontecimentos estão na mente. O que quer que aconteça em todas as mentes realmente acontece.

Não teve dificuldade em se livrar da falácia, não havia perigo de sucumbir a ela. Percebia, no entanto, que ela nunca deveria ter ocorrido. A mente precisava desenvolver um ponto cego sempre que algum pensamento perigoso se infiltrasse. O processo tinha que ser automático, instintivo. *Crimeparar*, diziam, em falanova.

Começou a fazer exercícios de crimeparar. Apresentou teses a si mesmo – "o Partido diz que a terra é plana", "o Partido diz que o gelo é mais pesado que a água" – e se treinou para não ver ou não entender os argumentos que as contradiziam. Não foi fácil. Precisava de grandes poderes de raciocínio e improvisação. Os problemas aritméticos levantados, por exemplo, por uma declaração como "dois mais dois são cinco" estavam além de sua compreensão intelectual. Também precisava de uma espécie de atletismo mental, a habilidade de, em um momento, fazer uso delicado da lógica e, no seguinte, ficar inconsciente dos erros lógicos mais crassos. A estupidez era tão necessária quanto a inteligência, e igualmente difícil de alcançar.

O tempo todo, numa parte de sua mente, ele se perguntava quando iriam atirar nele. "Só depende de você", O'Brien tinha falado; mas ele sabia que não havia ato consciente pelo qual poderia fazer isso acontecer mais rápido. Podia ser dentro de dez minutos ou dez anos. Podiam mantê-lo por anos em confinamento solitário, podiam enviá-lo para um campo de trabalhos forçados, podiam soltá-lo por um tempo, como às vezes faziam. Era perfeitamente possível que, antes de ser baleado, todo o drama de sua prisão e interrogatório fosse reencenado. A única certeza era que a morte nunca vinha em um momento esperado. A tradição – a tradição não dita; de alguma forma você sabia, embora nunca tivesse ouvido dizer – era que o tiro viesse por trás: sempre na parte de trás da cabeça, sem aviso, enquanto você caminhava por um corredor, de uma cela para outra.

Um dia – mas "um dia" não era a expressão correta, mais provável que fosse no meio da noite; uma vez – ele caiu em um devaneio estranho e feliz. Andava pelo corredor, esperando pela bala. Sabia que aconteceria em algum momento. Tudo estava resolvido, apaziguado, reconciliado. Não havia mais dúvidas, nem discussões, nem dor, nem medo. Seu corpo estava saudável e forte. Caminhou tranquilo, feliz por se movimentar, com a sensação de andar sob a luz do sol. Não estava mais em nenhum daqueles estreitos corredores brancos do Ministério do Amor; estava na passagem enorme, ensolarada, com um quilômetro de largura, onde parecia caminhar no delírio induzido por drogas. Estava no País Dourado, seguindo a trilha através do antigo campo comido pelos coelhos. Podia sentir a grama curta e elástica sob os pés e o sol suave no rosto. Na borda do campo, estavam os olmos, balançando de leve, e, em algum lugar além disso, estava o riacho, onde as carpas nadavam nas piscinas verdes, sob os salgueiros.

De repente, teve um choque de horror. O suor brotou-lhe nas costas. Ele tinha se escutado gritar:

"Julia! Julia! Julia, meu amor! Julia!"

Por um instante, teve uma alucinação avassaladora da presença dela. Parecia não só estar com ele, mas dentro dele. Era como se ela tivesse penetrado a textura de sua pele. Naquele momento, ele a amou muito mais do que quando eles estavam juntos e livres. Também sabia que em algum lugar ela ainda estava viva e precisava de sua ajuda.

Deitou-se na cama e tentou se recompor. O que tinha feito? Quantos anos havia adicionado à sua pena por aquele momento de fraqueza?

A qualquer momento, ele ouviria o barulho de botas do lado de fora. Eles não podiam deixar tal explosão ficar impune. Saberiam agora, se já não soubessem antes, que Winston estava quebrando o acordo feito com eles. Obedecia ao Partido, mas ainda odiava o Partido. Nos velhos tempos, tinha escondido uma mente herética sob a aparência de conformidade. Agora havia dado mais um passo: na mente, ele se rendia, mas esperava manter o coração inviolado. Sabia que isso era errado, mas preferia estar errado. Eles perceberiam – O'Brien perceberia. Tudo havia sido confessado naquele único grito idiota.

Teria que começar tudo de novo. Poderia levar anos. Passou a mão pelo rosto, tentando se familiarizar com sua nova forma. Havia sulcos profundos nas bochechas, as maçãs do rosto pareciam pontiagudas, o nariz, amassado. Além disso, desde a última vez que se vira no espelho, percebeu que tinha ganho uma nova dentadura completa. Não é fácil preservar sua inescrutabilidade quando você não sabe qual é a aparência do seu rosto. Em todo caso, o mero controle das feições não era o suficiente. Pela primeira vez, percebia que, se você quisesse manter um segredo, também devia escondê-lo de si mesmo. Tinha que saber o tempo todo que ele estava lá dentro, mas, até que fosse necessário, nunca deveria deixá-lo emergir na consciência sob nenhuma forma que pudesse ser nomeada. De agora em diante, não deveria só pensar certo; era preciso sentir certo, sonhar certo. E, o tempo todo, deveria manter seu ódio bloqueado dentro de si, uma bola de matéria que era parte do seu eu e, ao mesmo tempo, desconectada do resto, como uma espécie de cisto.

Um dia, decidiriam atirar nele. Não dava para saber quando aconteceria, mas alguns segundos antes devia ser possível adivinhar. Era sempre por trás, andando por um corredor. Dez segundos seriam suficientes. E então todo o mundo dentro dele poderia vir à tona. De repente, sem pronunciar uma palavra, sem dar um passo em falso, sem mudar uma só linha em seu rosto – de repente, a camuflagem cairia e *bang!*, as baterias de seu ódio seriam recarregadas. O ódio o encheria como uma enorme e estrondosa chama. E quase no mesmo instante, *bang!*, a bala o pegaria, tarde demais ou cedo demais. Eles explodiriam seu cérebro em mil pedaços antes de serem capazes de recuperá-lo. O pensamento herético ficaria impune, sem penitência, fora do alcance deles para sempre. Abririam um buraco em sua própria perfeição. Morrer odiando-os, isso, sim, era a liberdade.

Fechou os olhos. Era mais difícil que aceitar uma disciplina intelectual. Era uma questão de se degradar, de se mutilar. Ele tinha que mergulhar na mais imunda das sujeiras. Qual era a coisa mais horrível e doentia de todas? Pensou no Irmão Maior. O rosto gigante (de tanto vê-lo em pôsteres, pensava que o rosto tinha um metro de largura), com seu bigode preto pesado e os olhos que o seguiam de um lado para o outro, parecia flutuar em sua mente por conta própria. Quais eram seus verdadeiros sentimentos em relação ao Irmão Maior?

Houve um barulho pesado de botas no corredor. A porta de aço se abriu com um estrondo. O'Brien entrou na cela. Atrás dele, estavam o policial de rosto de cera e os guardas de uniforme preto.

"Levante-se", disse O'Brien. "Venha aqui."

Winston ficou em frente a ele. O'Brien segurou os ombros de Winston com suas mãos fortes e o olhou bem de perto.

"Você estava pensando em me enganar", disse. "Isso é uma burrice. Fique mais ereto. Olhe na minha cara."

Fez uma pausa e continuou em um tom mais gentil:

"Você está melhorando. Intelectualmente, não há quase nada de errado com você. Foi só no aspecto emocional que você não progrediu. Diga-me, Winston... e lembre-se, sem mentiras: você sabe que eu sou sempre capaz de detectar uma mentira... diga-me, quais são os seus verdadeiros sentimentos em relação ao Irmão Maior?"

"Eu odeio o Irmão Maior."

"Você o odeia. Ótimo. Então, chegou a hora de você dar o último passo. Você deve amar o Irmão Maior. Não basta obedecê-lo: você deve amá-lo."

Soltou Winston com um pequeno empurrão em direção aos guardas.

"Sala 101", disse.

5

Em cada estágio de sua prisão, ele sabia, ou pensava saber, em que ponto do prédio sem janelas estava. Possivelmente havia pequenas diferenças na pressão do ar. As celas onde os guardas o espancaram estavam abaixo do nível do solo. A sala onde ele tinha sido interrogado por O'Brien estava no alto, perto do telhado. Este lugar ficava a muitos metros de profundidade, tão profundo quanto era possível ir.

Era maior que a maioria das celas onde havia estado. Mas ele mal notava seus arredores. Só percebeu que havia duas pequenas mesas bem em frente a ele, cada uma coberta com um pedaço de feltro verde. Uma estava a apenas um ou dois metros de distância, a outra mais longe, perto da porta. Ele tinha sido amarrado ereto em uma cadeira, tão firme que não conseguia mover nada, nem mesmo a cabeça. Uma espécie de bloco prendia a cabeça por trás, forçando-o a olhar direto à sua frente. Por um momento ficou sozinho, então a porta se abriu e O'Brien entrou.

"Você me perguntou uma vez", disse O'Brien, "o que havia na Sala 101. Eu disse que você já sabia a resposta. Todo mundo sabe: o que existe na Sala 101 é a pior coisa do mundo".

A porta se abriu outra vez. Um guarda entrou, carregando algo feito de arame, uma caixa ou um tipo de cesta. Ele colocou o objeto na mesa mais distante. Por causa da posição em que O'Brien estava, Winston não conseguia ver o que era.

"A pior coisa do mundo", disse O'Brien, "varia de indivíduo para indivíduo. Para alguns, é ser enterrado vivo ou a morte pelo fogo, ou a morte por afogamento, ou a morte por empalamento... ou cinquenta outras mortes. Tem casos em que é algo bem trivial, nem mesmo fatal".

Ele tinha se movido um pouco para o lado, para que Winston tivesse uma vista melhor da coisa sobre a mesa. Era uma gaiola de arame comprida com uma alça na parte superior para transportá-la. Fixado na frente, algo que parecia uma máscara de esgrima, com o lado côncavo para fora. Embora estivesse a três ou quatro metros de distância dele, ele viu que o comprimento da gaiola era dividido em dois compartimentos, e que havia algum tipo de criatura em cada um.

Ratos.

"No seu caso", disse O'Brien, "a pior coisa do mundo são ratos".

Uma espécie de tremor premonitório, um medo que ele não tinha certeza do que era, tinha passado por Winston logo ao primeiro vislumbre da gaiola. Mas de repente o significado da máscara presa na parte frontal o fez afundar. Seus intestinos pareceram virar água.

"Você não pode fazer isso!", gritou com uma voz alta e rachada. "Não pode, não pode! É impossível."

"Você se lembra", disse O'Brien, "daquele momento de pânico que costumava ocorrer em seus sonhos? Havia uma parede de escuridão na sua frente e um som estrondoso em seus ouvidos. Algo terrível do outro lado da parede. Você tinha consciência de que sabia o que era, mas não ousava trazê-lo à tona. Eram os ratos que estavam do outro lado da parede".

"O'Brien!", disse Winston, fazendo um esforço para controlar a voz. "Você sabe que isso não é necessário. O que quer que eu faça?"

O'Brien não respondeu diretamente. Quando falou, foi à maneira professoral que às vezes afetava. Olhou pensativo à distância, como se estivesse se dirigindo a uma audiência em algum lugar atrás das costas de Winston.

"Por si só", disse, "a dor nem sempre é suficiente. Há ocasiões em que um ser humano enfrenta a dor até a morte. Mas para todos existe alguma coisa insuportável – alguma coisa que não pode ser contemplada. Não tem nada a ver com coragem e covardia. Se você está caindo de uma grande altura, não é covardia se agarrar a uma corda. Se você escapa de águas profundas, não é covardia encher os pulmões de ar. É só um instinto que não pode ser desobedecido. É o mesmo com os ratos. Para você, eles são insuportáveis. São uma forma de pressão a que você não pode resistir, mesmo que deseje. Vai fazer o que for exigido de você."

"Mas o quê, o quê? Como posso fazer se não sei o que é?"

O'Brien pegou a gaiola e a trouxe à mesa mais próxima. Pousou-a cuidadosamente sobre o feltro. Winston sentia o sangue pulsando em seus ouvidos. Teve a sensação de solidão absoluta. Estava no meio de uma grande planície vazia, um enorme deserto ensolarado, através do qual todos os sons chegavam até ele vindos de distâncias imensas. No entanto, a gaiola com os ratos estava a menos de dois metros de distância. Eram ratos gigantes. Estavam na idade em que o focinho fica duro e forte e o pelo se torna marrom em vez de cinza.

"O rato", disse O'Brien, ainda se dirigindo à plateia invisível, "embora seja um roedor, é carnívoro. Você está ciente disso. Já ouviu falar das coisas que acontecem nos bairros pobres desta cidade. Em algumas ruas, uma mulher não ousa deixar seu bebê sozinho em casa nem por cinco minutos. Os ratos certamente o atacarão. Dentro de um curto período de tempo, eles o rasgarão até os ossos. Também atacam pessoas doentes ou moribundas. Demonstram uma inteligência surpreendente em saber quando um ser humano está indefeso."

Houve uma explosão de gritos vindos da gaiola. Pareciam alcançar Winston de longe. Os ratos estavam lutando entre si; tentavam chegar um ao outro através da porta que os separava. Ouviu também um gemido profundo de desespero. Esse som também parecia vir de fora dele mesmo.

O'Brien pegou a gaiola e, ao fazê-lo, pressionou algo. Houve um clique agudo. Winston fez um esforço frenético para se soltar da cadeira. Não havia esperança: cada parte dele, até a cabeça, estava presa. O'Brien aproximou a gaiola. Estava a menos de um metro do rosto de Winston.

"Pressionei a primeira alavanca", disse O'Brien. "Veja como é a construção desta gaiola. A máscara vai cobrir sua cabeça, sem deixar nenhuma brecha. Quando eu pressionar esta outra alavanca, a porta da gaiola deslizará para cima. Esses brutos famintos vão disparar para fora como balas. Já viu um rato pular no ar? Eles vão pular no seu rosto e cair de boca nele. Às vezes atacam os olhos primeiro. Às vezes eles se enterram nas bochechas e devoram a língua."

A gaiola estava mais perto; estava se aproximando. Winston ouviu uma sucessão de gritos estridentes que pareciam estar ocorrendo no ar acima de sua cabeça. Mas lutou furiosamente contra o pânico. Pensar, pensar, mesmo com uma fração de segundo restante – pensar era sua única esperança. De repente, o fedor de mofo dos monstros atingiu suas narinas. Sentiu uma violenta convulsão de náusea e quase perdeu a consciência. Tudo ficou preto. Por um instante, ele enlouqueceu, não passava de um animal gritando. No entanto, saiu da escuridão agarrado a uma ideia. Havia uma e apenas uma maneira de se salvar. Ele precisava interpor outro ser humano, o *corpo* de outro ser humano, entre ele e os ratos.

O círculo da máscara era grande o suficiente agora para bloquear a visão de qualquer outra coisa. A porta de arame estava a dois palmos de seu rosto. Os ratos sabiam o que estava por vir. Um deles pulava para cima e para baixo, e o outro, um velho avô escamoso dos esgotos, levantava-se, as patinhas rosadas contra as barras, e farejava o ar ferozmente. Winston via os bigodes e os dentes amarelos. De novo, o pânico mais sombrio se apoderou dele. Estava cego, indefeso, a mente vazia.

"Era uma punição comum no Império Chinês", disse O'Brien, no habitual tom didático.

A máscara de arame estava se fechando ao redor de seu rosto. Já sentia o arame roçar a bochecha. E então – não, não era alívio, apenas esperança, um pequeno fragmento de esperança. Tarde demais, talvez tarde demais. Mas ele de repente entendeu que havia apenas *uma* pessoa no mundo inteiro a quem poderia transferir sua punição – *um* corpo que podia empurrar entre ele mesmo e os ratos. E gritou, frenético, sem parar:

"Faz isso com a Julia! Faz isso com a Julia! Não eu! A Julia! Não estou nem aí pro que você vai fazer com ela. Rasga o rosto dela, estripa, arranca até o osso. Não eu! A Julia! Não eu!"

Ele caía para trás, em profundidades gigantescas, para longe dos ratos. Ainda estava amarrado na cadeira, mas tinha caído através do chão, através das paredes do edifício, através da terra, através dos oceanos, através da atmosfera, rumo ao espaço sideral, ao espaço entre as estrelas – sempre longe, longe, longe dos ratos. Ele estava a anos-luz de distância, mas O'Brien ainda estava de pé ao seu lado. Ainda sentia o toque frio do arame da gaiola contra as bochechas. Contudo, através da escuridão que o envolvia, ele escutou outro clique metálico, e soube que a porta da gaiola não havia se aberto e, sim, se fechado.

O Café Castanheira estava quase vazio. Um raio de sol se inclinava por uma janela e caía amarelo nos tampos de mesa empoeirados. As solitárias quinze horas. Uma música estridente escorria das teletelas.

Winston estava sentado em seu canto habitual, fitando um copo vazio. De vez em quando, olhava para um rosto vasto que o observava da parede oposta. O IRMÃO MAIOR ESTÁ DE OLHO EM VOCÊ, dizia a legenda. Espontaneamente, um garçom veio e encheu seu copo com gim Victory, jogando em cima algumas gotas de outra garrafa cuja tampa de cortiça continha um dosador. Sacarina sabor cravo, a especialidade do café.

Winston ouvia a teletela. Naquela hora, só tocava música, mas havia a possibilidade de a qualquer momento surgir um boletim especial do Ministério da Paz. As notícias do front africano eram inquietantes ao extremo. Isso o tinha preocupado o dia todo. Um exército da Eurásia (a Oceânia estava em guerra com a Eurásia: a Oceânia sempre estivera em guerra com a Eurásia) se movia para o sul a uma velocidade assustadora. O boletim do meio-dia não havia mencionado nenhuma área definida, mas era provável que a foz do Congo já fosse um campo de batalha. Brazzaville e Leopoldville estavam em perigo. Não era preciso olhar para o mapa para entender o que significava. Não era apenas uma questão de perder a África Central: pela primeira vez em toda a guerra, o território da própria Oceânia estava ameaçado.

Uma emoção violenta, não exatamente medo, mas uma espécie estranha de excitação cresceu dentro dele, depois desvaneceu de novo. Parou de pensar sobre a guerra. Hoje em dia, Winston nunca conseguia fixar a mente em um assunto mais do que alguns momentos de cada vez. Pegou seu copo e o sorveu de um gole. Como sempre, isso o fez estremecer e até ter refluxo. A coisa era horrível. O cravo e a sacarina, eles próprios bastante nojentos com seu gosto enjoativo, não disfarçavam o cheiro oleoso do gim; e o pior de tudo era que o cheiro de gim, que o acompanhava noite e dia, se misturava inextricavelmente com o cheiro daqueles...

Ele nunca os nomeava, mesmo em seus pensamentos, e, até onde fosse possível, nunca os visualizava. Eram algo de que ele estava meio consciente, pairando perto de seu rosto, um cheiro que se agarrava a suas narinas. Quando o gim subiu, ele arrotou entreabrindo os lábios roxos. Tinha engordado desde que o libertaram, e recuperado sua antiga cor – na verdade, mais do que a recuperado. Suas feições haviam encorpado, a pele do nariz e das maçãs do rosto ficaram grosseiramente vermelhas e até mesmo a parte calva do couro cabeludo tinha adquirido um tom de rosa muito forte. Um garçom, outra vez sem ser chamado, trouxe um tabuleiro de xadrez e a edição mais recente do *Times*, com a página dobrada no desafio do xadrez. Então, vendo que o copo de Winston estava vazio, trouxe a garrafa de gim e o encheu. Não havia necessidade de dar ordens. Eles conheciam seus hábitos. O tabuleiro de xadrez sempre o esperava, sua mesa de canto estava sempre reservada; mesmo quando o lugar parecia lotado, ele tinha a mesa para si, já que ninguém queria ser visto sentado muito perto dele. Ele nunca se preocupava em contar o número de drinques. A intervalos irregulares, eles o presenteavam com um papelzinho sujo que diziam ser a conta, mas ele invariavelmente tinha a impressão de que o cobravam a menos. Não teria feito diferença se fosse o contrário. Hoje em dia, o dinheiro nunca faltava. Tinha até um emprego, uma mamata muito mais bem paga do que seu antigo trabalho.

A música da teletela parou e uma voz assumiu. Winston ergueu a cabeça para ouvir. Nenhum boletim do front, contudo. Era só um breve anúncio do Ministério da Grandeza. No trimestre anterior, ao que parecia, a cota do Décimo Plano Trienal para cadarços havia sido ultrapassada em noventa e oito por cento.

Examinou o problema do xadrez e arrumou as peças. Era um desfecho complicado, envolvendo dois cavalos. "Vez das brancas e xeque-mate em dois movimentos." Winston olhou para o retrato do Irmão Maior. As brancas sempre ganham, pensou, numa espécie de misticismo nublado. Sempre, sem exceção, está arranjado. Desde o início do mundo, nenhuma vez as pretas haviam vencido. Isso não simbolizaria o triunfo eterno e invariável do Bem sobre o Mal? O rosto enorme olhou de volta para ele, carregado de um poder calmo. As brancas sempre ganham.

A voz da teletela fez uma pausa e acrescentou em um tom diferente e muito mais grave: "E atenção: aguarde um importante anúncio às quinze e trinta. Quinze e trinta! Vai ser a notícia mais importante. Não perca. Quinze e trinta!", e a música tilintante recomeçou a tocar.

O coração de Winston se agitou. Devia ser o boletim do front; o instinto lhe dizia que viria uma má notícia. O dia todo, em pequenos surtos de excitação, o pensamento de uma derrota esmagadora na África entrava e saía de sua mente. De fato, ele parecia ver o exército eurasiano fervilhar através da fronteira nunca antes rompida e derramar-se na ponta da África como uma coluna de formigas. Por que não era possível superá-los, de algum modo? O mapa da costa da África Ocidental se destacou vividamente em sua mente. Pegou o cavalo branco e o moveu no tabuleiro. *Ali* era o local adequado. Mesmo enquanto percebia o cavalo negro correndo para o sul, notava outra força, montada misteriosamente, de repente plantada em sua retaguarda, cortando as comunicações por terra e mar. Sentiu que, ao desejar, ele tornava aquela outra força real. Porém, era preciso agir rápido. Se pudessem obter o controle de toda a África, se tivessem aeroportos e bases submarinas na Cidade do Cabo, cortariam a Oceânia em duas. Poderia significar qualquer coisa: derrota, colapso, a redivisão do mundo, a destruição do Partido! Respirou fundo. Uma extraordinária mistura de sentimentos – não uma mistura, exatamente; ao contrário, camadas sucessivas de sentimentos, em que não se podia dizer qual camada estava por cima ou por baixo – lutavam dentro dele.

O espasmo passou. Colocou o cavalo branco de volta no lugar, mas, no momento, não conseguia se concentrar no estudo do desafio de xadrez. Seus pensamentos vagaram de novo. Quase inconscientemente, desenhou com o dedo na poeira sobre a mesa:

$2 + 2 = 5$

"Eles não podem entrar em você", ela dissera. Mas eles podiam entrar. "O que acontece com você aqui é *para sempre*", dissera O'Brien. Isso era verdade. Havia coisas, suas próprias ações, das quais você não conseguia recuperar. Algo morria em seu peito: queimado e cauterizado.

Ele a tinha visto; tinha até falado com ela. Não havia perigo nisso. Sabia, instintivamente, que agora eles não tinham o menor interesse em suas ações. Poderiam ter combinado de se encontrarem outra vez, caso algum deles quisesse. Na verdade, o encontro tinha sido por acaso. Foi no Parque, em um dia cruel e cortante de março, quando a terra parecia feita de ferro e toda a grama tinha a aparência de morta, e não havia sequer uma flor em lugar algum, exceto uns açafrões que se erguiam só para serem desmembrados pelo vento. Ele corria apressado, as mãos congeladas e os olhos lacrimejando, quando a viu a menos de dez metros de distância. Percebeu de imediato que ela havia mudado de um jeito estranho. Quase passaram um pelo outro sem se reconhecerem, então ele se virou e a seguiu, mas sem muito ímpeto. Sabia que não havia perigo, que ninguém se interessava por eles. Ela não falou. Afastou-se obliquamente pela grama como se tentasse se livrar dele, depois pareceu se resignar em tê-lo ao seu lado. Agora estavam no meio de um bosque de arbustos sem folhas, inúteis para se esconderem ou se protegerem contra o vento. Pararam. Estava terrivelmente frio. O vento assobiava pelos galhos e machucava os raros açafrões de aparência suja. Ele passou o braço pela cintura dela.

Não havia teletela, mas podia haver microfones ocultos: além disso, eles podiam ser vistos. Não importava, nada importava. Poderiam ter se deitado no chão e feito *aquilo* se quisessem. Sua carne congelava de horror só de pensar nisso. Ela não deu nenhuma resposta ao ser enlaçada; nem mesmo tentou escapar. Ele entendia agora o que havia mudado nela. Seu rosto estava mais pálido e havia uma longa cicatriz, parcialmente escondida pelo cabelo, que passava pela testa e pela têmpora; mas essa não era a mudança. Sua cintura tinha engrossado e, de uma forma surpreendente, endurecido. Ele se lembrou de uma vez, depois da queda de um míssil, em que havia ajudado a tirar um cadáver de algumas ruínas e ficado surpreso não só com o incrível peso da coisa, mas com a rigidez e dificuldade de manuseio, que o fazia parecer mais feito de pedra do que de carne. O corpo dela parecia aquele cadáver. Ocorreu-lhe que a textura de sua pele devia estar bem diferente do que era antes.

Não tentou beijá-la. Eles tampouco se falaram. Enquanto caminhavam de volta pelo gramado, ela olhou direto para ele pela primeira vez. Foi só um olhar momentâneo, mas carregado de desprezo e de antipatia. Ele se perguntou se era uma antipatia que vinha puramente do passado ou se tinha sido inspirada também por seu rosto inchado e pela água que o vento continuava a fustigar de seus olhos. Os dois se sentaram em bancos de ferro, lado a lado, não muito próximos. Ele sentiu que ela estava prestes a falar. Ela moveu o sapato desajeitado alguns centímetros e deliberadamente esmagou um galho. Até seus pés pareciam ter crescido, ele notou.

"Eu traí você", ela disse sem rodeios.

"Eu traí você", ele disse.

Ela lhe lançou outro olhar antipático.

"Às vezes", ela falou, "eles ameaçam você com uma coisa – uma coisa que você não pode suportar, nem mesmo pensar. E aí você diz: 'Não faça isso comigo, faça com outra pessoa, faça com fulano'. E talvez você possa fingir, depois, que foi só um truque e que você só disse aquilo para fazê-los parar, e que não significa nada. Mas não é verdade. No momento em que acontece, você sente que está falando sério. Você acha que não existe outro jeito de se salvar e está disposto a se salvar dessa forma. Você *quer* que aconteça com a outra pessoa. Você não dá a mínima para o sofrimento dela. Você só se importa com você mesmo."

"Você só se importa com você mesmo", ele repetiu.

"E depois disso, você não sente o mesmo pela outra pessoa, nunca mais."

"Não", ele disse, "você não sente o mesmo".

Não parecia haver mais nada a dizer. O vento colava os macacões finos ao corpo deles. De repente, pareceu muito constrangedor permanecerem sentados em silêncio: além disso, estava frio demais para ficarem ali parados. Ela disse algo sobre pegar o metrô e se levantou, pronta para ir.

"Precisamos nos encontrar de novo", ele disse.

"Sim", ela disse, "precisamos nos encontrar de novo".

Ele a seguiu resoluto por uma pequena distância, meio passo atrás dela. Eles não falaram mais. Ela não tentou se livrar dele, mas caminhou a uma velocidade que o impedia de ficar muito perto. Ele tinha decidido que iria acompanhá-la até a estação de metrô, mas de repente essa ideia de persegui-la durante um dia tão frio pareceu inútil e insuportável. Sentiu-se oprimido pelo desejo não tanto de fugir de Julia, mas de voltar ao Café Castanheira, que nunca parecera tão atraente como naquele momento. Teve uma visão nostálgica de sua mesa de canto, com o jornal, o tabuleiro de xadrez e o gim sempre disponível. Além do mais, lá estaria quente. No momento seguinte, não bem por acidente, ele permitiu que um pequeno grupo de pessoas se interpusesse entre eles. Fez uma tentativa indiferente de alcançá-la, depois diminuiu a velocidade, deu meia-volta e partiu na direção oposta. Após percorrer cinquenta metros, olhou para trás. A rua não estava lotada, mas ele já não conseguia distingui-la. Qualquer uma de uma dúzia de figuras apressadas poderia ser dela. Talvez seu corpo rígido de botijão de gás não fosse mais reconhecível por trás.

"No momento em que acontece", ela dissera, "você sente que está falando sério". Ele havia falado sério. Não tinha se limitado a dizer, ele tinha realmente desejado. Ele tinha desejado que ela e não ele fosse entregue aos...

Algo mudou na música que escorria da teletela. Uma nota rachada e zombeteira, amarela, apareceu. E depois – talvez não estivesse acontecendo, talvez fosse só uma memória se materializando em som –, uma voz cantou:

Sob os galhos da castanheira
Eu te vendi, vendeste a mim
...

As lágrimas brotaram de seus olhos. Um garçom que passava percebeu seu copo vazio e voltou com a garrafa de gim.

Pegou o copo e o cheirou. A cada gole que dava naquilo, não ficava menos horrível, na verdade, ficava mais intragável. Mas tinha se tornado o elemento onde ele nadava. Era sua vida, sua morte e sua ressurreição. Era no gim que ele afundava em torpor toda noite, era o gim que o fazia renascer toda manhã. Quando acordava, raramente antes das onze, com as pálpebras grudadas, a boca em chamas e as costas que pareciam ter se quebrado, teria sido impossível até mesmo sair da horizontal se não fosse pela garrafa e xícara colocadas ao lado da cama pela noite. Durante a hora de almoço, ele se sentava com um copo e uma garrafa à mão, ouvindo a teletela. Das quinze até a hora de fechar, ficava ancorado no Castanheira. Ninguém se importava mais com o que ele fazia, nenhum apito o acordava, nenhuma teletela o advertia. De vez em quando, talvez umas duas vezes por semana, ele ia a um escritório empoeirado de aparência esquecida no Ministério da Verdade e trabalhava um pouquinho, ou fingia que trabalhava. Tinha sido indicado para um subcomitê de um subcomitê que havia brotado de um dos inúmeros comitês que lidavam com pequenas dificuldades surgidas na compilação da décima primeira edição do *Dicionário de Falanova*. O trabalho envolvia a produção de algo chamado Relatório Provisório, mas o que estavam relatando ele nunca tinha chegado a descobrir. Tinha algo a ver com a questão de as vírgulas serem colocadas entre colchetes ou fora deles. Havia quatro outros membros do comitê, todos pessoas parecidas com ele. Se reuniam algumas vezes, e então logo ficavam dispersos outra vez, admitindo com franqueza um ao outro que de fato não havia nada a ser feito. Mas havia outros dias em que se lançavam ao trabalho quase ansiosos, fazendo um tremendo teatro ao registrar suas atas e elaborar longos memorandos que nunca eram concluídos – nesses dias, os argumentos quanto ao que supostamente discutiam ficavam tão enrolados e confusos que culminavam em brigas sutis sobre definições, enormes digressões, ofensas e até mesmo ameaças de apelar a autoridades superiores. E então, de repente, a vida se despedia deles, e ficavam sentados em volta da mesa olhando um para o outro com olhos extintos, feito fantasmas sumindo ao cantar do galo.

A teletela silenciou um instante. Winston levantou a cabeça de novo. O boletim! Mas não, tinham só mudado a música. Ele tinha o mapa da África atrás das pálpebras. O movimento dos exércitos era um diagrama: uma seta preta rasgando verticalmente para o sul, uma seta branca rasgando horizontalmente para o leste, cortando a cauda da primeira. Como que para se tranquilizar, ele olhou para o rosto imperturbável no retrato. Era concebível que a segunda flecha nem existisse? Seu interesse aumentou outra vez. Bebeu mais um gole de gim, pegou o cavalo branco e fez um movimento experimental. Xeque. Mas evidentemente não era o movimento certo, porque...

Sem ser chamada, uma memória flutuou em sua mente. Ele viu uma vela em um quarto com uma vasta cama com colcha branca, e ele mesmo, um menino de nove ou dez, sentado no chão, sacudindo uma caixa de dados e rindo com entusiasmo. A mãe estava sentada à sua frente e também ria.

Devia ter sido um mês antes de ela desaparecer. Tinha sido um momento de reconciliação, quando, esquecida a fome persistente em seu estômago, a afeição anterior por ela era temporariamente revivida. Ele se lembrava bem daquele dia, um dia chuvoso e encharcado, quando a água escorria pelas vidraças e não havia luz suficiente para ler. O tédio das duas crianças no escuro, no quarto apertado, tornava-se insuportável. Winston choramingava e ranhetava, fazia exigências inúteis de comida, zanzava pelo quarto tirando tudo do lugar e chutando os lambris até os vizinhos baterem na parede, enquanto a criança mais nova chorava sem parar. No fim, a mãe disse: "Agora fica quietinho que eu vou comprar um brinquedo para você. Um brinquedo lindo – você vai adorar"; e então ela saiu na chuva, foi para uma lojinha ali perto que ainda abria de vez em quando, e voltou com uma caixa de papelão contendo um jogo de tabuleiro. Ele ainda conseguia se lembrar do cheiro do papelão úmido. O jogo estava em petição de miséria. O tabuleiro viera rachado, e os pequenos dados de madeira eram tão mal cortados que mal se sustentavam. Winston olhou para a coisa amuado e sem interesse. Mas então a mãe acendeu um toco de vela e eles se sentaram no chão para brincar. Logo ele estava animadíssimo e gritando de tanto rir enquanto os disquinhos do jogo subiam esperançosamente pelas escadas e depois desciam deslizando pelas cobras de novo, até voltar ao ponto de partida. Jogaram oito partidas, cada um ganhou quatro. Sua irmãzinha, jovem demais para entender o que era o jogo, estava encostada a uma almofada e ria porque os outros estavam rindo. Por uma tarde inteira, eles foram felizes juntos, como na primeira infância.

Ele empurrou a imagem para longe. Era uma memória falsa. Ele era perturbado de vez em quando por falsas memórias. Tinham pouca importância, desde que você soubesse reconhecê-las. Algumas coisas tinham acontecido, outras não. Ele voltou ao tabuleiro de xadrez e pegou o cavalo branco de novo. Quase no mesmo instante, deixou-o cair no tabuleiro com estrépito. Ele levou um susto como se tivesse sido picado por um alfinete.

Um toque estridente de trombeta havia perfurado o ar. Era o boletim! Vitória! Sempre significava vitória quando um toque de trombeta precedia a notícia. Uma espécie de emoção elétrica percorreu o café. Até os garçons tinham parado e aguçado os ouvidos.

O toque da trombeta havia liberado um enorme volume de ruído. Uma voz animada já tagarelava da teletela, mas, quando começou, foi quase abafada pelo rugido de aplausos do lado de fora. A notícia corria pelas ruas como mágica. Ele conseguia ouvir só o suficiente do que saía da teletela para notar que tudo tinha acontecido como ele havia previsto: uma vasta armada marítima secretamente montada, um golpe repentino na retaguarda do inimigo, a seta branca rasgando a cauda da seta preta. Fragmentos de frases triunfantes explodiam no meio do barulho: "Genial manobra estratégica... coordenação perfeita... derrota total... meio milhão de prisioneiros... desmoralização completa... controle de toda a África... trazer a guerra para bem perto de seu fim... vitória... maior vitória da história da humanidade... vitória, vitória, vitória!".

Debaixo da mesa, os pés de Winston faziam movimentos convulsivos. Ele não tinha se mexido do assento, mas em sua mente estava correndo, correndo rápido, estava com a multidão do lado de fora, comemorando a plenos pulmões. Ergueu os olhos novamente para o retrato do Irmão Maior. O colosso que dominava o mundo! A rocha contra a qual as hordas da Ásia se arremessavam em vão! Ele pensou em como nem dez minutos antes – sim, só dez minutos – ainda havia dúvida em seu coração, se perguntando se as notícias do front seriam de vitória ou derrota. Ah, foi mais do que um exército eurasiano que pereceu! Muita coisa mudara nele desde aquele primeiro dia no Ministério do Amor, mas a cura final e inequívoca nunca tinha acontecido até aquele momento.

A voz da teletela ainda bradava os relatos sobre prisioneiros, e saques, e massacres, mas a gritaria lá fora tinha diminuído um pouco. Os garçons tinham voltado ao trabalho. Um deles se aproximou com a garrafa de gim. Winston, sentado em seu sonho feliz, não prestou atenção quando o copo se encheu. Não estava mais correndo nem comemorando. Estava de volta ao Ministério do Amor, com tudo perdoado, sua alma branca como a neve. Estava em praça pública, confessando tudo, implicando a todos. Estava caminhando pelo corredor de azulejos brancos, com a sensação de andar sob a luz do sol, um guarda armado em suas costas. A bala tão esperada estava entrando em seu cérebro.

Olhou para o rosto enorme. Quarenta anos ele tinha levado para entender que tipo de sorriso era aquele escondido sob o bigode escuro. Ah, que engano cruel, que engano desnecessário! Ah, que autoexílio ressentido do seio amoroso! Duas lágrimas fedendo a gim escorreram pelas laterais de seu nariz. Mas estava tudo bem, estava tudo bem, a luta chegara ao fim. Ele havia conquistado a vitória sobre si mesmo. Amava o Irmão Maior.

APÊNDICE

Os princípios da falanova

Falanova era a língua oficial da Oceânia e tinha sido projetada para atender às necessidades ideológicas do Socing, ou Socialismo Inglês. No ano de 1984, ainda não havia quem usasse a falanova como único meio de comunicação, fosse na forma oral ou escrita. Os principais artigos do *Times* eram escritos nela, mas isso era um *tour de force* que só poderia ser realizado por um especialista. Esperava-se que a falanova finalmente substituísse a falavelha (ou inglês padrão, como deveríamos chamá-la) por volta do ano de 2050. Enquanto isso, ela ganhava terreno de forma constante, e todos os membros do Partido tendiam a usar cada vez mais em sua fala cotidiana as palavras e construções gramaticais em falanova. A versão em uso em 1984, e incorporada na nona e décima edições do *Dicionário de Falanova*, era provisória e continha muitas palavras supérfluas e construções arcaicas que deveriam ser suprimidas mais tarde. É da versão final aperfeiçoada, como corporificada na décima primeira edição do dicionário, que nos ocupamos aqui.

O objetivo da falanova não era apenas fornecer um meio de expressão para a visão de mundo e os hábitos mentais dos devotos do Socing, mas tornar impossíveis todos os outros modos de pensamento. Pretendia-se que, quando a falanova fosse adotada de uma vez por todas e a falavelha, esquecida, um pensamento herético – isto é, um pensamento que diverge dos princípios do Socing – fosse literalmente impensável, pelo menos na medida em que o pensamento depende de palavras. Seu vocabulário foi construído de modo a expressar de modo exato, e muitas vezes sutil, todos os significados que um membro do Partido pudesse desejar expressar adequadamente, enquanto excluía todos os outros significados e também a possibilidade de se chegar a eles por métodos indiretos. Isso foi feito em parte pela invenção de novas palavras, mas principalmente pela eliminação de palavras indesejáveis e pela remoção de significados não ortodoxos – na medida do possível, de todos os significados secundários, quaisquer que fossem – que as palavras remanescentes ainda carregassem. Por exemplo, a palavra *livre* ainda existia em falanova, mas só poderia ser usada em afirmações como "este cão está livre de piolhos" ou "este campo está livre de ervas daninhas". Não poderia ser usada em seu antigo sentido de "politicamente livre" ou "intelectualmente livre", visto que as liberdades política e intelectual não já existiam sequer como conceitos e, portanto, deviam ser desprovidas de nomes. Além da supressão de palavras definitivamente heréticas, a redução do vocabulário era considerada um fim em si mesmo, e nenhuma palavra dispensável sobreviveu. A falanova foi projetada não para estender, mas para *diminuir* o alcance de pensamento, e esse propósito foi auxiliado indiretamente pela redução da escolha de palavras ao mínimo.

A falanova foi fundada na língua inglesa como a conhecemos hoje, embora muitas frases em falanova, mesmo quando não continham palavras recém-criadas, fossem quase incompreensíveis para um falante do inglês nos dias atuais. As palavras em falanova foram divididas em três classes distintas, conhecidas como Vocabulário A, Vocabulário B (também chamadas de palavras compostas) e Vocabulário C. Será mais simples discutir cada classe de palavras em separado, mas as peculiaridades gramaticais da linguagem podem ser tratadas na seção dedicada ao Vocabulário A, uma vez que as mesmas regras se aplicam às três categorias.

O Vocabulário A

O Vocabulário A consistia nas palavras necessárias para a vida cotidiana – ações como comer, beber, trabalhar, vestir a roupa, subir e descer escadas, andar de carro, cuidar do jardim, cozinhar e assim por diante. Era composto quase inteiramente de palavras que já temos – *bater, correr, cachorro, árvore, açúcar, casa, campo* –, mas, em comparação com o vocabulário atual do inglês, seu número era extremamente pequeno, enquanto seus significados eram definidos com muito mais rigidez. Todas as ambiguidades e nuances de significado foram eliminadas. Tanto quanto fosse possível, uma palavra em falanova desta classe era apenas um som em staccato expressando *um* conceito claramente compreendido. Teria sido quase impossível usar o Vocabulário A para fins literários ou para a discussão política ou filosófica. A intenção era expressar apenas pensamentos simples e objetivos, geralmente envolvendo objetos concretos ou ações físicas.

A gramática da falanova tinha duas peculiaridades marcantes. A primeira delas era uma equivalência quase completa entre diferentes classes gramaticais. Qualquer palavra da língua (em princípio, isso se aplica até a palavras muito abstratas, como *se* ou *quando*) poderia ser usada como verbo, substantivo, adjetivo ou advérbio. Entre o verbo e a forma substantiva, quando eram da mesma raiz, nunca haveria qualquer variação, regra que envolvia a destruição de muitas formas arcaicas. A palavra *pensamento*, por exemplo, não existia em falanova. Seu lugar foi ocupado por *pensar*, que cumpria o papel tanto de substantivo quanto de verbo. Nenhum princípio etimológico foi seguido aqui: em alguns casos, o substantivo original era o escolhido para retenção, e, em outros casos, o verbo. Mesmo quando um substantivo e um verbo de significados aparentados não eram etimologicamente conectados, com frequência suprimia-se um ou outro. Não existia, por exemplo, nenhuma palavra como *cortar*, seu significado sendo suficientemente coberto pelo substantivo-verbo *faca*. Os adjetivos eram formados adicionando-se o sufixo -*oso* ao substantivo-verbo, e para os advérbios adicionava-se -*mente*. Assim, por exemplo, *velocidadoso* significava "veloz" e *velocidademente* significava "depressa".

Alguns dos nossos adjetivos atuais, como *bom*, *forte*, *grande*, *preto*, *macio* foram mantidos, mas seu número total era muito pequeno. Havia pouca necessidade deles, uma vez que quase qualquer significado adjetivo poderia ser alcançado adicionando-se -*oso* a um verbo-substantivo. Nenhum dos advérbios hoje existentes foi mantido, exceto por alguns que já terminavam em -*mente*: a terminação -*mente* era invariável. A palavra *bem*, por exemplo, foi substituída por *bomente*.

Além disso, qualquer palavra – isso de novo se aplica, em princípio, a todas as palavras no idioma – poderia ser negativada adicionando-se o prefixo *des-*, ou fortalecida pelo *mais-*, ou, para ainda maior ênfase, *duplimais-*. Assim, por exemplo, *desfrio* significava "quente", enquanto *maisfrio* e *duplimaisfrio* significavam, respectivamente, "muito frio" e "superfrio". Também era possível, como no inglês atual, modificar os significados de quase qualquer termo por sufixos preposicionais, tais como *ante-*, *pós-*, *sobre-*, *sub-* etc. Por tais métodos, foi possível obter uma diminuição enorme de vocabulário. Por exemplo, havendo a palavra *bom*, não havia necessidade da palavra *mau*, já que o significado exigido era igualmente – na verdade, melhor – expresso por *desbom*. Bastava decidir, em qualquer caso em que duas palavras formavam um par natural de opostos, qual delas suprimir. *Escuro*, por exemplo, poderia ser substituído por *desclaro*, ou *claro* por *desescuro*, de acordo com a preferência.

A segunda marca distintiva da gramática de falanova era sua regularidade. Sujeita a algumas exceções mencionadas a seguir, todas as inflexões seguiam as mesmas regras. Assim, em todos os verbos, o pretérito e o particípio eram iguais e terminavam em -*ado*. O pretérito de *roubar* era *roubado*, o pretérito de *pensar* era *pensado*, e assim por diante em toda a língua. Todas as formas como *nadou*, *deu*, *trazido*, *falado*, *levado* etc. foram abolidas. Todos os plurais passaram a ser formados adicionando-se -*s* ou -*es*, conforme o caso. Os plurais de *pão*, *sol*, *funil* eram *pãos*, *sols*, *funils*. A comparação de adjetivos era invariavelmente feita adicionando-se -*mó*, -*mais* (*bom, móbom, maisbom*), sendo suprimidas as formas irregulares e as formações como *o maior, a maior parte*.

As únicas classes de palavras que ainda podiam sofrer flexões irregulares eram os pronomes e os verbos auxiliares. Todos esses continuavam a seguir a regras antigas, exceto *o qual*, descartado como desnecessário, e *deverá* e *deveria*, que foram eliminados e substituídos por *será* e *seria*. Também havia certas irregularidades na formação das palavras surgindo da necessidade de uma fala rápida e fácil. Uma palavra difícil de pronunciar, ou passível de ser ouvida de modo incorreto, seria considerada *ipso facto* um palavrão: ocasionalmente, portanto, em prol da eufonia, letras extras eram inseridas em uma palavra ou uma formação arcaica era mantida. Mas essa necessidade se fazia sentir primordialmente com relação ao Vocabulário B. O *motivo* de tamanha importância dada à pronúncia será esclarecido mais tarde neste ensaio.

O Vocabulário B

O Vocabulário B consistia em palavras deliberadamente construídas para fins políticos: palavras que não só tinham uma implicação política em qualquer que fosse a sua aplicação, mas que pretendiam impor uma atitude mental desejável sobre a pessoa que as usava. Sem uma compreensão total dos princípios do Socing, seria difícil usar essas palavras corretamente. Em alguns casos, elas poderiam ser traduzidas para a falavelha, ou mesmo transformadas em palavras do Vocabulário A, mas isso geralmente exigia uma longa paráfrase e sempre envolvia a perda de certos tons. As palavras B eram uma espécie de atalho verbal, muitas vezes agrupando toda uma gama de ideias em poucas sílabas, sendo ao mesmo tempo mais precisas e convincentes do que a linguagem comum.

As palavras B eram sempre palavras compostas. (Palavras compostas, como *falaescrita*, também eram encontradas no Vocabulário A, mas nesse caso eram meras abreviações convenientes, sem nuances ideológicas específicas.) Consistiam de duas ou mais palavras, ou porções de palavras, unidas em uma forma facilmente pronunciável. O amálgama resultante era sempre um substantivo-verbo flexionado de acordo com as regras comuns. Por exemplo, a palavra *bompensar*, que significava, grosso modo, "ortodoxia", ou, se fosse usada como um verbo, "pensar de maneira ortodoxa", seria flexionada da seguinte maneira: substantivo-verbo, *bompensar*; pretérito e particípio, *bompensado*; gerúndio, *bompensando*; adjetivo, *bompensaroso*; advérbio, *bompensarmente*; substantivo deverbal, *bompensador*.

As palavras B não eram construídas sobre nenhum plano etimológico. As palavras das quais derivavam podiam ser de quaisquer classes gramaticais e colocadas em qualquer ordem, mutiladas de qualquer forma que as tornasse fáceis de pronunciar enquanto indicavam sua derivação. Na palavra *crimepensar*, por exemplo, o pensar vem em segundo lugar, enquanto, em *mentmil* (Milícia Mental), a mente vem em primeiro. Além disso, no segundo exemplo, a palavra milícia perde suas sílabas finais. Por causa da grande dificuldade em garantir a eufonia, formações irregulares eram mais comuns no Vocabulário B do que no Vocabulário A. Por exemplo, as formas adjetivas de Miniver, Minipaz e Minimor eram, respectivamente, *miniveroso*, *minipacioso* e *minimoso*, porque *-verdadoso*, *-pazoso* e *-amoroso* eram complicadas de pronunciar. Em princípio, no entanto, todas as palavras B podem flexionar, e todas são flexionadas exatamente da mesma maneira.

Algumas das palavras B tinham significados muito sutis, inteligíveis apenas para quem dominava a linguagem como um todo. Consideremos, por exemplo, uma manchete típica do *Times* como *Velhopensadores desverpançam o*

Socing. A tradução mais breve em falavelha seria: "Aqueles cujas ideias foram formadas antes da Revolução não têm uma compreensão visceral dos princípios do Socialismo Inglês". Mas essa não seria uma tradução adequada. Para começar, a fim de compreender todo o significado da frase em falanova, seria preciso ter uma ideia clara do que se entende por Socing. E além disso, apenas uma pessoa muito entendida em Socing poderia apreciar toda a força da palavra *verpança*, que implica uma aceitação cega e entusiástica, difícil de imaginar hoje; ou da palavra *velhopensar*, que estava inextricavelmente amalgamada ao conceito de maldade e decadência. Mas a função especial de certas palavras em falanova, das quais *velhopensar* era uma, não era tanto expressar significados e sim destruí-los. Essas palavras, que existiam necessariamente em menor número, tiveram seus significados estendidos até que contivessem dentro de si mesmas uma quantidade imensa de palavras que, por serem suficientemente contempladas por um único termo abrangente, podiam ser descartadas e esquecidas. A maior dificuldade enfrentada pelos compiladores do *Dicionário de Falanova* não era inventar palavras novas, mas, as tendo inventado, ter certeza do que significavam, ou seja, de quais famílias de palavras antigas as novas cancelariam com sua existência.

Como já vimos no caso de *livre*, palavras que outrora carregavam um significado herético às vezes eram mantidas só por conveniência, mas com os significados indesejáveis eliminados. Inúmeras outras palavras como *honra, justiça, moralidade, internacionalismo, democracia, ciência* e *religião* simplesmente deixaram de existir. Algumas palavras gerais davam conta de seus significados e, com isso, as aboliam. Todas as palavras agrupadas em torno dos conceitos de liberdade e igualdade, por exemplo, estavam contidas na única palavra *crimepensar*, enquanto que todas as palavras agrupadas em torno dos conceitos de objetividade e racionalismo estavam contidas na única palavra *velhopensar*. Uma precisão maior teria sido perigosa. De um membro do Partido, era exigida uma perspectiva semelhante à do antigo hebreu que sabia, sem saber muito mais do que isso, que todas as outras nações além da sua adoravam "falsos deuses". O antigo hebreu não precisava saber que esses deuses eram chamados de Baal, Osíris, Moloch, Ashtaroth e coisas do gênero: provavelmente, quanto menos soubesse sobre essas coisas, melhor para sua ortodoxia. O antigo hebreu conhecia Jeová e os mandamentos de Jeová: sabia, portanto, que todos os deuses com outros nomes ou atributos eram falsos deuses. Mais ou menos da mesma forma, o membro do Partido sabia o que constituía a conduta correta e, em termos excessivamente vagos e generalizados, sabia que tipo de desvios eram possíveis. Sua vida sexual, por exemplo, era inteiramente regulada por duas únicas palavras em falanova: *sexocrime* (imoralidade sexual) e *sexobom* (castidade). O *sexocrime* abrangia todos os delitos sexuais. Ou seja: fornicação às escondidas, adultério, homossexualidade e outras perversões, além, é claro, do intercurso normal quando praticado sem objetivar os fins reprodutivos. Não havia necessidade de enumerar os atos em separado, uma vez que todos eram igualmente proibidos e, a princípio, puníveis com a morte. No Vocabulário C, que consistia em palavras científicas e técnicas, poderia ser necessário dar nomes especializados a certas aberrações, mas o cidadão comum não precisava delas. Ele sabia o que significava *sexobom*, ou seja, o intercurso normal entre marido e esposa, com o único propósito de gerar filhos e sem prazer físico por parte da mulher; todo o resto era *sexocrime*. Em falanova, raramente era possível seguir um pensamento herético para além da *percepção* da heresia: além desse ponto, as palavras necessárias eram inexistentes.

    Nenhuma palavra no Vocabulário B era ideologicamente neutra. Havia uma grande quantidade de eufemismos. Os significados dessas palavras, por exemplo, *campofeliz* (campo de trabalhos forçados) ou Minipaz (Ministério da Paz, ou seja, Ministério da Guerra) eram quase o exato oposto do que pareciam indicar. Algumas palavras, por outro lado, exibiam uma franqueza e compreensão desdenhosas quanto à real natureza da sociedade oceânica. Um exemplo era *diverproleta*, que significava o entretenimento medíocre e as notícias sensacionalistas que o Partido distribuía às massas. Outras palavras eram ambivalentes, tendo a conotação de "bom" quando aplicadas ao Partido e "ruim" quando aplicadas a seus inimigos. Além disso, havia um grande número de palavras que à primeira vista pareciam meras abreviações, mas que não carregavam seu conteúdo ideológico no significado, mas na estrutura.

Até onde isso podia ser controlado, tudo o que tinha ou poderia ter significado político de qualquer natureza era inserido no Vocabulário B. Nomes de organizações, grupos de pessoas, doutrinas, países, instituições ou prédios públicos eram invariavelmente moldados na forma familiar; isto é, uma única palavra de fácil pronúncia com o menor número de sílabas que preservaria o sentido original. No Ministério da Verdade, por exemplo, o Departamento de Registros, no qual Winston Smith trabalhava, era chamado de *Depreg*, o Departamento de Ficção chamava-se *Depfic*, o Departamento de Teleprogramas era *Deptelep* e assim por diante. Isso não era feito unicamente com o objetivo de economizar tempo. Mesmo nas primeiras décadas do século XX, palavras e frases telescópicas eram um dos traços característicos da linguagem política; já se notava que a tendência a usar abreviações desse tipo era mais marcante em organizações e países totalitários. Exemplos disso são palavras como *nazi*, *Gestapo*, *Comintern*, *Inprecorr*, *agitprop*. No início, a prática havia sido adotada instintivamente, por assim dizer, mas em falanova era usada com um propósito consciente. Percebia-se que, ao abreviar um nome, estreitava-se e alterava-se de forma sutil seu significado, cortando a maioria das associações que de outra forma se apegariam a ele. As palavras Internacional Comunista, por exemplo, evocavam uma imagem composta da fraternidade humana universal, bandeiras vermelhas, barricadas, Karl Marx e a Comuna de Paris. Já a palavra *Comintern*, por outro lado, sugeria apenas uma organização e um corpo de doutrina bem sólidos. É algo quase tão fácil de reconhecer e de propósito tão limitado quanto uma cadeira ou uma mesa. *Comintern* é uma palavra que pode ser pronunciada quase sem se pensar, enquanto que Internacional Comunista é uma expressão sobre a qual o indivíduo se demora, obrigatoriamente, pelo menos por um momento. Da mesma forma, as cadeias associativas evocadas por uma palavra como *Miniver* são menores e mais controláveis do que aquelas convocadas pela expressão Ministério da Verdade. A isso se devia não só o hábito de abreviar sempre que possível, mas também o cuidado quase exagerado para tornar toda palavra facilmente pronunciável.

Em falanova, a eufonia superava todas as demais considerações, exceto pela exatidão de significado. Quando era preciso, a regularidade da gramática era sempre sacrificada em nome da eufonia. E com razão, visto que, sobretudo para fins políticos, era preciso que as palavras fossem curtas e cortadas, que tivessem significado inconfundível e que pudessem ser expressas com rapidez, despertando o mínimo de ecos na mente do sujeito que as falava. As palavras do Vocabulário B ganharam força pelo fato de serem quase todas muito semelhantes. Na maior parte dos casos, essas palavras – *bompensar, Minipaz, diverproleta, sexocrime, campofeliz, Socing, verpança, mentmil* e inúmeras outras – tinham poucas sílabas, com as tônicas distribuídas de modo equilibrado entre elas. O uso desses termos encorajou um estilo de fala tagarela, ao mesmo tempo staccato e monótono. E era exatamente isso que se pretendia. A intenção era fazer um discurso, em especial sobre assuntos que não fossem ideologicamente neutros, tão inconsciente quanto possível. No âmbito da vida cotidiana, não havia dúvida de que era necessário, pelo menos às vezes, refletir antes de falar, mas um membro do partido chamado a fazer um julgamento político ou ético deveria ser capaz de espalhar as opiniões corretas tão automaticamente quanto uma metralhadora lançando balas. Seu treinamento o capacitava a fazer isso, a linguagem lhe dava um instrumento quase infalível, e a textura das palavras, com seu som áspero e certa feiura obstinada, muito de acordo com o espírito do Socing, ajudavam ainda mais o processo.

O mesmo se dava pelo fato de haver tão poucas palavras dentre as quais escolher. Em comparação com o nosso atual, o vocabulário da falanova era minúsculo, e pensava-se sempre em novas maneiras de reduzi-lo. A falanova, de fato, diferia de quase todas as outras línguas porque seu vocabulário diminuía a cada ano, em vez de crescer. Cada redução era um ganho, pois, quanto menor a área de escolha, menor a tentação de pensar. Em última análise, o objetivo era articular um discurso a partir da laringe, sem acionar os centros superiores do cérebro. Esse objetivo era abertamente admitido na palavra em falanova *falapato*, que significava "grasnar feito um pato". Como muitas outras palavras do Vocabulário B, *falapato* tinha significados ambivalentes. Partindo do princípio de que as opiniões grasnadas fossem ortodoxas, era um elogio e, quando o *Times* se referia a um dos membros do Partido como um *duplimaisbom falapatador*, estava enaltecendo o orador de modo caloroso e significativo.

O Vocabulário C

O Vocabulário C era complementar aos outros e consistia inteiramente de termos científicos e técnicos. Assemelhavam-se aos termos científicos hoje em uso e eram construídos sobre as mesmas raízes, sempre com o cuidado usual de que tivessem definições rígidas e fossem despojados de significados indesejáveis. Essas palavras seguiam as mesmas regras gramaticais que as dos outros dois vocabulários.

Pouquíssimas palavras C circulavam na fala do dia a dia ou no discurso político. Qualquer trabalhador científico ou técnico poderia encontrar todas as palavras de que precisava na lista dedicada à sua especialidade, mas raramente tinha mais do que um conhecimento superficial das palavras que ocorriam nas outras listas. Poucas palavras eram comuns a todas as listas e não havia vocabulário expressando a função da ciência como um hábito mental nem como um método de pensamento que não estivesse relacionado a uma área em particular. Na verdade, não havia nenhuma palavra para "ciência", pois qualquer significado que ela poderia indicar estaria suficientemente contemplado pela palavra Socing.

A partir do relato anterior, fica evidente que, em falanova, a expressão de opiniões não ortodoxas, mesmo em um nível muito baixo, era quase impossível. Claro, era possível proferir heresias de um tipo bem simplório, uma espécie de blasfêmia. Teria sido possível, por exemplo, dizer "o Irmão Maior é desbom". Mas essa afirmação, que para um ouvido ortodoxo transmitia apenas um absurdo autoevidente, não poderia ser sustentada por uma argumentação racional, simplesmente porque as palavras necessárias não estavam disponíveis. Ideias contrárias ao Socing só podiam ser desenvolvidas de uma forma vaga e sem palavras, e só podiam ser nomeadas em termos muito amplos, que agrupavam e condenavam séries inteiras de heresias ao mesmo tempo, sem defini-las individualmente. Na verdade, só se poderia usar a falanova para propósitos não ortodoxos ao traduzir ilegitimamente algumas das palavras de volta para a falavelha. Por exemplo, "todos os homens são iguais" era uma frase possível em falanova, mas só no sentido que teria, em falavelha, a frase "todos os homens são ruivos". A frase não continha um erro gramatical, mas expressava uma inverdade palpável – ou seja, que todos os homens são de tamanho, peso ou força iguais. O conceito de igualdade política já não existia, e esse significado secundário tinha sido, portanto, expurgado da palavra *igual*. Em 1984, quando a falavelha ainda era a forma tradicional de comunicação, o perigo era o falante, ao usar palavras em falanova, se lembrar de seus significados originais. Na prática, não era difícil para um falante entendido em *duplipensar* evitar isso, mas dentro de algumas gerações até mesmo a possibilidade de tal lapso teria desaparecido. Uma pessoa que crescesse tendo a falanova como única língua não saberia mais que *igual* já tivera o significado secundário de "politicamente igual" ou que *livre* já significara em alguma época "intelectualmente livre", do mesmo modo que, por exemplo, uma pessoa que nunca tivesse ouvido falar em xadrez não estaria ciente dos significados secundários associados a *dama* e *torre*. Muitos crimes e erros não poderiam ser cometidos simplesmente porque não teriam nomes e, portanto, seriam inimagináveis. Previa-se que, com o passar do tempo, as características distintivas da falanova se tornariam cada vez mais pronunciadas – o número de palavras diminuindo cada vez mais, seus significados cada vez mais rígidos e a chance de colocá-los em usos impróprios sempre escasseando.

Quando a falavelha fosse definitivamente substituída, a última conexão com o passado teria sido cortada. A História já tinha sido reescrita, mas fragmentos da literatura do passado ainda sobreviviam aqui e ali, censurados de forma imperfeita e, se alguém ainda tivesse o conhecimento da falavelha, poderia lê-los. No futuro, tais fragmentos, mesmo se sobrevivessem, seriam ininteligíveis, intraduzíveis. Seria impossível traduzir qualquer passagem da falavelha para a falanova, a menos que ela se referisse a algum processo técnico ou a alguma ação cotidiana muito simples, ou que a fala já fosse de tendência ortodoxa (*bompensosa*, em falanova). Na prática, isso significava que nenhum livro escrito antes de 1960 poderia ser traduzido em sua totalidade. A literatura pré-revolucionária só poderia ser submetida a traduções ideológicas – isto é, alterada tanto em seu sentido quanto em sua linguagem. Por exemplo, esta passagem bem conhecida da Declaração de Independência dos Estados Unidos da América:

> *Consideramos essas verdades como autoevidentes, que todos os homens foram criados iguais, dotados pelo seu Criador de certos direitos inalienáveis, que entre estes estão a vida, a liberdade e a procura da felicidade. Que, a fim de assegurar tais direitos, governos são instituídos entre os homens, derivando seus justos poderes do consentimento dos governados; que, sempre que qualquer forma de governo se torne destrutiva de tais fins, é direito do povo alterá-la ou aboli-la e instituir um novo governo...*

Teria sido impossível transformar esse texto em falanova mantendo seu sentido original. O mais próximo disso seria engolir toda a passagem acima em uma única palavra: *crimepensar*. Uma tradução completa só poderia ser uma tradução ideológica, pela qual as palavras de Jefferson seriam transformadas em um panegírico sobre o governo absoluto.

Boa parte da literatura do passado, de fato, já estava sendo transformada assim. Devido ao prestígio que tinham, era desejável preservar a memória de certas figuras históricas, enquanto, ao mesmo tempo, suas realizações eram alinhadas com a filosofia do Socing. Vários escritores, como Shakespeare, Milton, Swift, Byron, Dickens e alguns outros estavam, portanto, em processo de tradução: quando a tarefa fosse concluída, seus escritos originais, junto com tudo o mais que havia sobrevivido da literatura do passado, seriam destruídos. Essas traduções eram um trabalho lento e difícil e não se esperava que fossem concluídas antes da primeira ou da segunda década do século XXI. Havia também grandes quantidades de literatura meramente utilitária – manuais técnicos indispensáveis e afins – que tinham de ser tratadas da mesma maneira. Foi apenas a fim de dar tempo ao trabalho preliminar de tradução que se fixou a data para a adoção final da falanova em um ano tão distante quanto 2050.

NOTAS NA SALA 101

por Ronaldo Bressane

1. Vigiar & Punir S/A

"Você me perguntou uma vez", disse O'Brien, "o que havia na Sala 101. Eu disse que você já sabia a resposta. Todo mundo sabe: o que existe na Sala 101 é a pior coisa do mundo (...) A pior coisa do mundo varia de indivíduo para indivíduo. Para alguns, é ser enterrado vivo ou a morte pelo fogo, ou a morte por afogamento, ou a morte por empalamento... ou cinquenta outras mortes. Tem casos em que é algo bem trivial, nem mesmo fatal (...) No seu caso, a pior coisa do mundo são ratos."

Existe um conceito intrigante por trás da Sala 101. Trata-se da projeção específica de um medo inconsciente. Cada pessoa que frequenta a horrível salinha tem um modo diferente e particular de projetar a repulsa, aversão ou terror pela maneira como vai morrer. Este modo de morrer é na verdade um limiar, a fronteira que cada um escolhe para fazer sua ética atravessar para o outro lado. O limite de cada um, então, será ser morto pelo fogo, ser afogado, empalado, comido vivo por ratos famintos ou sabe-se lá o que reserva a imaginação de O'Brien. Este limiar de negociação com a morte – ou com a dor, ou, genericamente, com o uso arbitrário de seu corpo – teria um objetivo: oferecer, em sacrifício, uma informação ao torturador. No caso de Winston, a informação foi oferecer em seu lugar Julia, único ser que amou em toda a sua existência medíocre (fora a sua desaparecida mãe). "Sob os galhos da castanheira eu te vendi, vendeste a mim", reza a rima na teletela do Café Castanheira. A Sala 101 divide homens de meninos, humanos leais de traidores, corajosos de covardes.

"A pior coisa do mundo" é o encontro de cada um com seu terror mais íntimo – mas também com sua verdade mais tenebrosa, a capacidade de trair suas próprias ideias, suas próprias emoções. Para escapar à dor, o torturado oferece o que tem de mais sagrado (e sagrado quer dizer *aquilo que deve ser mantido intocado, afastado, apartado do mundo*, conforme destrincha o filósofo italiano Giorgio Agamben em *Homo Sacer*). A perversão inerente à tortura concebe um sacrilégio pessoal, único, intransferível. Neste encontro consigo mesmo na Sala 101, o torturado oferece a sua própria identidade: o que você teme é o que você é.

Historicamente, a tortura é aplicada com o propósito de obter uma confissão do torturado. Admissão de culpa sobre determinado crime, revelação de nomes ou endereços de cúmplices, etc. Existe, porém, uma diferença fundamental na tortura aplicada na Sala 101. Como sabemos, O'Brien tem ciência de que o maior medo a assombrar Smith é o de roedores. Usando esta informação – obtida através da vigilância estrita sobre Smith durante sete anos – é que o torturador pretende não apenas obter uma vitória sobre o corpo do torturado, mas também sobre sua mente. Em *1984*, o objetivo final do Estado totalitário é se apossar integralmente do corpo do indivíduo, fazer com que o íntimo e o político se tornem a mesma substância, dissolver totalmente o indivíduo no social: eliminar a sua identidade.

Na segunda metade do século XX, muitos comentadores – e *1984* é um dos livros mais interpretados de todos os tempos – observam no romance a imbricação de dois conceitos fundamentais da sociologia contemporânea, o *biopoder* do filósofo francês Michel Foucault e o *estado de exceção* de Agamben. Este último conceito estrutura a noção de totalitarismo moderno: "A instauração, por meio do estado de exceção, de uma guerra civil legal que permite a eliminação física não só dos adversários políticos, mas também de categorias inteiras de cidadãos que, por qualquer razão, pareçam não integráveis ao sistema político (...) No estado de exceção, se exclui o outro como sujeito de direito, na medida em que não se reconhece o outro como humano". Em *1984*, a guerra permanente contra os inimigos do Estado, quando qualquer indivíduo está sujeito a se transformar em uma despessoa, propõe que somente o estado de exceção contínuo pode ser eficaz. Seu pilar é justamente o biopoder – quando o Estado é aplicado ao corpo.

Em *Vigiar e punir*, livro que exemplifica o poder aplicado ao corpo ao historiar os sistemas de aprisionamento e controle da sociedade por parte do Estado – e que, em sua análise sobre o Panóptico, faz lembrar tanto as teletelas de *1984* quanto nossas ubíquas redes sociais –, Foucault risca uma diferença entre suplício e tortura. O suplício surge como punição exemplar do indivíduo que se insurgiu contra o Estado, e é uma prática pública – em *1984*, a prática surge como os enforcamentos frequentados com alegria pelas crianças vizinhas de Winston Smith.

"A finalidade do suplício é menos de estabelecer um equilíbrio que de fazer funcionar, até um extremo, a dissimetria entre o súdito que ousou violar a lei e o soberano todo-poderoso que faz valer sua força", escreve Foucault. O suplício é público, exemplar, constitui-se em uma punição. Já a tortura, urdida secretamente, traz um componente misterioso. Praticada nos recônditos mais sombrios do Ministério do Amor, adquire a forma de verdadeira lavagem cerebral. Ela é menos utilizada com propósitos de obtenção de uma informação. Em *1984*, a tortura simboliza a ambiguidade de servir a duas funções: vigiar e punir. Ao gerar um objeto que irradia poder – o torturado –, o Estado demonstra que não precisa torturar toda a sociedade para estabelecer a ordem, e sim apenas uma pessoa; ao término desse ato, o Estado sabe que o torturado retorna à sociedade multiplicando os estigmas que leva no corpo. Estigmatizado, o torturado se torna mais um olho do Irmão Maior. O estigma é praticamente uma conversão religiosa, reconectando o torturado ao amor pelo Irmão Maior.

Um outro escritor central do século XX trouxe uma visão de como os estigmas podem ser literalmente incorporados ao ato da tortura: Franz Kafka, no conto "Na Colônia Penal".

Narrada por um observador estrangeiro, a ficção visita um país que usa uma máquina engenhosa que aplica nas costas do condenado uma tatuagem para publicar o seu crime. Quando a máquina emperra, porém, o próprio torturador se coloca no lugar do condenado, tendo seu corpo destruído pela agulha tatuadora. Como quase tudo em Kafka, é o tipo de parábola sinistra ou fábula perversa cujos sentidos às vezes nos escapam. Um sentido, porém, é aparentado a *1984*. Para funcionar, o suplício precisa se estender para além do momento do suplício – deve ser inscrito na carne. Como no desfecho de "Bastardos inglórios", de Quentin Tarantino, em que o militar norte-americano impõe a tatuagem de uma suástica na testa do seu colega nazista, em Kafka o castigo precisa ficar à vista de todos. O final sadomasoquista da narrativa kafkiana, contudo, propõe uma via de mão dupla: todo torturador é também um torturado. O extenuado O'Brien também não deixa de ser uma vítima do sistema cuja engrenagem ele lubrifica.

Orwell, no entanto, dá um passo além de Kafka. O indivíduo que desafiou o Estado ganha uma tatuagem não só na carne como no espírito. Sua alma é dobrada pela tortura a ponto de ele deixar de temer o Estado, e, de maneira contrária, amá-lo. O indivíduo retorna para a sociedade "reeducado", o estigma que fica à vista de todos – Winston bebendo feliz seu gim horrível no Café Castanheira – é a face amorosa dedicada à visão de um cartaz do Irmão Maior.

Permanece, no entanto, a questão sobre o limite físico da dor, cuja ultrapassagem é crucial para a reeducação do indivíduo. Para voltar à sociedade, o indivíduo torturado na Sala 101 precisa encarar "a pior coisa do mundo". Para Winston Smith, não se trata somente de escapar aos ratos. Para isso, ele precisa renunciar ao amor a Julia. Esta traição é a tatuagem profunda que o fará reaprender a duplipensar a realidade e a amar a entidade antes tão desprezada, o Irmão Maior. Este conceito de "pior coisa do mundo" individual e intransferível é uma das chaves da perenidade de *1984* enquanto obra aberta. Qualquer um de nós irá projetar, na leitura desta cena, nossos maiores medos, nossas angústias mais obscuras. Até onde podemos ir para defender um ideal, qual o limite que nos dobrará?

Nesta cena fica claro o objeto mais próximo de *1984*: o espelho.

2. Duplipensar & fatos alternativos

Nos estertores de 2020, enquanto eu traduzia justamente as cenas de tortura de *1984* e passava os olhos na biografia *Orwell: Um homem do nosso tempo*, de Richard Bradford, topei na internet com algumas curiosas postagens criticando Orwell por ele ter supostamente retratado as classes mais pobres como mera massa de manobra. Artigos que sugeriam ser Orwell "financiado pela CIA" eram aplaudidos massivamente. O que não deixa de ser interessante, uma vez que a agência de inteligência foi fundada em fins de 1947, quando a maior parte da obra de Eric Arthur Blair já havia sido escrita; como todo mundo sabe, *1984* foi publicado em 1948. Não consta na biografia de Bradford (ou em nenhuma outra biografia de Orwell) que as despesas das clínicas e hospitais em que o autor passou os últimos anos de sua vida, batucando, praticamente sem pulmões, a obra que você acabou de ler, tenham sido custeadas pelos Estados Unidos – país que, aliás, jamais visitou.

Autodefinido "um socialista", Orwell pegou em armas ao lado dos anarquistas espanhóis na Guerra Civil em 1937 e foi um dos primeiros intelectuais a criticar o Partido Comunista soviético, bem como um agudo crítico dos socialistas ingleses (embora em última análise defendesse pontos capitais do socialismo e do trabalhismo). Desde os anos 1930, as críticas – que já denunciavam os primeiros traços de totalitarismo no país liderado por Josef Stálin – não eram bem-vindas tanto no meio intelectual quanto no meio político. Afinal, a URSS era aliada da Grã-Bretanha na guerra contra o Eixo, e a maioria dos intelectuais progressistas – nos anos 1930 como nos anos 2020 – era visceralmente marxista. Como bom jornalista, Eric Arthur Blair adora as dúvidas. "Acreditar é o oposto de conhecer", diria Orwell, lendo Hölderlin.

Orwell foi um dos primeiros escritores a jogar água no chope batizado na Praça Vermelha. Bem informado, com muitos contatos do outro lado da Cortina de Ferro e jornalista do tipo que não só gasta a sola do sapato atrás de informação como também corre risco de morte (tomar um tiro na garganta no front espanhol não faz parte da *job description* de qualquer repórter), Orwell estava por dentro dos expurgos stalinistas, do extermínio puro e simples dos opositores ao PC e do nascedouro dos *gulag*. Claro, o bigode do Irmão Maior é um decalque do *moustache* do rude georgiano, assim como o discurso furibundo de Emmanuel Goldstein durante os Dois Minutos de Ódio foi inspirado na retórica insolente do "traidor" Leon Trótski.

O problema é que desde sua publicação o romance foi muitas vezes lido apenas como uma mera transposição literária da vida dura na União Soviética, e não como uma sátira crítica a todo tipo de totalitarismo, ditaduras e estados discricionários. O esperto capitalismo, que tudo devora, não podia perder essa oportunidade – e transformou o livro em libelo anticomunista. No auge da Guerra Fria, milhões de exemplares foram distribuídos nas escolas norte-americanas, enquanto o livro era proibido de circular nos países vermelhos. Soa absurdo um romance que demonstra quão insidiosamente funciona a propaganda política ser usado justo como propaganda política vulgar, mas enfim, após os EUA escolherem como presidente um empresário golpista, mentiroso e corrupto como Donald Trump, a palavra "absurdo" perdeu acepção. Daí para jovens youtubers *taguearem* um feroz livre-pensador como Orwell de "publicitário do neoliberalismo" é só questão de um clique ou um like.

Depois da eleição de Trump, em 2016, quando o termo "fascismo" foi um dos mais procurados no Google, as vendas do romance distópico subiram 10.000% nas livrarias estadunidenses. Aliás, em "O que é fascismo?", ensaio dos anos 1930, Orwell, um aplicado observador das ambivalências da linguagem, já denunciava a vacuidade do termo "fascismo", que poderia ser aplicado tanto a Mussolini e a Hitler quanto às feministas e às senhoras de Santana. Já a expressão *fake news*, hoje tão prosaica que até crianças sabem do que se trata, está indissoluvelmente conectada ao processo cognitivo chamado *duplipensar* desde que, na posse de Trump, uma desértica Washington foi descrita como "lotada de patriotas" – e, ao explicar o fenômeno schrödingeriano de estar ao mesmo tempo vazia e cheia, a assessoria de imprensa de Trump cunhou a expressão "fatos alternativos".

No exato momento em que escrevo, Trump está no Twitter clamando em caixa alta que foi reeleito presidente dos EUA, não obstante os 7 milhões de votos populares e as dezenas de votos nos colégios eleitorais que o separam de Joe Biden. Torço para que quando este exemplar chegue às suas mãos o mundo não tenha sido engolido pelos "fatos alternativos".

3. Fake news & onlife

"Mas você acredita mesmo nas urnas eletrônicas?" Ouvi esta pergunta em 2015, durante uma viagem com um amigo. O motorista, porém, não era um negacionista da vacina, um terraplanista ou um sujeito usando o boné Make America Great Again. Era um jornalista historicamente de esquerda, que dirigiu na imprensa brasileira veículos importantes e depois migrou para o cinema. Sua pergunta era séria, seus olhos se espetavam intensos nos meus, não havia malandragem ou ironia em sua voz. Meu amigo conhecia minha propensão ao anarquismo desde a adolescência, que me levou ao questionamento sistemático das verdades estabelecidas, ocasionando embates corriqueiros durante a experiência comum em redação ("tem certeza?" era um bordão). Olhando distraído a paisagem, ele dizia que tinha encontrado evidências de que as urnas brasileiras poderiam ser hackeadas. Perguntei onde. Ele me disse que jornalistas gringos haviam lhe enviado links... pelo Whatsapp. Os gringos sabiam de coisas que os brasileiros não sabiam, segundo ele. Respondi: "Acredito nas urnas eletrônicas tanto quanto você acredita no motor desse carro. Que, aliás, também é gringo".

Conforme a definição cristalina do historiador norte-americano Timothy Snyder, *fake news* é um fato fictício que se faz passar por jornalismo com o duplo objetivo de disseminar confusão a respeito de determinado evento e desacreditar o jornalismo como um todo. Se até intelectuais esclarecidos e bem informados cometem erros ingênuos e caem em teorias da conspiração, por que não sua tia de oitenta anos que só se informa pelo zap? Duvidar de todo discurso sem ser tragado por paranoias e teorias conspiratórias é uma das muitas lições que nos deixa *1984*, livro mais influente do século XX – e, a contar com o que vem acontecendo nos últimos vinte anos, o livro mais influente deste século também.

O filósofo contemporâneo italiano Luciano Floridi popularizou as expressões *pós-história* e *onlife* para determinar o preciso momento em que vivemos, quando o virtual se confunde com o real e o vivido na internet passa a impressão de ter realmente acontecido. Parafraseando Orwell, "quem controla o online controla o offline". "Vivemos a sociedade dos manguezais", diz Floridi, "a água salobra onde os rios e o mar se encontram. Um ambiente incompreensível quando observado da perspectiva da água doce ou da água salgada. *Onlife* é a nova existência na qual a barreira entre real e virtual caiu, não há mais diferença entre online e offline: nossa existência é híbrida como o habitat dos manguezais".

Duplipensar, a capacidade híbrida de pensar uma coisa e seu contrário simultaneamente, com propósitos políticos, encontra uma nova roupagem. Talvez os tiozões que em 2018 receberam e passaram adiante massivamente via Whatsapp a *fake news* que afirmava que Fernando Haddad, adversário de Jair Bolsonaro, durante sua passagem como ministro da Educação, havia criado um objeto chamado "mamadeira de piroca" para distribuir nas escolas do Brasil à época dos governos do PT, tenham ao mesmo tempo acreditado e desacreditado nisso. Quem se importa? O bombardeio de informações falsas é tão violento que a própria substância do real se torna gelatinosa. Olhe ao seu redor agora.

"Realidade", dizia Philip K. Dick, "é aquela coisa que, quando você deixa de acreditar nela, continua lá". Em 2021, parece que até o enunciado do pai de *Blade Runner*, notório por sua desconfiança em relação à realidade objetiva, anda mal das pernas. Em uma contagem de maio de 2020, a circunspecta e exigente agência de checagem Aos Fatos contabilizou mais de mil mentiras proferidas pelo presidente do Brasil durante seus quase dois anos de mandato. "E daí?", poderíamos refutar, citando sua célebre diatribe em relação aos mais de duzentos mil mortos pela pandemia no Brasil. Contar mentiras não pega nada para o Estado brasileiro do século XXI.

4. Espelho, espelho meu

E já que estamos falando em política no Brasil, na atualização deste doloroso livro não poderia deixar de mencionar o uso da expressão *Milícia Mental* como tradução para *Thought Police*. Além de sonoramente divertido, o termo é corrente em um país que vivencia a bizarra influência do poder paramilitar sobre o Palácio do Planalto. As milícias surgidas no Rio de Janeiro, estado que deu guarida à *famiglia* presidencial, são originalmente quadros da polícia militar que, privatizados, se infiltraram em áreas desguarnecidas pelo Estado brasileiro, do fornecimento de internet e gás a loteamentos imobiliários.

Em um fato distópico que nem Orwell imaginaria – religião é um tema pouco visitado em *1984* –, hoje há no Rio de Janeiro milícias evangélicas em conluio com o crime organizado na criação de um território chamado Complexo de Israel. Quem não for neopentecostal é expulso, como é o caso de muitos terreiros de umbanda e candomblé. *Militsiya* foi também o termo usado pelas primeiras brigadas bolcheviques, depois fundidas sob a NKVD, o Ministério do Interior soviético, responsável pelo funcionamento da polícia política. Na Rússia e nos países em sua órbita, *militsiya* é o termo ainda hoje praticado para designar o guardinha da esquina. Como se vê na ambivalência do termo *milícia*, na encruzilhada entre o vigiar e o punir, o controle social como política de Estado pode ter seu berço no mais tribal dos grupos armados.

Voltando à Sala 101. "A pior coisa do mundo" é um espelho invertido – nele, cada um vê um retrato de seu lado mais obscuro. *1984*, esta máquina invencível de criar sentidos, não deixa de também ser um espelho. Desde 1948 Orwell vem sendo usado tanto pela direita quanto pela esquerda como um espelho que muda de forma dependendo do viés. Poucos o aceitam como é: um livre-pensador provocador, um ferrenho crítico do culto de personalidade e dos fundamentalismos políticos; um artista da dúvida. Um sujeito que nadava nos manguezais da linguagem, praticante das ambivalências e dos duplos sentidos, não poderá jamais ser lido ao pé da letra. Idealista que sujava os pés na realidade objetiva, fabulador que miscigenava suas narrativas às perambulações pelo gênero ensaio, romântico que escreveu uma das maiores tragédias do século XX (desde a primeira página sabemos que os deuses não vão dar moleza para nosso amigo Winston Smith, e desde o "eu te amo" no bilhetinho de Julia desconfiamos, como os antigos gregos desconfiariam, que esse romance vai acabar mal).

Orwell é um espelho. Você vê nele o que você é.

Copyright © 2021 Tordesilhas
Título original: *Nineteen Eighty-Four*

Todos os direitos reservados. Nenhuma parte desta edição pode ser utilizada ou reproduzida – em qualquer meio ou forma, seja mecânico ou eletrônico –, nem apropriada ou estocada em sistema de banco de dados, sem a expressa autorização da editora. O texto deste livro foi fixado conforme o acordo ortográfico vigente no Brasil desde 1º de janeiro de 2009.

CAPA E PROJETO GRÁFICO Amanda Cestaro
IMAGEM DE CAPA Andy Gregg
REVISÃO Laura Folgueira e Audrya Oliveira
PREPARAÇÃO Fernanda Cosenza

1ª edição, 2021

Dados Internacionais de Catalogação na Publicação (CIP)
(Câmara Brasileira do Livro, SP, Brasil)

Orwell, George, 1903-1950
1984 / George Orwell ; tradução Ronaldo Bressane. -- 1. ed. -- São Paulo : Tordesilhas Livros, 2021.

Título original: Nineteen Eighty-Four
ISBN 978-65-5568-015-7

1. Literatura inglesa I. Título.

21-55116   CDD-823

Índices para catálogo sistemático:
1. Ficção : Literatura inglesa 823
Aline Graziele Benitez - Bibliotecária - CRB-1/3129

2021
Tordesilhas é um selo da Alaúde Editorial Ltda.
Avenida Paulista, 1337, conjunto 11
01311-200 – São Paulo – SP
www.tordesilhaslivros.com.br

 /Tordesilhas
blog.tordesilhaslivros.com.br

Este livro foi composto com as famílias tipográficas
Eskorte Latin para os textos e Avenir para os títulos.
Impresso para a Tordesilhas Livros em 2021.